Né en 1962, Harlan Coben vit dans le New Jersey avec sa femme et leurs quatre enfants. Diplômé en sciences politiques du Amherst College, il a rencontré un succès immédiat dès ses premiers romans, tant auprès de la critique que du public. Il est le premier auteur à avoir reçu le Edgar Award, le Shamus Award et le Anthony Award, les trois prix majeurs de la littérature à suspense aux États-Unis. Il est l'auteur de *Ne le dis à personne...* (2002) – Grand Prix des lectrices de ELLE 2003 –, *Disparu à jamais* (2003), *Une chance de trop* (2004), *Juste un regard* (2005), *Innocent* (2006) et *Dans les bois* (2008), tous parus chez Belfond. Il a également publié la série des aventures du désormais célèbre agent sportif Myron Bolitar : *Rupture de contrat* (Fleuve Noir, 2003), *Balle de match* (Fleuve Noir, 2004), *Faux rebond* (Fleuve Noir, 2005), *Du sang sur le green* (Fleuve Noir, 2006), *Temps mort* (Fleuve Noir, 2007) et *Promets-moi* (Belfond, 2007).

Retrouvez l'actualité d'Harlan Coben sur :
www.harlan-coben.fr

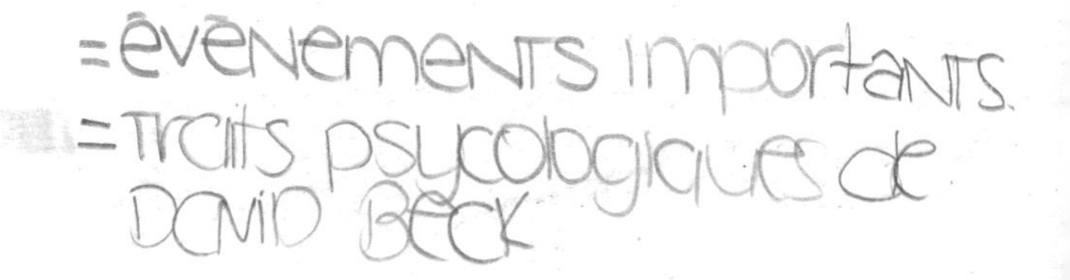

NE LE DIS À PERSONNE...

DU MÊME AUTEUR
CHEZ POCKET

NE LE DIS À PERSONNE...
(GRAND PRIX DES LECTRICES DE *ELLE*)
DISPARU À JAMAIS
UNE CHANCE DE TROP
JUSTE UN REGARD
INNOCENT

Dans la série Myron Bolitar :

RUPTURE DE CONTRAT
BALLE DE MATCH
FAUX REBOND
DU SANG SUR LE GREEN
TEMPS MORT (À PARAÎTRE)
PROMETS-MOI (MARS 2008)

HARLAN COBEN

NE LE DIS À PERSONNE…

Traduit de l'américain
par Roxane Azimi

BELFOND

Titre original :
TELL NO ONE
publié par Delacorte Press
Random House, Inc., New York

ISBN : 978-2-266-12515-4

À la mémoire de ma nièce tendrement chérie
Gabi Coben
1997-2000
Notre merveilleuse petite Myszka...

Petit Renard a dit : « Mais, quand on sera morts, que va-t-il se passer ? M'aimeras-tu toujours, est-ce que l'amour, ça reste ? »
Sa maman l'a bercé contre elle tandis qu'ils regardaient la nuit, la lune dans l'obscurité, les étoiles qui brillaient.
« Regarde, Petit Renard, les étoiles, comme elles scintillent et étincellent. Certaines sont mortes depuis longtemps. Mais elles continuent de briller dans le ciel du soir, car vois-tu, Petit Renard, l'amour comme les étoiles ne meurt jamais... »

Debi Gliori
Je t'aimerai toujours, quoi qu'il arrive

Il aurait dû y avoir un souffle funeste dans l'air. Ou un froid à vous glacer la moelle des os. Quelque chose. Une mélodie éthérée que seuls Elizabeth et moi aurions pu entendre. Un sentiment de tension. Quelque classique prémonition. Il y a des malheurs quasi prévisibles – ce qui est arrivé à mes parents, par exemple – et puis d'autres moments sombres, des moments de violence soudaine qui changent irrémédiablement le cours d'une existence. Il y a eu ma vie avant le drame. Et il y a ma vie actuelle. Les deux, hélas ! n'ont plus grand-chose en commun.

Elizabeth se taisait pendant le trajet, mais cela n'avait rien de surprenant. Même gamine, il lui arrivait de sombrer dans d'imprévisibles accès de mélancolie. Murée dans son silence, elle se laissait aller à la contemplation ou à la trouille, je ne savais jamais. Ça devait faire partie du mystère, je suppose, mais là, pour la première fois, j'ai senti le fossé entre nous. Notre couple avait survécu à tant d'épreuves. Survivrait-il à la vérité ? Plus exactement, aux mensonges par omission ?

La climatisation bourdonnait doucement dans l'habitacle bleu. Dehors, il faisait une chaleur moite. Typique du mois d'août. On a traversé le pont de Milford au-dessus de la Delaware et on a été accueillis en Pennsylvanie par un sympathique employé du péage. Une quinzaine de kilomètres plus loin, j'ai repéré la borne sur laquelle on lisait : LAC CHARMAINE – PROPRIÉTÉ PRIVÉE. J'ai bifurqué sur le chemin de terre.

Les pneus s'enfonçaient dans le sol, soulevant un nuage de poussière comme en plein désert. Elizabeth a éteint l'autoradio. Du coin de l'œil, j'ai remarqué qu'elle était en train d'étudier mon profil. Je me suis demandé ce qu'elle voyait, et mon cœur s'est mis à palpiter. Sur notre droite, deux daims grignotaient des feuilles. Ils se sont arrêtés, nous ont regardés et, constatant qu'on ne leur voulait pas de mal, ont repris leur mastication. Je continuais à rouler quand soudain le lac a surgi devant nous. Le soleil agonisant striait le ciel d'orange et de violet. Les cimes des arbres semblaient être en feu.

— Je n'en reviens pas qu'on remette ça tous les ans, ai-je dit.

— C'est toi qui as commencé.

— Ouais, quand j'avais douze ans.

Elizabeth a esquissé un sourire. Elle souriait rarement, mais quand ça lui arrivait, *waouh*, je le prenais en plein cœur.

— C'est romantique, a-t-elle déclaré.

— Débile, oui.

— J'aime les choses romantiques.

— Tu aimes les choses débiles.

— Chaque fois qu'on vient ici, tu t'envoies en l'air.

— On m'appelle M. Fleur bleue.

Elle a ri et m'a pris la main.

— Allez, venez, monsieur Fleur bleue, le jour tombe.

Le lac Charmaine. C'est mon grand-père qui avait trouvé ce nom-là, au grand dam de ma grand-mère. Elle aurait aimé qu'il lui donne son nom à elle. Elle s'appelait Bertha. Le lac Bertha. Grand-père ne voulait pas en entendre parler. Deux points pour grand-père.

Il y a cinquante ans et des poussières, le lac Charmaine avait abrité une colo pour gosses de riches. Le propriétaire avait fait faillite, et grand-père avait racheté le plan d'eau et le terrain environnant pour une bouchée de pain. Il avait retapé la maison du directeur et abattu la plupart des constructions qui bordaient le lac. Mais au-delà, dans les bois, où plus personne ne s'aventurait de toute façon, il avait laissé pourrir les dortoirs des mômes. Ma sœur Linda et moi, on partait les explorer, fouillant les ruines à la recherche d'un trésor, jouant à cache-cache, bravant le croquemitaine, qui, nous en étions sûrs, nous épiait et guettait le moment propice. Elizabeth se joignait rarement à nous. Elle aimait que chaque chose soit à sa place. Se cacher lui faisait peur.

En descendant de voiture, j'ai entendu les fantômes. Plein de fantômes – trop –, qui tournoyaient et se disputaient mon attention. C'est celui de mon père qui a gagné. Le lac était immobile, lisse comme un miroir, mais je jure que j'ai perçu le hurlement triomphal de papa tandis qu'il se catapultait du ponton, les genoux contre la poitrine, le sourire jusqu'aux oreilles, faisant naître une gerbe d'eau pareille à un véritable raz de marée aux yeux de son fils unique. Papa aimait bien atterrir à côté du radeau où ma mère prenait ses bains de soleil. Elle le réprimandait, sans pouvoir s'empêcher de rire.

J'ai cligné des paupières, les images se sont évanouies. Je me suis rappelé cependant comment le cri, les rires, le bruit du plongeon se réverbéraient dans le silence de notre lac, et je me suis demandé si l'écho de ces bruits et de ces rires-là avait vraiment disparu, si quelque part dans les bois les joyeux ululements de mon père ne continuaient pas à ricocher d'arbre en arbre. C'était bête comme idée, mais que voulez-vous.

Les souvenirs, ça fait mal. Surtout les bons.

— Ça va, Beck ? a demandé Elizabeth.

Je me suis tourné vers elle.

— Je pourrai m'envoyer en l'air, hein ?

— Vieux pervers va.

Elle s'est engagée sur le sentier, la tête haute, le dos droit. Un instant, je l'ai suivie des yeux, repensant à la première fois que j'avais vu cette démarche-là. J'avais sept ans et je m'apprêtais à enfourcher mon vélo – celui avec la selle profilée et la décalco de Batman – pour dévaler Goodhart Road. Escarpée, balayée par le vent, cette rue était le parcours idéal pour un cycliste chevronné. Je suis descendu sans les mains, aussi cool et décontracté qu'on peut l'être à sept ans. Le vent rabattait mes cheveux en arrière et me faisait larmoyer. J'ai aperçu le camion de déménagement devant l'ancienne maison des Ruskin, me suis retourné, et pan ! elle était là, mon Elizabeth, tellement posée malgré ses sept ans, avec sa colonne vertébrale en titane, ses sandales à brides, son bracelet de perles multicolores et ses innombrables taches de rousseur.

Nous avons fait connaissance quinze jours plus tard, dans la classe de CE 1 de Mlle Sobel, et à partir de ce moment-là – s'il vous plaît, ne faites pas mine de vomir quand je dis ça –, on ne s'est plus quittés. Les adultes trouvaient notre relation à la fois attendrissante et malsaine, tandis que notre amitié de mômes avec ses quatre cents coups se muait en une amourette d'adolescents et, les hormones aidant, en flirt de collégiens. Tout le monde croyait que ça allait nous passer. Même nous. On était du genre plutôt éveillé, surtout Elizabeth, brillants élèves, rationnels jusque dans cet irrationnel amour dont nous mesurions les aléas.

Et nous nous retrouvions à vingt-cinq ans, mariés depuis sept mois, à l'endroit même où, à l'âge de douze ans, nous avions échangé notre premier baiser.

Lamentable, je sais.

On s'est frayé un passage entre les branchages, dans une moiteur à couper au couteau. L'odeur résineuse des pins nous prenait à la gorge. Nous avancions péniblement dans les hautes herbes. Moustiques et consorts jaillissaient en une nuée bourdonnante dans notre sillage. Les arbres jetaient de longues ombres qu'on pouvait interpréter à sa guise, comme quand on essaie de déterminer la forme d'un nuage ou celle d'une tache d'encre dans le test de Rorschach.

On a quitté le sentier pour s'enfoncer dans les fourrés. Elizabeth ouvrait la marche. Je suivais à deux pas – tout un symbole, maintenant que j'y pense. J'ai toujours cru que rien ne pouvait nous séparer – notre histoire l'avait prouvé, non ? – mais à cet instant, plus que jamais, le sentiment de culpabilité semblait l'éloigner de moi.

Mon sentiment de culpabilité.

Arrivée au gros rocher vaguement phallique, Elizabeth a bifurqué et là, sur la droite, il y avait notre arbre. Avec nos initiales, parfaitement, gravées dans l'écorce :

E.P.
+
D.B.

Entourées, eh oui, d'un cœur. Sous le cœur, douze encoches, chacune correspondant à l'anniversaire de ce premier baiser. J'allais lâcher une remarque caustique sur notre état de ramollissement avancé, mais en voyant le visage d'Elizabeth, les taches de rousseur à demi effacées, l'angle du menton, le long cou gracile, les calmes yeux verts, la tresse brune telle une corde épaisse dans son dos, je me suis ravisé. J'ai failli lui avouer alors, sans autre forme de cérémonie, mais quelque chose m'a retenu.

— Je t'aime, ai-je dit.

— Ça y est, tu décolles.

— Ah.

— Moi aussi, je t'aime.

— D'accord, d'accord, ai-je grimacé, feignant l'embarras. Tu finiras par décoller aussi.

Elle a souri, et j'ai cru percevoir comme une hésitation. Je l'ai prise dans mes bras. Quand elle avait douze ans, le jour où l'on avait enfin trouvé le courage de sauter le pas, j'avais respiré son odeur, une merveilleuse odeur de cheveux propres et de Pixie Stick – cette espèce de confiserie en poudre – à la fraise. La nouveauté de cette sensation, l'excitation, la découverte, ç'avait presque été trop. Aujourd'hui, elle sentait la cannelle et le lilas. Le baiser est monté tel un flot de lumière du fond de mon cœur. Quand nos langues se sont rencontrées, j'ai ressenti, encore, une décharge électrique. Elizabeth s'est dégagée, à bout de souffle.

— À toi l'honneur.

Elle m'a tendu le couteau, et j'ai gravé la treizième encoche sur l'arbre. Treize. Avec le recul, c'était peut-être bien prémonitoire.

Il faisait nuit quand nous sommes retournés au lac. La lueur solitaire de la lune trouait l'obscurité. Aucun bruit ce soir-là, même les criquets se taisaient. Elizabeth et moi nous sommes déshabillés rapidement. Je l'ai regardée, baignée par le clair de lune, et j'ai senti ma gorge se nouer. Elle a plongé la première, troublant à peine la surface de l'eau. Je l'ai imitée gauchement. Le lac était étonnamment tiède. Elizabeth nageait avec des mouvements précis, réguliers, fendant l'eau comme si celle-ci s'écartait sur son passage. Je l'ai suivie en barbotant. Les sons rebondissaient sur le lac, pareils à des galets. Elle a pivoté et s'est blottie dans mes bras. Sa peau était chaude et mouillée. J'adorais sa peau. Nous nous sommes enlacés. Elle a pressé ses seins contre ma poitrine. Je sentais les battements de son cœur, entendais sa respiration. Les bruits de la vie. Nous nous sommes embrassés. Ma main s'est égarée au creux de l'exquise cambrure de son dos.

Quand on a eu terminé – quand tout a semblé être rentré dans l'ordre –, j'ai agrippé le radeau et je me suis effondré dessus. Je pantelais, les jambes écartées, les pieds dans l'eau.

Elizabeth a froncé les sourcils.

— Dis donc, tu ne vas pas t'endormir ?

— Si, comme une masse.

— Tu parles d'un mec !

Je me suis allongé, les mains derrière la tête. Un nuage a voilé la lune, transformant la nuit bleue en quelque chose de grisâtre. L'air était immobile. J'ai entendu Elizabeth sortir de l'eau, monter sur le ponton. J'avais beau plisser les yeux, je parvenais tout juste à distinguer sa silhouette nue. Elle était tout simplement renversante. Je l'ai regardée se pencher pour essorer ses cheveux. Puis elle s'est cambrée et a rejeté la tête en arrière.

Mon radeau était en train de s'éloigner de la rive. Je voulais faire le point sur ce qui m'était arrivé, mais même moi je ne comprenais pas tout. Je commençais à perdre Elizabeth de vue. Tandis qu'elle se fondait dans le noir, j'ai pris une décision. J'allais lui dire. Tout.

Hochant la tête, j'ai fermé les yeux. Je me sentais redevenir léger. L'eau clapotait doucement.

Soudain, j'ai entendu s'ouvrir une portière de voiture.

Je me suis rassis.

— Elizabeth ?

Silence total, excepté ma propre respiration.

J'ai cherché sa silhouette des yeux. Elle était à peine distincte, mais l'espace d'un instant, je l'ai vue. Ou j'ai cru la voir. Je n'en suis pas sûr maintenant, et de toute façon ça n'a plus d'importance. Quoi qu'il en soit, Elizabeth s'était figée, peut-être face à moi.

J'ai dû cligner des yeux – ça non plus, je n'en suis pas sûr – et quand j'ai regardé à nouveau, elle avait disparu.

Mon cœur a fait un bond.

— Elizabeth !

Pas de réponse.

Alors j'ai paniqué. Je suis tombé du radeau, j'ai nagé en direction du ponton. Mais je faisais du bruit, beaucoup trop de bruit, ça m'empêchait d'entendre ce qui se passait, s'il se passait quelque chose. Je me suis arrêté.

— Elizabeth !

Pendant un long moment, il n'y a pas eu le moindre son. La lune était toujours cachée derrière le nuage. Peut-être qu'Elizabeth était remontée dans la voiture, pour y prendre quelque chose. J'ai ouvert la bouche afin d'appeler encore une fois.

C'est là que je l'ai entendue crier.

J'ai baissé la tête et me suis remis à nager, de toutes mes forces, battant des bras, poussant sur les jambes. Mais le ponton était encore loin. J'essayais de scruter la rive : il faisait trop sombre, les rares échappées de la lune n'éclairaient rien.

J'ai entendu une sorte de raclement, comme quelque chose qu'on aurait traîné par terre.

Devant moi se trouvait le ponton. À six mètres, pas plus. J'ai nagé plus vite. Mes poumons étaient en feu. J'ai bu la tasse ; les bras tendus, j'ai tâtonné dans le noir, à la recherche de l'échelle. Je l'ai empoignée et me suis hissé sur le ponton.

Les planches étaient mouillées. J'ai regardé la cabane, en vain. Il faisait trop noir.

— Elizabeth !

Quelque chose, du genre batte de base-ball, m'a frappé droit au plexus. Les yeux exorbités, plié en deux, suffoquant, j'ai cherché mon souffle. Un nouveau coup, cette fois sur le sommet du crâne. J'ai entendu un craquement, comme si on m'avait planté un clou dans la tempe. Mes jambes se sont dérobées, je suis tombé à genoux. Totalement désorienté, j'ai couvert ma tête de mes mains pour essayer de me protéger. Le coup suivant – le coup final – m'a atteint en plein visage.

J'ai basculé en arrière, dans le lac. Mes yeux se sont fermés. J'ai entendu Elizabeth hurler de nouveau – cette fois, elle criait mon nom –, mais les bruits, tous les bruits, se sont dissous tandis que je m'enfonçais sous l'eau.

1

Huit ans plus tard

Une autre fille était sur le point de me briser le cœur.

Elle avait des yeux noirs, des cheveux frisés et souriait de toutes ses dents. Elle portait un appareil dentaire, avait quatorze ans et était…

— Tu es enceinte ? ai-je demandé.

— Oui, docteur Beck.

J'ai réussi à ne pas fermer les yeux. Ce n'était pas la première fois que je voyais une ado enceinte. Même pas la première fois de la journée. J'exerce comme pédiatre dans cette clinique de Washington Heights depuis que j'ai fini mon internat au centre hospitalier presbytérien de Columbia, tout proche, voilà cinq ans. Nous assurons aux personnes bénéficiaires de Medicaid (autrement dit les pauvres) un suivi en médecine générale, y compris obstétrique, médecine interne et, bien sûr, pédiatrie. Du coup, beaucoup de gens ont tendance à me prendre pour une âme charitable. Ce que je ne suis pas. J'aime le métier de pédiatre. Et je n'ai pas très envie de l'exercer en banlieue auprès de mamans foot, de papas manucurés, bref, de gens comme moi.

— Qu'as-tu l'intention de faire ?

— Moi et Terrell, on est drôlement heureux, docteur Beck.

— Quel âge il a, Terrell ?

— Seize ans.

Elle m'a regardé, tout sourires. Une fois de plus, j'ai réussi à ne pas fermer les yeux.

Ce qui me frappe toujours, c'est que la plupart de ces grossesses ne sont pas accidentelles. Ces bébés veulent avoir des bébés. Personne n'a l'air de le comprendre. On parle contrôle de naissances et abstinence, tout ça est très joli, mais la vérité, c'est que leurs copines branchées font des bébés et bénéficient de toutes sortes d'attentions, alors pourquoi pas nous, hein, Terrell ?

— Il m'aime, m'a dit cette gamine de quatorze ans.

— Ta mère est au courant ?

— Pas encore.

Elle s'est trémoussée, ça, on lui donnait bien ses quatorze ans.

— J'espérais qu'on pourrait lui en parler ensemble.

J'ai hoché la tête.

— Bien sûr.

J'ai appris à ne pas juger. J'écoute. Je compatis. À l'époque où j'étais interne, je faisais la morale. Je regardais les patientes de haut et leur expliquais ce que leur conduite avait de destructeur. Mais par un froid après-midi de Manhattan, une fille de dix-sept ans qui en était à son troisième enfant de trois pères différents m'a regardé avec lassitude droit dans les yeux avant d'énoncer une vérité indiscutable : « Vous ne connaissez pas ma vie. »

Ça m'a cloué le bec. Alors maintenant j'écoute. J'ai cessé de jouer les gentils hommes blancs pour m'améliorer en tant que médecin. Je donnerai à cette gamine de quatorze ans et à son bébé les meilleurs soins possibles. Je ne lui dirai pas que Terrell ne restera pas, qu'elle peut faire une croix sur son avenir, que si elle est comme la plupart des patientes ici, elle se retrouvera dans la même situation avec au moins deux autres hommes avant son vingtième anniversaire.

Si on y réfléchit trop, on finit par péter les plombs.

On a parlé un moment – enfin, elle a parlé et j'ai écouté. La salle d'examen, qui me servait également de bureau, était grande comme une cellule de prison (non pas que je le sache par expérience) et peinte en vert administratif, comme les toilettes d'une école élémentaire. Un tableau destiné à l'examen de la vue était accroché derrière la porte. Sur un mur, il y avait des décalcomanies défraîchies de personnages de Disney, et sur un autre le poster géant de la chaîne alimentaire. Ma patiente de quatorze ans était assise sur la table d'examen recouverte du papier sanitaire que nous déroulons pour chaque nouvelle visite. Curieusement, ça m'a fait penser à la manière dont on emballe les sandwichs au *Carnegie Deli*.

L'air surchauffé était à peine respirable, mais on ne peut pas faire autrement, dans une pièce où les gamins passent leur temps à se déshabiller. Moi, je portais ma panoplie habituelle de pédiatre : jean, baskets, chemise à col boutonné et cravate colorée « Aide à l'enfance », typique 1994. Je n'avais pas mis la blouse blanche. Je pense que ça fait peur aux mômes.

Ma gamine de quatorze ans – oui, ça me travaillait, son âge – était vraiment mignonne. Le plus drôle, c'est qu'elles le sont toutes. Je l'ai adressée à un obstétricien que j'aime bien. Puis j'ai parlé à sa mère. Rien de nouveau ni de surprenant. Je fais ça quasiment tous les jours. Avant qu'elle s'en aille, je l'ai serrée dans mes bras. Pardessus son épaule, on a échangé un regard, sa mère et moi. Chaque jour, je reçois en moyenne la visite de vingt-cinq mamans ; à la fin de la semaine, je peux compter sur les doigts de la main celles qui sont mariées.

Comme je l'ai mentionné, je ne juge pas. Ce qui ne m'empêche pas d'observer.

Après leur départ, j'ai entrepris de compléter le dossier de la gamine. Je l'ai feuilleté : je la suivais depuis mon internat. Autrement dit, depuis qu'elle avait huit ans. J'ai regardé sa courbe de croissance. Je me souvenais d'elle à l'âge de huit ans. J'ai repensé à elle, telle que je venais de la voir à l'instant. Elle n'avait pas beaucoup changé. J'ai enfin fermé les yeux et les ai frottés.

Homer Simpson m'a interrompu en braillant :

— Le courrier ! Le courrier est là ! Hou hou !

J'ai rouvert les yeux, me suis tourné vers l'écran. C'était bien le Homer Simpson du dessin animé *Les Simpson.* Quelqu'un avait remplacé le monocorde « Vous avez du courrier » par ce gimmick homérien. J'aimais beaucoup ça. Beaucoup.

J'allais consulter mon e-mail quand le grésillement de l'interphone m'a fait suspendre mon geste. Wanda, la réceptionniste, a balbutié :

— Vous avez... euh, hmm, vous avez... euh, Shauna au téléphone.

J'ai compris son état de confusion. Je l'ai remerciée, puis j'ai pressé le bouton qui clignotait.

— Bonjour, ma puce.

— Ne t'en fais pas, a-t-elle dit. Je suis là.

Shauna a éteint son portable. Je me suis levé pour sortir dans le couloir tandis qu'elle arrivait de la rue. Quand Shauna entre quelque part, c'est toujours en trombe, comme dans une forteresse ennemie. Elle est mannequin grandes tailles, l'une des rares à être connue seulement par son prénom. Shauna. Comme Cher ou Fabio. Elle mesure un mètre quatre-vingt-trois et pèse quatre-vingt-quinze kilos. Inutile de dire qu'elle ne passe pas inaperçue. D'ailleurs, toute la salle d'attente s'est retournée sur son passage.

Shauna n'a pas pris la peine de s'arrêter à la réception, et la réception a eu la sagesse de ne pas l'arrêter. Elle a tiré la porte et m'a salué en disant :

— On va déjeuner. Maintenant.

— Je te l'ai dit. Je vais être débordé.

— Mets ton manteau, il fait froid dehors.

— Je t'assure que ça va. De toute façon, l'anniversaire, c'est demain.

— Allez, c'est d'accord.

J'ai hésité, et elle a compris qu'elle me tenait.

— Viens, Beck, on va rigoler. Comme à la fac. Rappelle-toi nos sorties et toutes les nanas canon qu'on se levait.

— Je n'ai jamais levé de nana canon.

— Bon, d'accord, c'était moi. Va chercher ton manteau.

Sur le chemin de mon bureau, une mère m'a intercepté avec un grand sourire.

— Elle est encore plus belle en vrai, a-t-elle murmuré.

— Eh, ai-je fait.

— Elle et vous, vous êtes…

Elle a esquissé le geste de joindre les deux mains.

— Non, elle a déjà quelqu'un, ai-je répondu.

— Ah bon ? Qui ?

— Ma sœur.

On a mangé dans un chinois bondé où le serveur, asiatique, parlait uniquement l'espagnol. Shauna, impeccablement vêtue d'un tailleur bleu avec un décolleté plongeant à pic, a froncé les sourcils.

— Porc laqué dans une tortilla ?

— Apprends à vivre dangereusement, ai-je dit.

Nous nous étions rencontrés le premier jour de la rentrée universitaire. Quelqu'un s'était planté dans les inscriptions et avait cru qu'elle s'appelait Shaun, si bien qu'on s'est retrouvés partager la même chambre. On s'apprêtait déjà à signaler l'erreur quand on s'est mis à bavarder. Elle m'a offert une bière. Je l'ai trouvée sympa. Au bout de quelques heures, on a décidé de ne pas moufter, de peur qu'on nous colle à chacun une purge en guise de camarade de chambrée.

Je m'étais inscrit à Amherst, une petite université éminemment élitiste dans l'ouest du

Massachusetts : s'il existe un endroit plus BCBG que ça sur la planète, je ne le connais pas. Elizabeth, sortie major de notre promo, avait choisi Yale. On aurait pu aller à la même université, mais après discussion on avait décidé que c'était une excellente occasion de mettre notre relation à l'épreuve. Une fois de plus, on s'était rangés du côté de la raison. Résultat des courses, on a été tous deux malheureux comme les pierres. La séparation avait renforcé notre engagement et donné à notre amour une dimension nouvelle, genre « L'éloignement rapproche les cœurs ».

Lamentable, je sais.

Entre deux bouchées, Shauna a demandé :

— Tu pourrais garder Mark, ce soir ?

Mark était mon neveu, âgé de cinq ans. À un moment, quand j'étais en dernière année de fac, Shauna avait commencé à sortir avec ma grande sœur, Linda. Il y a sept ans, elles ont officiellement célébré leur union. Mark est le fruit de leur… enfin, de leur amour, et de l'insémination artificielle. C'est Linda qui l'a porté, et c'est Shauna qui lui a donné son nom. Étant quelque peu vieux jeu, elles souhaitaient que leur fils ait une figure de référence masculine dans sa vie. D'où mon entrée en scène.

À côté de ce que je vois au boulot, c'est *La Petite Maison dans la prairie*.

— Pas de problème. De toute façon, je voulais voir le dernier Disney.

— La petite nouvelle de Disney est super-canon. C'est la plus sexy depuis Pocahontas.

— Tant mieux. Et vous allez où, Linda et toi ?

— Si tu savais à quel point j'en ai marre ! Depuis que les lesbiennes sont à la mode, on n'arrête pas. Je regrette presque le temps où on se cachait dans les placards.

J'ai commandé une bière. Normalement, je n'aurais pas dû, mais une seule, ça ne pouvait pas faire de mal.

Shauna en a commandé une aussi.

— Alors comme ça, tu as rompu avec… comment s'appelle-t-elle déjà ?

— Brandy, ai-je dit.

— C'est ça. Joli nom. Elle n'aurait pas une sœur qui s'appelle Whisky ?

— On est sortis ensemble deux fois seulement.

— Bien. Elle était maigre comme un coucou. D'ailleurs, j'ai quelqu'un d'extra pour toi.

— Non, merci.

— Avec un corps de déesse.

— N'essaie pas de me caser, Shauna. S'il te plaît.

— Et pourquoi pas ?

— Tu te souviens de la dernière fois que tu m'as présenté quelqu'un ?

— Cassandra.

— C'est ça.

— Qu'est-ce qui ne t'a pas plu chez elle ?

— Pour commencer, elle était lesbienne.

— Bon Dieu, que tu es sectaire, Beck.

Son portable a sonné. Elle a répondu, se laissant aller contre le dossier de sa chaise, mais sans me quitter des yeux. Après avoir aboyé quelques mots, elle l'a refermé d'un coup sec.

— Il faut que j'y aille.

J'ai fait signe au serveur pour avoir l'addition.

— Demain soir, tu viens, a-t-elle décrété.

J'ai feint l'étonnement.

— Les lesbiennes n'ont pas de projets ?

— Moi, non. Mais ta sœur, si. Elle va faire de la représentation à la grande sauterie de Brandon Scope.

— Tu n'y vas pas avec elle ?

— Nan.

— Pourquoi ?

— On ne veut pas abandonner Mark deux soirs d'affilée. Linda est obligée d'y aller. C'est elle qui dirige la fondation. Moi, je prends ma soirée. Tu viendras, hein ? Je nous ferai livrer à dîner, on regardera des cassettes avec Mark.

Demain, c'était le jour anniversaire. Si Elizabeth avait vécu, on aurait gravé la vingt et unième encoche sur notre arbre. Aussi étrange que cela puisse paraître, la journée de demain ne me posait pas de problème particulier. Les fêtes ou les anniversaires, je m'y prépare tellement qu'en général j'arrive à faire face sans trop de difficulté. Ce sont les jours « ordinaires » qui sont durs. Quand, en zappant, je tombe par hasard sur un vieil épisode du *Mary Tyler Moore Show* ou de *Cheers*. Quand, en flânant dans une librairie, je vois un nouveau roman d'Alice Hoffman ou d'Anne Tyler. Quand j'écoute les O'Jays, les Four Tops ou Nina Simone. Le quotidien, quoi.

— J'ai promis à la mère d'Elizabeth que je passerais les voir.

— Voyons, Beck…

Sur le point de protester, Shauna s'est reprise.

— Et après ?

— C'est bon.

Elle m'a empoigné le bras.

— Tu es en train de disparaître de nouveau, Beck.

Je n'ai pas répondu.

— Je t'aime, tu sais. Sérieusement, si tu étais un tant soit peu attirant, je t'aurais choisi toi, plutôt que ta sœur.

— Je suis flatté. Vraiment.

— Ne te coupe pas de moi. Si tu te coupes de moi, tu te coupes du monde entier. Parle-moi, d'accord ?

— D'accord.

Mais j'en étais incapable.

J'ai failli effacer l'e-mail.

J'en reçois tellement, des e-mails bidon, de la pub et autres conneries, que je suis devenu un as de la touche d'effacement. Je lis l'adresse de l'expéditeur d'abord. Si c'est une connaissance ou bien quelqu'un de l'hôpital, parfait. Sinon, je clique avec enthousiasme sur « Effacer ».

Je me suis installé derrière mon bureau pour consulter l'agenda de l'après-midi. C'était plein à craquer, ce qui ne m'a guère surpris. J'ai pivoté sur mon fauteuil, le doigt en l'air. Un seul e-mail. Celui qui tout à l'heure avait fait brailler Homer. J'ai parcouru la fenêtre des yeux : les deux premières lettres de l'objet m'ont stoppé net.

Non mais, qu'est-ce qui... ?

À la manière dont la fenêtre était formatée, on ne voyait que ces deux lettres et l'adresse de l'expéditeur. Une adresse qui ne m'était pas familière. Un tas de chiffres @comparama. com.

Plissant les yeux, j'ai cliqué sur la flèche de défilement de droite. L'objet est apparu, un caractère à la fois. À chaque clic, mon pouls s'accélérait un peu plus. Ma respiration me jouait des tours. Le doigt sur la souris, j'ai attendu.

Quand toutes les lettres se sont matérialisées, j'ai relu l'objet, et alors mon cœur a cogné sourdement dans ma poitrine.

— Docteur Beck ?

Ma bouche refusait de m'obéir.

— Docteur Beck ?

— Donnez-moi une minute, Wanda.

Elle a hésité. Je l'entendais toujours dans l'interphone. Puis elle a raccroché.

Mes yeux étaient rivés sur l'écran.

> A : dbeckmd@nyhosp.com
> De : 13943928@comparama.com
> Objet : E.P. + D.B. /////////////////////

Vingt et une barres. J'ai compté quatre fois.

C'était une plaisanterie cruelle, malsaine. Je le savais. Serrant les poings, je me suis demandé quel était le salopard de dégonflé qui m'avait envoyé ça. Facile de rester anonyme sur Internet – refuge idéal des technolâches. Seulement voilà, très peu de gens connaissaient cette histoire d'anniversaire et l'existence de notre arbre. Les médias n'en avaient rien su. Shauna savait, bien sûr. Linda aussi. Elizabeth aurait pu en parler à ses parents ou à son oncle. Mais en dehors de…

Qui l'avait envoyé alors ?

J'avais envie de lire le message, évidemment, pourtant quelque chose me retenait. Le fait est que je pense à Elizabeth plus souvent que je ne le laisse transparaître – personne n'est dupe, de toute façon – mais je ne parle jamais d'elle ni de ce qui est arrivé. Les gens s'imaginent que je suis macho ou bien courageux, que je cherche à épargner mes amis, à fuir la pitié de mon entourage et autres crétineries du même genre. Mais ce n'est pas ça. Parler d'Elizabeth me fait mal. Très mal. Ça me fait réentendre son dernier cri. Me ramène à l'esprit toutes les questions sans réponse. Me fait penser à ce qui aurait pu être (peu de choses, croyez-moi, vous ravagent comme le « ce qui aurait pu être »). Ça réactive la culpabilité, le sentiment, si irrationnel soit-il, qu'un autre homme, plus fort – un homme meilleur –, l'aurait peut-être sauvée.

On dit qu'il faut du temps pour digérer un drame. Qu'on est anesthésié. Qu'on n'est pas apte à accepter la tragique réalité. Une fois de plus, c'est faux. Pour moi, en tout cas. J'ai compris toutes les implications dès l'instant où l'on a découvert le corps d'Elizabeth. J'ai compris que je ne la reverrais plus, qu'on n'aurait jamais d'enfants, qu'on ne vieillirait pas ensemble. J'ai compris que c'était définitif, qu'il n'y aurait pas de sursis, que rien n'était négociable.

Je me suis tout de suite mis à pleurer. À gros sanglots. J'ai sangloté ainsi pratiquement toute une semaine sans répit. J'ai sangloté à l'enterrement. Personne ne pouvait me toucher, pas même Shauna ou Linda. Je dormais seul dans notre lit, la tête enfouie dans l'oreiller d'Elizabeth, essayant de sentir son odeur. J'ouvrais ses placards et pressais ses vêtements contre mon visage. Rien de tout cela ne me réconfortait. C'était bizarre et ça faisait mal. Mais c'était son odeur, une partie d'elle-même, et je ne pouvais m'en empêcher.

Des amis bien intentionnés – souvent la pire espèce – me servaient les platitudes d'usage. Je suis donc bien placé pour vous mettre en garde :

contentez-vous de me présenter vos plus profondes condoléances. Ne me dites pas que je suis jeune. Ne me dites pas que ça ira mieux. Ne me dites pas qu'elle est dans un monde meilleur. Ne me dites pas que ça fait partie d'un plan divin. Ne me dites pas que j'ai eu de la chance de vivre un tel amour. Tous ces clichés me font grimper aux rideaux. En regardant – ça ne va pas paraître charitable – le crétin qui les profère, je me demande pourquoi il respire toujours alors que mon Elizabeth est en train de pourrir sous terre.

J'ai aussi entendu des conneries du style : « Avoir aimé et perdu, c'est déjà positif ». Encore une idée fausse. Je vous assure, ce n'est pas positif. Qu'on n'aille pas me montrer le paradis pour ensuite le réduire en cendres. Voilà pour l'aspect égoïste. Moi, ce qui me rendait malade – réellement malade –, c'était de songer à tout ce dont Elizabeth avait été privée. Vous n'imaginez pas le nombre de fois où je vois quelque chose, où je fais quelque chose qui lui aurait plu, et rien que d'y penser la blessure se remet à saigner.

Les gens se demandent si j'ai des regrets. La réponse est : un seul. Je regrette chaque minute où j'ai été occupé à autre chose qu'à rendre Elizabeth heureuse.

— Docteur Beck ?

— Encore une petite seconde.

La main sur la souris, j'ai fait glisser le curseur sur l'icône « Lire ». J'ai cliqué dessus, et le message est apparu :

A : dbeckmd@nyhosp.com

De : 13943928@comparama.com

Objet : E.P. + D.B. ////////////////////

Message : Clique sur ce lien, heure du baiser, anniversaire.

Un bloc de béton me pesait sur la poitrine.

Heure du baiser ?

Ça ne pouvait être qu'une blague. Les énigmes, ce n'est pas mon fort. La patience non plus.

J'ai empoigné la souris et fait glisser le curseur sur le lien hypertexte, puis cliqué et entendu le cri primal du modem, appel nuptial de la machine. On a un vieux système, à la clinique. Le navigateur a mis du temps à apparaître. J'ai patienté en me disant : *Heure du baiser*, comment a-t-il su, pour l'heure du baiser ?

Le logiciel de navigation s'est ouvert. Avec un message d'erreur.

J'ai froncé les sourcils. Qui diable a pu envoyer cela ? J'ai refait une tentative, pour retomber sur « Erreur ». Le lien était rompu.

Qui diable est au courant, pour l'heure du baiser ?

Je n'en ai jamais parlé. Elizabeth et moi, on n'en discutait guère, sans doute parce qu'il n'y avait pas de quoi en faire un plat. Sentimentaux comme nous l'étions, ces choses-là, nous les gardions pour nous. C'est assez gênant au fond, mais à l'époque, au moment de ce premier baiser, j'avais noté l'heure. Comme ça, pour m'amuser. En m'écartant, j'avais regardé ma montre et dit : « Six heures et quart. »

Et Elizabeth avait répondu : L'heure du baiser.

J'ai contemplé le message. Cette histoire commençait à m'énerver sérieusement. Je ne trouvais pas ça drôle, mais alors pas drôle du tout. Envoyer un e-mail cruel, c'est une chose, mais…

Heure du baiser.

Eh bien, l'heure du baiser c'était dix-huit heures quinze, demain. Je n'avais pas vraiment le choix. J'étais obligé d'attendre.

Soit.

J'ai copié l'e-mail sur une disquette, au cas où. Puis j'ai activé les options d'impression et cliqué sur « Tout imprimer ». Je ne m'y connais pas beaucoup en informatique, mais je sais qu'on peut parfois retrouver l'origine d'un message à partir de tout le charabia en bas de page. L'imprimante s'est mise à ronronner. J'ai jeté un nouveau coup d'œil sur l'objet. Recompté les barres. Il y en avait bien vingt et une.

J'ai repensé à l'arbre et à ce premier baiser, et là, dans mon bureau exigu, confiné, j'ai senti l'odeur du Pixie Stick à la fraise.

2

Une autre surprise du passé m'attendait à la maison.

J'habite de l'autre côté du pont George-Washington, dans une banlieue résidentielle du nom de Green River, dans le New Jersey, où, contrairement à l'appellation, il n'y a pas de rivière et où la verdure est toute rabougrie. J'habite dans la maison de mon grand-père. Je suis venu vivre avec lui et tout le cortège de gardes-malades d'origine étrangère qui se sont succédé quand Nana est morte il y a trois ans.

Grand-père a la maladie d'Alzheimer. Son cerveau est un peu comme un vieux poste de télévision en noir et blanc dont l'antenne en V serait endommagée. Il fonctionne par intermittence, certains jours mieux que d'autres ; il faut tenir les branches de l'antenne d'une façon précise, sans bouger, mais malgré tout l'image continue à sauter. Enfin, c'est comme ça que ça se passait jusqu'à ces derniers temps. À présent – pour s'en tenir à la métaphore –, la télé s'allume à peine.

Je n'ai jamais beaucoup aimé mon grand-père. C'était un personnage autoritaire, à l'ancienne mode, arrivé à la force du poignet, et qui dispensait son affection proportionnellement à votre réussite. Un type bourru, peu expansif, un macho de la vieille école. Alors un petit-fils à la fois sensible et peu sportif, même avec de bonnes notes, n'avait pas grand intérêt à ses yeux.

Si j'étais venu m'installer avec lui, c'est parce que je savais que, sans ça, ma sœur l'aurait accueilli chez elle. Elle était comme ça, Linda. Quand on chantait à la colonie de vacances de Brooklake qu'« Il tient le monde entier entre ses mains », elle prenait les paroles un peu trop à cœur. Elle se serait sentie obligée de le faire. Sauf que Linda avait un fils, une compagne, des responsabilités. Et pas moi. J'ai donc déménagé, histoire de la devancer. J'aimais bien vivre ici, du reste. C'était tranquille.

Chloe, ma chienne, a accouru en remuant la queue. Je l'ai grattée derrière ses oreilles tombantes. Elle s'est abandonnée un petit moment, puis s'est mise à lorgner sa laisse.

— Donne-moi une minute, lui ai-je dit.

Chloe n'aime pas cette phrase. Elle m'a jeté un regard – chose pas facile quand vos poils vous cachent totalement les yeux. Chloe était un bearded collie, le parangon des chiens de berger. Elizabeth et moi l'avions achetée juste après notre mariage. Elizabeth adorait les chiens. Moi pas, à l'époque. Mais maintenant, si.

Chloe s'est plaquée contre la porte d'entrée. Elle a regardé la porte, puis m'a regardé moi, puis à nouveau la porte. Le message était on ne peut plus clair.

Grand-père était avachi devant un jeu télévisé. Il ne s'est pas tourné vers moi ; à vrai dire, il n'avait pas l'air de voir l'écran non plus. Son visage était figé en une sorte de masque pâle et rigide, le masque de la mort. Le masque se décomposait quand on lui changeait sa couche. Alors ses lèvres se pinçaient, ses traits s'affaissaient. Ses yeux s'embuaient, et quelquefois une larme s'en échappait. À mon avis, c'est là qu'il est le plus lucide, dans ces moments où il préférerait de loin être sénile. Dieu ne manque pas d'humour.

La garde-malade avait laissé un mot sur la table de cuisine : *Rappeler le shérif Lowell.*

Avec un numéro de téléphone griffonné dessous.

Ma tête s'est mise à palpiter. Depuis l'agression, je souffre de migraines. Les coups m'ont fêlé le crâne. J'ai été hospitalisé pendant cinq jours, bien qu'un spécialiste, un ancien camarade de fac, pense que mes migraines soient davantage d'ordre psychologique que physiologique. Il a peut-être raison. Cela dit, douleur et culpabilité sont toujours là. J'aurais dû esquiver les coups. J'aurais dû les voir venir. Et ne pas tomber à l'eau. Et pour finir, puisque j'avais trouvé la force de m'en sortir… n'aurais-je pas pu en faire autant pour sauver Elizabeth ?

Vaines considérations, je sais.

J'ai relu le mot. Chloe commençait à geindre. J'ai levé le doigt. Elle a cessé de geindre et a repris son manège : un coup je te regarde, un coup je regarde la porte.

Ça faisait huit ans que je n'avais pas eu de nouvelles du shérif Lowell, mais je le revoyais encore, penché sur mon lit d'hôpital, l'air cynique et dubitatif.

Que me voulait-il, après tout ce temps ?

J'ai décroché le téléphone et composé le numéro. Une voix a répondu dès la première sonnerie.

— Merci de me rappeler, docteur Beck.

Je ne suis pas fana de la présentation du numéro – ça fait trop Big Brother à mon goût. Je me suis éclairci la voix et, sans perdre mon temps en civilités :

— Que puis-je pour vous, shérif ?

— Je suis dans les parages, a-t-il dit. J'aimerais passer vous voir, si ça ne vous dérange pas.

— Une visite de politesse ?

— Non, pas vraiment.

Il attendait que j'ajoute quelque chose. Mais je me taisais.

— Maintenant, ça vous va ? a demandé Lowell.

— Ça vous ennuie de m'expliquer de quoi il s'agit ?

— Je préfère attendre qu'on…

— Pas moi.

J'ai senti mes doigts se crisper sur le combiné.

— Très bien, docteur Beck, je comprends.

Il s'est raclé la gorge comme quelqu'un qui cherche à gagner du temps.

— Vous avez peut-être vu au journal télévisé qu'on a découvert deux corps dans le comté de Riley.

Je n'avais rien vu de tel.

— Et alors ?

— Ils ont été trouvés non loin de votre propriété.

— Ce n'est pas ma propriété. C'est celle de mon grand-père.

— Mais légalement, vous êtes son tuteur, non ?

— Non, ai-je répondu. C'est ma sœur.

— Vous pourriez peut-être la contacter. J'aimerais lui parler également.

— Ces corps n'ont *pas* été trouvés du côté du lac Charmaine, n'est-ce pas ?

— C'est exact. On les a découverts sur le terrain voisin. Un terrain qui appartient au comté.

— Dans ce cas, que nous voulez-vous ?

Il y a eu une pause.

— Écoutez, je serai là dans une heure. Arrangez-vous, s'il vous plaît, pour que Linda soit là, d'accord ?

Et il a raccroché.

Ces huit années n'avaient pas été clémentes avec le shérif Lowell, même si dès le départ il n'avait rien d'un Mel Gibson. Avec sa tête de bouledogue, il me faisait penser à un chien galeux ; à côté de lui, Nixon semblait avoir subi un lifting. Il avait un nez en forme de patate : régulièrement, il sortait un mouchoir usé, le dépliait avec soin, s'essuyait le nez, le repliait tout aussi soigneusement et l'enfouissait dans sa poche arrière.

Linda était arrivée. Assise sur le canapé, elle se penchait en avant, prête à me protéger. C'est sa façon de se tenir. Elle fait partie de ces gens qui vous prêtent vraiment attention quand ils vous regardent. Vous ne voyez alors que ses grands yeux marron. Certes, je suis totalement partial, mais j'affirme que Linda est la personne la meilleure que je connaisse. Eh oui, c'est ringard. Il n'empêche que son existence me redonne de l'espoir. Et l'amour qu'elle me porte demeure mon seul bien en ce monde.

On s'était installés dans le salon de réception de mes grands-parents, pièce que généralement j'évite de mon mieux. L'air y était confiné, l'atmosphère lugubre, et ça sentait le canapé, comme souvent chez les gens âgés. J'avais du mal à respirer. Le shérif Lowell a mis du temps à trouver ses marques. Il s'est mouché à plusieurs reprises, a sorti un calepin, s'est humecté le doigt, a cherché la bonne page. Puis il nous a gratifiés de son plus chaleureux sourire avant de commencer.

— Pourriez-vous me dire quand vous êtes allé au lac pour la dernière fois ?

— J'y étais le mois dernier, a répondu Linda.

Mais c'était moi qu'il regardait.

— Et vous, docteur Beck ?

— Il y a huit ans.

Il a hoché la tête comme s'il avait attendu cette réponse.

— Ainsi que je l'ai expliqué par téléphone, on a découvert deux corps près du lac Charmaine.

— Les avez-vous identifiés ? a questionné Linda.

— Non.

— Vous ne trouvez pas ça bizarre ?

Lowell a réfléchi tout en se penchant pour ressortir son mouchoir.

— Il s'agit de deux hommes, adultes, blancs tous les deux. Pour le moment, on recherche parmi les personnes disparues, des fois qu'on aurait une piste. Les corps sont assez anciens.

— Anciens comment ? ai-je demandé.

À nouveau, son regard a rencontré le mien.

— Difficile à dire. Les analyses sont toujours en cours, mais d'après le labo, la mort remonte à cinq bonnes années. Ils ont été drôlement bien planqués. Jamais on ne les aurait retrouvés s'il n'y avait pas eu un glissement de terrain à cause de toutes ces pluies, et si un ours n'avait pas déterré un bras.

Ma sœur et moi, on s'est regardés.

— Pardon ? a fait Linda.

Le shérif Lowell a hoché la tête.

— Un chasseur a tué un ours et trouvé un os à côté du cadavre. L'ours l'avait dans la gueule. Ça s'est révélé être un bras humain. Du coup, on a fouillé la zone. Ç'a pris du temps, croyez-moi. D'ailleurs, on continue à creuser.

— Vous pensez qu'il pourrait y avoir d'autres cadavres ?

— On ne sait jamais.

Je me suis enfoncé dans le canapé. Linda, elle, ne s'est pas départie de sa concentration.

— Vous êtes donc venu pour nous demander l'autorisation de creuser autour du lac Charmaine ?

— En partie, oui.

On a attendu la suite. Il s'est raclé la gorge et m'a dévisagé une fois de plus.

— Docteur Beck, votre groupe sanguin, c'est bien B+, n'est-ce pas ?

J'ai ouvert la bouche, mais Linda a posé une main protectrice sur mon genou.

— Quel rapport ? a-t-elle demandé.

— On a découvert d'autres choses. À l'endroit où ils ont été ensevelis.

— Quelles autres choses ?

— Désolé, c'est confidentiel.

— Dans ce cas, fichez le camp ! me suis-je exclamé.

Lowell n'a pas eu l'air particulièrement surpris par mon éclat.

— J'essaie juste de mener…

— Je vous ai dit de ficher le camp.

Le shérif n'a pas bronché.

— Je sais que l'assassin de votre femme a déjà été traduit en justice. Et que ça doit faire sacrément mal de ramener le sujet sur le tapis.

— Épargnez-moi votre pitié.

— Ce n'était pas ce que j'avais en tête.

— Il y a huit ans, vous pensiez que je l'avais tuée.

— Ce n'est pas vrai. Vous étiez son mari. Dans les affaires de ce genre, les chances qu'un proche soit impliqué…

— Si vous n'aviez pas perdu de temps à ces conneries-là, vous l'auriez peut-être retrouvée avant…

Je me suis redressé, avec l'impression d'étouffer. J'ai tourné la tête. Le diable l'emporte ! Linda a tendu la main vers moi, mais je me suis écarté.

— Mon boulot était d'examiner toutes les possibilités, a-t-il poursuivi d'une voix monocorde. On avait fait appel aux autorités fédérales. Même le père et l'oncle d'Elizabeth étaient tenus au courant de l'évolution de l'enquête. On a fait tout ce qui était en notre pouvoir.

Je ne supportais plus cette conversation.

— Bon sang, vous voulez quoi, Lowell ?

Il s'est levé, a glissé les pouces sous sa ceinture afin de remonter son pantalon. Pour me dominer, je pense. Histoire de mieux m'intimider.

— Un prélèvement sanguin. Votre sang.

— Pour quoi faire ?

— Au moment de l'enlèvement de votre femme, vous avez été agressé.

— Et alors ?

— On vous a frappé avec un instrument contondant.

— Vous le savez, tout ça.

— Oui, a dit Lowell.

Il s'est encore essuyé le nez et, après avoir rangé son mouchoir, s'est mis à arpenter la pièce.

— Quand on a découvert les corps, on a trouvé également une batte de base-ball.

Ma tête recommençait à palpiter douloureusement.

— Une batte ?

Il a acquiescé.

— Enterrée avec les cadavres. Une batte en bois.

— Je ne comprends pas, a coupé Linda. Quel rapport avec mon frère ?

— On a relevé du sang séché dessus. Qu'on a identifié comme appartenant au groupe B+.

Il a incliné la tête vers moi.

— Votre groupe sanguin, docteur Beck.

On a tout repris depuis le début. Le rituel de l'encoche sur l'arbre, la baignade dans le lac, le bruit de la portière, mes fébriles et pitoyables efforts pour regagner la rive.

— Vous vous rappelez être retombé dans le lac ? m'a-t-il demandé.
— Oui.
— Et vous avez entendu votre femme crier ?
— Oui.
— Puis vous avez perdu connaissance ? Dans l'eau ?
J'ai fait oui de la tête.
— À votre avis, quelle était la profondeur à cet endroit ? Là où vous êtes tombé.
— Vous n'avez pas mesuré, il y a huit ans ?
— Encore un peu de patience, docteur Beck.
— Je n'en sais rien. C'était assez profond.
— Vous n'aviez pas pied ?
— Non.
— Bon, très bien. Que vous rappelez-vous, ensuite ?
— L'hôpital.
— Rien entre le moment où vous vous êtes retrouvé dans l'eau et le moment de votre réveil à l'hôpital ?
— Rien.
— Vous ne vous souvenez pas être sorti de l'eau ? Vous ne vous souvenez pas être allé jusqu'à la cabane, avoir appelé une ambulance ? Car vous avez fait tout ça. On vous a découvert sur le plancher de la cabane. Le téléphone était décroché.
— Je sais, mais je ne m'en souviens pas.
Linda a pris la parole.
— Vous croyez que ces deux hommes sont eux aussi victimes de… – elle a hésité – … KillRoy ?
Elle avait baissé la voix. KillRoy. Le simple fait de prononcer son nom a jeté un froid dans la pièce.

Lowell a toussé dans son poing.

— Aucune idée, m'dame. Les seules victimes connues de KillRoy sont des femmes. Il n'a jamais caché un corps auparavant… en tout cas, pas à notre connaissance. Et comme les deux cadavres étaient décomposés, on ne sait pas s'ils ont été marqués.

Marqués. J'ai été pris de vertige. Fermant les yeux, je me suis efforcé de ne plus écouter.

3

Le lendemain matin, j'ai foncé au bureau très tôt, pour arriver deux heures avant mon premier rendez-vous. J'ai pianoté sur le clavier de l'ordinateur, retrouvé l'étrange e-mail, cliqué sur le lien. À nouveau, l'écran a affiché « Erreur ». Ce n'était pas vraiment une surprise. J'ai relu le message, encore et encore, comme pour en décrypter le sens caché. En vain.

La veille au soir, j'avais subi une prise de sang. Les tests ADN allaient prendre plusieurs semaines, mais le shérif Lowell pensait pouvoir récupérer les premiers résultats comparatifs plus rapidement. J'avais essayé de lui soutirer davantage d'informations, mais il n'avait pas desserré les dents. Il nous dissimulait quelque chose. Quoi, aucune idée.

En attendant mon premier patient, j'ai revisionné mentalement notre entretien. J'ai pensé aux deux cadavres. À la batte maculée de sang. Je me suis laissé aller jusqu'à penser aussi au marquage.

Le corps d'Elizabeth avait été trouvé au bord de la route 80 cinq jours après l'enlèvement. Le coroner a estimé qu'elle était morte depuis deux jours. Autrement dit, elle avait passé trois jours avec Elroy Kellerton, *alias* KillRoy. Trois jours. Seule avec un monstre. Trois levers et trois couchers de soleil, terrifiée, dans le noir et dans d'atroces souffrances. Je fais mon possible pour ne pas y songer. Il y a des lieux où il vaut mieux que l'esprit ne s'aventure pas ; parce qu'il s'y égare nécessairement.

KillRoy avait été capturé trois semaines plus tard. Il avait reconnu avoir tué dix-huit femmes, lors d'une virée qui avait commencé par une étudiante à Ann Arbor et s'était terminée par une prostituée dans le Bronx. Les dix-huit victimes avaient été retrouvées au bord de la route, jetées là tel un tas d'ordures. Toutes marquées de la lettre K. Comme on marque le bétail. En d'autres termes, Elroy Kellerton avait pris un tisonnier en métal, l'avait plongé dans le feu, avait enfilé un gant de protection et, une fois le tisonnier chauffé à blanc, l'avait appliqué sur la jolie peau de mon Elizabeth dans un grésillement de chair brûlée.

Mon esprit partait dans la mauvaise direction, les images commençaient à affluer. Serrant les paupières, je me suis forcé à les chasser. Ça n'a pas marché. À propos, il était toujours en vie, KillRoy. Notre système d'appel offrait à ce monstre la possibilité de respirer, de lire, de parler, d'être interviewé sur CNN, de recevoir des visites de la part d'âmes charitables, de sourire. Pendant que ses victimes pourrissaient. Comme je l'ai déjà dit, Dieu ne manque pas d'humour.

Je me suis aspergé le visage d'eau froide et j'ai jeté un coup d'œil au miroir : une mine épouvantable. Les patients ont commencé à arriver à neuf heures. J'étais déconcentré, bien sûr. Je gardais un œil sur l'horloge murale, attendant l'« heure du baiser », six heures et quart. Mais les aiguilles avançaient comme si elles avaient baigné dans la mélasse.

Je me suis immergé dans le travail. J'ai toujours eu cette capacité-là. Gamin, je pouvais étudier des heures durant. À mon cabinet médical, je peux m'absorber dans le travail. C'est ce que j'ai fait après la mort d'Elizabeth. Certains me font remarquer que j'ai choisi de travailler plutôt que de vivre. Ce cliché, j'y réponds d'un simple : « En quoi ça vous regarde ? »

À midi, j'ai avalé un sandwich au jambon et un Coca light avant de recevoir une nouvelle fournée de patients. Un garçon de huit ans avait vu un chiropracteur pour « réalignement vertébral » quatre-vingts fois au cours de l'année passée. Il n'avait pas mal au dos. C'était une arnaque montée par plusieurs chiropracteurs du coin. Ils offraient aux parents un poste de télévision ou un magnétoscope s'ils leur amenaient leurs gamins. Puis ils envoyaient la facture à Medicaid. Medicaid est une institution extraordinaire, indispensable, mais bonjour les abus. J'ai eu le cas d'un garçon de seize ans transporté en ambulance à l'hôpital… pour un vulgaire coup de soleil. Pourquoi une ambulance plutôt qu'un taxi ou le métro ? Sa mère m'a expliqué qu'elle aurait dû payer le transport de sa poche ou bien attendre que l'État la rembourse. Alors que l'ambulance, c'est aux frais de Medicaid.

À cinq heures, j'ai salué mon dernier patient. Le personnel d'accueil partait à cinq heures et demie. J'ai attendu que le bureau soit vide pour m'installer devant l'ordinateur. À distance, j'entendais sonner les téléphones de la clinique. À partir de cinq heures et demie, les appels sont interceptés par un répondeur, qui fournit au correspondant plusieurs options possibles. Mais, pour une raison ou une autre, l'appareil ne se déclenche qu'à la dixième sonnerie. Ce bruit me tapait sur les nerfs.

Je me suis connecté, j'ai trouvé l'e-mail et ai à nouveau cliqué sur le lien. Toujours sans résultat. J'ai pensé à cet étrange message et aux deux cadavres. Il devait forcément y avoir une relation. Mon esprit me ramenait sans cesse à ce fait apparemment simple. J'ai donc entrepris de passer en revue tous les cas de figure.

Hypothèse numéro un : ce double assassinat était l'œuvre de KillRoy. Certes, ses victimes étaient des femmes, et on les a retrouvées sans difficulté, mais cela l'empêchait-il d'avoir commis d'autres meurtres ?

Hypothèse numéro deux : KillRoy avait persuadé ces hommes de l'aider à enlever Elizabeth. Ceci expliquerait cela. La batte en bois, par exemple, si le sang séché était effectivement le mien. Et ça supprimerait mon grand point d'interrogation concernant toute cette affaire. Théoriquement, comme tous les tueurs en série, KillRoy opérait seul. Comment, me suis-je toujours demandé, avait-il réussi à traîner Elizabeth jusqu'à la voiture et pu en même temps guetter le moment où j'allais sortir de l'eau ? Avant qu'on ne découvre son corps, la police était partie du principe qu'il y avait eu plus d'un agresseur. Une fois qu'on eut retrouvé son cadavre marqué d'un K, cette hypothèse fut abandonnée. KillRoy aurait pu faire ça tout seul, avait-on estimé, s'il avait menotté ou neutralisé d'une quelconque façon Elizabeth avant de s'attaquer à moi. C'était un peu brut de décoffrage, mais ça pouvait coller.

Maintenant, nous avions une autre explication. Il avait des complices. Et il les avait tués.

Hypothèse numéro trois : c'était la plus simple. Le sang sur la batte n'était pas le mien. Le groupe B+ n'est pas très courant, mais il n'est pas rare non plus. Selon toute vraisemblance, ces deux cadavres n'avaient rien à voir avec la mort d'Elizabeth.

Seulement, je n'y croyais pas.

J'ai consulté l'horloge de l'ordinateur. Elle était réglée sur une espèce de satellite censé donner l'heure exacte.

18 : 04 : 42.

Encore dix minutes et vingt-huit secondes à attendre.

Attendre quoi ?

Les téléphones continuaient à sonner. J'ai essayé de faire la sourde oreille en tambourinant sur la table. Moins de dix minutes maintenant. OK, s'il devait y avoir un changement côté lien, ce serait déjà arrivé. La main sur la souris, j'ai inspiré profondément.

Mon biper s'est mis à grésiller.

Je n'étais pas de garde ce soir. Donc, c'était soit une erreur – les standardistes de nuit étaient réputées pour –, soit un appel personnel. Ça a recommencé. Un double bip. Cela signifiait une urgence. J'ai regardé l'affichage.

C'était un appel du shérif Lowell. Avec la mention « Urgent ».

Huit minutes.

J'ai hésité, mais pas très longtemps. Tout plutôt que de mariner dans mes propres interrogations. J'ai décidé de le rappeler.

Une fois de plus, Lowell a su qui c'était avant de décrocher.

— Désolé de vous déranger, Doc.

Il m'appelait Doc maintenant. Comme si on était copains.

— Juste une petite question à vous poser.

La main sur la souris, j'ai fait glisser le curseur sur le lien et cliqué. Le navigateur s'est mis en branle.

— Je vous écoute, ai-je grogné.

Le logiciel de navigation mettait plus de temps, ce coup-ci. Sans afficher le message d'erreur.

— Le nom de Sarah Goodhart, ça vous dit quelque chose ?

J'ai failli lâcher le téléphone.

— Doc ?

J'ai écarté le combiné et l'ai contemplé comme s'il venait de se matérialiser dans ma main. Je me suis recomposé morceau par morceau. Une fois recouvré l'usage de ma voix, j'ai rapproché le téléphone de mon oreille.

— Pourquoi me demandez-vous ça ?

Quelque chose est apparu sur l'écran de l'ordinateur. J'ai plissé les yeux. C'était une webcam. Une caméra de surveillance extérieure. Il y en a partout sur la Toile. Moi-même, j'utilisais quelquefois celles qui étaient réservées à la circulation, notamment pour surveiller les embouteillages matinaux sur le pont Washington.

— C'est une longue histoire, a fait Lowell.

J'avais besoin de gagner du temps.

— Dans ce cas, je vous rappellerai.

J'ai raccroché. Sarah Goodhart, ce nom avait un sens pour moi. Et quel sens !

Que diable se passait-il ?

Le navigateur a fini de télécharger. Sur l'écran, j'ai vu un paysage urbain en noir et blanc. Le reste de la page était vide. Sans bannières ni titres. Je savais qu'il était possible de réduire l'image à sa portion congrue. C'était le cas ici.

J'ai jeté un coup d'œil sur l'horloge de l'ordinateur.

18 : 12 : 18.

La caméra était braquée sur un carrefour passablement animé, qu'elle surplombait peut-être de quatre ou cinq mètres. J'ignorais où se trouvait ce carrefour et quelle était la ville qui s'étendait sous mes yeux. Mais aucun doute, c'était une grande ville. Les piétons affluaient principalement du côté droit, tête basse, épaules rentrées, attaché-case à la main, épuisés après une journée de travail, se dirigeant probablement vers une gare ou un arrêt d'autobus. Au bout, à droite, on distinguait le trottoir. Les gens arrivaient par vagues, sûrement en fonction du changement des feux tricolores.

J'ai froncé les sourcils. Pourquoi m'avoir envoyé cette image-là ?

L'horloge affichait 18 : 14 : 21. Moins d'une minute à attendre.

Les yeux rivés sur l'écran, je suivais le compte à rebours comme si on était la veille du jour de l'an. Mon pouls s'est accéléré. Dix, neuf, huit…

Un nouveau raz de marée humain a traversé l'écran de droite à gauche. J'ai détaché le regard de l'horloge. Quatre, trois, deux. Retenant mon souffle, j'attendais. Quand j'ai jeté un coup d'œil sur l'horloge, elle affichait 18 : 15 : 02.

Il ne s'était rien passé, mais bon… qu'allais-je imaginer ?

La marée humaine s'est retirée et, l'espace d'une seconde ou deux, il n'y a eu personne à l'écran. Je me suis carré dans mon fauteuil, aspirant l'air entre mes dents. C'était une blague. Une blague bizarre, certes. Malsaine même. Mais enfin…

Sur ce, quelqu'un est sorti directement de sous la caméra. On aurait dit que cette personne était cachée là pendant tout ce temps.

Je me suis penché en avant.

C'était une femme. Je le voyais bien, même si elle me tournait le dos. Cheveux courts, mais indubitablement une femme. De là où j'étais, je n'avais pas réussi à distinguer les visages. Le sien n'était pas une exception. Jusqu'à un certain moment.

La femme s'est arrêtée. Je fixais le sommet de sa tête, comme pour la conjurer de lever les yeux. Elle a fait un pas. À présent, elle se trouvait au milieu de l'écran. Quelqu'un est passé à côté d'elle. La femme ne bougeait pas. Puis elle s'est retournée et, lentement, a levé le menton de façon à regarder la caméra bien en face.

Mon cœur a cessé de battre.

J'ai enfoncé mon poing dans ma bouche pour étouffer un cri. J'étais incapable de respirer. Incapable de réfléchir. Les larmes me sont montées aux yeux, m'ont coulé sur les joues sans que je les essuie.

Je la dévisageais. Elle me dévisageait.

Un autre flot de passants a submergé l'écran. Quelques-uns l'ont bousculée, mais la femme n'a pas bronché. Son regard était fixé sur la caméra.

Elle a levé la main pour la tendre vers moi. La tête me tournait. Comme si le lien qui me rattachait à la réalité venait d'être tranché.

Et je voguais, impuissant, à la dérive.

Elle gardait la main en l'air. Lentement, j'ai réussi à lever la mienne. Mes doigts ont effleuré l'écran tiède, s'efforçant de l'atteindre. Les larmes coulaient à nouveau. J'ai caressé doucement le visage de la femme ; mon cœur a chaviré et s'est embrasé tout à la fois.

— Elizabeth, ai-je murmuré.

Elle est restée là encore une seconde ou deux. Puis elle a dit quelque chose à la caméra. Je ne pouvais l'entendre, mais j'ai lu sur ses lèvres.

— Pardon, a articulé silencieusement ma femme morte.

Et elle est partie.

4

Vic Letty a jeté un coup d'œil à droite et à gauche avant de pénétrer en clopinant chez Boîtes Postales Etc. Son regard a fait le tour de la pièce. Personne ne se préoccupait de lui. Parfait. Vic n'a pas pu s'empêcher de sourire. Son arnaque était en béton. Il n'y avait aucun moyen de remonter jusqu'à lui, et son plan était sur le point d'en faire un homme riche.

La clé, se disait Vic, c'était la préparation. C'est ça qui faisait toute la différence entre un type doué et un génie. Le génie brouillait les pistes. Le génie parait à toutes les éventualités.

Pour commencer, Vic s'était procuré de faux papiers d'identité auprès de son tocard de cousin, Tony. Ensuite, avec ces faux papiers, il avait loué une boîte postale sous le pseudonyme UYS Enterprises. Vous pigez l'astuce ? On utilise un faux nom et un pseudonyme. Comme ça, même si quelqu'un suborne le crétin derrière le comptoir, même si quelqu'un découvre qui loue la boîte d'UYS Enterprises, le seul nom qui ressortira sera celui de Roscoe Taylor, qui figure sur la fausse carte d'identité de Vic.

Il n'y avait aucun moyen de remonter jusqu'à Vic lui-même.

À travers la pièce, Vic a scruté par la petite fenêtre la boîte 417. On n'y voyait pas très clair, mais manifestement il y avait quelque chose. Magnifique. Vic n'acceptait que les espèces ou les mandats. Pas de chèques, évidemment. Rien qui puisse conduire jusqu'à lui. Et quand il venait chercher l'argent, il prenait soin de se déguiser. Comme maintenant. Il portait une casquette de base-ball et une fausse moustache. Il faisait aussi semblant de boiter. Il avait lu quelque part qu'un boitillement, ça se remarque ; donc, si on demandait à un témoin de décrire l'individu utilisant la boîte 417, que dirait-il ? Facile. Un type avec une moustache et qui boitait. Et si on graissait la patte à cet abruti d'employé, on en déduirait que le dénommé Roscoe Taylor avait une moustache et boitait.

Alors que le véritable Vic Letty n'était ni boiteux ni moustachu.

Néanmoins, Vic prenait d'autres précautions. Il n'ouvrait jamais la boîte s'il y avait des gens autour. Jamais. Si quelqu'un venait chercher son courrier ou bien traînait dans les parages, il faisait mine d'ouvrir une autre boîte ou de remplir un formulaire de la poste, un truc comme ça. Quand la voie était libre – et seulement quand la voie était libre –, Vic allait vers la boîte 417.

On n'est jamais trop prudent.

Même pour venir ici, Vic prenait des précautions. Il garait le camion de l'entreprise – Vic s'occupait de dépannage et d'installation pour le compte de CableEye, la plus grosse compagnie de câble de la côte est – quatre rues plus loin. Il se faufilait à travers deux passages. Il portait un coupe-vent noir par-dessus son bleu de travail, pour qu'on ne voie pas « Vic » cousu sur sa poche de poitrine.

En songeant maintenant à la somme colossale qui devait l'attendre dans la boîte 417, à trois mètres de là, il avait des fourmis dans les doigts. À nouveau, il a inspecté la pièce.

Deux femmes étaient en train d'ouvrir leurs boîtes. L'une d'elles s'est retournée et lui a souri distraitement. Vic s'est dirigé vers les boîtes situées à l'opposé en tripotant son porte-clés – il avait un de ces porte-clés qui se fixent par une chaîne à la ceinture – et a feint d'examiner ses clés une par une. Tête baissée, il leur tournait le dos.

Prudence.

Deux minutes plus tard, les femmes sont reparties avec leur courrier. Vic était seul. Rapidement, il a traversé la pièce et ouvert sa boîte.

Nom d'un chien.

Un paquet adressé à UYS Enterprises. Enveloppé de papier brun. Sans adresse de l'expéditeur. Et suffisamment épais pour contenir une bonne liasse de billets verts.

Vic a souri en pensant : Voilà donc à quoi ça ressemble, cinquante mille dollars.

Les doigts tremblants, il a pris le paquet. S'est délecté de son poids entre ses mains. Son cœur s'est mis à cogner. Oh, nom de Dieu ! Cette arnaque, il la pratiquait depuis quatre mois déjà. Quelques gros poissons s'étaient pris dans ses filets. Mais ce coup-ci, bon sang de bonsoir, il avait pêché une drôle de baleine !

Après avoir regardé autour de lui, Vic a fourré le paquet dans la poche de son coupe-vent et s'est dépêché de sortir. Il a regagné le camion en changeant d'itinéraire et a repris le chemin de l'usine. Ses doigts ont trouvé le paquet, l'ont caressé. Cinquante mille. Cinquante mille dollars. Le chiffre le dépassait complètement.

Le temps d'arriver chez CableEye, la nuit était tombée. Vic a garé le camion à l'arrière et traversé la passerelle pour récupérer sa propre voiture, une Honda Civic de 1991 mangée par la rouille. Il l'a contemplée en fronçant les sourcils : plus pour longtemps.

Le parking du personnel était désert. L'obscurité commençait à l'oppresser. Ses boots de travail claquaient monotonement sur le bitume. Le froid s'insinuait sous le coupe-vent. Cinquante mille. Il avait cinquante mille dollars dans sa poche.

Rentrant la tête dans les épaules, Vic a pressé le pas.

Pour tout dire, cette fois il avait peur. Il était temps qu'il arrête. Son arnaque était bonne, aucun doute à ce sujet. Géniale même. Mais il jouait maintenant dans la cour des grands. Il s'était interrogé sur le bien-fondé de cette démarche, avait pesé le pour et le contre et décidé que les génies – ceux qui changent réellement de vie – ne reculent pas devant le risque.

Or Vic avait envie de faire partie des génies.

C'était la simplicité même de son arnaque qui la rendait extraordinaire. Chaque logement câblé avait un commutateur sur sa ligne téléphonique. Quand on voulait s'abonner à une chaîne comme HBO ou Showtime, le gentil installateur venait bidouiller les interrupteurs. Votre vie sur le câble était contenue dans ce commutateur. Et ce qui contient votre vie sur le câble contient tout ce qu'il y a à savoir sur vous.

Les opérateurs du câble et les hôtels qui offrent l'accès au kiosque multivision prennent soin de spécifier que les titres des films que vous regardez n'apparaissent pas sur la facture. C'est peut-être vrai, mais ça ne veut pas dire qu'ils ne les connaissent pas. Essayez donc de ne pas payer, à l'occasion. Ils vont vous dresser toute la liste jusqu'à plus soif.

Vic avait eu tôt fait d'apprendre – sans trop entrer dans les détails techniques – que les choix effectués sur le câble étaient régis par des codes, transmettant votre commande *via* le commutateur au terminal informatique de l'opérateur. Il grimpait sur les poteaux télégraphiques, ouvrait les boîtiers et relevait les chiffres. De retour au bureau, il tapait les codes et découvrait tout.

Il découvrait par exemple qu'à dix-huit heures, le 2 février, vous et votre famille aviez loué par le biais du kiosque *Le Roi Lion.* Ou, pour prendre un exemple beaucoup plus parlant, qu'à vingt-deux heures trente, le 7 février, vous vous étiez payé *À la poursuite de Miss Octobre* et *Sur la blonde dorée* sur Sizzle TV.

Vous voyez l'arnaque ?

Au début, Vic choisissait ses cibles au hasard. Il adressait une lettre au chef de famille. Une lettre brève et réfrigérante. Dedans, il énumérait tous les films porno qui avaient été commandés, avec la date et l'heure. En précisant que des copies de cette information seraient diffusées à tous les membres de sa famille, à ses voisins, à son employeur. Après quoi, Vic réclamait cinq cents dollars en échange de son silence. Ce n'était peut-être pas grand-chose, mais pour lui c'était la somme idéale : suffisante pour se constituer un petit pactole, et en même temps pas assez importante pour que ses victimes renâclent à payer.

Néanmoins – et il en avait été surpris au début –, seuls dix pour cent environ lui répondaient. Vic ne savait pas très bien pourquoi. Peut-être que le fait de regarder des films porno n'était plus une tare, comme autrefois. Peut-être que la femme du type était déjà au courant. Bon sang, peut-être qu'elle les regardait avec lui ! Mais le vrai problème de Vic était qu'il s'éparpillait trop.

Il fallait se recentrer davantage. Trier ses cibles.

D'où son idée de viser certaines professions, celles qui auraient beaucoup à perdre si l'information venait à être divulguée. Une fois de plus, les ordinateurs de la compagnie lui ont fourni tous les renseignements dont il avait besoin. Il a commencé à frapper chez les enseignants. Le personnel des crèches. Les gynécologues. Quiconque exerçant une fonction susceptible de pâtir d'un scandale de ce genre. C'étaient les professeurs qui paniquaient le plus, mais c'étaient aussi eux qui avaient le moins d'argent. Par ailleurs, ses lettres étaient maintenant plus ciblées. Il mentionnait le nom de la femme. Le nom de l'employeur. Aux profs, Vic promettait d'inonder le conseil de l'établissement et les parents d'élèves de « preuves de perversité », une expression de son cru. Les médecins, il les menaçait d'envoyer ses « preuves » au conseil de l'ordre, sans oublier la presse locale, les voisins et les patients.

L'argent a commencé à rentrer plus vite.

Jusqu'à ce jour, l'arnaque avait rapporté à Vic près de quarante mille dollars. Et voilà qu'il avait ferré son plus gros poisson, tellement gros que son premier réflexe avait été de laisser tomber. Mais il n'avait pas pu. Il n'avait pas eu le cœur de renoncer à la prise la plus fabuleuse de sa vie.

Eh oui, il s'était fait quelqu'un de connu. Quelqu'un de haut placé. Randall Scope. Jeune, beau, riche, femme sexy, 2,4 enfants, ambitions politiques, l'héritier en vue de l'empire Scope. Et il n'avait pas commandé *un* film. Ni même deux.

En l'espace d'un mois, Randall Scope avait visionné vingt-trois films pornographiques.

Waouh !

Vic avait passé deux nuits à rédiger le brouillon de sa lettre, pour finalement s'en tenir à la version de base : brève, froide et extrêmement précise. Il réclamait à Scope cinquante mille dollars. Il les voulait dans sa boîte pour aujourd'hui. Et, sauf erreur de sa part, ces cinquante mille dollars étaient en train de lui brûler la poche.

Vic aurait bien aimé y jeter un œil. Là, tout de suite. Mais il était la discipline incarnée. Il attendrait d'être chez lui d'abord. Il verrouillerait sa porte, s'installerait par terre, ouvrirait le paquet et en ferait pleuvoir les billets verts.

Ce coup-ci, c'était du sérieux.

Vic a garé sa voiture dans la rue et s'est engagé dans l'allée. La vue de son logement – un appartement au-dessus d'un garage minable – le déprimait. Mais il n'allait pas y rester. Avec ces cinquante mille dollars, plus les quarante mille ou presque qu'il avait planqués chez lui, plus les dix mille qu'il avait économisés…

À cette idée, il a fait une pause. Cent mille. Il avait cent mille dollars en liquide. Sacré nom de Dieu !

Il allait partir immédiatement. Prendre l'argent et filer en Arizona. Il avait un ami là-bas, Sammy Viola. À eux deux, ils ouvriraient un commerce, un restaurant ou une boîte de nuit. Vic en avait marre du New Jersey.

Il était temps de tourner la page. Recommencer à zéro.

Il a gravi l'escalier menant à l'appartement. Pour la petite histoire, Vic n'avait jamais mis ses menaces à exécution. Jamais envoyé de lettre à quiconque. Si une de ses victimes ne voulait pas payer, c'était fini, on n'en parlait plus. Lui nuire après coup n'aurait servi à rien. Vic était un artiste de l'arnaque. Son arme, c'était son cerveau. Il recourait aux menaces, certes, mais sans passer à l'acte. Car ça risquait seulement de provoquer la colère de l'autre et, qui sait, de lui retomber dessus.

Il n'avait jamais réellement fait de mal à personne. À quoi bon ?

Arrivé sur le palier, Vic s'est arrêté devant sa porte. Il faisait noir comme dans un four. Cette maudite ampoule avait encore grillé. Avec un soupir, il a tiré sur sa lourde chaîne porte-clés. Plissant les yeux dans l'obscurité, il a essayé de trouver la bonne clé. À tâtons, essentiellement. Puis il a tâtonné sous la poignée jusqu'à ce que la clé glisse dans la serrure. Il a poussé la porte, est entré. Quelque chose clochait.

Un truc froufroutait sous ses pieds.

Vic a froncé les sourcils. Du plastique. Il marchait sur du plastique. Comme celui qu'un peintre aurait posé pour protéger le plancher, ce genre-là. Il a appuyé sur l'interrupteur, et c'est là qu'il a vu l'homme avec le flingue.

— Salut, Vic.

Étouffant une exclamation, Vic a reculé d'un pas. L'homme en face de lui était âgé d'une quarantaine d'années. Grand et gros, avec un ventre qui se battait contre les boutons de sa chemise de soirée et qui, à un endroit au moins, avait déjà gagné. Sa cravate était desserrée, et sa coiffure était un vrai cauchemar : huit mèches tressées d'une oreille à l'autre et plaquées avec du gel au sommet de son crâne. Les traits de son visage étaient mous ; son menton disparaissait dans des replis de graisse. Il avait posé les pieds sur le coffre que Vic utilisait en guise de table basse. Remplacez le flingue par une télécommande, et vous auriez eu devant vous un père de famille harassé, tout juste rentré du travail.

L'autre homme, celui qui bloquait la porte, était tout le contraire du gros. Un Asiatique d'environ vingt ans, trapu, taillé comme un bloc de granite, carré, les cheveux décolorés, un piercing ou deux dans le nez et un Walkman jaune sur les oreilles. Le seul endroit où on aurait pu les voir ensemble, ces deux-là, ç'aurait été dans le métro, le gros fronçant les sourcils derrière son journal soigneusement plié, et le jeune vous observant tout en dodelinant de la tête au son de la musique qui beuglait dans son casque.

Vic a tenté de réfléchir. Essaie de savoir ce qu'ils veulent. Raisonne-les. Tu es un artiste de l'arnaque. Un cerveau. Tu vas t'en sortir. Il s'est redressé.

— Qu'est-ce que vous voulez ?

Le gros avec les tresses a appuyé sur la détente.

Vic a entendu un bruit sec, puis son genou droit a explosé. Les yeux écarquillés, il a poussé un cri et s'est effondré en se tenant la jambe. Le sang a coulé entre ses doigts.

— C'est un vingt-deux, a dit le gros en parlant de son arme. Un petit calibre. Ce qui me plaît là-dedans, comme tu vas le constater, c'est que je peux te tirer dessus autant que je veux sans te tuer.

Les pieds toujours sur le coffre, l'homme a tiré à nouveau. Cette fois, c'est l'épaule de Vic qui a pris. Il a senti l'os éclater. Son bras est retombé telle une porte de grange dont un gond aurait lâché. Vic s'est renversé sur le dos en haletant, saoulé par un terrible cocktail de douleur et de peur. Les yeux grands ouverts et fixes dans le brouillard, il a soudain compris quelque chose.

Le plastique par terre.

Il était couché dessus. Pire, il saignait dessus. C'était pour ça qu'on l'avait déposé là. Ces hommes l'avaient étendu sur le sol afin de se simplifier le nettoyage.

— Tu veux me raconter ce que j'ai envie d'entendre, a fait le gros, ou je recommence ?

Vic s'est mis à parler. Il leur a tout lâché. Il leur a avoué où était le reste de l'argent. Où se trouvaient les preuves. Le gros lui a demandé s'il avait des complices. Il a dit que non. Alors l'homme lui a tiré dans l'autre genou. Il a redemandé si Vic avait des complices. Vic a répété que non. L'homme lui a tiré dans la cheville droite.

Une heure plus tard, Vic a supplié le gros de lui mettre une balle dans la tête.

Deux heures après, son vœu a été exaucé.

5

Je regardais fixement l'écran de l'ordinateur.

J'étais incapable de bouger. Mes sens étaient en surcharge, mon être tout entier était paralysé.

C'était impossible. Je le savais. Elizabeth n'était pas tombée d'un yacht et, son corps n'ayant jamais été retrouvé, n'avait pas été portée disparue. Elle n'avait pas été brûlée au point d'être rendue méconnaissable. Son cadavre avait été retrouvé dans un fossé au bord de la route 80. Abîmé peut-être, mais pourtant clairement identifié.

Pas par toi...

Soit, mais par deux membres de sa famille proche : son père et son oncle. D'ailleurs, c'est mon beau-père, Hoyt Parker, qui m'a annoncé sa mort. Il est venu me voir dans ma chambre d'hôpital avec son frère, Ken, peu de temps après que j'ai eu repris conscience. Deux grands costauds grisonnants tout de chair et de muscles, aux traits taillés au burin ; Hoyt et Ken étaient l'un dans la police new-yorkaise, l'autre agent fédéral, tous deux anciens du Vietnam. Ils ont ôté leurs chapeaux pour me parler avec l'empathie vaguement distante de professionnels, mais je n'ai pas été dupe, et ils n'ont pas fait trop d'efforts non plus.

Alors c'était quoi, ce que je venais de voir à l'instant ?

Sur l'écran, le flot de piétons ne tarissait pas. J'ai continué à le fixer, l'appelant silencieusement pour qu'elle revienne. Tu parles. Où c'était, au fait ? Une ville populeuse, c'est tout ce que l'on pouvait dire. Si ça se trouve, c'était New York.

Cherche donc des indices, imbécile.

J'ai essayé de me concentrer. Les vêtements. OK, voyons côté vêtements. La plupart des gens portaient des vestes ou des manteaux. Conclusion : on était quelque part dans le Nord, en tout cas dans un endroit où il ne faisait pas particulièrement chaud aujourd'hui. Super. Je pouvais rayer Miami.

Quoi d'autre ? J'ai scruté les passants. Les coiffures ? Ça ne m'avancerait à rien. J'apercevais l'angle d'un bâtiment en brique. J'ai cherché des signes distinctifs, quelque chose me permettant de le situer. Sans résultat. J'ai examiné l'écran en quête d'un détail, n'importe lequel, qui sorte de l'ordinaire.

Les sacs en plastique.

Plusieurs personnes portaient des sacs en plastique. J'ai tenté de lire les inscriptions, mais ça bougeait trop vite. Je les ai exhortées de ralentir. En vain. Je regardais toujours, les yeux à la hauteur de leurs genoux. L'angle de la caméra ne m'aidait guère. J'ai rapproché mon visage de l'écran au point d'en sentir la chaleur.

Un R majuscule.

C'était la première lettre sur l'un des sacs. Le reste tremblotait trop pour être lisible. Les caractères avaient l'air tarabiscotés. Bon, et quoi encore ? Quels autres indices pouvais-je... ?

La transmission s'est interrompue.

Zut ! J'ai cliqué sur « Recharger ». Pour tomber sur le message d'erreur. Alors je suis revenu à l'e-mail d'origine et j'ai cliqué sur le lien. « Erreur », une fois de plus.

L'image avait disparu.

J'ai regardé l'écran vide ; alors la vérité s'est imposée à moi avec une force redoublée : je venais de voir Elizabeth.

Je pouvais toujours essayer de me raisonner, mais ce n'était pas un rêve. J'en avais eu, des rêves dans lesquels Elizabeth était en vie. Je n'en avais eu que trop. Dans la plupart d'entre eux, je me contentais d'accepter sa sortie du tombeau, trop heureux pour poser des questions ou émettre un doute. Je me souviens d'un rêve en particulier où nous étions ensemble – je ne sais plus ce qu'on faisait ni même où on était – quand soudain, en pleine crise de fou rire, j'ai réalisé avec une lucidité dévastatrice que j'étais en train de rêver, que très bientôt j'allais me réveiller, seul. Je me rappelle avoir serré Elizabeth dans mes bras, en une tentative désespérée pour la ramener avec moi.

Les rêves, je connaissais. Ce que j'avais vu sur l'ordinateur n'en était pas un.

Ce n'était pas non plus un fantôme. Non pas que je croie aux fantômes, mais, dans le doute, autant garder l'esprit ouvert. Seulement, les fantômes ne vieillissent pas. Alors que l'Elizabeth sur l'écran avait vieilli. Pas beaucoup, mais tout de même, ça faisait huit ans. Et puis, les fantômes ne se coupent pas les cheveux. J'ai repensé à la longue natte lui tombant dans le dos au clair de lune. J'ai repensé à la coupe courte dernier cri que je venais de voir. Et j'ai repensé à ses yeux, les yeux que j'avais contemplés depuis l'âge de sept ans.

C'était Elizabeth. Elle était en vie.

Les larmes se sont remises à couler, mais cette fois j'ai lutté pour les retenir. C'est drôle. J'ai toujours eu la larme facile, mais après le deuil d'Elizabeth j'ai été incapable de pleurer. Non pas que j'avais épuisé toutes mes larmes ou autres âneries de ce genre. Ni que le chagrin m'avait anesthésié, même s'il pouvait y avoir du vrai là-dedans. En réalité, à mon avis, je me suis placé instinctivement dans une position de défense. À la mort d'Elizabeth, j'avais ouvert les vannes pour laisser libre cours à la douleur. J'ai tout pris en pleine figure. Et ça a fait mal. Ça a fait tellement mal que, maintenant, quelque réflexe primitif empêchait que ça recommence.

Je ne sais pas combien de temps j'ai passé, assis là. Une demi-heure peut-être. Je me suis efforcé de respirer plus lentement, de me calmer. Je voulais être rationnel. Il fallait que je sois rationnel. J'étais censé être déjà chez les parents d'Elizabeth, mais là, tout de suite, je ne me sentais pas capable de les regarder en face.

Soudain, je me suis rappelé autre chose.

Sarah Goodhart.

Le shérif Lowell m'avait demandé si je connaissais ce nom-là. La réponse était oui.

Elizabeth et moi avions l'habitude de jouer à un jeu d'enfants. Peut-être y avez-vous déjà joué, vous aussi. Vous prenez votre deuxième prénom, vous y accolez le nom de la rue où vous avez grandi. Par exemple, mon nom complet est David Craig Beck et j'ai passé mon enfance dans Darby Road. Ce serait donc Craig Darby. Et Elizabeth serait…

Sarah Goodhart.

Que diable se passait-il ?

J'ai décroché le téléphone. D'abord, j'ai appelé les parents d'Elizabeth. Ils habitaient toujours la même maison dans Goodhart Road. C'est sa mère qui a répondu. Je l'ai prévenue de mon retard. De la part d'un médecin, c'est acceptable. L'un des avantages du métier.

Quand j'ai téléphoné au shérif Lowell, je suis tombé sur sa boîte vocale. Je lui ai dit de me biper quand il aurait un moment. Je n'ai pas de téléphone portable. Je sais bien que je fais partie d'une minorité, mais mon bip me relie déjà bien assez au monde extérieur.

Je me suis rassis, mais Homer Simpson m'a tiré de ma transe par un nouveau : « Le courrier est là ! » Je me suis rué sur la souris. L'adresse de l'expéditeur ne me disait rien, mais l'objet était « Caméra d'extérieur ». Mon cœur a refait un bond.

J'ai cliqué sur la petite icône, et l'e-mail est apparu à l'écran.

> Demain même heure plus deux heures chez
> Bigfoot.com. Il y aura un message pour toi sous.
> Ton nom d'utilisateur : Bat Street.
> Mot de passe : Ados.

Au-dessous, tout en bas de l'écran, on lisait huit mots de plus :

> Ne le dis à personne. On nous surveille.

Larry Gandle, l'homme aux mèches plaquées sur le crâne, regardait Eric Wu terminer tranquillement le nettoyage.

Vingt-six ans, d'origine coréenne, porteur d'une impressionnante collection de piercings et de tatouages, Wu était l'homme le plus dangereux que Gandle eût jamais connu. Il était bâti comme un petit char d'assaut, mais en soi ça ne voulait pas dire grand-chose. Gandle connaissait plein de gens avec ce physique-là. Trop souvent, les muscles apparents se révélaient totalement inutiles.

Ce n'était pas le cas d'Eric Wu.

Être taillé dans le roc, c'était bien joli, mais le secret de la force meurtrière de Wu résidait dans ses mains calleuses – deux blocs de ciment avec des doigts comme des serres d'acier. Il passait des heures à s'entraîner, à taper sur des parpaings, à exposer ses mains à des températures extrêmes, à faire des séries de tractions sur un doigt. Quand Wu se servait de ces doigts-là, les dommages causés à l'os et aux tissus étaient inimaginables.

De sombres rumeurs circulaient sur des individus tels que Wu, des bobards pour la plupart, mais Larry Gandle l'avait vu tuer un homme en enfonçant ses doigts dans les parties molles du visage et de l'abdomen. Il l'avait vu saisir un homme par les deux oreilles et les arracher d'un seul geste fluide. Il l'avait vu tuer à quatre reprises, de quatre manières totalement différentes, sans l'aide d'une arme.

Aucune de ces morts n'avait été rapide.

Personne ne savait exactement d'où venait Wu ; la version la plus répandue évoquait une enfance violente en Corée du Nord. Gandle n'avait jamais posé de questions. Il y a des sentiers nocturnes où il vaut mieux que l'esprit ne s'égare pas : le côté obscur d'Eric Wu – comme s'il y avait eu un côté lumineux – était de ceux-là.

Lorsque Wu a eu fini d'emballer le protoplasme qui avait été Vic Letty dans la bâche de protection, il a levé les yeux sur Gandle. Des yeux morts, s'est dit Larry Gandle. Les yeux d'un enfant filmé dans un pays en guerre.

Wu n'avait pas pris la peine d'enlever son casque. Ses écouteurs à lui ne diffusaient pas du hip-hop, du rap ni même du rock à pleins tubes. Il écoutait pratiquement non-stop des CD planants avec des titres tels que *Brise océane* et *Gazouillis du ruisseau*.

— Je l'emmène chez Benny ? a-t-il demandé.

Il s'exprimait d'une voix curieusement lente, comme un personnage des Peanuts.

Larry Gandle a hoché la tête. Benny dirigeait un crématorium. On incinère bien les déchets.

— Et débarrasse-toi de ça.

Il a tendu à Eric Wu le calibre vingt-deux. Le pistolet paraissait minuscule, factice, dans l'énorme main de Wu. Eric a froncé les sourcils, probablement déçu que Gandle ait préféré ce gadget à ses talents exceptionnels, et l'a fourré dans sa poche. Avec un vingt-deux, la balle ressortait rarement de l'autre côté. Autrement dit, il y avait moins de pièces à conviction. Le sang avait été contenu par la bâche en vinyle. Ni vu ni connu.

— Plus tard, a fait Wu.

Il a soulevé le corps d'une main comme si c'était une mallette et l'a emporté dehors.

Larry Gandle lui a adressé un salut de la tête. Il n'avait pas pris grand plaisir aux souffrances de Vic Letty – mais ça ne l'avait pas dérangé non plus.

Le problème était simple : Gandle devait s'assurer que Letty travaillait seul et qu'il n'avait pas laissé traîner de preuves compromettantes. Pour ce faire, il avait fallu le pousser à bout. Il n'y avait pas eu d'autre solution.

Finalement, ça n'était qu'une question de choix : la famille Scope ou Vic Letty. Les Scope étaient des gens bien. Ils n'avaient strictement rien fait à Vic Letty. Lequel Letty, en revanche, s'était escrimé à nuire à la famille Scope. Seul l'un d'entre eux pouvait s'en sortir indemne : la bienveillante, l'innocente victime ou bien le parasite qui cherchait à tirer profit de la détresse d'autrui. Réflexion faite, il n'y avait même pas à choisir.

Le portable de Gandle s'est mis à vibrer. Il a appuyé sur un bouton :

— Oui.

— Les corps du bord du lac ont été identifiés.

— Et alors ?

— C'est eux. Nom de Dieu, c'est Bob et Mel.

Gandle a fermé les yeux.

— Qu'est-ce que ça veut dire, Larry ?

— Je ne sais pas.

— Et on fait quoi ?

Larry Gandle savait qu'il n'y avait pas d'alternative. Il serait obligé de parler à Griffin Scope. Au risque de réveiller des souvenirs douloureux. Huit ans. Huit ans après. Gandle a secoué la tête. Ça allait lui briser le cœur, au vieux, exactement comme autrefois.

— Je m'en occupe.

6

Kim Parker, ma belle-mère, est une jolie femme. Il y a toujours eu une si grande ressemblance entre elle et Elizabeth que pour moi son visage est devenu l'ultime image de ce qui aurait pu être. Seulement la mort d'Elizabeth l'a peu à peu minée. Ses traits étaient tirés à présent, crispés presque. Et ses yeux, on aurait cru des billes de verre fêlées de l'intérieur.

La maison des Parker avait très peu changé depuis les années soixante-dix : murs revêtus de frisette, moquette bouclée bleu ciel mouchetée de blanc, cheminée en fausse pierre. Des plateaux-télé repliés, genre dessus en plastique blanc et pieds en métal doré, s'alignaient contre un mur. Il y avait des portraits de clowns et des assiettes de collection. La seule innovation notable, c'était le téléviseur. Il était passé au fil des ans du poste en noir et blanc à l'image instable de trente centimètres au monstrueux cent vingt-cinq centimètres qui trônait maintenant dans le coin.

Ma belle-mère était assise sur le canapé qui avait si souvent accueilli nos ébats, à Elizabeth et à moi. J'ai souri un instant : ah, si ce canapé pouvait parler ! À vrai dire, ce machin hideux aux motifs floraux criards était lié à un tas d'autres souvenirs. C'est là qu'Elizabeth et moi avions ouvert nos lettres d'admission à l'université. Blottis sur ces coussins, on avait regardé *Vol au-dessus d'un nid de coucou, Voyage au bout de l'enfer* et tous les vieux Hitchcock. On y faisait nos devoirs, moi assis, Elizabeth couchée, la tête sur mes genoux. J'ai appris à Elizabeth que je voulais être médecin – grand neurochirurgien, enfin c'est ce que je croyais. Elle m'a dit qu'elle voulait faire du droit pour travailler avec des enfants. Elizabeth ne supportait pas de voir un gamin souffrir.

Je me souviens d'un stage qu'elle a fait pendant les vacances d'été, après notre première année de fac. Elle a travaillé pour Covenant House, ramassant des enfants fugueurs et sans domicile dans les pires endroits de New York. Je l'ai accompagnée une fois dans sa tournée ; on a sillonné la 42e Rue d'avant Giuliani dans tous les sens, cherchant parmi les monceaux d'humanité en décomposition des gosses qui avaient besoin d'un abri. Elizabeth a repéré une prostituée de quatorze ans, tellement défoncée qu'elle avait fait sur elle. J'ai grimacé de dégoût. Je n'en suis pas fier. Ces gens-là sont peut-être des êtres humains, mais – là, je suis honnête – la crasse me répugne. J'ai aidé. Avec une grimace.

Elizabeth ne grimaçait jamais. C'était un don chez elle. Elle prenait les enfants par la main. Les portait. Elle a lavé la fille, l'a soignée et lui a parlé toute la nuit. Elle les regardait droit dans les yeux. Elizabeth pensait sincèrement que tout le monde était beau et gentil ; elle était naïve comme j'aurais voulu l'être.

Je me suis toujours demandé si elle était morte dans le même état d'esprit – se raccrochant dans la douleur à sa foi en l'humanité et autres belles inepties. Je l'espère, mais je soupçonne que KillRoy a dû la briser.

Kim Parker était sagement assise, les mains sur les genoux. Elle m'aimait bien, même si dans notre jeunesse nos parents respectifs s'étaient inquiétés de nous voir aussi proches. Ils auraient voulu qu'on joue avec d'autres. Ils auraient voulu qu'on ait davantage d'amis. C'est normal, je suppose.

Hoyt Parker, le père d'Elizabeth, n'était pas encore rentré. Du coup, on a causé de la pluie et du beau temps, Kim et moi… en d'autres termes, on a causé de tout, sauf d'Elizabeth. Je ne quittais pas Kim des yeux car je savais que le manteau de la cheminée croulait sous les photos d'Elizabeth et de son sourire à vous fendre le cœur.

Elle est vivante…

Je n'arrivais pas à m'en convaincre. L'esprit, je le sais par mes stages en psychiatrie (sans mentionner mon histoire familiale), a des pouvoirs de distorsion incroyables. Je ne me croyais pas suffisamment cinglé pour faire apparaître son image, mais, par ailleurs, les fous ne reconnaissent jamais leur folie. J'ai pensé à ma mère, me demandant comment elle jugeait son état mental, si elle était capable de se livrer sérieusement à l'introspection.

Probablement pas.

Kim et moi, on a parlé météo. On a parlé de mes patients. De son nouveau job à temps partiel chez Macy's. Quand soudain elle m'a sidéré.

— Tu as quelqu'un dans ta vie ?

C'était la première question véritablement personnelle qu'elle m'ait jamais posée. J'en suis resté baba. Qu'avait-elle envie d'entendre, au juste ?

— Non, ai-je dit.

Elle a hoché la tête, et j'ai eu l'impression qu'elle voulait ajouter quelque chose. Nerveusement, elle a porté la main à son visage.

— Mais ça m'arrive de sortir avec des femmes.

— Tant mieux, a-t-elle répondu avec un hochement de tête un peu trop chaleureux. C'est ce qu'il te faut.

J'ai contemplé mes mains et dit, à ma propre surprise :

— Elle me manque tellement.

Ce n'était pas prévu. J'avais décidé de me taire et de suivre notre sécurisant schéma de toujours. J'ai jeté un coup d'œil à son visage. Elle avait l'air peinée et reconnaissante.

— Je le sais, Beck. Mais tu ne devrais pas culpabiliser de voir d'autres gens.

— Je ne culpabilise pas. Je veux dire : ce n'est pas ça.

Elle a décroisé les jambes et s'est penchée vers moi.

— C'est quoi, alors ?

J'étais incapable de parler. J'aurais bien voulu. Pour lui faire plaisir. Elle me regardait, et derrière cette fêlure dans ses yeux affleurait le besoin avide de parler de sa fille. Mais cela m'était impossible. J'ai secoué la tête.

J'ai entendu une clé dans la serrure. Nous nous sommes retournés brusquement, nous redressant tels deux amants pris sur le fait. Hoyt Parker a poussé la porte avec son épaule en appelant sa femme. Il est entré dans le séjour et, avec un soupir sonore, a déposé un sac de sport par terre. Sa cravate était desserrée, sa chemise, froissée, ses manches, roulées jusqu'aux coudes. Hoyt avait les avant-bras de Popeye. En nous voyant sur le canapé, il a poussé un nouveau soupir, plus profond, celui-là, et fortement teinté de réprobation.

— Comment ça va, David ?

On s'est serré la main. Sa poigne était comme toujours calleuse, râpeuse et trop ferme. Kim s'est excusée et est sortie à la hâte. Hoyt et moi avons échangé quelques politesses, suivies d'un silence. Hoyt Parker n'a jamais été à l'aise avec moi. Il pourrait y avoir un complexe d'Électre là-dessous, mais j'ai toujours senti qu'il me considérait comme une menace. C'était compréhensible. Sa petite fille passait tout son temps en ma compagnie. Avec les années, on avait réussi à vaincre son ressentiment et à nouer un semblant d'amitié. Jusqu'à la mort d'Elizabeth.

Il m'en tient pour responsable.

Il ne l'a jamais dit, bien sûr, mais ça se voit dans ses yeux. Hoyt Parker est un grand costaud. Honnête, solide comme un roc, le modèle américain incarné. Avec lui, Elizabeth se sentait en sécurité absolue. Hoyt avait ce genre d'aura protectrice. Rien ne pouvait atteindre sa petite fille tant que le Grand Hoyt était à ses côtés.

Je doute d'avoir jamais procuré à Elizabeth ce même sentiment de sécurité.

— Le boulot, ça va ? m'a-t-il questionné.

— Bien. Et vous ?

— Plus qu'une année à tirer avant la retraite.

J'ai hoché la tête, et nous nous sommes tus à nouveau. En venant ici, j'avais décidé de ne pas parler de ce que j'avais vu sur l'écran de l'ordinateur. Indépendamment du fait que ç'avait l'air dingue. Indépendamment du fait que ç'aurait rouvert les vieilles blessures et qu'ils en auraient terriblement souffert. La vérité, c'est que je n'avais pas la moindre idée de ce qui m'arrivait. Plus le temps passait, plus l'épisode tout entier me semblait irréel. J'ai également décidé de prendre le dernier e-mail au sérieux. *Ne le dis à personne.* Si le pourquoi du comment de cette histoire m'échappait totalement, le lien que j'avais établi m'apparaissait effroyablement ténu.

Néanmoins, je me suis assuré que Kim était bel et bien hors de portée de voix. Puis, me penchant vers Hoyt, j'ai murmuré :

— Puis-je vous demander quelque chose ?

Pour toute réponse, j'ai eu droit à un de ces regards sceptiques dont il avait le secret.

— Je veux savoir…

Je me suis interrompu.

— Je veux savoir comment vous l'avez trouvée.

— Trouvée ?

— Quand vous êtes arrivé à la morgue. Je veux savoir ce que vous avez vu.

Son visage s'est affaissé sur lui-même, à la façon d'un édifice aux fondations ébranlées par des explosions.

— Pour l'amour de Dieu, pourquoi tu me demandes ça ?

— Ça m'est venu à l'esprit, ai-je dit gauchement. Vu que c'est le jour anniversaire et tout.

Il s'est levé brusquement, a essuyé ses paumes sur son pantalon.

— Tu veux boire un coup ?

— Volontiers.

— Bourbon, ça te va ?

— Super.

Il s'est approché d'une vieille table roulante à côté de la cheminée, et donc des photos. Je gardais les yeux baissés.

— Hoyt ? ai-je risqué.

Il a dévissé le bouchon d'une bouteille.

— Tu es médecin, a-t-il fait, pointant un verre sur moi. Tu as déjà vu des cadavres.

— Oui.

— Alors tu sais.

En effet.

Il m'a apporté mon verre. Je l'ai saisi un peu trop précipitamment et j'ai bu une gorgée. Hoyt, qui m'observait, a porté son verre à ses lèvres.

— Je ne vous ai jamais demandé de détails, ai-je commencé.

Mieux, je les avais soigneusement évités. D'autres « familles de victimes », comme on nous appelait dans les médias, s'y complaisaient à outrance. Elles assistaient tous les jours au procès de KillRoy, écoutaient et pleuraient. Pas moi. Je pense que ça les aidait à canaliser leur douleur. Moi, j'avais choisi de canaliser la mienne vers l'intérieur.

— Tu n'as pas besoin de connaître les détails, Beck.

— Elle a été battue ?

Hoyt a examiné son bourbon.

— Pourquoi tu fais ça ?

— Il faut que je sache.

Il m'a regardé par-dessus son verre. Ses yeux ont balayé mon visage. On aurait dit qu'ils me palpaient. Je n'ai pas bronché.

— Il y avait des ecchymoses, oui.

— Où ?

— David…

— Sur son visage ?

Il a plissé les yeux, comme s'il venait de repérer quelque chose de déconcertant.

— Oui.

— Sur le corps aussi ?

— Je n'ai pas regardé son corps. Mais je sais que la réponse est oui.

— Pourquoi n'avez-vous pas regardé son corps ?

— J'étais là en tant que père, pas en tant qu'enquêteur – à des fins d'identification seulement.

— Ç'a été facile ?

— Qu'est-ce qui a été facile ?

— De l'identifier. Vous dites qu'elle avait le visage couvert de bleus.

Il s'est raidi. Il a reposé son verre et, avec une appréhension croissante, je me suis rendu compte que j'étais allé trop loin. J'aurais dû m'en tenir à mon plan. J'aurais dû la boucler, point.

— Tu veux vraiment entendre tout ça ?

Non, ai-je pensé. Mais j'ai hoché la tête.

Hoyt Parker a croisé les bras, s'est incliné en arrière sur ses talons.

— L'œil gauche d'Elizabeth était tuméfié. Son nez était cassé et aplati comme de l'argile humide. Il y avait une entaille sur son front, faite probablement avec un cutter. Sa mâchoire était complètement disloquée, les tendons arrachés.

Il s'exprimait d'une voix monocorde.

— Sa joue droite était marquée au fer rouge de la lettre K. L'odeur de peau calcinée était toujours perceptible.

J'avais l'estomac noué.

Hoyt a planté son regard dans le mien.

— Et tu veux savoir le pire, Beck ?

J'ai attendu, les yeux rivés sur lui.

— Malgré tout ça, il ne m'a pas fallu beaucoup de temps... J'ai su tout de suite que c'était Elizabeth.

7

Les flûtes à champagne tintaient en harmonie avec la sonate de Mozart. Une harpe accompagnait en sourdine le brouhaha des conversations. Griffin Scope louvoyait parmi les smokings et les robes de soirée éblouissantes. Les gens employaient toujours le même mot pour décrire Griffin Scope : milliardaire. Ensuite, ils pouvaient l'appeler homme d'affaires ou éminence grise, préciser qu'il était grand, marié, qu'il avait des petits-enfants et soixante-dix ans. Ils pouvaient évoquer sa personnalité, son arbre généalogique ou son éthique professionnelle. Mais le premier mot – dans la presse, à la télévision, sur les listes de célébrités – était toujours celui-là. Milliardaire. Le milliardaire Griffin Scope.

Griffin était né riche. Son grand-père figurait parmi les premiers industriels du pays ; son père avait fait fructifier la fortune familiale, et Griffin l'avait multipliée par quatre. La majorité des empires familiaux se désagrègent avant la troisième génération. Mais pas chez les Scope. En raison, notamment, de leur éducation. Griffin, par exemple, n'avait pas fréquenté une institution prestigieuse comme Exeter ou Lawrenceville, à l'instar de ses pairs. Non seulement son père avait tenu à l'inscrire à l'école publique, mais de plus il avait choisi pour ce faire la ville la plus proche, Newark. Étant donné qu'il avait des bureaux là-bas, fournir une domiciliation bidon n'avait pas posé de problème.

L'est de Newark, ce n'était pas la zone à l'époque, pas comme aujourd'hui, où une personne saine d'esprit ose à peine le traverser au volant de sa voiture. C'était une ville ouvrière – plus dure que dangereuse.

Griffin s'y plaisait beaucoup.

Les meilleurs amis de ses années de lycée l'étaient restés cinquante ans après. La loyauté était une qualité rare ; lorsqu'il la rencontrait, Griffin prenait soin de la récompenser. Bon nombre d'invités de ce soir, il les connaissait depuis Newark. Certains même travaillaient pour lui, quoique indirectement : il mettait un point d'honneur à ne pas jouer les patrons.

Cette soirée de gala était dédiée à une cause particulièrement chère à son cœur : la fondation Brandon Scope, créée en souvenir de son fils assassiné. Au moment de sa constitution, Griffin l'avait dotée d'un montant de cent millions de dollars. Rapidement, des amis avaient apporté leur contribution. Griffin n'était pas stupide. Il savait que la plupart des donateurs cherchaient à gagner ses faveurs. Mais il n'y avait pas que ça. Au cours de sa trop brève existence, Brandon Scope avait su toucher les gens. Ce garçon exceptionnellement doué et privilégié possédait un charisme quasi surnaturel. Les gens étaient attirés vers lui.

Son autre fils, Randall, était un gentil garçon. Mais Brandon… Brandon avait été magique.

La douleur a resurgi, intacte. En fait, elle était toujours là. Entre deux poignées de main et claques dans le dos, elle restait à côté de Griffin, lui tapotait l'épaule, lui chuchotait à l'oreille, histoire de lui rappeler qu'ils étaient partenaires à vie.

— Superbe soirée, Griff.

Griffin a remercié et poursuivi sa tournée. Les femmes étaient bien coiffées et portaient des robes qui leur dénudaient joliment les épaules, merveilleusement en harmonie avec les nombreuses sculptures de glace – un dada de son épouse Allison – qui étaient en train de fondre lentement sur les nappes en lin. Mozart a cédé la place à Chopin. Les serveurs en gants blancs circulaient parmi les convives avec des plateaux en argent chargés de crevettes de Malaisie, de filets de bœuf d'Omaha et de toutes sortes d'amuse-gueules bizarres qui semblaient systématiquement contenir des tomates séchées.

Il est arrivé jusqu'à Linda Beck, la jeune femme qui dirigeait le fonds de bienfaisance de Brandon. Le père de Linda avait été un ancien camarade de classe lui aussi, et elle-même, comme tant d'autres, s'était retrouvée imbriquée dans les activités du vaste empire Scope. Elle avait commencé à travailler pour l'une de ses entreprises alors qu'elle était encore au lycée. Ses études et celles de son frère avaient été financées grâce aux bourses universitaires de Scope.

— Tu es éblouissante, lui a dit Griffin, même si en réalité il lui trouvait l'air fatigué.

Linda Beck a souri.
— Merci, monsieur Scope.
— Combien de fois t'ai-je demandé de m'appeler Griff ?
— Plusieurs centaines, a-t-elle répondu.
— Comment va Shauna ?
— Elle n'a pas trop la frite, en ce moment.
— Salue-la de ma part.
— Je n'y manquerai pas, merci.
— On devrait se voir la semaine prochaine.
— J'appellerai votre secrétaire.
— Parfait.

Griffin a déposé un baiser sur sa joue, et c'est là qu'il a aperçu Larry Gandle dans le hall d'entrée. Un Larry hagard et débraillé, mais après tout, c'était son allure habituelle. Même affublé d'un costume Joseph Abboud taillé sur mesure, une heure plus tard, il aurait à nouveau l'air de sortir d'une bagarre.

Larry Gandle n'était pas censé se trouver ici.

Leurs regards se sont croisés. Larry a hoché la tête avant de tourner les talons. Griffin a attendu un moment, puis a suivi son jeune ami le long du couloir.

Le père de Larry, Edward, avait également été un copain de classe du temps de Newark. Edward Gandle était mort subitement d'une crise cardiaque douze ans auparavant. Un sacré gâchis. Edward était un type bien. Depuis, son fils avait repris le flambeau en tant que plus proche confident de la famille Scope.

Les deux hommes sont entrés dans la bibliothèque de Griffin. Jadis, ç'avait été une pièce magnifique, toute de chêne et d'acajou, avec des bibliothèques du sol au plafond et des mappemondes à l'ancienne. Mais deux ans plus tôt, Allison, dans un accès d'humeur postmoderne, avait décidé que la bibliothèque avait besoin d'être rénovée. Les vieilles boiseries avaient été arrachées, et maintenant la pièce était blanche, dépouillée et fonctionnelle – bref, aussi chaleureuse qu'un bureau paysager. Allison avait été si fière de son œuvre que Griffin n'avait pas eu le cœur de lui avouer à quel point il n'aimait pas ça.

— Il y a eu un problème ce soir ? a-t-il demandé.

— Non.

Il a offert un siège à Larry. Mais Larry a secoué la tête et s'est mis à faire les cent pas.

— Ç'a été dur ? a dit Griffin.

— Il fallait s'assurer que rien ne traînait.

— Évidemment.

Quelqu'un avait attaqué le fils de Griffin, Randall… par conséquent, Griffin contre-attaquait. C'était une leçon qu'il n'oubliait jamais. On ne reste pas les bras ballants quand on t'agresse ou qu'on agresse l'un des tiens. Et on ne réagit pas comme l'État avec ses « réponses graduées » et autres âneries. Si quelqu'un cherche à te nuire, la clémence et la pitié, tu t'assois dessus. Tu élimines l'ennemi. Tu pratiques la politique de la terre brûlée. Ceux qui méprisaient cette philosophie, qui la jugeaient inutilement machiavélique, étaient aussi ceux qui causaient des ravages inconsidérés.

Finalement, si on liquide le problème rapidement, on verse un minimum de sang.

— Alors qu'est-ce qui ne va pas ? a insisté Griffin.

Larry continuait à marcher de long en large. Il a frotté son front dégarni. Griffin n'aimait pas trop ça. Larry n'était pas du genre à s'émouvoir facilement.

— Je ne vous ai jamais menti, Griff, a-t-il commencé.

— Je sais.

— Mais il y a des moments… de confidentialité.

— Confidentialité ?

— Qui j'embauche, par exemple. Je ne vous donne jamais de noms. À eux non plus, d'ailleurs.

— Ce sont des détails.

— Oui.

— Que se passe-t-il, Larry ?

Il a interrompu son va-et-vient.

— Rappelez-vous, il y a huit ans, on a engagé deux hommes pour exécuter un certain travail.

Griffin a blêmi et dégluti.

— Et ils s'en sont acquittés admirablement.

— Oui. Enfin, peut-être.

— Je ne comprends pas.

— Ils ont fait le travail. En partie, du moins. La menace a apparemment été éliminée.

Même si la maison était passée toutes les semaines au peigne fin à la recherche d'un éventuel dispositif d'écoute, les deux hommes n'employaient jamais de noms. C'était un principe chez les Scope. Larry Gandle se demandait souvent s'il s'agissait d'une mesure de sécurité ou bien si c'était pour dépersonnaliser les tâches qu'ils étaient occasionnellement forcés d'accomplir. Il penchait plutôt pour la seconde hypothèse.

Griffin s'est finalement effondré dans un fauteuil, comme si on l'avait poussé. Sa voix était douce.

— Pourquoi remettre ça sur le tapis maintenant ?

— Je sais combien ça doit être douloureux pour vous.

Griffin n'a pas répondu.

— Je les ai bien payés, ces deux-là, a poursuivi Larry.

— Je n'en doute pas.

— Oui.

Il s'est raclé la gorge.

— Après l'incident, ils étaient censés se faire oublier un moment. Par précaution.

— Continue.

— On n'a plus entendu parler d'eux.

— Ils avaient récupéré leur argent, non ?

— Tout à fait.

— Alors en quoi ça t'étonne ? Ils ont peut-être filé avec leur magot tout frais. Ils sont partis à l'autre bout du pays ou ils ont changé d'identité.

— Ça, a dit Larry, c'est ce que nous avons toujours cru.

— Et en fait ?

— Leurs corps ont été découverts la semaine dernière. Ils sont morts.

— Je ne vois pas où est le problème. C'étaient des hommes violents. Ils ont dû connaître une fin violente.

— Les cadavres étaient vieux.

— Vieux ?

— La mort remonte à cinq ans, minimum. Et on les a trouvés enterrés au bord du lac où… où l'incident a eu lieu.

Griffin a ouvert la bouche, l'a refermée, a fait une nouvelle tentative.

— Je ne comprends pas.

— Franchement, moi non plus.

Trop. C'était beaucoup trop. Griffin avait lutté toute la soirée pour retenir ses larmes, avec ce gala en l'honneur de Brandon et tout. Et voilà que le drame de son assassinat était en train de refaire surface. Il se sentait à deux doigts de craquer.

Il a levé les yeux sur son homme de confiance.

— Il n'est pas question que ça resurgisse.

— Je sais, Griff.

— Il faut découvrir ce qui s'est passé. Depuis le début.

— J'ai gardé des notes sur les hommes de sa vie. Son mari surtout. Juste au cas où. Et là, je viens de mettre tous nos moyens là-dessus.

— Bien, a opiné Griffin. On enterre ça, coûte que coûte. Et tant pis pour celui qu'on enterre avec.

— Je comprends.

— À propos, Larry…

Gandle a attendu.

— Je connais le nom de l'un des hommes que tu emploies.

Il parlait d'Eric Wu. Griffin Scope s'est essuyé les yeux et s'est dirigé vers la porte pour rejoindre ses invités.

— Sers-toi de lui.

8

Shauna et Linda louent un quatre pièces à l'angle de Riverside Drive et de la 116e Rue, pas loin de l'université Columbia. J'ai réussi à trouver une place un peu plus haut dans la rue, un acte valant largement une mer qui s'écarte ou la remise de tablettes de pierre.

Shauna m'a ouvert par le biais de l'interphone. Linda n'était pas encore revenue de sa sauterie. Mark dormait déjà. Je suis entré sur la pointe des pieds dans sa chambre pour l'embrasser sur le front. Il était toujours accro à la folie Pokémon, et ça se voyait. Il avait des draps Pikachu et serrait dans ses bras une peluche Rondoudou. Les gens ont beau critiquer cette mode-là, ça me rappelle ma propre enfance et ma passion pour Batman et Captain America. Je l'ai contemplé pendant quelques secondes. Ce sont ces petites choses qui comptent vraiment.

Shauna attendait sur le pas de la porte. Quand on a eu regagné le séjour, j'ai demandé :

— Je peux me servir un verre ?

Elle a haussé les épaules.

— Fais comme chez toi.

Je me suis versé deux doigts de bourbon.

— Tu trinques avec moi.

Elle a secoué la tête.

On s'est installés sur le canapé.

— À quelle heure Linda est censée rentrer ? ai-je demandé.

— C'est à moi que tu poses la question ? a répliqué Shauna lentement.

Le ton de sa voix n'augurait rien de bon.

— Zut.

— C'est passager, Beck. J'aime Linda, tu le sais.

— Zut, ai-je répété.

Un an auparavant, Linda et Shauna s'étaient séparées pour deux mois. Ç'avait été dur, surtout pour Mark.

— Je n'ai pas l'intention de partir, a précisé Shauna.

— Qu'est-ce qui ne va pas, alors ?

— Tu connais la chanson. Je travaille dans un milieu hyperglamour. Avec des gens beaux et passionnants. Jusque-là, rien de nouveau, hein ? Eh bien, Linda pense que j'ai tendance à regarder ailleurs.

— Elle n'a pas tort.

— Bon, d'accord, mais ça non plus, ce n'est pas nouveau.

Je n'ai pas répondu.

— À la fin de la journée, c'est Linda que je retrouve à la maison.

— Sans faire de détours en chemin ?

— Si j'en faisais, ils seraient sans conséquence. Tu le sais bien. Je dépéris si on m'enferme dans une cage, Beck. J'ai besoin des feux de la rampe.

— Joli mélange de métaphores.

J'ai bu en silence pendant quelques minutes.

— Beck ?

— Quoi ?

— À ton tour maintenant.

— Pardon ?

Elle m'a lancé un coup d'œil et a attendu.

J'ai pensé à l'avertissement à la fin de l'e-mail. *Ne le dis à personne.* Si le message était réellement d'Elizabeth – notion que mon esprit avait encore quelque peine à concevoir –, elle saurait que j'en parlerais à Shauna. Linda, peut-être pas. Mais Shauna ? Je lui dis tout. C'était un postulat de base.

— Il y a une chance, ai-je commencé, pour qu'Elizabeth soit toujours en vie.

Shauna n'a pas bronché.

— Elle se serait enfuie avec Elvis, hein ?

Voyant mon visage, elle s'est interrompue.

— Explique-toi.

C'est ce que j'ai fait. Je lui ai parlé de l'e-mail. De la webcam dans la rue. Et je lui ai raconté que j'avais vu Elizabeth sur l'écran de l'ordinateur. Shauna ne me quittait pas des yeux. Sans hocher la tête, sans me couper la parole. Quand j'ai eu terminé, elle a sorti avec soin une cigarette de son paquet et l'a mise dans sa bouche. Elle a arrêté de fumer depuis des années, mais elle aime bien jouer avec les cigarettes. Elle a examiné la « nuit-gravement-à-la-santé » sous toutes les coutures, comme si elle en voyait une pour la première fois. On entendait presque cliqueter les rouages.

— OK, a-t-elle dit. Donc, demain soir à huit heures et quart, tu es censé recevoir un nouveau message, c'est ça ?

J'ai acquiescé de la tête.

— Eh bien, on va attendre demain soir.

Elle a remis la cigarette dans le paquet.

— Tu ne trouves pas ça dément ?

Shauna a haussé les épaules.

— Tu es hors sujet.

— C'est-à-dire ?

— Il y a plusieurs explications à ton histoire.

— Dont la maladie mentale.

— Oui, c'en est une évidente. Mais à quoi bon partir sur une hypothèse négative ? Admettons que ce soit vrai. Que tu aies vu ce que tu as vu et qu'Elizabeth soit toujours en vie. Si on se trompe, on le saura assez tôt. Sinon…

Elle a réfléchi en fronçant les sourcils, puis a secoué la tête.

— Nom de Dieu, j'espère bien qu'on ne se trompe pas.

— Je t'aime, tu sais, lui ai-je dit en souriant.

— Ouais, a-t-elle opiné. Tout le monde m'aime.

De retour à la maison, je me suis servi un dernier verre. J'ai avalé une grande goulée et senti descendre l'alcool selon sa trajectoire toute tracée. Oui, je bois. Mais je ne suis pas un ivrogne. Ce n'est pas un déni. Je sais que je flirte avec l'alcoolisme. Je sais également que flirter avec l'alcoolisme est à peu près aussi inoffensif que de flirter avec la fille mineure d'un gangster. Mais, jusque-là, le flirt n'a pas abouti à l'accouplement. Je suis suffisamment intelligent pour savoir que ça risque de ne pas durer.

Chloe s'est approchée de moi avec son expression coutumière que l'on pourrait résumer ainsi : « Manger, sortir, manger, sortir. » Les chiens sont d'une constance remarquable. Je lui ai lancé un biscuit puis l'ai emmenée faire le tour du pâté de maisons. L'air froid faisait du bien à mes poumons, mais marcher ne m'a jamais éclairci les idées. Au fond, la marche est une effroyable corvée. Cependant, j'aimais bien regarder Chloe en promenade. Ça semble bizarre, je sais, mais un chien tire un tel plaisir de cette simple activité que la regarder est un bonheur totalement zen.

Chez moi, j'ai gagné ma chambre sans bruit, Chloe sur mes talons. Grand-père dormait. Sa nouvelle garde-malade aussi. Elle ronflait avec des fioritures, comme un personnage de dessin animé. J'ai allumé mon ordinateur en me demandant pourquoi le shérif Lowell ne m'avait pas rappelé. Et si je lui téléphonais ? Tant pis s'il était presque minuit. Puis je me suis dit : C'est rude.

J'ai décroché le téléphone et composé le numéro. Lowell avait un portable. S'il dormait, il pouvait toujours le couper, non ?

Il a répondu à la troisième sonnerie.

— Bonsoir, docteur Beck.

Il parlait d'une voix crispée. J'ai noté que je n'étais plus « Doc ».

— Pourquoi ne m'avez-vous pas rappelé ? ai-je demandé.

— Il commençait à se faire tard. J'ai pensé vous joindre plutôt le matin.

— Pourquoi m'avez-vous parlé de Sarah Goodhart ?

— Demain.

— Je vous demande pardon ?

— Il est tard, docteur Beck. J'ai fini ma journée. Par ailleurs, je préfère qu'on en discute de vive voix.

— Pouvez-vous me dire au moins… ?

— Vous serez à la clinique demain matin ?

— Oui.

— Je vous appellerai là-bas.

Poliment mais fermement, il m'a souhaité une bonne nuit, avant de raccrocher. J'ai regardé fixement le téléphone. À quoi diable voulait-il en venir ?

Dormir était hors de question. J'ai passé presque toute la nuit sur le Web, à surfer entre différentes caméras de surveillance dans l'espoir de tomber sur la bonne. Vous parlez d'une aiguille high-tech dans la botte de foin planétaire.

À un moment, j'ai arrêté et me suis glissé sous les couvertures. Quand on est médecin, on apprend la patience. Je prescris en permanence aux enfants des examens qui ont des répercussions sur leur vie future – quand vie il y a – et je leur dis, ainsi qu'aux parents, d'attendre les résultats. Ils n'ont pas le choix. Cela était peut-être applicable à ma situation actuelle. Il y avait trop de variables pour l'instant. Demain, une fois que je me serais connecté à Bigfoot, nom d'utilisateur « Bat Street » et mot de passe « Ados », j'en saurais sans doute davantage.

Pendant un moment, j'ai fixé le plafond. Puis je me suis tourné vers la droite – la place d'Elizabeth. Je m'endormais toujours le premier. Couché là, je la regardais de profil, totalement absorbée dans son livre. C'était la dernière chose que je voyais avant que mes yeux se ferment et que je sombre dans le sommeil.

Je me suis retourné du côté opposé.

À quatre heures du matin, Larry Gandle a contemplé les mèches décolorées d'Eric Wu. Wu était incroyablement discipliné. Lorsqu'il ne travaillait pas à améliorer ses performances physiques, il était scotché devant l'écran de l'ordinateur. À force de surfer sur le Net, son teint avait viré au bleu livide, mais sa carrure, c'était du béton.

— Alors ? a fait Gandle.

Wu a retiré son casque et croisé ses battoirs sur sa poitrine.

— Je suis perplexe.

— Dis-moi.

— Le Dr Beck a sauvegardé très peu d'e-mails. Juste quelques-uns concernant des patients à lui. Rien de personnel. Et voilà qu'il en reçoit deux bizarres ces deux derniers jours.

Sans quitter l'écran des yeux, Eric Wu a tendu deux feuillets par-dessus le roc de son épaule. Larry Gandle a regardé les e-mails et froncé les sourcils.

— Qu'est-ce que ça signifie ?

— Aucune idée.

Gandle a parcouru le message qui parlait de cliquer sur quelque chose « à l'heure du baiser ». Il ne comprenait pas les ordinateurs – et ne tenait pas à les comprendre. Son regard est revenu se poser en haut de la feuille, sur l'objet.

E.P. + D.B. et une série de barres obliques.

Gandle a réfléchi. D.B. David Beck peut-être ? Et E.P…

Le sens lui a atterri dessus comme un piano tombé d'une fenêtre. Lentement, il a rendu le papier à Wu.

— Qui a envoyé ça ?

— Aucune idée.

— Cherche.

— Impossible, a dit Wu.

— Pourquoi ?

— L'expéditeur est passé par un service de courrier électronique anonyme.

Wu s'exprimait d'une voix patiente, presque lugubrement monocorde. Qu'il discute de la météo ou qu'il arrache la joue de quelqu'un, il employait toujours le même ton.

— Je ne vais pas entrer dans le jargon informatique, mais il n'y a pas moyen d'identifier l'expéditeur.

Gandle a reporté son attention sur l'autre e-mail, celui avec Bat Street et Ados. À première vue, ça n'avait ni queue ni tête.

— Et celui-là ? Tu peux savoir d'où il vient ?

Wu a secoué la tête.

— Pareil. Service de courrier anonyme.

— Est-ce la même personne qui les a envoyés ?

— Je n'en sais pas plus que toi.

— Et le contenu ? Tu comprends de quoi ça parle ?

Wu a pressé quelques touches, et le premier message s'est matérialisé sur l'écran. Il a pointé un doigt épais et noueux.

— Tu vois ces lettres bleues, là ? C'est un lien hypertexte. Le Dr Beck n'a eu qu'à cliquer dessus, et ç'a dû le conduire quelque part, probablement sur un site web.

— Quel site ?

— Le lien est rompu. Là encore, impossible de remonter la piste.

— Et Beck était censé faire ça « à l'heure du baiser » ?

— C'est ce qui est écrit.

— C'est le jargon informatique, ça, l'heure du baiser ?

Wu a presque souri.

— Non.

— Tu ne sais donc pas de quelle heure il s'agit ?

— Exact.

— Ou si elle est déjà passée ?

— Elle est passée.

— Comment le sais-tu ?

— Son navigateur est réglé pour afficher les vingt derniers sites qu'il a visités. Il a cliqué sur le lien. Plusieurs fois, d'ailleurs.

— Mais tu ne peux pas le suivre là-bas ?

— Non. Le lien est désactivé.

— Et l'autre e-mail ?

Wu a pianoté sur le clavier. L'écran a changé, et le second e-mail est apparu.

— Celui-là est plus facile à déchiffrer. Il est assez élémentaire, en fait.

— Vas-y, je t'écoute.

— Le service de courrier anonyme a établi un compte pour le Dr Beck, a expliqué Wu. Il lui a fourni un nom d'utilisateur et un mot de passe en mentionnant à nouveau l'heure du baiser.

— Voyons un peu si j'ai compris, a récapitulé Gandle. Beck va sur un quelconque site web. Il tape son nom d'utilisateur et le mot de passe, et là-bas il y a un message pour lui ?

— C'est le principe.

— Et nous, on ne peut pas le faire ?

— En utilisant son nom et le mot de passe ?

— Oui. Pour consulter le message.

— J'ai essayé. Le compte n'existe pas encore.

— Pourquoi ?

Eric Wu a haussé les épaules.

— Peut-être que l'expéditeur anonyme l'établira plus tard. Aux environs de l'heure du baiser.

— Conclusion ?

— En deux mots…

La lumière de l'écran dansait dans les yeux inexpressifs de Wu.

— … quelqu'un se donne beaucoup de mal pour garder l'anonymat.

— Et comment saurons-nous qui c'est ?

Wu a brandi un petit appareil qui ressemblait à un transistor.

— On a installé ça sur son ordinateur, au bureau et à son domicile.

— Qu'est-ce que c'est ?

— Un pisteur de réseau numérique. Le pisteur envoie des signaux numériques de ses ordinateurs au mien. Si le Dr Beck reçoit des e-mails ou visite un site, s'il tape ne serait-ce qu'une seule lettre, on pourra contrôler tout ça en temps réel.

— Il n'y a donc plus qu'à attendre et à surveiller, a conclu Gandle.

— Oui.

Gandle a repensé à ce que Wu venait de lui dire – à propos de quelqu'un qui faisait des pieds et des mains pour rester anonyme – et un horrible soupçon s'est insinué au creux de son estomac.

9

Je me suis garé sur le parking à deux rues de la clinique. Je n'arrivais jamais à trouver une place à moins d'une rue.

Le shérif Lowell s'est matérialisé avec deux hommes coiffés en brosse et affublés de costumes gris. Ceux-ci se sont adossés à une grosse Buick marron. Physiquement, ils étaient aux antipodes l'un de l'autre : un Blanc, grand et maigre, et un Noir, petit et rondouillard. Ensemble, on aurait cru une boule de bowling qui cherche à renverser la dernière quille. Tous deux m'ont souri. Pas Lowell.

— Docteur Beck ? a fait la grande quille blanche.

Il avait une allure très soignée – cheveux enduits de gel, pochette, cravate nouée avec une précision surnaturelle, lunettes turquoise griffées, de celles que mettent les acteurs pour avoir l'air d'intellectuels.

J'ai regardé Lowell. Il se taisait.

— Oui.

— Je suis l'agent Nick Carlson, du FBI, a continué le type à l'allure soignée. Et voici l'agent Tom Stone.

Tous deux ont brièvement exhibé leurs insignes. Stone, le plus petit et le plus chiffonné des deux, a remonté son pantalon et m'a adressé un signe de la tête. Puis il a ouvert la portière arrière de la Buick.

— Ça ne vous ennuie pas de nous suivre ?

— J'ai des consultations dans un quart d'heure, ai-je dit.

— Ça, c'est réglé.

Carlson a désigné la voiture d'un geste large, comme s'il dévoilait le premier prix d'un jeu télévisé.

— Je vous en prie.

J'ai grimpé à l'arrière. Carlson a pris le volant. Stone s'est enfoncé dans le siège du passager. Lowell n'est pas monté. On est restés dans Manhattan, mais le trajet a quand même duré près de quarante-cinq minutes. On a fini dans Broadway, du côté de Duane Street. Carlson s'est arrêté devant un bâtiment administratif qui portait le numéro 26 Federal Plaza.

L'intérieur se composait de bureaux tout ce qu'il y a de plus ordinaire. Des hommes en costume, étonnamment élégants, allaient et venaient, portant des tasses de café lyophilisé. Il y avait des femmes aussi, mais elles étaient largement minoritaires. On est entrés dans une salle de réunion. On m'a invité à m'asseoir, ce que j'ai fait. J'ai voulu croiser les jambes, ça m'a paru déplacé.

— Quelqu'un peut-il me dire ce qui se passe ? ai-je demandé.

La quille blanche Carlson a pris la tête des opérations.

— Vous voudriez boire quelque chose ? a-t-il proposé. Nous faisons le plus mauvais café du monde, si jamais ça vous intéresse.

Voilà qui expliquait toutes ces tasses d'instantané. Il m'a souri. Je lui ai souri.

— C'est tentant, mais non merci.

— Une boisson fraîche ? On a des boissons fraîches, Tom ?

— Bien sûr, Nick. Coca, Coca light, Sprite, tout ce que le docteur désire.

Ils continuaient à sourire.

— Ça va, merci.

— Snapple ? a hasardé Stone.

Il a de nouveau remonté son pantalon. Il avait une brioche tellement ronde qu'il était difficile de trouver un endroit où la ceinture ne glisse pas.

— On en a toutes sortes de variétés ici.

J'ai failli accepter pour qu'ils me lâchent avec ça, mais je me suis contenté de secouer la tête. La table, une espèce de mélange en Formica, était nue, hormis une grosse enveloppe de papier kraft. Ne sachant que faire de mes mains, je les ai posées sur le bureau. Stone est allé se poster sur le côté. Carlson, qui menait toujours les opérations, s'est perché sur un coin de table et a pivoté vers moi.

— Que pouvez-vous nous apprendre au sujet de Sarah Goodhart ? a-t-il questionné.

Je ne savais trop que répondre. J'avais beau essayer de démêler les tenants et les aboutissants, rien ne me venait à l'esprit.

— Doc ?

J'ai levé les yeux sur lui.

— Pourquoi me demandez-vous ça ?

Carlson et Stone ont échangé un rapide coup d'œil.

— Le nom de Sarah Goodhart est lié à une enquête en cours, a dit Carlson.

— Quelle enquête ?

— On préfère ne pas en parler.

— Je ne comprends pas. Qu'est-ce que j'ai à voir là-dedans ?

Carlson a laissé échapper un soupir, prenant son temps sur l'expiration. Il s'est retourné vers son collègue ventripotent, et soudain plus personne ne souriait.

— Ai-je posé une question compliquée, là, Tom ?

— Non, Nick, je ne crois pas.

— Moi non plus.

Le regard de Carlson s'est de nouveau posé sur moi.

— Peut-être la formulation ne vous convient pas, hein, Doc ? C'est ça ?

— Ils font toujours ça dans *The Practice*, Nick, a glissé Stone. Ils contestent la formulation.

— Tout à fait, Tom, tout à fait. Puis ils disent : « Je reformule », n'est-ce pas ? Un truc comme ça.

— Un truc comme ça, ouais.

Carlson m'a contemplé de haut en bas.

— Je reformule donc. Le nom de Sarah Goodhart, ça vous évoque quelque chose ?

Je n'aimais pas ça. Je n'aimais pas leur attitude ni le fait qu'ils avaient évincé Lowell ; je n'aimais pas cette façon de me cuisiner dans leur salle de réunion. Ils devaient savoir ce qu'il signifiait, ce nom. Ce n'était pas difficile. Il suffisait de jeter un œil sur l'état civil d'Elizabeth. J'ai décidé d'y aller mollo.

— Sarah, c'est le deuxième prénom de ma femme.

— La mienne, son deuxième prénom, c'est Gertrude, a fait Carlson.

— Nom d'un chien, Nick, c'est affreux.

— Et la tienne, Tom, c'est quoi, son deuxième prénom ?

— McDowd. C'est un nom de famille.

— J'aime bien ça, quand on donne un nom de famille en guise de deuxième prénom. C'est une manière d'honorer les ancêtres.

— Moi aussi j'aime bien, Nick.

Les deux hommes se sont tournés vers moi.

— Quel est votre deuxième prénom, Doc ?

— Craig.

— Craig, a répété Carlson. OK, imaginez que je vous demande si le nom, disons…

Il a gesticulé, théâtral.

— … Craig Dipwaid signifie quelque chose pour vous. Allez-vous vous exclamer : « Tiens, mon deuxième prénom, c'est Craig » ?

Son regard dur était braqué sur moi.

— Probablement pas, ai-je reconnu.

— Probablement pas. Bon, on recommence : avez-vous entendu le nom de Sarah Goodhart, oui ou non ?

— Vous voulez dire : déjà ?

— Nom de Dieu ! a soupiré Stone.

Le visage de Carlson s'est empourpré.

— Vous jouez à des jeux sémantiques avec nous, Doc ?

Il avait raison. Je me conduisais comme un imbécile. J'avançais au jugé, et la dernière ligne de l'e-mail – *Ne le dis à personne* – clignotait dans ma tête à la manière d'un néon. Mais un sentiment de confusion prédominait. Ils devaient savoir, à propos de Sarah Goodhart. Tout cela n'était qu'un test, pour voir si j'allais coopérer ou pas. Voilà ce que c'était. Enfin, peut-être. Mais coopérer à quoi ?

— Ma femme a grandi dans Goodhart Road, ai-je lâché.

Ils se sont reculés légèrement, me faisant de la place, croisant les bras. Ils m'ont ménagé une plage de silence et, stupidement, j'ai plongé.

— C'est pourquoi, vous comprenez, j'ai dit que Sarah était son deuxième prénom. Goodhart m'a fait penser à elle.

— Parce qu'elle a grandi dans Goodhart Road ? a questionné Carlson.

— Oui.

— Le mot Goodhart aurait servi de catalyseur, en quelque sorte ?

— Oui, ai-je répété.

— Ça me semble logique.

Carlson a regardé son collègue.

— Ça te semble logique, Tom ?

— Sûrement, a acquiescé Stone en tapotant son ventre. Il n'a pas éludé la question, non. Le mot Goodhart a servi de catalyseur.

— Exact. Ça lui a fait penser à sa femme.

Tous deux se sont retournés vers moi. Cette fois, je me suis forcé à me taire.

— Votre femme a-t-elle jamais utilisé le nom de Sarah Goodhart ? a demandé Carlson.

— Utilisé comment ?

— En disant : « Salut, je suis Sarah Goodhart », en se procurant des papiers d'identité à ce nom-là ou alors en allant dans un motel…

— Non.

— Vous en êtes sûr ?

— Oui.

— C'est la vérité ?

— Oui.

— Vous n'avez pas besoin d'un autre catalyseur ?

Je me suis redressé sur la chaise, décidant de faire preuve de résolution.

— Je n'aime pas beaucoup votre attitude, agent Carlson.

Son sourire éclatant, fierté de son dentiste, était de nouveau en place, mais comme un cruel pastiche de sa version d'avant. Il a levé la main :

— Excusez-moi, oui, OK, c'était méchant.

Il a regardé autour de lui, réfléchissant à ce qu'il allait dire. J'attendais.

— Vous est-il arrivé de battre votre femme, Doc ?

J'ai eu l'impression de recevoir un coup de fouet.

— Quoi ?

— Ça vous interpelle, de taper sur une femme ?

— Quoi… vous êtes malade ?

— Quelle somme avez-vous touchée de l'assurance vie à la mort de votre femme ?

Je me suis figé. J'ai observé son visage, puis celui de Stone. Totalement opaques. Je n'en croyais pas mes oreilles.

— Mais que se passe-t-il, à la fin ?

— S'il vous plaît, répondez à ma question. À moins, bien sûr, que vous désiriez nous cacher certaines choses.

— Ce n'est pas un secret. Le contrat portait sur deux cent mille dollars.

Stone a émis un sifflement.

— Deux cent mille pour une épouse décédée. Dis donc, Nick, je m'inscris sur la liste.

— C'est beaucoup pour une femme de cet âge.

— Son cousin débutait dans les assurances.

Les mots se bousculaient sur mes lèvres. Le plus drôle, alors que je n'avais rien fait de mal – du moins pas ce qu'ils s'imaginaient –, c'est que je commençais à me sentir coupable. C'était une sensation bizarre. La sueur coulait sous mes aisselles.

— Elle a voulu lui donner un coup de main. C'est pour ça qu'elle a souscrit une aussi grosse police.

— C'était gentil de sa part, a reconnu Carlson.

— Très gentil, a ajouté Stone. La famille, ça compte énormément, vous ne croyez pas ?

Je n'ai pas répondu. Carlson s'est de nouveau perché sur le coin de la table. Son sourire avait disparu.

— Regardez-moi, Doc.

J'ai obtempéré. Son regard s'est planté dans le mien. J'ai réussi à ne pas baisser les yeux, mais ç'a été dur.

— Répondez à ma question cette fois-ci, a-t-il dit lentement. Et ne faites pas l'outragé. Vous est-il arrivé de frapper votre femme ?

— Jamais.

— Pas une seule fois ?

— Pas une seule fois.

— Ni de la pousser ?

— Jamais.

— Ni de vous en prendre à elle dans un moment de colère ? Bon sang, on est tous passés par là, Doc. Une baffe, ce n'est pas un crime, ça. Dans les affaires de cœur, c'est même plutôt naturel, non ?

— Je n'ai jamais frappé ma femme, ai-je insisté. Je ne l'ai jamais poussée ni giflée, je ne m'en suis jamais pris à elle dans un moment de colère. Jamais.

Carlson s'est tourné vers Stone.

— Tu as ta réponse, Tom ?

— Bien sûr, Nick. Il dit qu'il ne l'a jamais frappée, ça me suffit.

Carlson s'est gratté le menton.

— À moins que...

— À moins que quoi, Nick ?

— Eh bien, à moins que je n'aie encore un catalyseur à fournir au Dr Beck.

Leurs regards étaient à nouveau sur moi. Ma propre respiration résonnait à mes oreilles, inégale et saccadée. Je me sentais étourdi. Carlson a attendu une seconde avant de s'emparer de la grosse enveloppe en papier kraft. Il a pris son temps pour dénouer la ficelle du rabat avec des doigts longs et fins, puis il l'a ouverte et, la levant, a vidé son contenu sur la table.

— Ça vous va comme catalyseur, Doc ?

C'étaient des photos. Carlson les a poussées vers moi. J'ai baissé les yeux sur elles, et la déchirure dans mon cœur s'est élargie.

— Docteur Beck ?

Le regard fixe, j'ai effleuré le papier du bout des doigts.

Elizabeth.

C'étaient des photos d'Elizabeth. La première était un gros plan de son visage. Elle se tenait de profil, écartant de la main droite les cheveux de son oreille. Elle avait l'œil au beurre noir, une profonde entaille et d'autres bleus dans le cou, au-dessous de l'oreille.

Elle semblait être en train de pleurer.

Sur une autre, elle avait été prise en buste. Vêtue seulement d'un soutien-gorge, Elizabeth désignait une grosse décoloration sur sa cage thoracique. Ses yeux étaient toujours bordés de rouge. L'éclairage était étrangement cru, comme si le flash s'était de lui-même attaché à l'hématome pour le rapprocher de l'objectif.

Il y avait trois autres clichés, de différentes parties du corps prises sous des angles différents. Tous faisaient ressortir de nouvelles plaies et des ecchymoses.

— Docteur Beck ?

J'ai relevé les yeux, presque surpris de les voir là. Ils arboraient un air neutre, patient. Je me suis tourné vers Carlson, puis vers Stone, avant de revenir à Carlson.

— Vous pensez que c'est moi qui ai fait ça ?

Carlson a haussé les épaules.

— Qu'en dites-vous ?

— Bien sûr que non.

— Savez-vous d'où lui viennent tous ces bleus ?

— D'un accident de voiture.

Ils se sont regardés comme si je leur avais annoncé que le chien avait mangé mon cahier de devoirs.

— Elle a eu un mauvais accrochage, ai-je expliqué.

— Quand ?

— Je ne sais plus très bien. Trois ou quatre mois avant…

Les mots sont restés un instant coincés dans ma gorge.

— … avant sa mort.

— Est-elle allée à l'hôpital ?

— Je ne crois pas.

— Vous ne *croyez* pas ?

— Je n'étais pas là.

— Où étiez-vous ?

— À l'époque, je faisais un stage de pédiatrie à Chicago. Elle m'a parlé de l'accident à mon retour.

— Combien de temps après ?

— Après l'accident ?

— Oui, Doc, après l'accident.

— Je ne sais pas. Deux ou trois jours peut-être.

— Vous étiez déjà mariés à ce moment-là ?

— Depuis quelques mois seulement.

— Pourquoi ne vous l'a-t-elle pas dit tout de suite ?

— Elle me l'a dit. Enfin, quand je suis revenu à la maison. Je suppose qu'elle ne voulait pas m'inquiéter.

— Je vois.

Carlson a regardé Stone. Ils ne se donnaient pas la peine de dissimuler leur scepticisme.

— C'est donc vous qui avez pris ces photos, Doc ?

— Non.

J'ai aussitôt regretté d'avoir lâché ce mot. Ils se sont regardés de nouveau, alléchés par l'odeur du sang. Penchant la tête, Carlson s'est rapproché.

— Aviez-vous déjà vu ces photos auparavant ?

Je n'ai pas répondu. Ils attendaient. J'ai réfléchi à la question. La réponse était non, mais… où les avaient-ils eues ? Comment se faisait-il que je ne sois pas au courant de leur existence ? Qui les avait prises ? J'ai scruté leurs visages, rien ne transparaissait.

C'est plutôt stupéfiant, mais, quand on y pense, c'est la télé qui nous enseigne les plus grandes leçons de la vie. L'immense majorité de nos connaissances sur les interrogatoires, les droits du prévenu, l'autoaccusation, les contre-interrogatoires, les listes de témoins, le système du jury, nous les puisons dans *New York Police Blue* et compagnie. Si je vous jetais une arme et vous demandais de vous en servir, vous feriez ce que vous avez vu faire à la télé. Si je vous disais : « Attention à la filoche », vous sauriez de quoi je parle pour avoir entendu ça dans *Mannix* ou *Magnum*.

J'ai levé les yeux et posé la question traditionnelle :

— Suis-je suspect ?

— Suspect de quoi ?

— N'importe. Me soupçonnez-vous d'avoir commis un crime ?

— C'est drôlement vague comme question, Doc.

Et ça, c'était drôlement vague comme réponse. Je n'aimais pas la tournure que prenaient les événements. Du coup, j'ai décidé de sortir une autre phrase entendue à la télévision :

— Je voudrais téléphoner à mon avocat.

10

Je n'avais pas d'avocat pénaliste – qui en a un ? –, j'ai donc appelé Shauna d'un taxiphone situé dans le couloir pour lui expliquer la situation. Elle a réagi au quart de tour.

— J'ai la personne qu'il te faut. Ne bouge pas.

J'ai attendu dans la salle d'interrogatoire. Carlson et Stone ont eu la courtoisie d'attendre avec moi. Ils ont passé leur temps à converser à voix basse. Une demi-heure s'est écoulée ainsi. Le silence était angoissant. C'était ce qu'ils voulaient. Mais ç'a été plus fort que moi. Après tout, j'étais innocent. Que pouvait-il m'arriver si je faisais attention ?

— Ma femme a été retrouvée marquée de la lettre K.

Ils se sont redressés tous les deux.

— Je vous demande pardon, a fait Carlson, inclinant son long cou dans ma direction. Vous nous avez parlé ?

— Ma femme a été retrouvée marquée de la lettre K, ai-je répété. J'étais à l'hôpital avec une commotion cérébrale à la suite de l'agression. Vous ne pouvez décemment pas penser…

J'ai laissé la phrase en suspens.

— Penser quoi ? a dit Carlson.

Au point où j'en étais…

— Que j'ai quelque chose à voir avec sa mort.

La porte s'est ouverte à la volée, et une femme que j'ai reconnue pour l'avoir vue à la télévision a fait irruption dans la pièce. En l'apercevant, Carlson a fait un bond en arrière. J'ai entendu Stone marmonner dans sa barbe :

— Bordel de merde !

Hester Crimstein n'a pas perdu de temps en présentations.

— Mon client n'a-t-il pas demandé un avocat ? a-t-elle lancé.

Faites confiance à Shauna. Je n'avais jamais rencontré mon avocate, mais je connaissais ses prestations d'« expert juridique » dans les talk-shows et dans sa propre émission, *Le Crime selon Crimstein*, diffusée sur Court TV. À l'écran, Hester Crimstein était rapide, incisive et mettait souvent les invités en charpie. Sa personne dégageait une invraisemblable aura de pouvoir, genre tigre affamé considérant tous les autres comme des gazelles boiteuses.

— C'est exact, a répondu Carlson.

— Pourtant vous êtes toujours là, bien au chaud, à poursuivre l'interrogatoire.

— C'est lui qui nous a parlé en premier.

— Ah, je vois.

D'un coup sec, Hester Crimstein a ouvert son attaché-case, en a sorti un papier et un stylo et les a jetés sur la table.

— Écrivez vos noms.

— Pardon ?

— Vos noms, mon petit cœur. Vous savez comment ça s'écrit, n'est-ce pas ?

C'était une question rhétorique, néanmoins Crimstein a attendu la réponse.

— Oui, a dit Carlson.

— Évidemment, a ajouté Stone.

— Bien. Alors notez-les. Quand je mentionnerai dans mon émission comment vous avez bafoué les droits constitutionnels de mon client, je veux être sûre de ne pas me tromper dans l'orthographe. En majuscules, s'il vous plaît.

Enfin, elle m'a regardé.

— On y va.

— Minute, a coupé Carlson, on a quelques questions à poser à votre client.

— Non.

— Non ? Carrément ?

— C'est exactement ça. Vous n'avez pas à lui parler. Il n'a pas à vous parler. Point. Est-ce bien clair, vous deux ?

— Oui, a fait Carlson.

Elle a posé son regard noir sur Stone.

— Oui, a grogné Stone.

— Parfait, les gars. Bon, alors, avez-vous l'intention d'arrêter le Dr Beck ?

— Non.

Elle s'est tournée vers moi.

— Eh bien, qu'attendez-vous ? a-t-elle jeté sèchement. On s'en va.

Hester Crimstein n'a pas prononcé un mot jusqu'à ce qu'on soit bien à l'abri dans sa limousine.

— Où voulez-vous que je vous dépose ? m'a-t-elle demandé.

J'ai donné au chauffeur l'adresse de la clinique.

— Parlez-moi de l'interrogatoire. Et tâchez de ne rien omettre.

J'ai relaté ma conversation avec Carlson et Stone du mieux que j'ai pu. Hester Crimstein ne m'a pas regardé une seule fois. Elle a sorti un agenda plus gros que mon tour de taille et s'est mise à le feuilleter.

— Ces photos de votre femme, a-t-elle fait quand j'ai eu terminé. Ce n'est pas vous qui les avez prises ?

— Non.

— Et vous avez dit ça à Zig et Puce ?

J'ai acquiescé.

Elle a secoué la tête.

— Ah, les toubibs ! Comme clients, y a pas pire.

Elle a repoussé en arrière une mèche de cheveux.

— Bon, c'était une bêtise, mais ce n'est pas invalidant. Vous dites que vous n'avez jamais vu ces photos auparavant ?

— Jamais.

— Mais quand ils vous l'ont demandé, vous l'avez enfin bouclée.

— Oui.

— C'est déjà mieux, a-t-elle estimé en hochant la tête. L'histoire de l'accident dans lequel elle aurait eu ces bleus, c'est la vérité ?

— Pardon ?

Crimstein a refermé son agenda.

— Écoutez… Beck, c'est ça ? D'après Shauna, tout le monde vous appelle Beck. Ça vous ennuie que je fasse pareil ?

— Non.

— Bien. Écoutez, Beck, vous êtes médecin, exact ?

— Exact.

— Vous prenez des gants avec vos patients ?

— J'essaie.

— Pas moi. En aucune circonstance. Vous voulez vous faire dorloter ? Faites un régime et engagez un coach. Alors évitons les « Excusez-moi de vous demander pardon » et autres conneries de ce genre. Contentez-vous de répondre à mes questions, OK ? L'histoire de l'accident de voiture que vous leur avez racontée. C'est vrai ?

— Oui.

— Parce que le FBI va vérifier tous les faits. Vous en êtes conscient, n'est-ce pas ?

— Oui.

— Tant mieux, autant que les choses soient claires.

Crimstein a repris son souffle.

— Peut-être que votre femme a demandé à une amie de prendre ces photos, a-t-elle spéculé tout haut. Pour les assurances. Au cas où elle aurait voulu entamer une procédure. Ça peut paraître logique, si jamais on a besoin d'une justification.

Moi, je ne trouvais pas ça logique, mais j'ai préféré me taire.

— Alors, question numéro un : D'où viennent ces photos, Beck ?

— Je n'en sais rien.

— Deux et trois : Comment les agents fédéraux ont-ils mis la main dessus ? Pourquoi resurgissent-elles aujourd'hui ?

J'ai secoué la tête.

— Et, par-dessus tout, pourquoi cherchent-ils à vous épingler ? Votre femme est morte il y a huit ans. C'est un peu tard pour vous accuser de violences conjugales.

Elle a réfléchi une ou deux minutes, puis elle m'a regardé et a haussé les épaules.

— Peu importe. Je vais passer quelques coups de fil pour voir ce qu'ils manigancent. En attendant, ne faites pas l'imbécile. Ne dites rien à personne. C'est clair ?

— Oui.

Abîmée dans ses réflexions, elle s'est laissée aller en arrière.

— Je n'aime pas ça, a-t-elle conclu. Mais alors, pas du tout.

11

Le 12 mai 1970, Jeremiah Renway et trois autres extrémistes avaient déposé une bombe à la faculté de chimie de l'Eastern State University. La rumeur courait parmi les membres de l'organisation clandestine que les scientifiques de l'armée utilisaient les labos universitaires pour mettre au point du napalm sous une forme très puissante. Les quatre étudiants, qui s'étaient affublés du nom très original de « Cri de la Liberté », avaient décidé de monter un coup spectaculaire, sinon tapageur.

À l'époque, Jeremiah Renway ignorait si la rumeur était fondée. Aujourd'hui, plus de trente ans après, il en doutait. Mais peu importe. L'explosion n'avait causé aucun dégât matériel. Deux vigiles de l'université étaient toutefois tombés sur le paquet suspect. Quand l'un d'eux l'avait ramassé, le paquet avait explosé, tuant les deux hommes.

Tous deux avaient des enfants.

L'un des « combattants de la liberté » avait été arrêté deux jours plus tard. Il était toujours en prison. Le deuxième était mort d'un cancer du côlon en 1989. La troisième, Evelyn Cosmeer, avait été arrêtée en 1996. Actuellement, elle était en train de purger une peine de sept ans de réclusion.

Ce soir-là, Jeremiah s'était enfui dans les bois et ne s'était plus risqué au-dehors. Il avait peu de contacts avec ses semblables, il n'écoutait guère la radio et regardait rarement la télévision. Il ne s'était servi du téléphone qu'une seule fois – un cas d'urgence. Son véritable lien avec le monde extérieur, c'étaient les journaux, même si leur compte rendu des événements qui avaient eu lieu ici huit ans auparavant était totalement erroné.

Jeremiah était né et avait grandi sur les contreforts du nord-ouest de la Georgie, où son père lui avait enseigné toutes sortes de techniques de survie. La leçon primordiale cependant était simple : on peut se fier à la nature, mais pas à l'homme. Jeremiah l'avait momentanément oubliée. Maintenant il la vivait au quotidien.

Craignant qu'on ne cherche du côté de sa ville natale, il s'était réfugié dans les bois de Pennsylvanie. Il avait erré pendant quelque temps, changeant de camp toutes les nuits ou presque, jusqu'à ce qu'il découvre le confort relatif et la sécurité du lac Charmaine. Il y avait là d'anciens dortoirs où l'on pouvait s'abriter quand le temps se gâtait sérieusement. Et peu de visites : en été surtout, et encore, seulement le week-end. Il était libre de chasser le cerf et de manger la viande plus ou moins en paix. Aux rares moments de l'année où il voyait du monde au lac, il se cachait ou bien s'en allait plus à l'ouest.

Ou alors il observait.

Pour les enfants qui jadis venaient ici, Jeremiah Renway avait été le croque-mitaine.

Immobile, il regardait à présent les agents s'égailler sur le terrain dans leurs parkas noires. Les parkas du FBI. La vue de ces trois lettres jaunes lui glaçait encore le cœur.

Personne n'avait pris la peine de boucler la zone, en raison sans doute de son éloignement. Renway n'avait pas été surpris quand ils avaient trouvé les corps. D'accord, les deux hommes avaient été enterrés avec le plus grand soin, mais Renway savait mieux que quiconque que les secrets n'aiment pas rester enfouis. Son ancienne complice, Evelyn Cosmeer, qui s'était métamorphosée en mère de famille modèle dans une banlieue de l'Ohio avant son arrestation, le savait aussi. L'ironie de la situation n'avait pas échappé à Jeremiah.

Il demeurait caché dans les broussailles. Le camouflage, c'était son truc. Personne ne pouvait le voir.

Il repensait à cette soirée d'il y a huit ans, où les deux hommes avaient trouvé la mort : les coups de feu soudains, le bruit des pelles attaquant le sol, les grognements qui ponctuaient l'effort. Il avait même envisagé d'informer les autorités de ce qui s'était passé – depuis le début.

Anonymement, bien sûr.

Mais, à la fin, il avait renoncé. Un homme, ça n'était pas fait pour vivre en cage, même si certains arrivaient à y résister. Jeremiah n'était pas de ceux-là. Son cousin Perry avait été enfermé pour huit ans dans un pénitencier fédéral, confiné vingt-trois heures sur vingt-quatre dans une cellule exiguë. Un matin, Perry avait tenté de se tuer en se jetant la tête la première contre le mur de ciment.

Jeremiah aurait fait pareil.

Il était donc resté muet. Pendant huit ans, en tout cas.

Mais il pensait beaucoup à cette soirée-là. Il pensait à la jeune femme nue. Aux hommes embusqués. À l'échauffourée devant la voiture. Il pensait au bruit mouillé, ignoble, du bois meurtrissant ses chairs. Il pensait à l'homme abandonné à son sort.

Et il pensait aux mensonges. C'étaient les mensonges, surtout, qui l'obsédaient.

12

Le temps de retourner à la clinique, la salle d'attente était bondée, et ça piaffait d'impatience. Le téléviseur était en train de passer en boucle *La Petite Sirène* ; à la fin, la cassette défraîchie et décolorée par l'usure se rembobinait automatiquement et ça repartait pour un tour. Après toutes ces heures en compagnie du FBI, je me sentais des affinités avec elle. Je n'arrêtais pas de ressasser les paroles de Carlson – c'était bien lui, le chef du duo – pour essayer de comprendre où il voulait en venir, mais ça ne faisait que brouiller le tableau et le rendre encore plus surréaliste. Ça m'a aussi filé une migraine carabinée.

— Salut, Doc.

Tyrese Barton a sauté sur ses pieds. Il portait un pantalon avachi et un blouson de sport trop grand, signés de quelque créateur que je ne connaissais pas, mais que je n'allais pas tarder à connaître.

— Salut, Tyrese.

Il m'a gratifié d'une poignée de main compliquée, un peu comme une figure de danse où il aurait mené et moi j'aurais suivi. Lui et Latisha avaient un fils de six ans prénommé TJ. TJ était hémophile. Et aveugle par-dessus le marché. Je l'avais rencontré alors qu'on l'avait amené en catastrophe, encore nourrisson, et que Tyrese était à deux doigts d'être arrêté. Ce jour-là, affirmait Tyrese, j'avais sauvé la vie de son fils. C'était une hyperbole.

Mais peut-être bien que j'avais vraiment sauvé Tyrese.

Il considérait depuis qu'on était amis... lui dans le rôle du lion, et moi, d'une souris qui lui aurait retiré une épine de la patte. Il se trompait.

Bien que lui et Latisha ne soient pas mariés, il était l'un des rares pères que je voyais ici. Quand il a eu fini de me serrer la main, il m'a glissé deux Ben Franklin [1] comme si j'étais un maître d'hôtel dans un grand restaurant.

Puis il m'a adressé un clin d'œil.

— Prenez bien soin de mon gamin, hein ?

— Tout à fait.

— Vous êtes le meilleur, Doc.

Il m'a remis sa carte professionnelle, qui ne portait ni nom, ni adresse, ni fonction. Juste un numéro de portable.

— Si vous avez besoin de quelque chose, vous m'appelez.

— J'y penserai, ai-je dit.

Nouveau clin d'œil.

— N'importe quoi, Doc.

— Tout à fait.

J'ai empoché les billets. Ce rituel durait depuis six ans. Par mon travail à la clinique, je connaissais

1. Billet de cent dollars. *(N.d.T.)*

beaucoup de dealers. Mais aucun qui ait survécu six ans.

L'argent, évidemment, je ne le gardais pas pour moi. Je le donnais à Linda pour son institution caritative. Légalement, c'était discutable, certes, mais d'après mon raisonnement il valait mieux que l'argent aille à une œuvre de bienfaisance plutôt qu'à un trafiquant de drogue. Je n'avais pas la moindre idée de la situation financière de Tyrese. Néanmoins, il roulait toujours dans une voiture neuve – sa préférence allait aux BMW avec vitres teintées –, et la garde-robe de son gamin valait plus cher que le contenu de ma penderie. Mais la mère de l'enfant avait droit aux soins gratuits, si bien qu'il ne payait pas les consultations.

C'est énervant, je sais.

Le portable de Tyrese a fait entendre quelque chose comme du hip-hop.

— Faut que je m'arrache, Doc. J'ai du boulot.

— Tout à fait, ai-je répété.

Il m'arrive parfois de me mettre en colère. N'importe qui réagirait de la même façon à ma place. Mais, dans ce brouillard, il y a des enfants. Des enfants qui ont mal. Je ne prétends pas que tous les enfants sont des anges. Parmi mes patients, je sais – je *sais* – que certains vont mal tourner. Mais, indépendamment de tout ça, les enfants sont vulnérables. Ils sont faibles et sans défense. Croyez-moi, j'ai vu des spécimens qui modifieraient votre définition de l'être humain.

Du coup, je me consacre aux enfants.

J'étais censé travailler jusqu'à midi seulement, mais pour rattraper mon détour par le FBI j'ai prolongé les consultations jusqu'à trois heures. Naturellement, toute la journée j'ai pensé à l'interrogatoire. Les photos d'Elizabeth, tuméfiée et vaincue, défilaient dans mon esprit à la manière grotesque des images projetées par une lanterne magique.

Qui pourrait être au courant de ces photos ?

La réponse, en y réfléchissant de plus près, semblait évidente. Je me suis penché pour décrocher le téléphone. Ce numéro, que je n'avais pas composé depuis des années, je m'en souvenais encore.

— Studio Schayes, a répondu une voix féminine.

— Salut, Rebecca.

— Mon salaud ! Comment vas-tu, Beck ?

— Bien. Et toi ?

— Pas trop mal. Du taf par-dessus la tête.

— Tu travailles trop.

— Plus maintenant. Je me suis mariée l'an dernier.

— Je sais. Désolé de n'avoir pas pu me libérer.

— Tu parles !

— Félicitations quand même.

— Alors, quoi de neuf ?

— J'aimerais te poser une question.

— Mmmm.

— À propos de l'accident de voiture.

J'ai entendu un écho métallique. Puis le silence.

— Tu te rappelles l'accident de voiture ? Avant la mort d'Elizabeth ?

Rebecca Schayes, la meilleure amie de ma femme, se taisait.

Je me suis éclairci la voix.

— Qui était au volant ?

— Quoi ?

Elle n'a pas dit ça dans le combiné.

— Attends une minute.

Puis, s'adressant à moi :

— Écoute, Beck, j'ai un truc à faire, là. Je peux te rappeler tout à l'heure ?

— Rebecca…

Mais elle avait déjà raccroché.

Une vérité première à propos de ces tragédies : l'âme en sort bonifiée.

Le fait est que toutes ces morts m'ont rendu meilleur. Si à quelque chose malheur est bon, c'est assurément à cela. Même si *a priori* le gain est bien mince. Il ne s'agit pas de peser ou de comparer, mais je sais que je me suis amélioré. J'ai un sens plus aigu des priorités. Je comprends mieux la souffrance d'autrui.

Il y a eu un temps – de quoi en rire aujourd'hui – où mes préoccupations se bornaient à appartenir à tel ou tel club, à conduire telle ou telle voiture, à afficher tel ou tel diplôme universitaire sur mon mur… toutes ces conneries de statut social. Je voulais être chirurgien parce que ça en jetait. Je voulais impressionner de soi-disant amis. Je voulais être quelqu'un.

Comme je l'ai dit, il y a de quoi en rire.

D'aucuns pourraient objecter que cette évolution positive est tout simplement une question de maturité. C'est en partie vrai. Et si j'ai tellement changé, c'est aussi parce que je suis livré à moi-même. Elizabeth et moi formions un couple, une seule entité. Elle était si bonne que je pouvais me permettre de l'être un peu moins, comme si sa bonté nous grandissait tous les deux, telle une sorte d'égalisateur cosmique.

Néanmoins, la mort est un maître incomparable. Juste trop dur, c'est tout.

J'aurais aimé vous raconter que le drame m'a fait découvrir quelque vérité absolue, qui vous change radicalement la vie et que je pourrais vous transmettre. Mais ce serait faux. Les clichés n'ont pas tort – ce qui compte, c'est l'homme, la vie est précieuse, on accorde trop de valeur au matérialisme, les petites choses ont aussi leur importance, il faut vivre le moment présent –, et je peux vous les répéter jusqu'à plus soif. Vous écouterez peut-être, mais vous n'intérioriserez pas. Vivre un drame enfonce le clou. Le drame le grave dans votre âme. Si vous n'en sortez pas plus heureux, vous serez probablement meilleur.

L'ironie de tout ça, c'est que je regrette souvent qu'Elizabeth ne puisse pas me voir aujourd'hui. Ce n'est pas l'envie qui me manque, mais je n'arrive pas à croire que les morts veillent sur nous et autres fantaisies réconfortantes que nous nous fabriquons. Selon moi, les morts disparaissent une fois pour toutes. Mais je ne peux pas m'empêcher de me dire : Peut-être suis-je digne d'elle maintenant.

Quelqu'un de plus croyant se demanderait si ce n'était pas pour ça qu'elle était revenue.

Rebecca Schayes était une photographe indépendante de renom. Son travail figurait dans toutes les revues de luxe, bien que, curieusement, elle se soit spécialisée dans les photos d'hommes. Des athlètes professionnels qui acceptaient par exemple de faire la couverture de *GQ* exigeaient souvent d'être photographiés par elle. Rebecca disait en plaisantant que si elle avait l'œil en matière d'anatomie masculine, c'était grâce à « toute une vie d'études intensives ».

J'ai trouvé son studio dans la 32e Ouest, pas loin de Penn Station. Le bâtiment était une sorte d'entrepôt hideux qui empestait les chevaux et les carrioles de Central Park, logés au rez-de-chaussée. J'ai délaissé le monte-charge et pris l'escalier.

Rebecca est passée en coup de vent dans le couloir. Sur ses talons, un assistant émacié, vêtu de noir, avec des bras grêles et quelques poils en guise de barbe, traînait deux valises en aluminium. Rebecca arborait toujours sa crinière indisciplinée, une jungle indomptée de boucles flamboyantes. Ses yeux verts étaient largement écartés, et si elle avait changé en huit ans, ça ne se voyait pas.

Quand elle m'a aperçu, elle a à peine ralenti le pas.

— Tu tombes mal, Beck.

— Dommage.

— J'ai une séance de photos… On ne peut pas remettre à plus tard ?

— Non.

Elle s'est arrêtée, a murmuré quelque chose à son maussade assistant en noir, puis :

— OK, suis-moi.

Son studio était haut de plafond, avec des murs peints en blanc. Il y avait des tas de parasols d'éclairage, de paravents noirs et de rallonges serpentant un peu partout. Rebecca s'est mise à tripoter un chargeur, feignant d'être occupée.

— Parle-moi de cet accident de voiture, ai-je dit.

— Je ne saisis pas très bien, Beck.

Elle a ouvert une boîte métallique, l'a reposée, a remis le couvercle dessus, puis l'a enlevé de nouveau.

— On ne s'est quasiment pas parlé depuis… quoi, huit ans ? Et tout à coup, tu développes une fixation sur un vieil accident de voiture.

J'ai croisé les bras et attendu.

— Pourquoi, Beck ? Après tout ce temps. Pourquoi ça t'intéresse subitement ?

— Je t'écoute.

Elle évitait mon regard. Sa tignasse lui cachait la moitié du visage, mais elle n'a pas pris la peine de la repousser.

— Elle me manque, a-t-elle soufflé. Et toi aussi.

Je n'ai pas répondu. Elle a poursuivi :

— J'ai appelé.

— Je sais.

— J'ai essayé de rester en contact. Je voulais être là.

— Désolé.

J'étais sincère. Rebecca avait été la meilleure amie d'Elizabeth. Avant notre mariage, elles avaient partagé un appartement près de Washington Square Park. J'aurais dû la rappeler, l'inviter chez moi, faire un effort. Mais je ne l'avais pas fait.

Le chagrin peut être excessivement égoïste.

— Elizabeth m'a expliqué que vous aviez eu un petit accrochage, ai-je repris. Par sa faute, selon elle. Parce qu'elle avait regardé ailleurs. C'est vrai ?

— Qu'est-ce que ça change maintenant ?

— Beaucoup de choses.

— Lesquelles ?

— De quoi as-tu peur, Rebecca ?

Cette fois, c'est elle qui n'a pas répondu.

— Y a-t-il eu un accident ou non ?

Ses épaules se sont affaissées comme si on lui avait sectionné quelque chose de l'intérieur. Elle a inspiré profondément à plusieurs reprises, en fixant le sol.

— Je ne sais pas.

— Comment ça, tu ne sais pas ?

— À moi aussi, elle m'a dit que c'était un accident de voiture.

— Mais tu n'y étais pas ?

— Non. Tu étais en déplacement, Beck. Un soir, je rentre chez moi et je tombe sur Elizabeth. Couverte de bleus. Je lui demande ce qui lui est arrivé. Elle me raconte qu'elle a eu un accident de voiture et que si quelqu'un pose des questions on était toutes les deux dans ma voiture.

— Si quelqu'un pose des questions ?

Rebecca s'est enfin redressée.

— À mon avis, elle parlait de toi, Beck.

Je m'efforçais de digérer cette nouvelle.

— Alors, que s'est-il passé réellement ?

— Elle n'a pas voulu me dire.

— Tu l'as emmenée chez le médecin ?

— Elle a refusé.

Rebecca m'a regardé bizarrement.

— Je ne pige toujours pas. Pourquoi me demandes-tu ça aujourd'hui ?

Ne le dis à personne.

— J'essaie seulement de tourner la page.

Elle a hoché la tête, mais elle ne m'a pas cru. Aucun d'entre nous n'était particulièrement doué pour le mensonge.

— As-tu pris des photos d'elle ? ai-je questionné.

— Des photos ?

— De ses blessures. Après l'accident.

— Bon Dieu, non ! Pourquoi aurais-je fait ça ?

Voilà une excellente question. J'ignore combien de temps je suis resté assis à y réfléchir.

— Beck ?

— Oui.

— Tu as une mine épouvantable.

— Pas toi.

— Je suis amoureuse.

— Ça te réussit.

— Merci.

— C'est un mec bien ?

— Le top du top.

— Alors, peut-être qu'il te mérite.

— Peut-être.

Se penchant, elle m'a embrassé sur la joue. C'était une sensation agréable, réconfortante.

— Il est arrivé quelque chose, hein ?

Ce coup-ci, j'ai opté pour la vérité.

— Je n'en sais rien.

13

Shauna et Hester Crimstein étaient installées dans le luxueux bureau de l'avocate. Hester a fini de téléphoner et a reposé le combiné.

— Ils ne sont pas très causants, a-t-elle dit.

— Mais on ne l'a pas arrêté ?

— Non. Pas encore.

— Et alors, que se passe-t-il ? a demandé Shauna.

— D'après ce que j'ai cru comprendre, ils pensent que Beck a tué sa femme.

— C'est dément, bon sang ! Il était à l'hôpital. Et ce taré de KillRoy est dans le couloir de la mort.

— Pas pour ce meurtre-là, a répliqué l'avocate.

— Quoi ?

— Kellerton est soupçonné d'avoir tué au moins dix-huit femmes. Il a avoué quatorze meurtres, mais ils ne disposent de preuves pour l'inculper et le condamner que dans douze cas. Ça a suffi. De combien de peines capitales a-t-on besoin pour venir à bout d'un seul homme ?

— Mais tout le monde sait qu'il a tué Elizabeth.

— Correction : tout le monde *savait.*

— Je ne saisis pas. Comment peuvent-ils penser que Beck a quelque chose à voir là-dedans ?

— Je ne sais pas.

Hester a posé les pieds sur son bureau et croisé les mains derrière la tête.

— Du moins, pas encore. Mais il faut qu'on se tienne sur nos gardes.

— Comment ça ?

— Pour commencer, on doit partir du principe que le FBI surveille le moindre de ses faits et gestes. Écoutes téléphoniques, filatures, des choses comme ça.

— Et alors ?

— Comment, et alors ?

— Il est innocent, Hester. Qu'ils le surveillent donc.

Hester a levé les yeux et secoué la tête.

— Ne sois pas naïve.

— Que diable veux-tu dire par là ?

— Que s'ils le filment en train de manger des œufs au petit déjeuner, ils peuvent en tirer des conclusions. Il doit faire attention. Mais il y a autre chose.

— Quoi ?

— Les gens du FBI vont vouloir mettre la main sur Beck.

— Comment ?

— Aucune idée, mais fais-moi confiance, ils se débrouilleront. Ils ont le béguin pour ton ami. Ça fait huit ans déjà. Autrement dit, ils sont à bout. Et un agent du FBI à bout, c'est un sale type qui n'hésite pas à piétiner les droits constitutionnels.

Shauna s'est calée dans son siège en réfléchissant aux étranges e-mails d'« Elizabeth ».

— Quoi ? a fait Hester.
— Rien.
— Pas de cachotteries entre nous, Shauna.
— La cliente, ce n'est pas moi.
— D'après toi, Beck ne m'aurait pas tout dit ?

Une idée a frappé Shauna, suscitant en elle un sentiment proche de l'horreur. Elle l'a examinée, l'a tournée et retournée dans tous les sens, l'a laissée mûrir encore un peu.

Ça paraissait logique, et pourtant Shauna espérait… Non, elle priait pour que ce ne soit pas vrai. Elle s'est levée et s'est hâtée vers la porte.

— Il faut que j'y aille.
— Qu'est-ce qui t'arrive ?
— Demande à ton client.

Les agents fédéraux Nick Carlson et Tom Stone avaient pris place sur le canapé qui avait récemment déclenché une crise de nostalgie chez Beck. Kim Parker, la mère d'Elizabeth, était assise en face d'eux, les mains sagement jointes sur les genoux. Son visage était figé en un masque cireux. Hoyt Parker, lui, faisait les cent pas.

— Alors, qu'y a-t-il de si important que vous n'avez pas voulu dire au téléphone ? a demandé Hoyt.

— On a quelques questions à vous poser, a répondu Carlson.

— À quel sujet ?
— Au sujet de votre fille.

Ils sont restés pétrifiés l'un et l'autre.

— Plus particulièrement, nous aimerions vous interroger sur ses rapports avec son mari, le Dr David Beck.

Hoyt et Kim ont échangé un coup d'œil.

— Pourquoi ? s'est enquis Hoyt.

— Ça concerne une enquête en cours.

— Quelle enquête ? Son décès remonte à huit ans. Son assassin est dans le couloir de la mort.

— S'il vous plaît, inspecteur Parker. On est tous du même bord, ici.

L'air dans la pièce était sec et immobile. Kim Parker a pincé les lèvres ; elles s'étaient mises à trembler. Hoyt a observé sa femme, puis a hoché la tête à l'adresse des deux hommes.

Carlson avait les yeux fixés sur Kim.

— Madame Parker, comment décririez-vous la relation entre votre fille et son mari ?

— Ils étaient très proches, très amoureux l'un de l'autre.

— Pas de problèmes ?

— Non. Aucun.

— Décririez-vous le Dr Beck comme un homme violent ?

Elle a eu l'air déconcertée.

— Non, pas du tout.

Ils ont regardé Hoyt. Il a confirmé d'un signe de la tête.

— À votre connaissance, le Dr Beck a-t-il jamais frappé votre fille ?

— Quoi ?

Carlson s'est efforcé de sourire gentiment.

— Si vous vouliez bien répondre à ma question…

— Jamais, a dit Hoyt. Personne n'a frappé ma fille.

— Vous en êtes sûr ?

— Absolument, a-t-il affirmé, catégorique.

Carlson s'est tourné vers Kim.

— Madame Parker ?

— Il l'aimait tellement.

— Je comprends bien, madame. Mais beaucoup d'hommes qui battent leur femme prétendent l'aimer.

— Il ne l'a jamais frappée.

Hoyt a cessé d'arpenter la pièce.

— De quoi s'agit-il, au juste ?

Carlson a fixé Stone un moment.

— Je voudrais vous montrer quelques photos, si vous le permettez. Elles risquent de vous déranger, mais c'est important.

Stone lui a remis l'enveloppe en papier kraft. Carlson l'a ouverte. Une à une, il a placé les photos d'Elizabeth tuméfiée sur la table basse. Il guettait une réaction. Kim Parker, comme il fallait s'y attendre, a laissé échapper un petit cri. L'expression de Hoyt, qui semblait trahir un conflit intérieur, s'est faite distante et impénétrable.

— Où les avez-vous trouvées ? a-t-il demandé doucement.

— Les avez-vous déjà vues ?

— Jamais.

Il a scruté sa femme. Kim a secoué la tête.

— Mais je me rappelle ces bleus, a-t-elle hasardé.

— Quand ?

— Je ne sais plus très bien. Peu de temps avant sa mort. Mais quand je les ai vus, ils étaient moins…

Elle cherchait le mot.

— … moins prononcés.

— Votre fille vous a-t-elle dit comment ça lui était arrivé ?

— Elle avait eu un accident de voiture.

— Madame Parker, nous nous sommes renseignés auprès de la compagnie d'assurances de votre fille. Elle n'a jamais déclaré un quelconque accident. Nous avons consulté les fichiers de la police : personne n'a porté plainte contre elle. Il n'y a pas eu le moindre procès-verbal.

— Où voulez-vous en venir ? s'est interposé Hoyt.

— Simplement à ceci : si votre fille n'a pas été victime d'un accident de voiture, d'où venaient tous ces hématomes ?

— Vous pensez que c'est son mari ?

— C'est l'une de nos hypothèses de travail.

— Et elle se fonde sur quoi ?

Les deux hommes ont hésité. Cette hésitation signifiait l'une de ces deux choses : pas devant une dame, ou bien : pas devant un civil. Hoyt a saisi le message.

— Kim, ça ne t'ennuie pas que je parle seul à ces messieurs ?

— Pas du tout.

Elle s'est levée et, les jambes flageolantes, s'est dirigée vers l'escalier.

— Je serai dans la chambre.

Après son départ, Hoyt a dit :

— OK, je vous écoute.

— Nous ne pensons pas que le Dr Beck a juste battu votre fille, a lâché Carlson. Nous pensons qu'il l'a assassinée.

Le regard de Hoyt est allé de Carlson à Stone, puis de nouveau à Carlson, comme dans l'attente d'une révélation. Ne voyant rien venir, il s'est approché du fauteuil.

— Vous feriez bien de vous expliquer.

14

Quelles autres choses Elizabeth m'avait-elle cachées ?

En descendant la 10e Avenue vers le parking gardé, j'ai essayé de me convaincre à nouveau que ces photos n'étaient qu'un souvenir de son accident de voiture. Je me rappelais la désinvolture avec laquelle elle avait traité la chose à l'époque. Un banal accrochage, selon elle. Pas de quoi en faire tout un plat. Et quand je l'avais questionnée pour en savoir plus, c'est tout juste si elle ne m'avait pas envoyé paître.

À présent, je savais qu'elle m'avait menti.

Je pourrais bien vous dire qu'Elizabeth ne m'avait jamais menti, mais à la lumière de la récente découverte, cet argument ne tiendrait pas debout. C'était toutefois le premier mensonge dont j'avais connaissance. J'imagine que chacun de nous deux avait ses secrets.

En arrivant au parking, j'ai remarqué quelque chose d'étrange – ou, plus exactement, quelqu'un d'étrange. Il y avait là, au coin, un homme avec un pardessus marron clair.

Et il me regardait.

Son allure m'était bizarrement familière. Je ne le connaissais pas, non, pourtant cette sensation de déjà-vu me mettait mal à l'aise. Car j'avais déjà vu cet homme-là. Et pas plus tard que ce matin. Où ça ? J'ai passé ma matinée en revue, et ça m'est revenu.

Quand je m'étais arrêté à huit heures pour prendre un café. L'homme au pardessus marron clair était là. Sur le parking du Starbucks.

En étais-je sûr ?

Évidemment que non. J'ai détourné les yeux et pressé le pas pour gagner la guérite du surveillant. Le surveillant du parking – qui, d'après son badge, se prénommait Carlo – était en train de regarder la télévision en mangeant un sandwich. Il a continué à fixer l'écran une bonne demi-minute avant de reporter son regard sur moi. Puis, lentement, il a frotté ses mains pour enlever les miettes, a pris mon ticket et l'a tamponné. Je me suis empressé de payer, et il m'a tendu ma clé.

L'homme au pardessus marron clair était toujours là.

J'ai fait de mon mieux pour ne pas le regarder tandis que je me dirigeais vers ma voiture. Je suis monté, j'ai démarré et, en sortant dans la 10e Avenue, j'ai jeté un coup d'œil dans le rétroviseur.

L'homme au pardessus marron clair ne m'a pas accordé la moindre espèce d'attention. Je l'ai observé jusqu'à la bifurcation vers West Side Highway. Pas une fois il n'a regardé dans ma direction. Parano. J'étais en train de virer parano.

Pourquoi Elizabeth m'avait-elle menti ?

J'avais beau me creuser la cervelle, aucune idée.

Il me restait encore trois heures avant de recevoir mon message Bat Street. Trois heures. Nom d'un chien, j'avais besoin de me changer les idées ! À trop réfléchir à ce qui m'attendait à l'autre bout de cette cyberconnexion, j'avais l'estomac en capilotade.

Je savais quoi faire mais c'était reculer pour mieux sauter.

Quand je suis rentré à la maison, grand-père était dans son fauteuil habituel, seul. Le téléviseur était éteint. La garde-malade était en train de papoter en russe au téléphone. Celle-là, elle n'allait pas faire long feu. Il fallait que j'appelle l'agence pour qu'on m'envoie quelqu'un d'autre.

Grand-père avait des petits bouts d'œuf collés aux coins de la bouche ; j'ai donc sorti un mouchoir et les ai nettoyés en douceur. Nos regards se sont croisés, mais le sien était perdu quelque part dans le lointain. Je nous revoyais tous au lac, grand-père faisant son numéro favori de perte de poids avant/après. Il se tournait de profil, s'affaissait, laissait pendre ses abdos élastiques et criait : « Avant ! » Puis il rentrait le ventre, faisait jouer la sangle abdominale et glapissait : « Après ! » C'était tordant. Mon père hurlait de rire. Papa avait un rire magnifiquement contagieux. Il s'abandonnait totalement. Moi aussi, ça m'arrivait autrefois. Mais ce rire-là est mort avec lui. Je ne pourrais plus jamais rire comme ça, ç'aurait l'air presque indécent.

En m'entendant, la garde-malade s'est hâtée de raccrocher et est revenue à toute vitesse avec un grand sourire. Que je ne lui ai pas rendu.

Je lorgnais la porte du sous-sol. Reculant toujours pour mieux sauter.

Allez, assez atermoyé.

— Restez avec lui, ai-je dit.

Elle a baissé la tête et s'est assise.

Le sous-sol avait été aménagé à une époque où l'on n'aménageait pas les sous-sols, et ça se voyait. L'épaisse moquette jadis marron était grêlée et déformée par les infiltrations. Un revêtement imitant la brique blanche, fabriqué dans quelque bizarre matière synthétique, avait été collé sur les murs. Certains panneaux s'étaient écroulés sur la moquette ; d'autres s'étaient arrêtés à mi-chemin, comme les colonnes de l'Acropole.

Au centre de la pièce, la table de ping-pong affichait un vert délavé dans les tons menthe actuellement à la mode. Le filet déchiré ressemblait à une barricade après le passage des troupes françaises. Les raquettes étaient usées jusqu'au bois.

Sur la table, certains cartons commençaient à moisir. D'autres cartons s'empilaient dans le coin. Les vieux vêtements étaient dans des caisses. Pas les vêtements d'Elizabeth, non. Ceux-là, Shauna et Linda s'en étaient occupées. Dans un accès de zèle, je pense. Mais dans d'autres cartons, il y avait de vieilles affaires. Des affaires d'Elizabeth. Je ne pouvais pas les jeter et ne voulais pas les donner à quelqu'un d'autre. Pourquoi, je n'en sais trop rien. Il y a des choses qu'on range, qu'on colle au fond d'un placard, qu'on pense ne plus revoir – mais qu'on ne se résout pas à mettre à la poubelle. Un peu comme les rêves, quoi.

Je ne savais plus où je l'avais mis, mais j'étais sûr qu'il était là. J'ai fouillé parmi les vieilles photos, évitant là encore de les regarder. J'étais très doué pour ça, même si avec le temps les photos faisaient de moins en moins mal. En nous apercevant, Elizabeth et moi, ensemble sur un polaroïd verdâtre, j'ai eu l'impression de voir deux étrangers.

J'avais horreur de faire ça.

En fourrageant plus en profondeur, mes doigts ont rencontré quelque chose de feutré, et j'ai sorti un écusson qu'elle avait gagné au tennis à l'époque où nous étions encore au lycée. Avec un rictus mélancolique, j'ai revu ses jambes bronzées et sa natte bondissante tandis qu'elle montait au filet. Sur le court, son visage offrait l'image de la concentration absolue. C'était comme ça qu'Elizabeth vous battait. Ses coups droits étaient très corrects, et son service, excellent, mais ce qui la plaçait au-dessus de ses camarades, c'était cette faculté de concentration.

J'ai reposé l'écusson avec précaution et me suis remis à fouiller. Ce que je cherchais se trouvait tout au fond du carton.

Son agenda.

La police l'avait réclamé après l'enlèvement. Du moins, c'est ce qu'on m'avait dit. Rebecca était passée à l'appartement pour les aider à mettre la main dessus. Ils cherchaient probablement des indices – ce que je m'apprêtais à faire, moi – mais la découverte du corps marqué de la lettre K avait dû les pousser à abandonner.

J'y ai réfléchi un moment – à la façon dont ils avaient commodément tout mis sur le dos de KillRoy –, et une autre pensée m'a traversé l'esprit. Je suis remonté en courant pour me brancher sur

Internet. J'ai trouvé le site de l'administration pénitentiaire de la ville de New York. Il contenait une foule de renseignements, y compris le nom et le numéro de téléphone qu'il me fallait.

J'ai appelé la maison d'arrêt de Briggs.

C'est la prison où est enfermé KillRoy.

J'ai écouté le message et, après avoir appuyé sur la touche correspondante, j'ai été mis en communication avec l'établissement en question. Trois sonneries plus tard, un homme a répondu :

— Directeur adjoint Brown à l'appareil.

Je lui ai dit que je voulais rendre visite à Elroy Kellerton.

— Et vous êtes ? a-t-il demandé.

— Dr David Beck. Ma femme, Elizabeth Beck, a été une de ses victimes.

— Je vois.

Brown hésitait.

— Puis-je connaître le motif de votre visite ?

— Non.

Nouveau silence à l'autre bout du fil.

— J'ai le droit de le voir s'il accepte de me rencontrer, ai-je insisté.

— Oui, bien sûr, mais c'est une requête tout à fait exceptionnelle.

— Je vous l'adresse quand même.

— La procédure normale consiste à demander à votre avocat de faire…

— Mais ce n'est pas une obligation, ai-je interrompu.

J'avais appris ça sur un site consacré aux droits des victimes – que je pouvais formuler cette requête moi-même. Si Kellerton acceptait de me voir, ça ne pouvait que marcher.

— J'aimerais juste parler à Kellerton. Il y a bien des heures de visite demain, n'est-ce pas ?

— Oui.

— Dans ce cas, si Kellerton est d'accord, je passerai demain. Ça pose un problème ?

— Non, monsieur. S'il est d'accord, il n'y a aucun problème.

Je l'ai remercié et j'ai raccroché. J'entrais en action. Ça faisait un bien fou.

L'agenda était posé sur le bureau à côté de moi. Je l'évitais de nouveau, car, si douloureux que puissent être une photo ou un enregistrement, une écriture, c'était pire, parce que beaucoup plus personnel. Les majuscules élancées d'Elizabeth, les *t* fermement barrés, les trop nombreuses boucles entre les lettres, la manière dont tout ça penchait à droite...

J'ai passé une heure à l'éplucher. Elizabeth était quelqu'un de méthodique. Elle utilisait rarement les abréviations. Ce qui m'a frappé, ç'a été de constater à quel point je connaissais ma femme. Tout était clair, sans surprises. En fait, il n'y avait qu'un seul rendez-vous que je ne m'expliquais pas.

Trois semaines avant sa mort, elle avait noté simplement : P.F.

Et un numéro de téléphone sans indicatif de zone.

En regard du caractère explicite de tout le reste, j'ai trouvé cette inscription quelque peu déconcertante. L'appel datait de huit ans. Les indicatifs de zone s'étaient multipliés et avaient changé à plusieurs reprises depuis ce temps-là.

J'ai essayé le 201 : le numéro n'était pas attribué. J'ai essayé le 973. Une vieille dame m'a répondu. Je lui ai dit qu'elle avait gagné un abonnement au

New York Post. Elle m'a donné son nom. Les initiales ne correspondaient pas. J'ai essayé le 212, la ville même. Et là, eurêka !

— Cabinet de Me Peter Flannery, a dit une femme en bâillant.

— Puis-je parler à Me Flannery, s'il vous plaît ?

— Il est au tribunal.

Elle semblait s'ennuyer, mais non sans une certaine distinction. On entendait beaucoup de bruit en arrière-fond.

— Je voudrais prendre rendez-vous avec Me Flannery.

— C'est en réponse à l'annonce ?

— L'annonce ?

— Vous avez subi des dommages corporels ?

— Oui, ai-je répondu. Mais je n'ai pas vu l'annonce. C'est un ami qui me l'a recommandé. Il s'agit d'une erreur médicale. Je suis arrivé avec un bras cassé et maintenant je ne peux plus le bouger. J'ai perdu mon emploi. Et j'ai tout le temps mal.

Elle m'a fixé rendez-vous pour le lendemain après-midi.

J'ai reposé le combiné en fronçant les sourcils. Que fabriquait Elizabeth avec un avocat qui devait faire ses choux gras des défaillances du corps médical ?

La sonnerie du téléphone m'a fait sursauter. J'ai empoigné le récepteur, lui coupant le sifflet.

— Allô ?

C'était Shauna.

— Où es-tu ? a-t-elle demandé.

— À la maison.

15

L'agent Carlson a regardé Hoyt Parker droit dans les yeux.

— Comme vous le savez, nous avons récemment découvert deux cadavres à proximité du lac Charmaine.

Hoyt a acquiescé de la tête.

Ils ont été interrompus par la sonnerie grêle d'un portable. Stone s'est extirpé du canapé, s'est excusé avant de se retirer pesamment dans la cuisine. Hoyt s'est retourné vers Carlson et a attendu.

— Nous connaissons le rapport officiel sur le décès de votre fille, a repris ce dernier. Elle et son mari, David Beck, sont allés au lac en pèlerinage annuel. Ils étaient en train de se baigner dans le noir. KillRoy les guettait, embusqué. Il a agressé le Dr Beck et enlevé votre fille. Fin de l'histoire.

— Et d'après vous, ce n'est pas comme ça que ça s'est passé ?

— Non, Hoyt… Puis-je vous appeler Hoyt ?

Hoyt a hoché la tête.

— D'après nous, Hoyt, non.

— Et vous voyez ça comment ?

— À mon avis, David Beck a assassiné votre fille et mis ça sur le dos d'un tueur en série.

Au bout de vingt-huit ans de service dans la police new-yorkaise, Hoyt Parker était capable d'entendre n'importe quoi sans broncher ; néanmoins il a eu un mouvement de recul, comme si ces mots lui avaient cinglé le visage.

— Dites-moi tout.

— OK, commençons par le commencement : Beck emmène votre fille au bord d'un lac isolé, d'accord ?

— Oui.

— Vous y êtes déjà allé ?

— De nombreuses fois.

— Ah bon ?

— On était tous amis. Kim et moi étions proches des parents de David. On allait très souvent chez eux.

— Vous savez donc à quel point c'est isolé, là-bas.

— Oui.

— Un chemin de terre, un panneau qu'on repère seulement si on sait qu'il est là. Totalement caché comme endroit. Aucun signe de vie.

— Où voulez-vous en venir ?

— Quelles chances y avait-il que KillRoy emprunte ce chemin-là ?

Hoyt a levé les paumes vers le ciel.

— Quelles chances a-t-on de tomber sur un tueur en série ?

— Oui, bon, c'est vrai, mais dans les autres cas il y avait une logique. Kellerton enlevait ses victimes dans la rue, les embarquait dans sa voiture ; il est même entré par effraction dans une maison. Réfléchissez un peu. Il voit un chemin de terre et décide d'aller chercher une proie par là ? Je ne dis pas que c'est impossible, mais c'est fort peu probable.

— Continuez…

— Vous avouerez qu'il y a plein d'incohérences dans le scénario choisi.

— Dans toutes les affaires, il y a des incohérences.

— Peut-être bien, mais laissez-moi vous soumettre une hypothèse de rechange. Admettons que le Dr Beck ait décidé de tuer votre fille.

— Pour quelle raison ?

— D'abord, pour toucher une prime d'assurance vie de deux cent mille dollars.

— Il n'a pas besoin d'argent.

— Tout le monde a besoin d'argent, Hoyt. Allons.

— Je ne marche pas.

— Écoutez, on en est encore à creuser. On ne connaît pas tous les mobiles. Permettez-moi simplement de vous exposer notre scénario, d'accord ?

Hoyt a haussé les épaules, l'air de dire : comme il vous plaira.

— Nous avons des preuves comme quoi le Dr Beck la battait.

— Quelles preuves ? Vous avez des photos. Elle a expliqué à ma femme qu'elle avait eu un accident de voiture.

— Voyons, Hoyt.

Carlson a désigné les photos d'un geste de la main.

— Regardez l'expression de votre fille. A-t-elle la tête de quelqu'un qui a eu un accident de voiture ?

Non, a jugé Hoyt, en effet.

— Où les avez-vous eues, ces photos ?

— J'y viens dans un petit instant. Revenons à mon scénario, OK ? Supposons pour le moment que le Dr Beck ait battu votre fille et qu'il y ait eu un gros héritage à la clé.

— Ça fait beaucoup de suppositions.

— Oui, mais patientez un peu. Pensez au scénario officiel avec toutes ses lacunes. Et comparez-le à celui-ci : le Dr Beck conduit votre fille dans un endroit isolé où il sait qu'il n'y aura pas de témoins. Il engage deux truands pour qu'ils s'emparent d'elle. Il est au courant, pour KillRoy. C'est dans tous les journaux. De plus, votre frère a travaillé sur l'affaire. En a-t-il jamais discuté avec vous ou avec Beck ?

Hoyt est resté immobile un moment.

— Continuez.

— Les deux malfrats à sa solde kidnappent et tuent votre fille. Naturellement, le mari est le premier suspect, comme toujours dans ces histoires-là. Seulement, les deux truands marquent son front de la lettre K. Et le tour est joué : on fait porter le chapeau à KillRoy.

— Mais Beck a été agressé. Sa blessure à la tête n'était pas un leurre.

— Certes, pourtant nous savons tous les deux que ça ne l'empêche pas d'avoir monté le coup lui-même. Comment aurait-il expliqué qu'il se soit sorti de l'enlèvement sans une égratignure ? « Salut, devinez quoi, on a kidnappé ma femme, mais moi je suis en pleine forme » ? Ça n'aurait eu ni queue ni tête. Alors que s'il avait été assommé son histoire devenait crédible.

— Il s'est pris un sacré coup.

— Il avait affaire à des truands, Hoyt. Ils ont dû y aller un peu trop fort. D'ailleurs, c'est quoi, cette blessure, hein ? Il raconte qu'il est miraculeusement remonté sur la berge pour aller composer le 911. J'ai remis à plusieurs médecins l'ancien dossier médical de Beck. Ils affirment que sa version des faits défie toute logique. Compte tenu de son état, ça paraît quasiment impossible.

Hoyt réfléchissait. Lui-même s'était souvent posé cette question. Comment Beck avait-il fait pour survivre et appeler les secours ?

— Quoi d'autre ? a-t-il demandé.

— Il apparaît, d'après les preuves, que ce sont les deux truands, et non KillRoy, qui ont agressé Beck.

— Quelles preuves ?

— On a trouvé, enterrée avec les cadavres, une batte de base-ball tachée de sang. Une analyse comparative d'ADN va prendre un bon moment, mais les résultats préliminaires laissent fortement supposer qu'il s'agit du sang de Beck.

L'agent Stone est revenu dans la pièce et s'est rassis lourdement. Hoyt a répété :

— Continuez.

— Le reste tombe sous le sens. Les deux truands finissent le boulot. Ils tuent votre fille et s'arrangent pour mettre ça sur le compte de KillRoy. Puis ils repassent chercher leur argent – ou peut-être décident-ils d'en extorquer davantage au Dr Beck. Je n'en sais rien. Quoi qu'il en soit, Beck doit se débarrasser d'eux. Il leur donne rendez-vous dans les bois isolés près du lac Charmaine. Les deux malfrats pensent sûrement avoir affaire à un petit docteur bien propre sur lui, ou alors il les prend par surprise. D'une manière ou d'une autre, Beck les abat et enterre les corps avec la batte de base-ball et toutes les pièces à conviction qui risqueraient de lui porter préjudice par la suite. Le crime parfait, quoi. Rien qui le rattache au meurtre. Si on a retrouvé les cadavres, c'est uniquement sur un énorme coup de chance.

Hoyt a secoué la tête.

— Foutue hypothèse.

— Il y a autre chose, a fait Stone.

— Du genre ?

Carlson a regardé Stone. Qui a désigné son téléphone portable.

— Je viens de recevoir un coup de fil bizarre de la prison de Briggs. Apparemment, votre gendre leur a téléphoné aujourd'hui pour demander un rendez-vous avec KillRoy.

Hoyt ne cachait pas sa stupéfaction.

— Pourquoi diable il aurait fait ça ?

— À vous de nous le dire, a répondu Stone. Mais n'oubliez pas : Beck sait qu'on est après lui. Et tout à coup, il a cette envie irrépressible de voir l'homme qu'il a fait passer pour l'assassin de votre fille.

— Foutue coïncidence, a ajouté Carlson.

— Vous croyez qu'il cherche à brouiller les pistes ?

— Vous avez une meilleure explication ?

Hoyt s'est calé dans son fauteuil pour essayer de digérer tout ce qu'il venait d'entendre.

— Vous avez omis quelque chose.

— Quoi ?

Il a indiqué les photos sur la table.

— Qui vous a donné ça ?

— D'une certaine façon, a dit Carlson, je pense que c'est votre fille.

Hoyt avait l'air épuisé.

— Ou, plus exactement, son double. Une dénommée Sarah Goodhart. Le deuxième prénom de votre fille et le nom de cette rue.

— Je ne comprends pas.

— Sur le lieu du crime, a précisé Carlson, l'un des deux truands – Melvin Bartola – avait une petite clé dans sa chaussure.

Carlson a sorti la clé. Hoyt l'a prise et l'a scrutée comme si elle contenait quelque réponse mystique.

— Vous voyez les lettres UCB au verso ?

Hoyt a acquiescé.

— C'est le sigle de la United Central Bank. Cette clé a fini par nous conduire à leur agence de Broadway, au numéro 1772. C'est la clé du coffre 174, qui a été ouvert au nom de Sarah Goodhart. Pour y accéder, on a demandé un mandat de perquisition.

Hoyt a levé les yeux.

— Les photos étaient dedans ?

Carlson et Stone ont échangé un regard. Ils avaient déjà pris la décision de ne pas tout révéler à Hoyt – pas avant d'avoir eu les résultats de l'expertise et d'être tout à fait sûrs – mais tous deux ont hoché la tête.

— Réfléchissez, Hoyt. Votre fille a gardé ces photos dissimulées dans un coffre-fort. Pour des raisons évidentes. Vous en voulez plus ? Nous avons interrogé le Dr Beck. Il a avoué n'être pas au courant, pour les photos. C'était la première fois qu'il les voyait. Pourquoi votre fille les lui aurait-elle cachées ?

— Vous avez parlé à Beck ?
— Oui.
— Et qu'a-t-il dit d'autre ?
— Pas grand-chose, il a réclamé un avocat.
Carlson a attendu une fraction de seconde. Puis il s'est penché en avant.
— Et pas n'importe quel avocat. Il a appelé Hester Crimstein. À votre avis, c'est la réaction d'un homme innocent, ça ?
Hoyt s'est littéralement agrippé aux bras du fauteuil pour ne pas perdre l'équilibre.
— Vous n'avez aucune preuve de ce que vous avancez.
— Pas encore. Mais nous savons. C'est déjà une demi-victoire.
— Qu'allez-vous faire maintenant ?
— La seule chose possible.
Carlson lui a souri.
— Mettre la pression jusqu'à ce que ça craque.

Larry Gandle a examiné les événements de la journée en marmonnant dans sa barbe :
— Ça pue.
Un, le FBI embarque Beck pour l'interroger.
Deux, Beck appelle une photographe nommée Rebecca Schayes. Il lui pose des questions sur un accident de voiture que sa femme a eu dans le temps. Puis il va la voir à son studio.
Une photographe, rien que ça.
Trois, Beck téléphone à la prison de Briggs et demande à rencontrer Elroy Kellerton.
Quatre, Beck téléphone au cabinet de Peter Flannery.

Tout ça était déroutant. Et ne présageait rien de bon.

Eric Wu a reposé le combiné en disant :

— Tu ne vas pas aimer.

— Quoi ?

— D'après notre informateur au FBI, ils soupçonnent Beck d'avoir tué sa femme.

Gandle a failli tomber de sa chaise.

— Explique-toi.

— Il n'en sait pas plus. Apparemment, ils ont établi un lien entre les deux cadavres du lac et Beck.

Bizarre.

— Fais voir ces e-mails, a dit Gandle.

Eric Wu les lui a tendus. En pensant à leur expéditeur potentiel, Gandle a senti le nœud grossir au creux de son estomac. Il s'efforçait d'additionner les pièces du puzzle. Souvent il s'était demandé comment Beck avait survécu ce soir-là. À présent, une autre question le préoccupait.

Et si Beck n'était pas le seul à avoir survécu ?

— Quelle heure est-il ?

— Six heures et demie.

— Beck n'a toujours pas consulté cette adresse Bat machin ?

— Bat Street. Non, pas encore.

— Autre chose sur Rebecca Schayes ?

— Rien que nous ne sachions déjà. Amie proche d'Elizabeth Parker. Elles ont partagé un appartement avant que Parker n'épouse Beck. J'ai vérifié les anciens enregistrements téléphoniques. Beck ne l'a pas appelée depuis des années.

— Alors pourquoi l'a-t-il contactée maintenant ?

Wu a haussé les épaules.

— Mlle Schayes doit savoir quelque chose.

Griffin Scope avait été très clair. Découvre tout ce que tu peux, puis enterre-le.

Et sers-toi de Wu.

— Il faut qu'on aille lui causer, a décidé Gandle.

16

Shauna m'a accueilli au rez-de-chaussée d'une tour au 462 Park Avenue, dans Manhattan.

— Allez, viens, a-t-elle déclaré sans préambule. J'ai quelque chose à te montrer là-haut.

J'ai consulté ma montre. Il restait un peu moins de deux heures avant la réception du message Bat Street. Nous sommes entrés dans un ascenseur. Shauna a appuyé sur le bouton du vingt-troisième étage. Les voyants se sont allumés tour à tour, accompagnés du bip à l'intention des aveugles.

— Hester m'a fait réfléchir, a dit Shauna.

— À propos de quoi ?

— D'après elle, les agents fédéraux étaient à bout. Ils seraient prêts à n'importe quoi pour mettre la main sur toi.

— Et alors ?

L'ascenseur a émis son dernier signal sonore.

— Attends un peu, tu vas voir.

La porte s'est ouverte sur un étage divisé en bureaux paysagers. C'est la norme aujourd'hui. Retirez le plafond et la vue panoramique, et vous aurez du mal à faire la différence entre ce décor et un labyrinthe pour rats. Vu du sol aussi, d'ailleurs.

Shauna s'est engagée dans l'allée entre les innombrables étagères de séparation. Mollement, je lui ai emboîté le pas. À mi-chemin, elle a tourné à gauche, puis à droite, puis de nouveau à gauche.

— Je devrais peut-être semer des miettes de pain, ai-je plaisanté.

— Bonne idée.

Sa voix était dénuée d'expression.

— Merci, j'ai toute la semaine devant moi.

Elle ne riait pas.

— Au fait, on est où, ici ? ai-je demandé.

— Cette boîte s'appelle DigiCom. L'agence travaille avec eux de temps à autre.

— Pour quoi faire ?

— Tu verras.

On a tourné une dernière fois dans un réduit encombré, occupé par un jeune homme avec un long visage et des doigts de concertiste.

— Je te présente Farrell Lynch. Farrell, voici David Beck.

J'ai serré brièvement la main fine. Farrell a dit :

— Salut.

J'ai hoché la tête.

— Bien, a décidé Shauna. Allez, vas-y.

Farrell Lynch a fait pivoter sa chaise face à l'ordinateur. Shauna et moi regardions par-dessus son épaule. Il a pianoté sur les touches avec ses doigts minces.

— C'est bon.

— Montre-nous.

Il a pressé la touche de retour. L'écran est devenu noir, puis Humphrey Bogart est apparu. Il portait un feutre mou et un trench-coat. J'ai reconnu la scène immédiatement. Le brouillard, l'avion à l'arrière-plan. Le finale de *Casablanca.*

J'ai regardé Shauna.

— Attends, a-t-elle dit.

La caméra était sur Bogie. Il disait à Ingrid Bergman qu'elle allait monter dans l'avion avec Laszlo et que les problèmes de trois malheureux individus ne valaient pas une poignée de cacahuètes dans ce monde. Ensuite, lorsque la caméra est revenue sur Ingrid Bergman…

… ce n'était plus Ingrid Bergman.

J'ai cligné des yeux. Là, sous ce célèbre chapeau, le visage levé vers Bogie, baignée d'une lueur grisâtre, se tenait Shauna.

— Je ne peux pas partir avec toi, Rick, a déclamé la Shauna de l'ordinateur, parce que je suis folle amoureuse d'Ava Gardner.

Je me suis tourné vers Shauna. La question se lisait dans mon regard. Elle a fait oui de la tête. Mais j'ai demandé quand même.

— Tu crois…, ai-je bégayé. Tu crois que j'ai été berné par une photo truquée ?

Là-dessus, Farrell a réagi.

— Une photo numérique, a-t-il corrigé. Beaucoup plus simple à manipuler.

Il a tourné sa chaise vers moi.

— Voyez-vous, les images d'ordinateur ne sont pas sur pellicule. Ce ne sont que des pixels stockés dans des fichiers. Un peu comme un traitement de texte. Vous savez à quel point il est facile de modifier un document de traitement de texte, n'est-ce pas ? De changer le contenu, la police de caractères ou l'espacement ?

J'ai hoché la tête.

— Eh bien, pour quelqu'un qui s'y connaît un minimum en imagerie numérique, il est tout aussi facile de manipuler les images traitées par ordinateur. Ce ne sont pas des photos, elles ne sont ni sur bande ni sur pellicule. La vidéo en continu n'est qu'un tas de pixels. N'importe qui peut les remodeler. Il suffit de faire couper-coller, et il n'y a plus qu'à diffuser le montage.

J'ai regardé Shauna.

— Mais elle paraissait plus vieille sur la vidéo. Elle avait l'air différente.

Shauna a dit :

— Farrell ?

Il a appuyé sur une autre touche. Bogie est revenu. Quand ç'a été le tour d'Ingrid Bergman, j'ai vu une Shauna de soixante-dix ans.

— Le logiciel de vieillissement, a expliqué Farrell. Utilisé essentiellement pour rechercher des enfants disparus, mais on en trouve une version grand public dans le commerce. Je peux aussi changer n'importe quelle partie de l'image de Shauna : sa coiffure, la couleur de ses yeux, la taille de son nez. Je peux lui faire les lèvres plus grosses ou plus minces, lui ajouter un tatouage, tout ce qu'on veut.

— Merci, Farrell, a fait Shauna.

Même un aveugle se serait rendu compte qu'elle venait de le congédier.

— Excusez-moi, a-t-il répondu avant de s'éclipser.

J'étais incapable de réfléchir.

Une fois Farrell hors de portée de voix, Shauna a repris :

— Je me suis souvenue d'une séance de photos que j'avais faite le mois dernier. Une photo est sortie parfaitement – le sponsor l'a adorée –, sauf que ma boucle d'oreille était tombée. On a apporté la photo ici. Farrell a fait un rapide couper-coller, et j'ai récupéré ma boucle d'oreille.

J'ai secoué la tête.

— Réfléchis un peu, Beck. Le FBI pense que tu as tué Elizabeth, mais ils n'ont aucun moyen de le prouver. Hester m'a expliqué qu'ils étaient à bout. Et j'ai pensé : peut-être cherchent-ils à te manipuler. Et quelle serait la meilleure façon, sinon de t'envoyer ces e-mails ?

— Mais, l'heure du baiser… ?

— Quoi ?

— Comment auraient-ils su, pour l'heure du baiser ?

— Je suis au courant. Linda est au courant. Je parie que Rebecca est au courant aussi. Et peut-être même les parents d'Elizabeth. Ils auraient très bien pu l'apprendre par quelqu'un.

J'ai senti les larmes affleurer. M'efforçant de raffermir ma voix, j'ai réussi à croasser :

— C'est un canular ?

— Je ne sais pas, Beck. Franchement, je ne sais pas. Mais soyons rationnels. Si Elizabeth est en vie, où était-elle passée pendant huit ans ? Pourquoi avoir choisi ce moment en particulier pour sa sortie du tombeau… juste quand, comme par hasard, le FBI commence à te soupçonner de l'avoir tuée ? Allons, crois-tu vraiment qu'elle soit toujours vivante ? Je sais que tu as envie de le croire. Moi aussi, bon sang. Mais essayons de voir les choses rationnellement. Si tu y réfléchis sérieusement, quel est le scénario qui te semble le plus plausible ?

J'ai trébuché et me suis effondré sur une chaise. Mon cœur était en miettes. Et l'espoir fondait à vue d'œil.

Un canular. Tout cela ne serait donc qu'un canular ?

17

Une fois installé dans le studio de Rebecca Schayes, Larry Gandle a appelé sa femme sur son portable.

— Je rentrerai tard, a-t-il prévenu.

— N'oublie pas de prendre ton cachet, lui a rappelé Patty.

Gandle souffrait d'un léger diabète, jugulé par un traitement médicamenteux et un régime alimentaire. Pas d'insuline.

— J'y penserai.

Eric Wu, le Walkman sur les oreilles, a soigneusement disposé une bâche en vinyle près de la porte.

Gandle a éteint son téléphone et enfilé une paire de gants en latex. La fouille s'annonçait longue et minutieuse. Comme la majorité des photographes, Rebecca Schayes gardait des tonnes de négatifs. Ses quatre fichiers métalliques en étaient pleins. Ils avaient consulté son emploi du temps. Elle était en train de finir une séance et serait de retour pour développer ses photos d'ici une heure. C'était trop juste.

— Tu sais ce qu'il nous faudrait ? a interrogé Wu.

— Quoi ?

— Avoir une idée de ce qu'on cherche.

— Beck reçoit ces e-mails énigmatiques. Et qu'est-ce qu'il fait ? Pour la première fois depuis huit ans, il se précipite chez une vieille amie de sa femme. Il faut qu'on sache pourquoi.

Wu l'a regardé un moment sans le voir.

— On n'a qu'à attendre et lui demander.

— C'est prévu, Eric.

Wu a hoché la tête lentement et s'est détourné.

Gandle a repéré un long bureau métallique dans la chambre noire. Il l'a testé. C'était solide. Et à la bonne taille. On pouvait allonger quelqu'un dessus et attacher un membre à chaque pied.

— On en a combien, de ruban adhésif ?

— Assez, a dit Wu.

— Tu veux bien me rendre un service ? Va mettre la bâche sous la table.

Plus qu'une demi-heure avant la réception du message Bat Street.

La démonstration de Shauna m'avait rétamé comme un crochet du gauche décoché par surprise. Je me sentais groggy ; un coup en pleine figure. Mais il s'est passé une drôle de chose. J'ai décollé mon cul du tapis, je me suis relevé, j'ai secoué les toiles d'araignée et commencé à tourner sur le ring.

Nous étions dans ma voiture. Shauna avait tenu à m'accompagner chez moi. Une limousine viendrait la chercher dans quelques heures. C'était pour me réconforter, je le savais, mais il était également évident qu'elle n'avait pas envie de rentrer tout de suite.

— Il y a un truc que je ne pige pas, ai-je commencé.

Shauna s'est tournée vers moi.

— Le FBI pense que j'ai tué Elizabeth, n'est-ce pas ?

— Oui.

— Alors pourquoi m'enverraient-ils des e-mails pour me faire croire qu'elle est en vie ?

Shauna n'avait pas de réponse.

— Réfléchis, ai-je poursuivi. D'après toi, c'est une sorte de complot élaboré pour me faire passer aux aveux. Mais si j'ai tué Elizabeth, je sais que c'est un coup monté.

— Ils essaient de te manipuler.

— Ça ne tient pas debout. Si on veut me manipuler, qu'on m'envoie des e-mails venant de… je ne sais pas, moi… d'un témoin qui aurait vu le meurtre.

Shauna a réfléchi un instant.

— À mon avis, ils veulent juste te déstabiliser, Beck.

— Oui, n'empêche, ça ne colle pas.

J'ai regardé l'heure.

— Vingt minutes.

Shauna s'est enfoncée dans son siège.

— Attendons de voir ce que ça dit.

Eric Wu a posé son ordinateur portable par terre, dans un coin du studio.

Il a vérifié d'abord l'ordinateur du bureau de Beck. Toujours rien. L'horloge indiquait huit heures passées. La clinique était fermée depuis longtemps. Il s'est branché alors sur l'ordinateur personnel. Pendant quelques secondes, il n'y a rien eu. Puis :

— Beck vient juste de se connecter, a annoncé Wu.

Gandle s'est approché à la hâte.

— Peut-on entrer et lire le message tout de suite ?

— Ce n'est pas une bonne idée.

— Pourquoi ?

— Si nous accédons à la messagerie avant lui, il sera prévenu que quelqu'un est en train d'utiliser son nom de connexion.

— Il saura qu'il est surveillé ?

— Oui. Mais ça n'a pas d'importance. Nous le surveillons en temps réel. Ce message, nous le lirons au même moment que lui.

— OK, tu me diras quand.

Wu a scruté l'écran.

— Il vient d'ouvrir le site de Bigfoot. Ça va tomber d'une seconde à l'autre.

J'ai tapé « bigfoot.com » et appuyé sur la touche « Retour ».

Ma jambe droite s'est mise à tressauter. Ça m'arrive quand je suis nerveux. Shauna a posé la main sur mon genou. Le genou a ralenti et s'est arrêté. Elle a retiré sa main. Mon genou est resté tranquille une minute, puis a recommencé. De nouveau, elle a posé sa main. Et le manège a repris.

Malgré sa décontraction apparente, je savais que Shauna m'observait du coin de l'œil. Elle était ma meilleure amie. Elle allait me soutenir jusqu'au bout. Mais seul un crétin ne se serait pas demandé à ce stade-là si je n'avais pas pété les plombs. On estime que la maladie mentale, comme la pathologie cardiaque ou l'intelligence, est héréditaire. Cette pensée ne me quittait pas depuis la première fois où j'avais vu Elizabeth sur l'écran. Et ça ne me consolait guère.

Mon père est mort dans un accident quand j'avais vingt ans. Sa voiture est tombée dans un ravin. D'après un témoin oculaire – un routier du Wyoming –, la Buick est allée droit dans le fossé. Il faisait froid ce soir-là. La chaussée, bien que défoncée, était glissante.

Beaucoup de gens laissaient entendre – à voix basse, en tout cas – qu'il s'était suicidé. Moi, je n'y crois pas. Certes, il avait été plus taciturne et plus renfermé dans les derniers mois de sa vie. Et bien sûr, je me demande souvent si dans son cas ça n'a pas aggravé le facteur risque. Mais un suicide ? Certainement pas.

Ma mère, de constitution fragile, sujette à des névroses bénignes en apparence, en a lentement perdu la tête. Elle s'est littéralement retranchée en elle-même. Linda a essayé de s'occuper d'elle pendant trois ans, mais elle a fini par admettre que maman devait être internée. Linda va la voir très souvent. Pas moi.

Au bout de quelques instants, la page d'accueil de Bigfoot est apparue à l'écran. J'ai trouvé la case « Utilisateur » et tapé « Bat Street ».

J'ai pressé la touche de tabulation et, dans le champ réservé au mot de passe, j'ai tapé « Ados ». Puis j'ai appuyé sur « Retour ».

Il ne s'est rien passé.

— Tu as oublié de cliquer sur l'icône de la messagerie, a dit Shauna.

Je l'ai regardée. Elle a haussé les épaules. J'ai cliqué sur l'icône.

L'écran est devenu blanc. Puis on a vu apparaître une pub pour une boutique de CD. La barre en bas de page s'est mise à clignoter lentement. Le pourcentage augmentait peu à peu. Arrivée à dix-huit pour cent, la barre a disparu et, quelques secondes plus tard, un message s'est affiché.

> ERREUR – Soit votre nom d'utilisateur, soit le mot de passe que vous avez entré ne se trouve pas dans notre base de données.

— Essaie encore, a demandé Shauna.

J'ai réessayé. Et obtenu le même message d'erreur. L'ordinateur était en train de me dire que le compte n'existait même pas.

Qu'est-ce que cela signifiait ? Aucune idée. J'ai cherché la raison pour laquelle le compte pourrait ne pas exister.

J'ai vérifié l'heure : 20 : 13 : 34.

L'heure du baiser.

Serait-ce l'explication ? Se pouvait-il que le compte, tout comme le lien de la veille, n'existe pas encore ? J'ai ruminé cette hypothèse. C'était possible, bien sûr, mais peu probable.

Comme si elle avait lu dans mes pensées, Shauna a proposé :

— On devrait peut-être attendre jusqu'à huit heures et quart.

J'ai donc essayé de nouveau à huit heures quinze. À huit heures dix-huit. À huit heures vingt.

Rien, sinon le même message d'erreur.

— Le FBI a dû débrancher la prise, a dit Shauna.

J'ai secoué la tête – je n'étais pas prêt à capituler.

Ma jambe s'est remise à trembler. Shauna l'a immobilisée d'une main, et de l'autre elle a sorti son portable pour répondre. Elle a aboyé dans le téléphone. J'ai vérifié l'heure. Recommencé. Rien. Une autre fois, puis une autre. Rien.

Il était huit heures et demie passées.

— Elle, euh, pourrait être en retard, a tenté Shauna.

J'ai froncé les sourcils.

— Quand tu l'as vue hier, tu ne savais pas où elle était, hein ?

— C'est vrai.

— Elle est peut-être dans un autre fuseau horaire. C'est peut-être pour ça qu'elle est en retard.

— Un autre fuseau horaire ?

Je continuais à froncer les sourcils. Shauna a haussé les épaules.

On a attendu une heure de plus. Shauna – c'est tout à son honneur – n'a jamais dit : Je t'avais prévenu. Au bout d'un moment, elle a mis la main dans mon dos.

— Tiens, j'ai une idée.

Je me suis tourné vers elle.

— Je vais attendre à côté. Si ça se trouve, ça va marcher.

— Comment ?

— Voilà : si on était dans un film, j'en aurais marre de ton délire et je partirais en claquant la porte. Et juste à ce moment-là, paf ! le message apparaîtrait, tu serais le seul à le voir, et donc tout le monde persisterait à te prendre pour un cinglé. Comme dans *Scoubidou*, lorsque Sammy et lui sont les seuls à voir le fantôme et que personne ne les croit.

J'ai réfléchi à sa proposition.

— Ça vaut le coup d'essayer.

— Bon. Je vais attendre dans la cuisine, OK ? Prends ton temps. Quand le message arrive, tu cries un coup.

Elle s'est levée.

— Ce n'est pas uniquement pour me faire plaisir ? ai-je demandé.

Elle a réfléchi un instant.

— Si, sans doute.

Elle est sortie. Je me suis retourné vers l'écran. Et j'ai attendu.

18

— Il ne se passe rien, a fait observer Eric Wu. Beck essaie d'accéder à la messagerie, mais tout ce qu'il obtient, c'est un message d'erreur.

Larry Gandle allait demander des explications quand il a entendu le bruit de l'ascenseur. Il a lorgné l'horloge.

Rebecca Schayes était pile à l'heure.

Eric Wu s'est détourné de son ordinateur. Le regard qu'il a jeté à Larry était de ceux qui vous font reculer d'un pas. Gandle a sorti son revolver – un neuf millimètres cette fois-ci. Juste au cas où. Wu a froncé les sourcils. Il s'est approché de la porte et a appuyé sur l'interrupteur.

Ils ont attendu dans le noir.

Vingt secondes après, l'ascenseur s'arrêtait à l'étage.

Rebecca Schayes ne pensait plus beaucoup à Elizabeth et à Beck. Cela faisait huit ans, tout de même. Mais les événements de la matinée avaient éveillé des sensations depuis longtemps enfouies. Des sensations lancinantes.

Suscitées par l'« accident de voiture ».

Au bout de tant d'années, Beck avait fini par lui poser des questions.

Huit ans plus tôt, Rebecca avait été prête à tout lui raconter. Mais Beck n'avait pas répondu à ses coups de fil. Le temps passant – et après l'arrestation du criminel –, elle avait jugé inutile de remuer le couteau dans la plaie, de faire du mal à Beck. Et puisque KillRoy était derrière les barreaux, ça n'avait plus de sens.

Mais la sensation lancinante – que les contusions d'Elizabeth dues à son « accident de voiture » préfiguraient d'une certaine manière son assassinat – était restée, même si cela paraissait absurde. Pis, cette sensation lancinante la taraudait, lui soufflait que si elle, Rebecca, avait insisté, *vraiment* insisté, pour découvrir la vérité sur l'« accident de voiture », elle aurait peut-être, seulement peut-être, pu sauver son amie.

Cette impression toutefois s'est estompée au fil des heures. À la fin de la journée, ça se résumait ainsi : Elizabeth avait été son amie, et on a beau être proches, on se remet toujours de la mort d'une amie. Il y a trois ans, Gary Lamont était entré dans sa vie, et tout avait changé. Elle, Rebecca Schayes, la photographe bohème de Greenwich Village, était tombée amoureuse d'un jeune loup aux dents longues de Wall Street. Ils s'étaient mariés et s'étaient installés dans une élégante tour de l'Upper West Side.

La vie vous réservait quelquefois de drôles de surprises.

Rebecca est entrée dans le monte-charge et a abaissé la grille. Les lumières étaient éteintes, chose courante dans ce bâtiment. Le monte-charge s'est mis à gravir les étages, le vrombissement se réverbérant sur la pierre. Parfois, le soir, on entendait hennir les chevaux, mais là tout était silencieux. L'odeur du foin et de quelque chose de plus fétide encore imprégnait l'air.

Elle aimait bien venir ici la nuit. C'est dans cette solitude mêlée des bruits nocturnes de la ville qu'elle se sentait le plus « artiste ».

Son esprit vagabond l'a ramenée à la conversation qu'elle avait eue la veille avec Gary. Il voulait quitter New York, de préférence pour aller vivre dans une vaste maison à Long Island, où il avait grandi. L'idée de déménager en banlieue horripilait Rebecca. Au-delà de son amour de la ville, ce serait l'ultime trahison à l'égard de ses racines bohèmes. Elle se fondrait dans ce moule qu'elle s'était juré d'éviter, celui où s'étaient coulées sa mère et la mère de sa mère.

Le monte-charge s'est arrêté. Elle a soulevé la grille, est sortie dans le couloir. Toutes les lumières étaient éteintes ici. Elle a tiré ses cheveux en arrière et les a noués en une épaisse queue-de-cheval. Puis elle a scruté sa montre. Presque neuf heures. Le bâtiment devait être vide. De toute présence humaine, du moins.

Ses chaussures claquaient sur le ciment froid. La vérité – et Rebecca avait beaucoup de mal à l'admettre –, c'est que plus elle y pensait, plus elle se rendait compte qu'elle voulait des enfants, et que la ville était le dernier endroit où les élever. Les enfants, il leur fallait un jardin, une balançoire, le grand air et…

Rebecca Schayes était sur le point de prendre une décision – une décision qui sans nul doute aurait enchanté son trader de mari – quand elle a introduit la clé dans la serrure et poussé la porte de son studio. Elle est entrée, a appuyé sur l'interrupteur.

C'est là qu'elle a vu l'Asiatique bizarrement bâti.

Une seconde ou deux, l'homme s'est contenté de la dévisager. Rebecca s'est figée sous son regard. Il a fait un pas de côté, la contournant presque, et son poing s'est abattu au bas de son dos.

Ç'a été comme si elle s'était pris un coup de marteau sur les reins.

Rebecca s'est effondrée sur ses genoux. L'homme lui a empoigné le cou avec deux doigts. Il a appuyé sur un point de pression. Rebecca a vu des éclairs. De sa main libre, l'homme lui a enfoncé des doigts aussi acérés que des pics à glace dans le diaphragme. Quand il a atteint son foie, les yeux lui sont sortis des orbites. La douleur surpassait tout ce qu'elle aurait pu imaginer. Elle a voulu hurler, mais seul un grognement étranglé s'est échappé de sa bouche.

Du fond de la pièce, une voix d'homme lui est parvenue à travers le brouillard.

— Où est Elizabeth ?

Pour la première fois.

Mais pas pour la dernière.

19

Planté devant ce maudit ordinateur, je me suis mis à picoler sec. J'ai essayé d'accéder au site de toutes les façons possibles et imaginables. J'ai utilisé Explorer, puis j'ai utilisé Netscape. J'ai vidé le cache, rechargé les pages, quitté mon fournisseur d'accès et l'ai relancé.

Sans résultat. Je me heurtais toujours au message d'erreur.

À dix heures, Shauna est revenue dans le séjour. Ses joues luisaient, à cause de la boisson. Les miennes aussi, je suppose.

— Ça ne marche pas ?

— Rentre chez toi, ai-je soupiré.

Elle a hoché la tête.

— Oui, je crois que ça vaut mieux.

La limousine a été là en cinq minutes. Shauna s'est approchée en titubant du bord du trottoir, bien imbibée de bourbon et de Rolling Rock. Tout comme moi.

Elle a ouvert la portière puis s'est tournée vers moi.

— Tu n'as jamais été tenté de tricher ? Du temps de votre mariage, j'entends.

— Non.

Désappointée, elle a secoué la tête.

— Tu ne sais pas, alors, comment on fait pour foirer sa vie.

Je l'ai embrassée avant de rentrer dans la maison. Là, j'ai continué à fixer l'écran comme si c'était un objet de culte. Mais ça n'a rien changé.

Chloe est arrivée en geignant quelques minutes plus tard. Elle m'a touché la main de sa truffe humide. À travers la forêt de ses poils, nos regards se sont croisés, et je jure qu'elle a compris ce que je ressentais. Je ne suis pas du genre à prêter un comportement humain aux chiens – d'abord, je trouve que ce serait les rabaisser –, mais je les pense capables de capter les émotions basiques de leurs compagnons à deux pattes. On dit que les chiens flairent la peur. Serait-ce vraiment extrapoler que d'imaginer qu'ils flairent aussi la joie, la colère ou la tristesse ?

J'ai souri à Chloe et lui ai caressé la tête. Elle a posé une patte sur mon bras en un geste de réconfort.

— Tu veux aller te promener, fifille ?

Sa réaction a été de bondir dans tous les sens comme un chien de cirque fou. Je l'ai déjà dit, il ne faut pas négliger les petites choses.

L'air de la nuit me picotait les poumons. J'ai essayé de me focaliser sur Chloe – sa démarche sautillante, sa queue qui remuait – mais j'étais, ma foi, déconfit. « Déconfit. » Ce n'est pas un mot que j'emploie très souvent. Mais il m'a paru de circonstance.

Je n'avais pas été totalement convaincu par l'hypothèse trop crédible du truquage numérique. Certes, quelqu'un aurait pu manipuler une photo et l'intégrer dans une vidéo. Il aurait pu être au courant, pour l'heure du baiser. Il aurait même pu faire esquisser aux lèvres le mot : « Pardon ». Mon sentiment de manque a achevé de rendre l'illusion réelle : j'étais la proie idéale pour ce genre de supercherie.

Et, par-dessus tout, l'hypothèse de Shauna était infiniment plus plausible qu'un retour d'entre les morts.

Mais deux choses invalidaient ce raisonnement. *Primo*, je n'ai jamais eu une imagination débridée. Je suis un type affreusement ennuyeux et plus terre à terre que la moyenne des gens. *Secundo*, le manque aurait certes pu m'obscurcir l'esprit, et la photographie numérique permettait de réaliser nombre d'astuces, mais pas ces yeux-là...

Ses yeux. Les yeux d'Elizabeth. Impossible, songeais-je, qu'une vieille photo ait servi de support à un montage vidéo. Ces yeux-là étaient ceux de ma femme. En étais-je sûr, d'un point de vue strictement rationnel ? Évidemment non. Je ne suis pas un imbécile. Mais entre ce que j'avais vu et toutes les questions que j'avais soulevées, j'avais à moitié occulté la démonstration de Shauna. J'étais rentré chez moi toujours persuadé que j'allais recevoir un message d'Elizabeth.

Maintenant, je ne savais plus que penser. Et l'alcool y était probablement pour quelque chose.

Chloe s'est arrêtée pour renifler minutieusement. J'ai attendu sous un réverbère, le regard rivé sur mon ombre allongée.

L'heure du baiser.

Il y a eu un mouvement dans les buissons, et Chloe s'est mise à aboyer. Un écureuil a traversé la rue. Chloe a grogné, feignant de s'élancer à sa poursuite. L'écureuil s'est immobilisé, s'est retourné vers nous. Chloe a aboyé, l'air de dire : T'as de la chance, vieux, que je sois en laisse. Mais elle n'en pensait pas un mot. Cette chienne-là était une vraie mauviette de pure race.

L'heure du baiser.

J'ai penché la tête comme le fait Chloe quand elle entend un bruit bizarre. J'ai repensé à ce que j'avais vu la veille sur mon écran – et à tout le mal que se donnait mon correspondant pour garder secret cet échange. L'e-mail anonyme me commandant de cliquer sur le lien hypertexte à « l'heure du baiser ». Le second e-mail qui créait un nouveau compte à mon nom.

On nous surveille...

Tous ces efforts pour communiquer en cachette.

L'heure du baiser...

Si quelqu'un... Bon, d'accord, si Elizabeth... avait voulu me faire parvenir un message, pourquoi n'avait-elle pas tout simplement téléphoné ou envoyé un e-mail ordinaire ? Pourquoi me faire franchir toutes ces chicanes ?

La raison était évidente. Quelqu'un – je ne dirai plus Elizabeth – désirait que tout cela reste secret.

Un secret, ça signifie logiquement qu'on ne doit pas le révéler à certaines personnes. Des gens qui veillent peut-être, qui fouinent, qui cherchent à le découvrir. Ou alors on est parano. En temps normal, j'aurais opté pour la paranoïa, mais...

On nous surveille...

Ça voulait dire quoi, exactement ? Qui nous surveillait ? Les agents du FBI ? Mais s'ils étaient derrière ces e-mails, pourquoi m'auraient-ils mis en garde ? Le FBI voulait que j'agisse.

L'heure du baiser...

Je me suis figé. D'un geste brusque, Chloe a levé la tête vers moi.

Mon Dieu, comment ai-je pu être aussi stupide ?

Ils n'avaient pas pris la peine d'utiliser le ruban adhésif.

Couchée sur la table, Rebecca Schayes gémissait tel un chien agonisant sur le bas-côté de la route. De temps en temps, des mots lui échappaient, deux, voire trois à la fois, mais sans jamais former une suite cohérente. Elle était trop loin maintenant pour pleurer. Les supplications avaient cessé. Ses yeux étaient toujours grands ouverts et hébétés ; ils ne voyaient plus rien. Sa raison avait chaviré au milieu de ses hurlements une quinzaine de minutes plus tôt.

Singulièrement, Wu n'avait laissé aucune marque. Aucune marque, mais elle semblait avoir vieilli de vingt ans.

Rebecca Schayes ne savait rien. Le Dr Beck était venu la voir à cause d'un ancien accident de voiture qui n'en était pas vraiment un. Il y avait des photos aussi. Beck croyait que c'était elle qui les avait prises. Mais ce n'était pas elle.

Le nœud dans l'estomac – celui qui avait débuté comme un simple chatouillis quand Larry Gandle avait entendu parler des cadavres découverts au bord du lac – se resserrait d'heure en heure. Il y avait eu un raté ce soir-là. Ça, c'était clair. Mais à présent, Larry Gandle craignait que toute l'opération n'eût été un échec.

Il était temps d'exhumer la vérité.

Il avait contacté l'homme chargé de la surveillance. Beck était sorti promener son chien. Seul. Les pièces à conviction que Wu allait planquer chez lui constitueraient une preuve d'enfer. Le FBI s'en donnerait à cœur joie.

Larry Gandle s'est approché de la table. Rebecca Schayes l'a regardé et a émis un son inhumain, mi-geignement perçant, mi-rire blessé.

Il lui a collé le revolver sur le front. Elle a fait entendre le même son. Il a tiré deux fois, et tout est devenu silencieux.

J'ai repris le chemin de la maison, tout en songeant à l'avertissement.

On nous surveille.

À quoi bon prendre des risques ? Il y avait un Kinko à deux pas d'ici. Ouvert vingt-quatre heures sur vingt-quatre. En arrivant à la porte, j'ai compris pourquoi. Il était minuit, et la salle était bondée, pleine de cadres épuisés, chargés de papiers, de diapos et de supports visuels.

Je me suis placé dans la file délimitée par des cordes en panne de velours pour attendre mon tour. Ça me faisait penser à l'attente dans une banque, du temps où les distributeurs automatiques n'existaient pas encore. La femme devant moi arborait un tailleur strict – à minuit – et des valises suffisamment grosses sous les yeux pour être confondue avec un groom d'hôtel. Derrière moi, un homme aux cheveux bouclés et en jogging foncé a sorti un téléphone portable et commencé à appuyer sur les touches.

— Monsieur ?

Un homme arborant la chemise Kinko a désigné Chloe.

— Vous ne pouvez pas entrer avec le chien.

J'ai failli lui dire que ça ne serait pas la première fois, mais je me suis ravisé. La femme en tailleur n'a pas réagi. Le type en jogging a haussé les épaules comme pour me signifier : que voulez-vous y faire ? Je me suis précipité dehors, j'ai attaché Chloe à un parcmètre et je suis revenu. Le jogging m'a laissé reprendre ma place dans la file. Question d'éducation.

Dix minutes plus tard, j'étais en tête de la file. L'employé était jeune et exubérant à l'extrême. Il m'a escorté vers un terminal en m'expliquant avec une excessive lenteur leur système de tarification à la minute.

J'ai ponctué son petit discours de hochements de tête et me suis connecté au Web.

L'heure du baiser.

C'était ça, la clé. Le premier e-mail disait « l'heure du baiser », pas six heures et quart. Pourquoi ? Pour une raison évidente. C'était un code – au cas où le message serait tombé entre de mauvaises mains. L'expéditeur savait donc qu'il pouvait être intercepté. Il savait que moi seul connaissais la signification de « l'heure du baiser ».

C'était là que j'entrais en scène.

Tout d'abord l'identifiant, Bat Street. Quand Elizabeth et moi étions mômes, nous avions l'habitude de descendre Morewood Street à bicyclette. Dans cette rue-là, dans une maison jaune pisseux, vivait une espèce de vieille sorcière. Elle habitait seule et fronçait les sourcils chaque fois qu'elle voyait passer un gamin. Dans chaque petite ville, il y a une vieille qui fait peur. En général, elle porte un surnom. La nôtre, nous l'appelions : Bat Lady.

Je me suis branché sur Bigfoot. Et j'ai tapé « Morewood » dans le champ « Nom de l'utilisateur ».

À côté de moi, le jeune et exubérant employé répétait son laïus à l'homme en jogging foncé. J'ai pressé la touche de tabulation pour arriver au champ « Mot de passe ».

L'indice « Ados » était plus facile. Quand on était en première, on était allés chez Jordan Goldman un vendredi soir, tard. Nous devions être une dizaine. Jordan avait découvert l'endroit où son père planquait une vidéocassette porno. Aucun d'entre nous n'en avait visionné auparavant. On l'a regardée avec des rires gênés, les commentaires goguenards habituels ; on se sentait délicieusement coquins. Quand il a fallu trouver un nom pour notre équipe de softball en salle, Jordan a suggéré le titre stupide du film : *Ados en chaleur.*

J'ai saisi « en chaleur » sous le mot de passe. Puis j'ai dégluti avec difficulté et cliqué sur l'icône de la messagerie.

J'ai jeté un coup d'œil en direction de l'homme en jogging, occupé à faire une recherche sur Yahoo. Je me suis tourné vers le poste placé devant moi : la femme en tailleur regardait en fronçant les sourcils un autre employé surexcité de Kinko.

J'ai attendu le message d'erreur. Mais cette fois, il n'est pas apparu. Un écran d'accueil s'est déployé sous mes yeux. Tout en haut, on lisait :

Bonjour, Morewood !

Et, dessous :

Vous avez 1 e-mail dans votre boîte.

Mon cœur était un oiseau cognant contre ma cage thoracique.

J'ai cliqué sur « Nouveau message », ma jambe s'est remise à trembler. Shauna n'était plus là pour l'arrêter. Par la baie vitrée, je voyais ma Chloe attachée à son parcmètre. Elle m'a repéré et s'est mise à aboyer. J'ai posé un doigt sur mes lèvres en lui faisant signe de se taire.

L'e-mail s'est affiché :

Washington Square Park. Retrouve-moi à l'angle sud-est.
Demain cinq heures.
Tu seras suivi.

Et, tout en bas :

Quoi qu'il arrive, je t'aime.

L'espoir, cet oiseau en cage qui refusait obstinément de mourir, a brisé les barreaux. Je me suis laissé aller en arrière. Mes yeux débordaient, mais pour la première fois depuis longtemps, j'ai ébauché un vrai sourire.

Elizabeth. Elle avait toujours été la plus futée.

20

À deux heures et demie du matin, j'ai grimpé dans le lit et roulé sur le dos. Le plafond a entamé la danse du verre de trop. Je me suis cramponné aux bords du lit.

Shauna m'avait demandé si j'avais déjà été tenté de tricher après mon mariage. Si elle avait précisé « après le mariage », c'est parce qu'elle était au courant de l'autre incident.

Théoriquement, j'avais trompé Elizabeth une seule fois, même s'il ne s'agissait pas à proprement parler de tromperie. Tromper l'autre signifie lui faire du mal. Cela n'avait fait aucun mal à Elizabeth – j'en suis convaincu –, mais en première année de fac, j'avais participé à une sorte de bizutage plutôt pitoyable consistant à passer une nuit avec une fille. J'ai dû le faire par curiosité. Ç'a été purement expérimental et strictement physique. Je n'ai pas trop aimé. Je vous épargnerai le cliché rebattu du « Ça ne vaut pas le coup de faire l'amour sans amour ». Seulement, à mon avis, s'il est facile de coucher avec quelqu'un qu'on ne connaît pas ou qu'on n'apprécie pas particulièrement, il est plus difficile de rester avec cette personne une nuit entière. Une fois… hum… soulagé, j'ai eu envie de déguerpir. Le sexe, c'est pour n'importe qui ; ce qui suit est réservé aux amants.

Joliment raisonné, vous ne trouvez pas ?

Entre parenthèses, je soupçonne Elizabeth d'avoir fait la même chose de son côté. Nous étions convenus de « voir » – « voir » étant un terme vague et suffisamment générique – d'autres gens à notre entrée à l'université. Toute indiscrétion pouvait ainsi être classée dans la rubrique « Mise à l'épreuve de notre engagement ». Chaque fois qu'on abordait le sujet, Elizabeth niait avoir eu quelqu'un d'autre. Moi aussi.

Le lit continuait à tanguer pendant que je me demandais : Et maintenant ?

Pour commencer, j'allais attendre cinq heures de l'après-midi, le lendemain. Mais entre-temps, pas question de rester les bras croisés. J'avais assez donné de ce côté-là, merci. La vérité – une vérité que je n'aimais pas trop avouer, y compris à moi-même –, c'est que j'avais hésité au lac. Parce que j'avais peur. En sortant de l'eau, j'avais fait une pause. Cette pause avait permis à mon agresseur de me frapper. Et je n'avais pas réagi après le premier coup. Je ne m'étais pas jeté sur l'adversaire. Je ne l'avais pas plaqué au sol, je n'avais même pas joué du poing. Je m'étais simplement écroulé, protégé, j'avais rendu les armes et laissé le plus fort de nous deux me prendre ma femme.

Mais ça n'arriverait plus.

J'ai envisagé de recontacter mon beau-père – il ne m'avait pas échappé que Hoyt s'était montré fort peu communicatif lors de ma dernière visite –, seulement, à quoi bon ? Soit il mentait, soit… soit je ne sais pas quoi. Mais le message avait été clair. *Ne le dis à personne.* Le seul moyen de le faire parler serait peut-être de lui raconter ce que j'avais vu sur mon écran. Ça, je n'étais pas prêt à le faire.

Je me suis levé pour aller me planter devant l'ordinateur. J'ai passé le reste de la nuit à surfer. Le matin venu, j'avais un début de plan.

Gary Lamont, le mari de Rebecca Schayes, ne s'est pas affolé tout de suite. Sa femme avait l'habitude de travailler tard, très tard ; quelquefois même elle dormait sur un vieux lit de camp dans un coin du studio. Alors, voyant que Rebecca n'était toujours pas rentrée à quatre heures du matin, il s'est seulement inquiété, mais sans s'affoler.

Du moins, c'est ce qu'il s'est dit.

Gary a téléphoné au studio, est tombé sur le répondeur. Ce n'était pas non plus une surprise. Lorsqu'elle travaillait, Rebecca avait horreur des interruptions. Elle n'avait même pas de téléphone dans la chambre noire. Il a laissé un message puis est retourné se coucher.

Le sommeil allait et venait en pointillé. Gary a bien pensé faire autre chose, mais ça risquait d'énerver Rebecca. Elle était indépendante et, s'il y avait des tensions dans leur couple par ailleurs harmonieux, c'était dû au mode de vie passablement « traditionnel » de Gary qui « rognait les ailes de sa créativité ». L'expression était de Rebecca.

Il lui avait donc laissé le champ libre. Pour déployer ses ailes en toute tranquillité.

À sept heures du matin, l'inquiétude s'est muée en quelque chose qui se rapprochait davantage de la peur. Le coup de fil de Gary a réveillé Arturo Ramirez, l'assistant émacié et vêtu de noir de Rebecca.

— Je viens juste de rentrer, s'est plaint Arturo, hébété.

Gary lui a expliqué la situation. Arturo, qui s'était endormi tout habillé, n'a pas pris la peine de se changer. Il est ressorti en courant. Gary lui a promis de le rejoindre au studio.

Arrivé le premier, Arturo a trouvé la porte du studio entrebâillée. Il a poussé le battant.

— Rebecca ?

Pas de réponse. Arturo a appelé de nouveau. Toujours pas de réponse. Il est entré, a scruté la pièce. Personne. Il a ouvert la porte de la chambre noire. L'odeur âcre des acides de laboratoire était omniprésente, mais il y avait autre chose, quelque chose de latent, d'à peine perceptible, qui lui a fait dresser les cheveux sur la tête.

Quelque chose d'indubitablement humain.

Gary a débouché dans le couloir juste à temps pour entendre le hurlement.

21

Le matin, muni d'un bagel, j'ai pris la route 80 en direction de l'ouest. La route 80, dans le New Jersey, n'est qu'un banal ruban de bitume. Passé Saddle Brook, les constructions disparaissent, et on trouve deux rangées d'arbres identiques de part et d'autre de la chaussée. Seuls les panneaux de signalisation en rompent la monotonie.

Tandis que j'empruntais la sortie 163 à la hauteur d'une agglomération nommée Gardensville, j'ai ralenti et contemplé les hautes herbes. Mon cœur s'est mis à cogner. Je n'étais jamais venu par ici – j'évitais délibérément ce coin –, mais c'était là, à moins de cent mètres de cette bretelle de sortie, qu'on avait découvert le corps d'Elizabeth.

J'ai consulté les indications imprimées la nuit précédente. L'institut médico-légal du comté de Sussex figurait dans Mapquest.com, je savais donc à cent mètres près comment m'y rendre. La façade aux stores baissés ressemblait à une devanture de magasin sans enseigne ni inscriptions publicitaires, un rectangle de brique simple et fonctionnel – que voulez-vous attendre d'autre d'une morgue ? Arrivé quelques minutes avant huit heures trente, j'ai fait le tour pour me garer à l'arrière. Le bureau était encore fermé. Tant mieux.

Une Cadillac Seville jaune canari est venue s'arrêter sur une place de parking marquée TIMOTHY HARPER, MÉDECIN LÉGISTE. L'homme dans la voiture a écrasé une cigarette – ça m'épate, le nombre de médecins légistes qui fument – avant de descendre. Harper était à peu près de ma taille, un poil au-dessous du mètre quatre-vingts, basané, le cheveu gris clairsemé. Il m'a vu devant la porte et son visage s'est fermé. On ne vient pas à la morgue aux premières heures du jour pour entendre de bonnes nouvelles.

Il a pris son temps pour m'approcher.

— Vous désirez ?

— Docteur Harper ?

— Oui, c'est moi-même.

— Je suis le Dr David Beck.

Docteur. Nous étions donc confrères.

— J'aimerais vous parler deux minutes.

Mon nom n'a suscité aucune réaction. Il a sorti une clé et ouvert la porte.

— Si on allait dans mon bureau ?

— Merci.

Je l'ai suivi le long d'un couloir. Harper a pressé les boutons des interrupteurs. Les néons au plafond se sont allumés à contrecœur, un seul à la fois. Par terre, il y avait du lino rayé. Ça ressemblait moins à la maison de la mort qu'à un banal centre médical, mais, après tout, c'était peut-être le but recherché. Nos pas résonnaient, se mêlant au bourdonnement des néons comme pour marquer la cadence. Au passage, Harper a ramassé une pile de courrier et l'a rapidement feuilletée en marchant.

Son bureau était tout aussi fonctionnel, avec une table métallique comme celles dont se servent les instituteurs dans les petites classes. Les chaises étaient simples, en bois verni. Plusieurs diplômes étaient affichés sur le mur. Lui aussi avait étudié à Columbia, mais vingt ans avant moi. Il n'y avait pas de photos de famille, pas de trophée de golf, bref, rien de personnel. On ne venait pas dans ce bureau-là pour tailler une bavette. La dernière chose que les visiteurs avaient envie de voir, c'étaient les petits-enfants souriants du toubib.

Harper a joint les mains et les a posées sur le bureau.

— Que puis-je faire pour vous, docteur Beck ?

— Il y a huit ans, ai-je commencé, ma femme a été amenée ici. Elle a été victime d'un tueur en série connu sous le nom de KillRoy.

Je ne suis pas très physionomiste. Je n'aime pas trop regarder les gens dans le blanc des yeux. Le langage du corps n'a pas grand sens pour moi. Mais, en observant Harper, je n'ai pas pu m'empêcher de me demander ce qu'il fallait pour qu'un médecin légiste chevronné, un homme vivant au contact des morts, blêmisse ainsi.

— Je m'en souviens, a-t-il dit doucement.

— C'est vous qui avez pratiqué l'autopsie ?

— Oui. Enfin, en partie.

— En partie ?

— Oui. Les autorités fédérales étaient également impliquées. On a travaillé en tandem, mais comme ils n'ont pas de coroner au FBI, c'est nous qui avons pris la tête des opérations.

— Attendez une minute. Dites-moi d'abord ce que vous avez vu quand on vous a apporté le cadavre.

Harper a remué sur son siège.

— Puis-je savoir pourquoi vous me demandez cela ?

— Je suis un mari en deuil.

— Ça s'est passé il y a huit ans.

— Chacun de nous vit le deuil à sa manière, docteur.

— Vous avez certainement raison, mais…

— Mais quoi ?

— J'aimerais savoir ce que vous cherchez exactement.

J'ai décidé de ne pas y aller par quatre chemins.

— Vous photographiez tous les cadavres qu'on vous apporte ici, n'est-ce pas ?

Il a hésité. Je m'en suis aperçu. Il a vu que je m'en étais aperçu et s'est éclairci la voix.

— Oui. Actuellement, nous utilisons la technologie numérique. Un appareil photo numérique, autrement dit. Ça nous permet de stocker les photos et différentes images sur ordinateur. C'est utile à la fois pour le diagnostic et pour le classement.

J'ai hoché la tête ; ce bavardage ne m'intéressait pas. Comme il n'a pas continué, j'ai demandé :

— Avez-vous pris des photos de l'autopsie de ma femme ?

— Oui, bien sûr. Mais… Ça fait combien de temps, déjà ?

— Huit ans.

— À l'époque, c'étaient des polaroïds.

— Et où seraient-ils maintenant, ces polaroïds, docteur ?

— Dans le fichier.

J'ai regardé le grand classeur dressé dans un coin telle une sentinelle.

— Non, pas ici, a-t-il ajouté vivement. Le dossier de votre femme est clos. Son assassin a été arrêté et inculpé. Et les faits remontent à plus de cinq ans.

— Alors c'est où ?

— Aux archives. À Layton.

— Je voudrais voir les photos, si c'est possible.

Il a gribouillé quelque chose et désigné le bout de papier d'un signe de la tête.

— J'irai y jeter un œil.

— Docteur ?

Il a levé les yeux.

— Vous avez dit que vous vous souveniez de ma femme.

— Oui, en quelque sorte. On n'a pas beaucoup de meurtres par ici, surtout d'aussi médiatisés.

— Vous vous rappelez l'état de son corps ?

— Pas vraiment. Enfin, pas en détail.

— Vous vous rappelez qui l'a identifiée ?

— Ce n'était pas vous ?

— Non.

Harper s'est gratté la tempe.

— Son père ?

— Vous souvenez-vous combien de temps il lui a fallu pour procéder à l'identification ?

— Combien de temps ?

— Ç'a été immédiat ? Ou bien cela a pris quelques minutes ? Cinq minutes, dix ?

— Franchement, aucune idée.

— Vous ne vous souvenez pas si ç'a été immédiat ou non ?

— Désolé, non.

— Vous venez de dire que c'était une affaire importante.

— Oui.

— La plus grosse que vous ayez eue, peut-être ?

— On a eu un livreur de pizzas assassiné par jeu il y a trois ans, a-t-il répondu. Mais je dirais qu'en effet ç'a été l'une des plus grosses.

— Et malgré ça, vous ne vous rappelez pas si son père a eu du mal à identifier le corps ?

Il n'a pas apprécié.

— Docteur Beck, avec tout le respect que je vous dois, je ne vois pas bien où vous voulez en venir.

— Je suis un mari en deuil. Je pose des questions simples.

— Votre ton, a-t-il dit, je le trouve agressif.

— Y aurait-il une raison à ça ?

— Voyons, de quoi parlez-vous ?

— Comment avez-vous su qu'elle était une victime de KillRoy ?

— Je ne le savais pas.

— Alors, pourquoi le FBI s'en est-il mêlé ?

— Il y avait des traces caractéristiques…

— Vous voulez dire qu'elle était marquée de la lettre K ?

— Oui.

J'étais lancé à présent, et curieusement je me sentais sur la bonne voie.

— La police l'a donc amenée. Vous avez commencé à l'examiner. Vous avez repéré la lettre K…

— Non, ils étaient déjà là. Les autorités fédérales, j'entends.

— Avant l'arrivée du corps ?

Il m'a regardé : soit il fouillait dans ses souvenirs, soit il était en train d'improviser.

— Ou tout de suite après. Je ne me rappelle plus.

— Comment ont-ils su aussi rapidement ?

— Je ne sais pas.

— Vous n'avez pas une idée ?

Harper a croisé les bras.

— On peut supposer qu'un des policiers sur place a vu la marque et appelé le FBI. Mais c'est juste une supposition.

Mon biper s'est mis à vibrer contre ma hanche. J'ai jeté un coup d'œil. C'était la clinique, pour une urgence.

— Je déplore votre perte, a-t-il déclaré d'un ton professionnel. Je comprends la douleur que vous éprouvez, mais j'ai un emploi du temps très chargé aujourd'hui. Peut-être, si vous preniez rendez-vous pour une date ultérieure…

— Combien de temps vous faut-il pour récupérer le dossier de ma femme ?

— Je ne suis même pas sûr de pouvoir le faire. Je dois d'abord consulter…

— La loi sur la liberté de l'information.

— Pardon ?

— Je l'ai lue ce matin. Le dossier de ma femme a été classé. J'ai donc le droit d'en prendre connaissance.

Harper devait le savoir – je n'étais pas le premier à réclamer un rapport d'autopsie – et il s'est mis à hocher la tête un peu trop vigoureusement.

— Cependant, il y a des canaux officiels par lesquels vous devez passer, des formulaires à remplir.

— Seriez-vous en train de tergiverser ?

— Pardon ? a-t-il répété.

— Ma femme a été victime d'un crime atroce.

— J'en suis conscient.

— Et j'ai le droit de consulter son dossier. Si vous faites traîner les choses, je vais me poser des questions. Je n'ai jamais parlé aux médias de ma femme ni de son assassin. Je me ferai un plaisir de rattraper cet oubli. Alors tout le monde se demandera pourquoi le médecin légiste a fait tant d'histoires pour une simple requête.

— Voilà qui ressemble à une menace, docteur Beck.

Je me suis levé.

— Je repasserai demain matin. Veillez, s'il vous plaît, à ce que le dossier de ma femme soit prêt.

J'étais en train d'agir. Et ça faisait un bien fou.

22

Les inspecteurs Roland Dimonte et Kevin Krinsky de la brigade criminelle ont été les premiers à arriver sur place, avant même leurs collègues en uniforme. Dimonte, un homme aux cheveux gras qui arborait une vilaine paire de bottes en peau de serpent et mâchonnait un cure-dent archi-usé, a pris les choses en main. Il a aboyé des ordres. Le lieu du crime a été instantanément placé sous scellés. Quelques minutes plus tard, les techniciens de la police scientifique ont débarqué discrètement et se sont répandus dans tous les recoins.

— Isolez les témoins, a exigé Dimonte.

Il n'y en avait que deux : le mari et l'espèce d'hurluberlu en noir. Le mari, a noté Dimonte, paraissait en état de choc, mais ça pouvait être de la comédie. De toute façon, le principal d'abord.

Sans cesser de mâchonner son cure-dent, Dimonte a pris l'hurluberlu – Arturo de son nom – à part. Le gamin était pâle. Normalement, Dimonte aurait soupçonné la drogue, sauf qu'il avait vomi tripes et boyaux après avoir découvert le corps.

— Ça va ? a dit Dimonte.

Comme si ça l'intéressait.

Arturo a hoché la tête.

Dimonte lui a demandé s'il s'était récemment passé quelque chose d'inhabituel concernant la victime. Oui, a répondu Arturo. Et quoi donc ? Rebecca avait reçu un coup de fil, la veille, qui l'avait perturbée. De la part de qui ? Il ne savait pas, mais une heure plus tard – ou peut-être moins, Arturo n'était pas sûr – un homme est venu la voir. Quand il est reparti, Rebecca était à ramasser à la petite cuillère.

Vous souvenez-vous du nom de cet homme ?

— Beck, a lâché Arturo. Elle l'a appelé Beck.

Shauna a mis les draps de Mark dans le sèche-linge. Linda s'est approchée par-derrière.

— Il recommence à faire pipi au lit, a dit Linda.

— Mon Dieu, que tu es perspicace.

— Ne sois pas méchante.

Linda s'est éloignée. Shauna a ouvert la bouche pour s'excuser, mais aucun son n'en est sorti. Quand elle était partie de la maison pour la première fois – la seule et *unique* fois –, Mark avait mal réagi. Ç'avait commencé par le pipi au lit. Après que Linda et elle s'étaient rabibochées, le problème d'incontinence avait été réglé. Jusqu'à aujourd'hui.

— Il sait ce qui se passe, a commenté Linda. Il sent la tension.

— Que veux-tu que j'y fasse ?

— Tout ce qui est de notre devoir.

— Je ne partirai plus. J'ai promis.

— Manifestement, ça ne suffit pas.

Shauna a jeté une plaquette d'adoucissant dans le sèche-linge. Ses traits accusaient la fatigue. Elle n'avait pas besoin de ça. Elle était top model et ne pouvait donc se permettre d'arriver au boulot avec des poches sous les yeux ou le cheveu terne.

Elle en avait marre. Marre des corvées domestiques, qui ne lui réussissaient guère. Marre de la pression exercée par toutes ces fichues bonnes âmes. C'était facile d'appeler à la tolérance. Mais la pression que subissait un couple de lesbiennes avec enfant – de la part d'un entourage soi-disant bienveillant – se révélait plus qu'étouffante. Si leur relation échouait, c'était l'échec de l'homosexualité en général, ou autres conneries du même genre, comme si les couples hétéros ne se séparaient jamais. Shauna n'était pas une militante. Elle le savait. Égoïste ou non, elle n'allait pas sacrifier son bonheur sur l'autel d'une « grande cause ».

Elle se demandait si Linda ressentait la même chose.

— Je t'aime, a soufflé Linda.

— Moi aussi, je t'aime.

Elles se sont dévisagées. Mark était en train de refaire pipi au lit. Shauna n'était pas prête à se sacrifier pour une grande cause. Mais pour Mark, si.

— Alors, qu'est-ce qu'on fait ? a demandé Linda.

— On va trouver une solution.

— Tu crois qu'on peut ?

— Tu m'aimes ?

— Bien sûr que oui.

— Tu trouves toujours que je suis le plus excitant, le plus merveilleux spécimen de la Création ?

— Oh oui ! a dit Linda.

— Moi aussi.

Shauna lui a souri.

— Je suis une emmerdeuse nombriliste.

— Oh, que oui !

— Mais je suis *ton* emmerdeuse nombriliste.

— Bien vu.

Shauna s'est rapprochée.

— Je ne suis pas faite pour une vie stable. Trop versatile.

— Tu es sexy en diable quand tu es versatile.

— Et même quand je ne le suis pas.

— Ferme-la et embrasse-moi.

La sonnerie de l'interphone a retenti. Linda a regardé Shauna. Shauna a haussé les épaules. Linda a pressé le bouton :

— Oui ?

— Linda Beck ?

— Qui est-ce ?

— Ici l'agent Kimberly Green, du FBI. Je suis avec mon collègue, l'agent Rick Peck. Nous aimerions vous poser quelques questions.

Sans laisser à Linda le temps de répondre, Shauna s'est penchée en avant.

— Le nom de notre avocate est Hester Crimstein, a-t-elle crié dans l'interphone. Vous n'avez qu'à la contacter.

— Vous n'êtes soupçonnées d'aucun crime. Nous voulons simplement vous poser des questions...

— Hester Crimstein, a interrompu Shauna. Je suis sûre que vous avez son numéro. Passez une excellente journée.

Elle a lâché le bouton. Linda s'est étonnée.

— C'est quoi, cette histoire ?

— Ton frère a des ennuis.

— Comment ?
— Assieds-toi, a fait Shauna. Il faut qu'on parle.

Raïssa Markov, la garde-malade en charge du grand-père du Dr Beck, a ouvert la porte. Les agents fédéraux Carlson et Stone, qui travaillaient désormais main dans la main avec les inspecteurs de police Dimonte et Krinsky, lui ont remis le document.

— Mandat de perquisition, a annoncé Carlson.

Raïssa s'est écartée sans réagir. Elle avait grandi en Union soviétique. Les exactions policières ne l'impressionnaient pas.

Huit hommes de Carlson se sont dispersés à travers la maison.

— Je veux que tout soit filmé ! a crié Carlson. Sans faute.

Ils se dépêchaient, dans l'espoir de prendre une demi-longueur d'avance sur Hester Crimstein. Carlson savait que Crimstein, comme bon nombre de ténors du barreau de l'après-O. J. Simpson, se raccrochait aux thèses de l'incompétence et/ou des brutalités policières tel un plaideur à bout d'arguments. Lui-même n'étant pas tombé de la dernière pluie, il n'avait pas l'intention de se laisser faire. Chaque pas/mouvement/souffle serait répertorié, preuves à l'appui.

Au début, quand Carlson et Stone avaient fait irruption dans le studio de Rebecca Schayes, Dimonte n'avait pas été ravi de les voir. Il y avait eu le bras de fer habituel entre police locale et agents fédéraux. Le FBI et les forces de l'ordre ont peu de choses en commun, surtout dans une métropole comme New York.

Mais parmi ces choses-là figurait Hester Crimstein.

Les deux camps savaient qu'elle était passée maîtresse dans l'art de l'embrouille et de la médiatisation à outrance. Le monde aurait les yeux braqués sur eux. Personne n'avait envie de se ramasser. C'était une motivation suffisante. Ils avaient donc conclu une alliance fiable comme une poignée de main israélo-palestinienne, car à l'arrivée les deux parties avaient conscience de l'urgence à boucler l'instruction… avant que Crimstein ne vienne mettre son grain de sel.

Les agents fédéraux avaient obtenu un mandat de perquisition. Eux, il leur suffisait de traverser Federal Plaza pour frapper à la porte du tribunal fédéral. Si Dimonte et la police new-yorkaise avaient voulu en demander un, ils auraient dû s'adresser au tribunal de grande instance du New Jersey – ce qui aurait pris trop de temps, avec Hester Crimstein sur leurs talons.

— Agent Carlson !

Le cri venait du coin de la rue. Carlson s'est précipité dehors. Stone l'a suivi en se dandinant, accompagné de Dimonte et Krinsky. Au bord du trottoir, un jeune agent fédéral se tenait à côté d'une poubelle ouverte.

— Qu'est-ce que c'est ? a demandé Carlson.

— Peut-être pas grand-chose, monsieur, mais…

Le jeune agent a désigné une paire de gants en latex qu'on avait apparemment jetés là à la hâte.

— Embarquez-les. Je veux une analyse immédiate, pour les traces d'arme à feu.

Carlson s'est tourné vers Dimonte. C'était le moment de resserrer la collaboration – cette fois, par le biais de la compétition.

— Combien de temps ça va prendre dans votre labo ?

— Une journée, a estimé Dimonte.

Il avait dans la bouche un cure-dent tout neuf, qu'il mastiquait avec application.

— Peut-être deux.

— Ça n'ira pas. Il va falloir qu'on expédie les échantillons à notre labo de Quantico.

— Des clous, a grincé Dimonte.

— On s'était mis d'accord pour faire au plus vite.

— Le plus vite, c'est ici, a assuré Dimonte. Je m'en occupe.

Carlson a hoché la tête. C'était à prévoir. Si vous voulez que la police locale se charge d'une enquête toutes affaires cessantes, menacez de la lui retirer. La compétition avait du bon.

Une demi-heure plus tard, ils ont entendu un autre cri, provenant cette fois du garage. À nouveau, ils se sont précipités dans cette direction.

Stone a sifflé tout bas. Dimonte a ouvert de grands yeux. Carlson s'est baissé pour mieux voir.

Là, dans une poubelle de recyclage, sous une pile de journaux, il y avait un pistolet, un neuf millimètres. Il suffisait de le renifler pour savoir qu'il avait servi récemment.

Stone a pivoté vers Carlson. Après s'être assuré que son sourire était hors caméra.

— On le tient, a-t-il dit doucement.

Carlson n'a pas répondu. Il a regardé le technicien ensacher l'arme. Et, tout en réfléchissant, il s'est mis à froncer les sourcils.

23

L'appel d'urgence sur mon biper concernait TJ. Il s'était éraflé le bras sur un montant de porte. Pour la plupart des gamins, cela signifiait un coup de spray désinfectant ; pour TJ : une nuit à l'hôpital. Le temps que j'arrive, on l'avait déjà mis sous perfusion. On traite l'hémophilie par l'administration de produits sanguins tels que le cryoprécipité ou le plasma congelé. J'ai fait venir une infirmière afin qu'elle commence tout de suite.

Comme je l'ai déjà mentionné, j'avais rencontré Tyrese six ans auparavant, menotté et en train de hurler des obscénités. Une heure plus tôt, il avait amené en catastrophe son petit garçon de neuf mois, TJ, aux urgences. J'étais là, mais pas pour réceptionner les cas aigus. C'est le médecin de garde qui l'a reçu.

TJ était léthargique, sans réaction. Sa respiration était saccadée. Tyrese, dont le comportement, d'après la fiche, était « désordonné » (comment un père qui conduit un nourrisson aux urgences est-il censé se comporter ?), a déclaré au médecin que l'état de son fils n'avait cessé de se dégrader au cours de la journée. Le médecin a jeté un regard entendu à son infirmière. L'infirmière a hoché la tête et est partie téléphoner. Juste au cas où.

Le fond d'œil a révélé que le nourrisson souffrait des deux côtés de multiples hémorragies rétiniennes – autrement dit, les vaisseaux sanguins à l'arrière des yeux avaient éclaté. Après avoir assemblé les pièces du puzzle – hémorragie rétinienne, profonde léthargie et, ma foi, le père –, le médecin a établi son diagnostic.

Syndrome de maltraitance.

Les gardes armés du service de sécurité sont arrivés en force. Ils ont menotté Tyrese, et c'est à ce moment que j'ai entendu le torrent d'obscénités. Je suis sorti pour voir. Deux policiers en uniforme venaient de faire leur entrée. Ainsi qu'une femme fatiguée du bureau d'aide à l'enfance. Tyrese a essayé de plaider sa cause. Les autres ont secoué la tête, l'air de dire : dans quel monde vivons-nous !

J'avais été témoin de ce genre de scènes une dizaine de fois à l'hôpital. À vrai dire, j'avais vu bien pire. J'avais soigné des fillettes de trois ans atteintes de maladies vénériennes. Un jour, j'avais examiné en quête de traces de viol un garçon de quatre ans souffrant d'une hémorragie interne. Dans les deux cas – et dans tous les cas similaires que j'avais rencontrés –, le responsable était soit un membre de la famille, soit le dernier compagnon en date de la mère.

Petits enfants, le vilain monsieur ne vous guette pas sur le terrain de jeux. Il habite sous votre toit.

Je savais également – et ce chiffre ne cessait de me consterner – que plus de quatre-vingt-quinze pour cent de lésions intracrâniennes graves chez les nourrissons étaient dues à la maltraitance. Il y avait donc de bonnes – ou de mauvaises, c'est selon – chances pour que Tyrese se soit livré à des actes de violence sur son enfant.

Dans ce service d'urgences, nous avions entendu toutes sortes d'excuses. Le bébé était tombé du canapé. La porte du four avait atterri sur sa tête. Son frère aîné avait lâché un jouet sur lui. À travailler ici, on devenait plus cynique qu'un vieux flic chevronné. Le fait est que des enfants en bonne santé supportent plutôt bien ce type d'accidents. Il est très rare que la chute d'un canapé, par exemple, provoque à elle seule une hémorragie rétinienne.

Le diagnostic de maltraitance ne me posait pas de problème. En tout cas, pas à première vue.

Mais quelque chose dans le plaidoyer de Tyrese m'avait mis la puce à l'oreille. Non pas que je le pense innocent. Je suis, comme tout le monde, enclin à juger sur les apparences – ou, pour employer une expression plus actuelle, le profil racial. On le fait tous. Si vous traversez la rue pour éviter une bande d'adolescents noirs, c'est du profilage racial ; si vous ne traversez pas de peur de passer pour un raciste, c'est du profilage racial ; si vous croisez la bande et qu'elle ne vous inspire aucune réaction, c'est que vous venez d'une planète où je n'ai jamais mis les pieds.

Ce qui m'a fait réfléchir, là, c'est le manichéisme pur. J'avais vu un cas étrangement similaire lors d'un récent remplacement dans la banlieue résidentielle de Short Hills. Un couple de Blancs, tous deux impeccablement vêtus et propriétaires d'une Range Rover bien équipée, étaient arrivés aux urgences avec leur fille de six mois.

L'enfant, qui était leur troisième, présentait les mêmes symptômes que TJ.

Personne n'avait mis de menottes au père.

Je me suis donc approché de Tyrese. Qui m'a décoché le regard ghetto. Si, dans la rue, ça m'impressionnait, ici on aurait cru le grand méchant loup soufflant sur la maison en briques.

— Votre fils est né dans cet hôpital ? ai-je demandé.

Tyrese n'a pas répondu.

— Votre fils est né ici, oui ou non ?

Il s'est calmé suffisamment pour dire :

— Ouais.

— Est-il circoncis ?

Le regard ghetto était de retour.

— Vous êtes un genre de pédé ou quoi ?

— Pourquoi, il y en a plusieurs ? ai-je reparti. Alors, a-t-il été circoncis ici, oui ou non ?

À contrecœur, Tyrese a acquiescé :

— Ouais.

J'ai trouvé le numéro de sécurité sociale de TJ et l'ai entré dans l'ordinateur. Son dossier est sorti. J'ai vérifié sous la rubrique « Circoncision ». Rien à signaler. Zut. Soudain j'ai vu une autre note. Ce n'était pas la première fois que TJ était hospitalisé. À l'âge de deux semaines, son père l'avait amené parce qu'il saignait du cordon ombilical.

Bizarre.

On a alors procédé à des analyses de sang, même si la police a tenu à garder Tyrese sous surveillance. Tyrese n'a pas protesté. Il voulait juste que les analyses soient faites. J'ai essayé d'accélérer les choses, mais je suis comme tout le monde, je n'ai aucun pouvoir face à la bureaucratie. Néanmoins, le labo a pu établir à partir des prélèvements sanguins que la durée de vie partielle de la thromboplastine était prolongée, alors que la durée de vie de la prothrombine et la numération plaquettaire étaient toutes les deux normales. Oui, je sais, mais attendez un peu.

Le meilleur – et le pire – se trouvait confirmé. L'enfant n'avait pas été maltraité par son père au look ghetto. Les hémorragies rétiniennes avaient été causées par l'hémophilie. Par ailleurs, elles l'avaient rendu aveugle.

En soupirant, les gardes ont ôté les menottes à Tyrese et sont repartis sans un mot. Tyrese s'est frotté les poignets. Personne ne s'est excusé, n'a eu une parole de réconfort pour cet homme qu'on avait accusé à tort de maltraiter son petit garçon, désormais aveugle.

Imaginez ça dans une banlieue huppée.

De ce jour, TJ a été mon patient.

Là, dans sa chambre d'hôpital, j'ai caressé la tête du gamin et l'ai regardé dans ses yeux qui ne voyaient pas. Normalement, les mômes sont très impressionnés par moi ; ils me considèrent avec un grisant mélange de crainte et de vénération. Mes confrères pensent qu'au fond d'eux-mêmes les enfants comprennent mieux ce qui leur arrive que les adultes. À mon avis, l'explication est plus simple. Pour un enfant, ses parents sont à la fois intrépides et tout-puissants… or, voilà que ces mêmes parents me regardent, moi, le docteur, avec un recueillement craintif réservé d'ordinaire à l'extase religieuse.

Que pourrait-il y avoir de plus effrayant pour un môme ?

Quelques minutes plus tard, les yeux de TJ se sont fermés. Il a fini par s'endormir.

— Il s'est cogné au montant de la porte, a expliqué Tyrese. C'est tout. Il est aveugle. Ça risque d'arriver souvent, non ?

— On va le garder pour la nuit. Mais il n'y a pas de problème.

— Comment ça ?

Tyrese m'a regardé.

— Comment peut-il ne pas y avoir de problème alors qu'il n'arrête pas de saigner ?

Je n'ai pas su quoi lui répondre.

— Faut que je le sorte de là.

Il ne parlait pas de l'hôpital.

Tyrese a fouillé dans sa poche et commencé à aligner les billets. Mais je n'étais pas d'humeur. J'ai levé la main :

— Je repasserai plus tard.

— Merci d'être venu, Doc. C'est gentil à vous.

J'allais lui faire remarquer que j'étais venu pour son fils, pas pour lui, mais j'ai préféré me taire.

Prudence, songeait Carlson, sentant son pouls s'emballer. Sois très, très prudent.

Tous les quatre – Carlson, Stone, Krinsky et Dimonte – étaient assis autour d'une table de réunion avec le substitut du procureur Lance Fein. Fein, une fouine ambitieuse avec des sourcils qui bougeaient constamment et un visage tellement cireux qu'il semblait devoir fondre en cas de chaleur intense, arborait sa tête des grands jours.

— On va lui faire sa fête, a déclaré Dimonte.

— Encore une fois, a dit Lance Fein, mettez-moi tout ça bout à bout pour qu'on l'expédie directement à l'ombre.

Dimonte a hoché la tête à l'adresse de son collègue.

— Vas-y, Krinsky. Fais-moi jouir.

Krinsky a sorti son calepin et s'est mis à lire :

— « Rebecca Schayes a été abattue de deux balles dans la tête, tirées à bout portant d'un pistolet automatique de neuf millimètres. Dans le cadre d'un mandat de perquisition fédéral, un neuf millimètres a été localisé dans le garage du Dr David Beck. »

— Des empreintes sur l'arme ? a demandé Fein.

— Aucune. Mais une expertise balistique a confirmé que le neuf millimètres trouvé dans le garage du Dr Beck est bien l'arme du crime.

Souriant, Dimonte a haussé les sourcils.

— Personne d'autre n'a les nichons au garde-à-vous ?

Les sourcils de Fein se sont rejoints avant de retomber.

— Continuez, je vous prie.

— Dans le cadre du même mandat fédéral, une paire de gants en latex a été retirée d'une poubelle devant le domicile du Dr David Beck. Des traces de poudre ont été relevées sur le gant droit. Le Dr Beck est droitier.

Dimonte a remonté ses bottes en peau de serpent et déplacé le cure-dent dans sa bouche.

— Oh oui, chéri, plus fort, plus fort ! J'aime ça.

Fein a froncé les sourcils. Krinsky, dont le regard ne quittait pas son calepin, s'est humecté un doigt et tourné la page.

— Sur le même gant de latex droit, le labo a trouvé un cheveu dont la couleur correspond exactement à ceux de Rebecca Schayes.

— Oh oui, je sens que ça vient ! s'est mis à brailler Dimonte en simulant l'orgasme.

Ou peut-être qu'il ne simulait pas.

— Un test ADN plus probant prendra un peu de temps, a poursuivi Krinsky. Par ailleurs, les empreintes digitales du Dr David Beck ont été relevées sur le lieu de l'assassinat, quoique pas dans la chambre noire où le corps a été découvert.

Krinsky a refermé son calepin. Tous les regards se sont tournés vers Lance Fein.

Il s'est levé, s'est frotté le menton. Sans se compromettre comme Dimonte, tout le monde éprouvait cependant une certaine excitation. Il y avait de l'électricité dans l'air, le genre d'ivresse qui accompagne les grandes affaires criminelles. Avec, à la clé, conférences de presse, interventions d'hommes politiques et photos dans les journaux.

Seul Nick Carlson demeurait vaguement inquiet. Il n'arrêtait pas de triturer un trombone, de le plier, de le plier à nouveau. C'était plus fort que lui. Quelque chose le turlupinait, quelque chose d'insaisissable – il n'arrivait pas à mettre le doigt dessus, et ça l'énervait prodigieusement. Tout d'abord, la maison du Dr Beck était truffée de mouchards. Jusqu'à son téléphone qui était sur écoute. Et personne ne semblait se soucier de savoir pourquoi.

— Lance ?

C'était Dimonte.

Lance Fein s'est éclairci la voix.

— Savez-vous où est le Dr Beck en ce moment précis ?

— Dans sa clinique, a répondu Dimonte. Deux hommes à moi le gardent à l'œil.

Fein a hoché la tête.

— Allez, Lance, soyez sympa, laissez-le-moi.

— On va d'abord appeler Mlle Crimstein, a décidé Fein. Par courtoisie.

Shauna a pratiquement tout raconté à Linda. À part le fait que Beck avait « vu » Elizabeth sur son écran d'ordinateur. Non qu'elle accordât un quelconque crédit à son histoire. Elle lui avait prouvé que c'était un canular, un montage numérique. Mais Beck avait été catégorique. Il ne fallait le dire à personne. Elle n'aimait pas cacher des choses à Linda, mais ça valait mieux que de trahir la confiance de Beck.

Tout au long du récit, Linda a regardé Shauna dans les yeux. Elle n'a pas hoché la tête, elle n'a pas parlé, elle n'a même pas bougé. Quand Shauna a eu terminé, Linda a demandé :

— Tu les as vues, ces photos ?

— Non.

— Où la police les a-t-elle eues ?

— Je n'en sais rien.

Linda s'est levée.

— David n'aurait jamais fait de mal à Elizabeth.

— Je sais.

Resserrant ses bras autour d'elle, Linda a inspiré profondément. Plusieurs fois. Elle était blanche comme un linge.

— Ça va ? s'est inquiété Shauna.

— Qu'est-ce que tu ne me dis pas ?

— Pourquoi crois-tu qu'il y a quelque chose que je ne te dis pas ?

Linda s'est contentée de la dévisager.

— Demande à ton frère, a soupiré Shauna.

— Pourquoi ?

— Ce n'est pas à moi de le dire.

L'interphone a sonné de nouveau. Cette fois, c'est Shauna qui a répondu.

— Oui ?

— Hester Crimstein.

Shauna a pressé le bouton et laissé leur porte entrouverte. Deux minutes plus tard, Hester pénétrait en trombe dans la pièce.

— Vous connaissez l'une ou l'autre une photographe nommée Rebecca Schayes ?

— Bien sûr, a opiné Shauna. Mais ça fait un bail que je ne l'ai pas vue. Linda ?

— Ça fait des années, a acquiescé Linda. Elizabeth et elle ont partagé un appartement dans le centre-ville. Pourquoi ?

— Elle a été assassinée hier soir. Et ils pensent que Beck l'a tuée.

Les deux femmes se sont figées comme si on les avait frappées. Shauna s'est ressaisie la première.

— J'étais avec Beck hier soir. Chez lui, dans sa maison.

— Jusqu'à quelle heure ?

— Quelle heure te faut-il ?

Hester a froncé les sourcils.

— Ne joue pas avec moi, Shauna. Quand es-tu partie de chez lui ?

— Dix heures, dix heures et demie. À quelle heure elle a été assassinée ?

— Je ne sais pas encore. Mais j'ai un informateur sur place. D'après lui, ils ont de solides charges contre Beck.

— C'est débile.

Une sonnerie a retenti, un téléphone portable. Hester Crimstein a attrapé le sien, l'a collé contre son oreille.

— Quoi ?

Son interlocuteur invisible lui a parlé un long moment. Hester écoutait en silence. Le relâchement de ses traits semblait accuser la défaite. Une ou deux minutes plus tard, sans même dire au revoir, elle a refermé son téléphone d'un coup sec.

— Un appel de courtoisie, a-t-elle marmonné.

— Quoi ?

— Ils arrêtent votre frère. On a une heure pour le livrer aux autorités.

24

Ma seule pensée était Washington Square Park. Certes, il me restait encore quatre heures avant le rendez-vous. Mais, exception faite des urgences, aujourd'hui était mon jour de congé. Libre comme un oiseau, j'étais – aurait chanté Lynyrd Skynyrd –, et cet oiseau-là avait envie de migrer vers Washington Square Park.

Je me dirigeais vers la sortie de la clinique quand mon biper a de nouveau fait entendre sa funeste mélodie. J'ai poussé un soupir et consulté le numéro. C'était celui du portable d'Hester Crimstein. Codé urgent.

L'espace d'une seconde ou deux, j'ai hésité à la rappeler – pour poursuivre ma migration –, mais à quoi bon ? J'ai battu en retraite dans ma salle d'examen. La porte était fermée, et la targette rouge, en place. Cela signifiait qu'un autre médecin était en train de l'occuper.

J'ai longé le couloir, tourné à gauche et trouvé une salle vide dans le service de gynéco-obstétrique. Je me sentais comme un espion en territoire ennemi. Trop de métal, ça brillait de partout. Entouré d'étriers et autres appareils d'aspect moyenâgeux, j'ai composé le numéro.

Hester Crimstein n'a pas perdu de temps en civilités.

— Beck, on a un gros problème. Où êtes-vous ?

— À la clinique. Que se passe-t-il ?

— Répondez à ma question : quand avez-vous vu Rebecca Schayes pour la dernière fois ?

Mon cœur s'est mis à battre au ralenti.

— Hier. Pourquoi ?

— Et avant ça ?

— Il y a huit ans.

Crimstein a pesté tout bas.

— Que se passe-t-il ? ai-je demandé.

— Rebecca Schayes a été assassinée hier soir dans son studio. Elle a reçu deux balles dans la tête.

Une sensation de plongeon, comme quand on est sur le point de s'endormir. Mes jambes se sont dérobées. Je me suis effondré avec un bruit mat sur un tabouret.

— Oh, nom de Dieu…

— Écoutez-moi, Beck. Écoutez-moi bien.

J'ai revu Rebecca telle qu'elle m'était apparue la veille.

— Où étiez-vous hier soir ?

J'ai écarté le combiné et aspiré une goulée d'air. Morte. Rebecca était morte. Curieusement, l'éclat de sa magnifique chevelure ne cessait de danser devant mes yeux. J'ai pensé à son mari. À toutes les nuits où, couché dans leur lit, il allait songer à cette chevelure déployée sur l'oreiller.

— Chez moi, ai-je dit. J'étais chez moi avec Shauna.

— Et après ?

— Je suis allé faire un tour.

— Où ?

— Dans le quartier.

— Où dans le quartier ?

Je n'ai pas répondu.

— Vous m'écoutez, Beck ? Ils ont trouvé l'arme du crime à votre domicile.

J'ai entendu les mots, mais leur sens avait quelque difficulté à pénétrer mon cerveau. La pièce m'a soudain semblé exiguë. Il n'y avait pas de fenêtres. J'avais du mal à respirer.

— Vous m'entendez ?

— Oui.

Puis, commençant à comprendre :

— Ce n'est pas possible.

— Oui, bon, on n'a pas le temps. Vous êtes en passe d'être arrêté. J'ai parlé au substitut du procureur. C'est un enfoiré de première, mais il a accepté que vous veniez vous livrer de votre propre chef.

— Arrêté ?

— Réveillez-vous, Beck.

— Je n'ai rien fait.

— Là n'est pas le problème, pour le moment. Ils vont vous arrêter. Vous allez être mis en examen. Et nous, nous demanderons une mise en liberté sous caution. Je suis sur le chemin de la clinique. Je viens vous chercher. Ne bougez pas. Ne dites rien à personne, vous m'entendez ? Ni aux flics, ni aux agents fédéraux, ni à votre nouveau copain de cellule. Suis-je claire ?

L'horloge au-dessus de la table d'examen a accroché mon regard. Il était deux heures et quelques. Washington Square. J'ai pensé à Washington Square.

— Il ne faut pas qu'on m'arrête, Hester.

— On va arranger ça.
— Ça va être long ?
— Quoi, qu'est-ce qui va être long ?
— La liberté sous caution.
— Je ne sais pas exactement. À mon avis, la mise en liberté ne sera pas un problème en soi. Vous n'avez pas de casier judiciaire. Vous êtes un citoyen respectable, avec des racines, des attaches. Vous devrez probablement rendre votre passeport…
— Ça va être long ?
— Qu'est-ce qui va être long, Beck ? Je ne comprends pas.
— La procédure, avant que je sorte.
— Je tâcherai de pousser à la roue, OK ? Mais même s'ils font vite – et ce n'est pas dit –, ils seront obligés d'envoyer vos empreintes digitales à Albany. C'est le règlement. Avec un peu de chance – non : beaucoup de chance –, la mise en examen sera prononcée d'ici minuit.

Minuit ?

L'angoisse m'a enserré la poitrine comme un bandeau d'acier. Aller en prison signifiait manquer le rendez-vous de Washington Square Park. Mon lien avec Elizabeth était tellement fragile, des fils de verre vénitien. Si je n'étais pas à Washington Square à cinq heures…

— Pas question, ai-je dit.
— Quoi ?
— Il faut les retenir, Hester. Qu'ils m'arrêtent demain.
— Vous voulez rire ? Je parie qu'ils sont déjà là, en train de vous surveiller.

J'ai passé la tête par la porte. De là où j'étais, on ne voyait qu'une partie de la réception, le coin droit du comptoir, mais ça m'a suffi.

Il y avait deux flics, peut-être plus.

— Nom de Dieu, ai-je grogné, me repliant dans la pièce.

— Beck ?

— Je ne peux pas aller en taule. Pas aujourd'hui.

— Ne me lâchez pas, Beck. Restez où vous êtes, OK ? Ne bougez pas, ne parlez pas, ne faites rien. Attendez dans votre bureau. J'arrive.

Et elle a coupé la communication.

Rebecca était morte, et ils pensaient que c'était moi qui l'avais tuée. Ridicule, bien sûr, mais il devait y avoir un lien. Je suis allé la voir hier pour la première fois depuis huit ans. Et le soir même, elle a trouvé la mort.

Que diable se passait-il, à la fin ?

J'ai rouvert la porte et risqué un œil dehors. Les flics me tournaient le dos. Je me suis glissé dans le couloir. Il y avait une sortie de secours derrière. Je pouvais filer par là. Et me rendre à Washington Square Park.

Était-ce bien réel, tout ça ? Étais-je en train de fuir la police ?

Je n'en savais rien. Mais arrivé à la porte, je me suis hasardé à regarder en arrière. L'un des flics m'a repéré. Il a pointé le doigt puis s'est hâté dans ma direction.

J'ai poussé la porte et pris mes jambes à mon cou.

J'avais peine à le croire. J'étais en cavale.

La porte a claqué, et je me suis retrouvé dans une rue sombre juste derrière la clinique. Une rue que je ne connaissais pas. Ça peut paraître bizarre, mais ce quartier-là n'était pas le mien. Je venais, je travaillais, je repartais. Tel un vieux hibou, je restais enfermé entre quatre murs, sans fenêtres, souffrant du manque de lumière. Une rue parallèle à mon lieu de travail, et j'étais complètement perdu.

Spontanément, j'ai pris à droite. Derrière moi, j'ai entendu la porte s'ouvrir à la volée.

— Arrêtez-vous ! Police !

Ils ont vraiment crié ça. Je n'ai pas bronché. Allaient-ils tirer ? J'en doutais. Avec toutes les conséquences qu'il y avait à tirer sur un homme désarmé en pleine fuite... Ce n'était pas impossible – dans ce quartier, en tout cas –, mais c'était peu probable.

Il n'y avait pas grand monde dans la rue ; les rares passants ne m'accordaient qu'une attention furtive. Je continuais à courir. Le monde défilait en un éclair. J'ai croisé un individu patibulaire avec un rottweiler patibulaire. Des vieillards assis dans un coin se plaignaient de leur journée. Les femmes étaient chargées de sacs. Des gamins qui normalement auraient dû être en classe s'adossaient à tout ce qu'ils trouvaient ; plus cool, tu meurs.

Et moi, je fuyais pour échapper à la police.

Ça, mon esprit avait du mal à l'assimiler. J'avais des fourmillements dans les jambes, mais l'image d'Elizabeth face à la caméra m'aiguillonnait, me poussait en avant.

Je respirais trop vite.

On nous parle de l'adrénaline, comment elle nous regonfle et nous donne une force peu commune, seulement, il y a un revers. La sensation est grisante, incontrôlable. Elle aiguise les sens jusqu'à la paralysie. Il faut canaliser l'énergie, sans quoi elle risque de vous étouffer.

J'ai plongé dans une allée – c'est ce qu'on voit toujours faire à la télé – mais elle aboutissait à une impasse, encombrée des bennes à ordures les plus nauséabondes de la planète. La puanteur m'a fait renâcler comme un cheval. À une époque, peut-être du temps où LaGuardia était maire, ces bennes avaient dû être vertes. Aujourd'hui, il ne restait que de la rouille. Par endroits, elle avait rongé le métal, facilitant le passage aux rats qui en giclaient comme les eaux sales d'un égout.

J'ai cherché une issue, une porte, quelque chose ; il n'y avait rien. Pas la moindre sortie de secours. J'ai pensé briser une fenêtre, mais celles du bas étaient garnies de barreaux.

Seule solution : rebrousser chemin – et de me faire cueillir par la police.

J'étais pris au piège.

J'ai regardé à droite, à gauche, puis, curieusement, vers le haut.

Les escaliers d'incendie. Il y en avait plusieurs au-dessus de ma tête. Toujours branché sur la pompe à adrénaline, j'ai sauté de toutes mes forces, les mains tendues, et je suis retombé sur le derrière. J'ai recommencé. Sans plus de résultat. Les échelles étaient beaucoup trop hautes.

Que faire ?

Peut-être, si j'arrivais à rapprocher une benne, à grimper dessus et sauter de nouveau… Mais les couvercles étaient complètement pourris. Et même si je pouvais prendre appui sur le tas d'ordures, ce serait encore trop bas.

J'ai inspiré et essayé de réfléchir. La puanteur devenait insupportable ; elle s'engouffrait dans mon nez et semblait s'y loger. J'ai reculé vers l'entrée de l'allée.

Une radio qui grésille. Genre radio de la police.

Je me suis plaqué au mur et j'ai tendu l'oreille.

Me cacher. Vite.

Le grésillement s'intensifiait. J'ai entendu des voix. Les flics se rapprochaient. J'étais totalement à leur merci.

Un hurlement de sirènes a déchiré l'air immobile.

Des sirènes pour moi.

Des pas. Venant dans ma direction. Il n'y avait qu'un seul endroit où se cacher.

J'ai rapidement choisi la benne la moins pestilentielle et, fermant les yeux, j'ai plongé dedans.

Du lait qui a tourné. Tourné depuis *très* longtemps. Ç'a été la première odeur qui m'a accueilli. Mais ce n'était pas la seule. Ça ressemblait à du vomi, ou pire. J'étais assis dedans. C'était mouillé et putride. Gluant. Ma gorge a décidé de réagir par un réflexe nauséeux. J'ai eu un haut-le-cœur.

J'ai entendu courir devant l'entrée de l'allée. Je me suis recroquevillé.

Un rat a escaladé ma jambe.

J'ai failli hurler, mais quelque chose dans mon subconscient a empêché ma voix de sortir. C'était totalement surréaliste. J'ai retenu mon souffle. Mais ça n'a pas duré. J'ai essayé de respirer par la bouche et ai à nouveau été pris de nausée. J'ai pressé ma chemise contre mon nez et ma bouche. C'était à peine mieux.

Le grésillement s'était tu. Les pas itou. Avais-je réussi à les semer ? Si oui, pas pour longtemps. D'autres sirènes s'étaient jointes au concert, un véritable tintamarre. Les flics avaient reçu du renfort. Ils ne tarderaient pas à revenir. À inspecter l'allée. Que se passerait-il alors ?

J'ai agrippé le bord de la benne pour me hisser dehors. La rouille m'a entamé la paume. J'ai porté la main à ma bouche. Ça saignait. Le pédiatre en moi m'a instantanément mis en garde contre les dangers du tétanos, sauf que le tétanos était le cadet de mes soucis.

J'ai dressé l'oreille.

Aucun bruit de pas. Aucune espèce de grésillement. Les sirènes ululaient, mais ça, il fallait s'y attendre. Les renforts continuaient à arriver. Vous pensez bien, un assassin en liberté dans notre belle ville. Les justiciers affluaient en force. Ils allaient boucler le quartier et le passer au peigne fin.

Jusqu'où ma fuite éperdue m'avait-elle mené ?

Impossible à dire. Mais une chose était sûre, je ne devais pas rester là. Je devais mettre un maximum de distance entre la clinique et ma propre personne.

Ça voulait dire sortir de cette allée.

Je me suis rapproché furtivement de la rue. Toujours pas de bruit, c'était bon signe. Je me suis efforcé de réfléchir un instant. La cavale était un bon plan, mais si j'avais une destination, ce serait encore mieux. J'ai décidé de pousser en direction de l'est, quitte à me retrouver dans des quartiers moins sûrs. Je me souviens avoir vu des rails au-dessus de ma tête.

Le métro.

La voilà, la solution. Il suffisait de monter dans une rame, de changer plusieurs fois à l'improviste, et je parviendrais sans doute à disparaître. Mais où était la station la plus proche ?

J'essayais de faire surgir mentalement le plan du métro devant mes yeux quand un policier a tourné dans l'allée.

Il était tout jeune, tout frais et rose, et propre sur lui. Les manches de sa chemise bleue étaient soigneusement roulées, deux bourrelets sur ses biceps gonflés. Il a sursauté en m'apercevant – aussi surpris que moi par cette rencontre inopinée.

Nous nous sommes figés l'un et l'autre. Lui, une fraction de seconde de plus que moi.

Si je l'avais approché à la manière d'un boxeur ou d'un spécialiste du kung-fu, j'aurais probablement fini par compter mes abattis à l'arrivée. Mais j'ai paniqué. Je n'ai écouté que ma peur.

J'ai foncé droit sur lui.

Le menton rentré, j'ai baissé la tête et foncé comme une fusée, en visant le centre. Elizabeth jouait au tennis. Elle m'avait dit une fois que quand l'adversaire était au filet, il valait mieux lui expédier la balle en plein bide car il ne saurait de quel côté se déplacer. Ça retardait son temps de réaction.

C'est ce qui est arrivé.

Mon corps est entré en collision avec le sien. Je l'ai empoigné par les épaules comme un singe s'accroche à un grillage. Nous avons basculé. J'ai plié les genoux et les ai enfoncés dans sa poitrine. J'avais toujours le menton rentré, et la tête sous la mâchoire du jeune flic.

On a atterri avec un bruit sourd, horrible.

J'ai entendu un craquement. Une douleur lancinante a irradié de l'endroit où mon crâne avait heurté sa mâchoire. Le jeune flic a émis doucement une sorte de *pffut*. L'air a déserté ses poumons. À mon avis, il avait la mâchoire brisée. En proie à la panique la plus totale, je me suis relevé en titubant, comme si j'avais marché sur un pistolet hypodermique.

J'avais agressé un agent de police.

Mais je n'avais pas le temps de m'attarder là-dessus. Je voulais juste être loin de lui. J'ai réussi à me remettre debout et j'allais partir en courant quand j'ai senti sa main sur ma cheville. J'ai baissé les yeux, et nos regards se sont croisés.

Il avait mal. Il avait mal par ma faute.

Bien campé sur mes jambes, je lui ai assené un coup de pied. Dans les côtes. Cette fois-ci, il a émis un *pffut* mouillé. Un filet de sang a coulé de sa bouche. Je n'en revenais pas, de ce qui m'arrivait là. Je l'ai frappé de nouveau. Juste pour qu'il me lâche. Je me suis dégagé.

Et j'ai fui.

25

Hester et Shauna ont pris un taxi pour se rendre à la clinique. Linda était allée en métro voir leur conseiller financier au World Financial Center pour discuter de la liquidation de quelques placements en vue du paiement de la caution.

Une douzaine de véhicules de police étaient garés pêle-mêle devant la clinique de Beck, orientés dans tous les sens, genre fléchettes lancées par un ivrogne. Leurs gyrophares tournaient à toute vitesse : alerte bleue et rouge. Les sirènes gémissaient. D'autres voitures étaient en train d'arriver.

— C'est quoi, ce cirque ? a demandé Shauna.

Hester a repéré le substitut du procureur Lance Fein, mais il les avait aperçues le premier. Il a foncé vers elles, le visage cramoisi, une veine palpitant sur le front.

— Il a filé, le fils de pute ! a éructé Fein sans préambule.

— Vos hommes ont dû lui faire peur, a contré Hester.

Deux autres voitures de police se sont arrêtées devant la clinique. Ainsi que le camion de tournage de Channel 7.

Fein a lâché un juron.

— La presse. Nom de Dieu, Hester ! Vous savez de quoi je vais avoir l'air ?

— Écoutez, Lance…

— D'un nullard qui applique un traitement de faveur aux nantis. Comment avez-vous pu m'infliger ça, Hester ? Vous savez ce que le maire va me faire ? Il va me bouffer tout cru. Et Tucker…

Tucker était le procureur général du district de Manhattan.

— Bon sang, vous imaginez sa réaction ?

— Monsieur Fein !

L'un des policiers était en train de l'appeler. Fein les a dévisagées toutes les deux une dernière fois avant de faire volte-face.

Hester s'est vivement retournée vers Shauna.

— Beck a perdu la tête ou quoi ?

— Il a peur.

— Il est en fuite ! a crié Hester. Tu comprends ça ? Tu comprends ce que ça signifie ?

Elle a désigné le camion de l'équipe télé.

— Les médias sont là, nom d'une pipe ! Ils vont parler du tueur en cavale. C'est dangereux. Ça le fait passer pour un coupable. Ça indispose le jury.

— Calme-toi, a dit Shauna.

— Me calmer ? Non, mais tu te rends compte de ce qu'il a fait ?

— Il a filé. C'est tout. Comme O.J., pas vrai ? Lui, ça ne lui a pas posé trop de problèmes vis-à-vis du jury.

— Il ne s'agit pas d'O.J., Shauna, mais d'un médecin blanc et riche.

— Beck n'est pas riche.

— La question n'est pas là, bordel. Tout le monde va vouloir sa peau, maintenant. Finie la mise en liberté. Fini le procès équitable.

Elle a repris sa respiration et croisé les bras.

— Et Fein n'est pas le seul dont la réputation va être compromise.

— De quoi tu parles ?

— De moi ! a glapi Hester. D'un coup, d'un seul, Beck a démoli ma crédibilité auprès du bureau du procureur. Quand je promets de livrer quelqu'un, je le livre.

— Hester ?

— Quoi ?

— J'en ai rien à cirer, de ta réputation.

Un vacarme soudain les a fait tressaillir toutes les deux. Se retournant, elles ont vu une ambulance qui arrivait à fond la caisse. Un cri a retenti. Puis un autre. Les flics semblaient jaillir de partout, telles des billes lancées toutes en même temps dans un flipper.

L'ambulance a pilé devant l'entrée. Les ambulanciers – un homme et une femme – ont sauté à terre. Vite. Trop vite. Ils ont ouvert la porte arrière et sorti un brancard.

— Par ici ! a crié quelqu'un. Il est là !

Le cœur de Shauna a manqué un battement. Elle s'est précipitée vers Lance Fein. Hester a suivi.

— Qu'est-ce que c'est ? a demandé Hester. Que s'est-il passé ?

Fein l'a ignorée.

— Lance ?

Il a enfin pivoté vers elles. Les muscles de son visage tressautaient de rage.

— Votre client.

— Quoi, qu'est-ce qu'il a ? Il est blessé ?
— Il vient d'agresser un agent de police.

C'était dément.
J'avais franchi une limite en prenant la tangente, mais avoir attaqué ce jeune flic… Il n'y avait plus de retour en arrière possible. Alors j'ai couru. J'ai couru comme un dératé.
— Agent à terre !
Quelqu'un a crié ça. D'autres cris ont suivi. Le grésillement. Les sirènes. Et tout convergeait vers moi. J'avais le cœur au bord des lèvres. Je continuais à pousser sur mes jambes. Elles commençaient à s'engourdir, à se raidir ; on aurait dit que les muscles et les ligaments étaient en train de se pétrifier. J'étais naze. Mon nez s'est mis à couler. Mêlé aux saletés qui avaient dû s'accumuler sur ma lèvre supérieure, le mucus s'est insinué dans ma bouche.
Je louvoyais entre les blocs d'immeubles comme si cela pouvait tromper la police. Je ne me retournais pas pour voir s'ils étaient à mes trousses. Je savais que oui. Au son des sirènes et du grésillement de la radio.
Aucune chance de leur échapper.
J'enfilais des rues où je ne me serais même pas aventuré en voiture. J'ai sauté par-dessus une clôture et galopé à travers les hautes herbes de ce qui avait dû être une aire de jeux. Les gens parlaient de la hausse du prix de l'immobilier dans Manhattan. Ici, non loin de Harlem River Drive, il y avait des parcelles de terrain jonchées de verre brisé, de carcasses rouillées de balançoires, de cages à poules et de voitures.

Au pied d'une barre de logements sociaux, un groupe d'adolescents noirs, tout frime et vêtements coordonnés, m'ont lorgné comme si j'étais un morceau de choix. Ils étaient sur le point de faire quelque chose – j'ignore quoi – quand ils se sont rendu compte que j'étais poursuivi par la police.

Alors ils ont entrepris de m'encourager.

— Vas-y, mec, fonce !

J'ai en quelque sorte hoché la tête en passant comme une flèche devant eux, marathonien reconnaissant à la foule de son soutien. L'un d'eux a hurlé :

— Diallo !

J'ai continué à courir ; naturellement, je savais qui était Amadou Diallo. Tout le monde le savait à New York. Il avait été abattu de quarante et une balles par des policiers alors qu'il n'était pas armé. L'espace d'un instant, j'ai cru à une sorte d'avertissement, et que la police risquait de me tirer dessus.

Mais je n'y étais pas du tout.

Dans l'affaire Amadou Diallo, la défense avait plaidé que quand Diallo avait voulu sortir son portefeuille, les policiers avaient cru que c'était une arme. Depuis, en guise de protestation, les gens plongeaient la main dans leur poche, attrapaient leur portefeuille et criaient : « Diallo ! » Les gardiens de la paix disaient que quand quelqu'un esquissait ce geste, ils éprouvaient chaque fois une bouffée d'angoisse.

Mes nouveaux alliés – ils devaient me prendre pour un meurtrier – ont donc brandi leurs portefeuilles. Les deux flics sur mes talons ont hésité. Suffisant pour me donner de l'avance.

Pour faire quoi ?

J'avais la gorge en feu. C'était le trop-plein d'air. Mes baskets, j'avais l'impression qu'elles étaient en plomb. Je devenais paresseux. Mon pied s'est accroché, j'ai trébuché, perdu l'équilibre et dérapé sur le bitume, m'écorchant les paumes, le visage et les genoux.

J'ai réussi à me relever, mais mes jambes flageolaient.

Ils se rapprochaient.

Ma chemise était collée par la sueur. Mes oreilles sifflaient. J'ai toujours eu horreur de courir. Les joggeurs nouvellement convertis vous décrivent l'extase que leur procure la course, le nirvana qui les fait planer. Soit. Moi, je reste fermement convaincu que – tout comme dans l'autoasphyxie – la jouissance provient plus du manque d'oxygénation du cerveau que d'une quelconque production d'endorphines.

Croyez-moi, ce n'était pas jouissif du tout.

Fatigué. J'étais fatigué. Je ne pouvais pas continuer à courir éternellement. J'ai jeté un coup d'œil en arrière. Pas de flics. La rue était déserte. J'ai poussé une porte. Rien à faire. Une autre. La radio s'est remise à grésiller. J'ai détalé. Au bout du bloc, j'ai repéré une porte de cave légèrement entrouverte. Rouillée également. Tout était rouillé par ici.

Me baissant, j'ai tiré la poignée métallique. La porte a cédé avec un grincement sinistre. J'ai scruté l'obscurité à mes pieds.

Un flic a crié :

— Coupe par l'autre côté !

Je n'ai pas pris la peine de me retourner. Rapidement, je suis descendu dans le trou. J'ai trouvé la première marche. Branlante. Du bout du pied, j'ai cherché la deuxième. Il n'y en avait pas.

Une seconde, je suis resté suspendu dans le vide, comme le Coyote quand il franchit en courant le bord de la falaise avant de plonger dans le gouffre.

J'ai dû tomber de trois mètres, pas plus, mais la chute m'a paru interminable. J'ai agité les bras, sans effet. Mon corps a atterri sur le ciment, et sous l'impact mes dents se sont entrechoquées.

J'étais allongé sur le dos, regardant vers le haut. La porte a claqué au-dessus de moi. Tant mieux en un sens, sauf que je me trouvais maintenant dans un noir quasi absolu. Brièvement, j'ai passé mon anatomie en revue, le médecin en moi se livrant à un examen interne. J'avais mal partout.

De nouveau, j'ai entendu les flics. Les sirènes ne faiblissaient pas, ou peut-être que le tintamarre continuait à résonner dans mes oreilles. Il y avait des voix, beaucoup de voix. Et la radio qui grésillait non-stop.

Fait comme un rat.

J'ai roulé sur le côté. Ma main droite s'est posée sur le sol, rouvrant les coupures dans ma paume, et mon corps a commencé à se redresser. La tête était à la traîne ; elle a protesté bruyamment quand je me suis remis debout. J'ai failli tomber une fois de plus.

Et maintenant ?

Devais-je me cacher ici ? Non, ça ne marcherait pas. Ils finiraient par fouiller tous les immeubles. Je serais pris. De toute façon, je n'avais pas fui pour me terrer dans une cave pourrie. J'avais fui afin de pouvoir être à l'heure à mon rendez-vous avec Elizabeth à Washington Square.

Il fallait que je bouge.

Mais comment ?

Mes yeux s'accommodaient à l'obscurité, suffisamment en tout cas pour distinguer des formes sombres. Des cartons entassés en vrac. Des piles de tapis, quelques tabourets de bar, un miroir brisé. Apercevant mon reflet dans la glace, j'ai presque fait un bond en arrière. J'avais une entaille sur le front. Mon pantalon était déchiré aux genoux. Ma chemise était en lambeaux, on aurait dit l'Incroyable Hulk. J'étais barbouillé de suie, un vrai ramoneur.

Où aller ?

Un escalier. Il devait y avoir un escalier quelque part. J'ai avancé à tâtons, dans une sorte de danse spasmodique, ma jambe gauche me guidant à la manière d'une canne blanche. Du verre brisé a crissé sous mon pied. J'ai continué.

J'ai entendu comme un grommellement, et une pile de tapis géante s'est dressée sur mon chemin. Quelque chose ressemblant à une main d'outre-tombe s'est tendu dans ma direction. J'ai réprimé un cri.

— Himmler aime les steaks de thon ! a-t-on hurlé.

L'homme – on voyait à présent que c'était sans conteste un homme – a entrepris de se relever. C'était un grand Noir avec une barbe si blanche et si cotonneuse qu'on l'aurait cru en train de manger une brebis.

— Tu m'entends ? Tu entends ce que je te dis ?

Il a fait un pas vers moi. J'ai eu un mouvement de recul.

— Himmler ! Il aime les steaks de thon !

Le barbu était manifestement contrarié. Il a brandi le poing dans ma direction. Je me suis écarté sans réfléchir. Son poing s'est propulsé en avant avec tant de force – et peut-être d'alcool – qu'il a perdu l'équilibre. Il s'est étalé à plat ventre. Je n'ai pas demandé mon reste. J'ai trouvé l'escalier et l'ai monté quatre à quatre.

La porte était fermée à clé.

— Himmler !

Il faisait du bruit, beaucoup trop de bruit. J'ai poussé sur la porte. Rien à faire.

— Tu m'entends ? Tu entends ce que je te dis ?

J'ai perçu un grincement. Je me suis retourné pour voir une chose qui m'a glacé le sang.

La lumière du jour.

Quelqu'un avait ouvert la porte donnant sur la rue.

— Qui est là ?

Une voix autoritaire. Le faisceau d'une torche s'est mis à danser sur le sol. Il a atteint le barbu.

— Himmler aime les steaks de thon !

— C'est toi, le vieux, qui es en train de brailler ?

— Tu m'entends ?

J'ai calé mon épaule contre la porte, pesant de tout mon poids. Le montant a commencé à craquer. L'image d'Elizabeth a surgi devant mes yeux – celle de l'ordinateur –, le bras levé, le regard qui me faisait signe. J'ai poussé un peu plus fort.

La porte a cédé.

Je me suis écroulé sur le sol du rez-de-chaussée, non loin de l'entrée de l'immeuble.

Et maintenant ?

Les flics étaient tout près – j'entendais la radio grésiller – et l'un d'eux interviewait à présent le biographe de Himmler. Le temps pressait. J'avais besoin d'aide.

Mais à qui m'adresser ?

Je ne pouvais pas appeler Shauna. La police devait être pendue à ses basques. Pareil pour Linda. Et Hester insisterait pour que je me livre.

On était en train d'ouvrir la porte d'entrée.

Je me suis précipité dans le couloir. Le sol était en lino, sale. Les portes étaient toutes métalliques. Pour toute décoration, une peinture écaillée. J'ai poussé la porte de la sortie de secours et grimpé l'escalier d'incendie. Arrivé au troisième, je suis entré.

Une vieille femme se tenait dans le couloir.

À ma surprise, elle était blanche. Elle avait dû entendre le vacarme et était sortie pour voir ce qui se passait. Je me suis figé. Compte tenu de la distance entre elle et sa porte ouverte, je pouvais foncer…

Oserais-je ? Oserais-je aller jusque-là pour m'en tirer ?

Je l'ai regardée. Elle m'a regardé. Puis elle a sorti un pistolet.

Oh, nom de Dieu…

— Qu'est-ce que vous voulez ? a-t-elle demandé.

Et je me suis entendu répondre :

— Pourrais-je utiliser votre téléphone, s'il vous plaît ?

Elle n'a pas sourcillé.

— Vingt dollars.

J'ai fouillé dans mon portefeuille, lui ai tendu les billets. La vieille dame a hoché la tête et m'a fait entrer. L'appartement était minuscule, bien tenu. Avec de la dentelle sur tous les fauteuils, sur toutes les tables en bois foncé.

— Par ici, a-t-elle fait.

Le téléphone était à cadran. J'ai glissé le doigt dans les trous. C'est drôle. Jamais je n'avais appelé ce numéro-là – je m'y étais toujours refusé – et pourtant je le connaissais par cœur. De quoi régaler n'importe quel psy. Après avoir fini de composer le numéro, j'ai attendu.

Deux sonneries plus tard, une voix a dit :

— Ouais.

— Tyrese ? C'est le Dr Beck. J'ai besoin de votre aide.

26

Shauna a secoué la tête.

— Beck, attaquer quelqu'un ? Impossible.

La veine du substitut du procureur s'est remise à palpiter. Il s'est approché d'elle jusqu'à ce que son visage soit tout contre le sien.

— Il a agressé un agent de police dans une impasse. L'homme doit avoir la mâchoire et deux ou trois côtes cassées.

Fein s'est penché, postillonnant sur les joues de Shauna.

— Vous entendez ce que je vous dis, là ?

— Je vous entends, a répondu Shauna. Reculez, monsieur Mauvaise-Haleine, ou je vous mets un coup de genou qui va vous enfoncer les balloches au fond de la gorge.

Fein a laissé passer une seconde, histoire de la narguer, avant de tourner les talons. Hester Crimstein a fait de même. Elle a pris la direction de Broadway. Shauna lui a couru après.

— Où tu vas ?

— J'abandonne, a décidé Hester.

— Quoi ?
— Trouve-lui un autre avocat, Shauna.
— Tu ne parles pas sérieusement ?
— Si.
— Tu ne peux pas le lâcher comme ça.
— Je vais me gêner !
— C'est préjudiciable à Beck.
— Je leur ai donné ma parole qu'il se livrerait.
— On s'en fout, de ta parole. Notre priorité, c'est Beck, pas toi.
— Pour toi peut-être.
— Tu fais passer tes intérêts avant ceux de ton client ?
— Je ne travaille pas avec une personne capable d'une chose pareille.
— Mon œil ! Tu as défendu des violeurs multirécidivistes.
Hester a levé la main.
— Je m'en vais.
— T'es qu'un faux cul avide de succès médiatique, voilà ce que tu es.
— Aïe.
— Je vais les voir, moi.
— Comment ?
— Je vais voir les médias.
Hester s'est arrêtée.
— Pour leur raconter quoi ? Que j'ai laissé tomber un type malhonnête doublé d'un assassin ? C'est bon, vas-y. Je traînerai Beck dans la boue au point qu'à côté de lui un tueur cannibale comme Jeffrey Dahmer aura le profil du gendre idéal.
— Tu n'as rien contre lui, a dit Shauna.
Hester a haussé les épaules.
— Ça ne m'a jamais posé problème jusqu'à présent.

Les deux femmes se sont foudroyées du regard. Aucune n'a baissé les yeux.

— Tu penses que ma réputation n'a rien à voir là-dedans, a repris Hester, d'une voix soudain radoucie. Mais tu te trompes. Si le bureau du procureur ne peut pas compter sur ma parole, je ne suis d'aucune utilité à mes autres clients. Et je ne suis d'aucune utilité à Beck. C'est aussi simple que ça. Je ne veux pas que mon cabinet – et ma clientèle – parte en eau de boudin parce que ton copain fait tout et n'importe quoi.

Shauna a secoué la tête.

— Barre-toi, je ne veux plus te voir.

— Une dernière chose.

— Quoi ?

— Un homme innocent ne prend pas la fuite, Shauna. Ton copain Beck ? Cent contre un qu'il a tué Rebecca Schayes.

— Je relève le pari. Une dernière chose pour toi aussi, Hester. Un seul mot contre Beck, et il faudra une louche pour ramasser ce qui restera de toi. Suis-je bien claire ?

Hester n'a pas répondu. Elle a fait un pas de côté. C'est alors qu'un coup de feu a déchiré l'air.

Plié en deux, j'étais en train de descendre un escalier d'incendie rouillé quand le bruit de la détonation a manqué me faire basculer. Je me suis aplati sur la passerelle à claire-voie et j'ai patienté.

Il y a eu d'autres coups de feu.

Et des cris. C'était prévisible, mais tout de même, ça faisait un sacré boucan. Tyrese m'avait dit de sortir par ici et de l'attendre. Je m'étais demandé comment il comptait me tirer de là. Maintenant, je commençais à comprendre.

Il suffisait de créer une diversion.

À distance, j'ai entendu quelqu'un crier :

— Y a un Blanc qui tire sur tout ce qui bouge !

Et un autre :

— Un Blanc avec un flingue ! Un Blanc avec un flingue !

Le tout suivi d'une nouvelle fusillade. Mais j'avais beau tendre l'oreille, on ne percevait plus le grésillement de la radio. Tapi sur ma passerelle, je m'efforçais de ne pas trop penser. Mon cerveau, semblait-il, avait disjoncté. Deux jours avant, j'étais un médecin dévoué, avançant en somnambule à travers l'existence. Depuis, j'ai vu un fantôme, reçu des e-mails d'outre-tombe, j'ai été suspecté non pas d'un mais de deux meurtres, je suis en cavale, j'ai agressé un agent de police et sollicité l'aide d'un trafiquant de drogue.

Pas mal en quarante-huit heures.

Ça m'a presque donné envie de rire.

— Salut, Doc.

J'ai regardé en bas. C'était Tyrese. Avec un autre Noir, âgé d'une vingtaine d'années et à peine plus petit que l'immeuble. Le colosse me scrutait à travers des lunettes de soleil impénétrables qui convenaient parfaitement à sa mine dénuée d'expression.

— Allez, venez, Doc. On s'arrache.

J'ai dévalé l'escalier. Tyrese jetait des coups d'œil à droite et à gauche. Le géant restait planté là, bras croisés, avec cet air que nous avons coutume de qualifier de bovin. Devant la dernière échelle, j'ai marqué une pause, cherchant comment la débloquer pour atteindre le sol.

— Y a un levier sur la gauche, Doc.

Je l'ai trouvé, j'ai tiré dessus, et l'échelle est descendue. Quand je suis arrivé en bas, Tyrese a grimacé et agité la main devant son nez.

— Vous cognez, Doc.

— Désolé, je n'ai pas eu le temps de prendre une douche.

— C'est par là.

Tyrese s'est faufilé entre les arrière-cours. J'ai suivi au trot pour me maintenir à sa hauteur. Le colosse fermait la marche en silence. Pas une fois il n'a tourné la tête ; j'ai cependant eu l'impression que pas grand-chose ne lui échappait.

Une BMW noire avec vitres teintées, antenne sophistiquée et plaque minéralogique bordée d'une chaîne nous attendait, le moteur en marche. Par les portières fermées on entendait du rap. Les basses vibraient dans ma poitrine à la manière d'un diapason.

— La voiture, ai-je dit avec un froncement de sourcils, n'est-elle pas un peu trop voyante ?

— Quand on est un keuf et qu'on recherche un docteur blanc comme neige, où c'est qu'on regarderait en dernier ?

Il n'avait pas tort.

Le colosse a ouvert la portière arrière. La musique a beuglé avec l'intensité sonore d'un concert de Black Sabbath. Tyrese a tendu le bras, genre chasseur d'hôtel. Je suis monté. Il s'est assis à côté. Le colosse s'est enfoncé dans le siège du conducteur.

Je ne comprenais pas trop ce que racontait le rappeur, sinon qu'il était en pétard contre « le mec ».

— Lui, c'est Brutus, a fait Tyrese.

Il parlait de notre chauffeur. J'ai essayé de capter son regard dans le rétroviseur, mais les lunettes de soleil me le masquaient.

— Enchanté.

Brutus n'a pas répondu.

Je me suis retourné vers Tyrese.

— Comment avez-vous fait pour mettre tout ça au point ?

— Y a deux ou trois gars à moi qui canardent dans la 147e Rue.

— Ils ne vont pas se faire prendre ?

Tyrese s'est esclaffé.

— Mais oui, bien sûr !

— C'est si facile que ça ?

— Là-bas, oui. On a un immeuble, le bâtiment 5, à Hobart Houses. Je file dix dollars par mois aux locataires pour qu'ils collent leurs ordures devant les portes de derrière. Histoire de les bloquer, quoi. Comme ça, les flics peuvent pas passer. C'est bon pour le bizness. Mes gars, ils tirent deux ou trois coups par les fenêtres, vous suivez ? Le temps que les flics rappliquent, pouf ! ils sont déjà plus là.

— Et qui s'égosillait à propos du Blanc avec un flingue ?

— D'autres gars à moi. Ils courent dans la rue en criant qu'y a un Blanc qu'est devenu fou.

— Moi, théoriquement.

— Théoriquement, a répété Tyrese avec un sourire, voilà un bien grand mot, Doc.

J'ai posé la tête sur le dossier de la banquette. La fatigue se faisait durement sentir dans mes os. Brutus roulait en direction de l'est. On a traversé ce pont bleu qui se trouve près du Yankee Stadium – je n'ai jamais su son nom –, ce qui voulait dire qu'on était dans le Bronx. Pendant un moment, je me suis tassé sur mon siège au cas où quelqu'un serait venu jeter un œil dans la voiture. Puis je me suis rappelé que les vitres étaient teintées, et j'ai regardé dehors.

C'était moche comme tout, un vrai décor de film apocalyptique, après l'explosion de la bombe. Çà et là, des carcasses d'immeubles, toutes à divers stades de délabrement. Effondrées, oui, mais comme de l'intérieur, comme si les structures de soutien avaient été rongées.

On a roulé un certain temps. J'essayais de me raccrocher à ce qui m'arrivait, seulement mon cerveau n'arrêtait pas de me jouer des tours. Une partie de moi reconnaissait que j'étais proche de l'état de choc, chose que par ailleurs je me refusais même à envisager. Je me suis concentré sur l'environnement. Plus nous avancions – nous enfonçant dans la désolation –, plus le nombre d'immeubles d'habitation diminuait. On était probablement à moins de dix kilomètres de la clinique ; pourtant, je n'avais pas la moindre idée de l'endroit où je me trouvais. Toujours le Bronx, sans doute. South Bronx, vraisemblablement.

Pneus usés et matelas éventrés gisaient tels des blessés de guerre en plein milieu de la chaussée. De gros blocs de ciment dépassaient des hautes herbes. J'ai vu des squelettes de voitures, et j'ai même eu l'impression de voir des feux allumés ici ou là.

— Vous venez souvent par ici, Doc ? a fait Tyrese avec un petit rire.

Je n'ai pas pris la peine de répondre.

Brutus a arrêté la voiture devant l'entrée d'un bâtiment condamné. Un grillage entourait sa triste dépouille et les fenêtres étaient bouchées avec du contreplaqué. J'ai aperçu un bout de papier collé sur la porte, l'avis de démolition sûrement. La porte aussi était en contreplaqué. Elle s'est ouverte. Un homme est sorti en titubant, levant les deux mains pour se protéger les yeux : on aurait cru Dracula chancelant sous les assauts du soleil.

Mon monde continuait à tourbillonner.

— Allons-y, a dit Tyrese.

Descendu le premier, Brutus m'a ouvert la portière. Je l'ai remercié. Plutôt du genre stoïque, Brutus. Il me faisait penser à l'Indien dont l'effigie ornait les boutiques de cigares et qu'on n'imaginait pas – qu'on ne voudrait probablement pas – voir sourire.

Sur la droite, le grillage avait été sectionné et rabattu. Nous nous sommes faufilés au travers. L'homme titubant s'est approché de Tyrese. Brutus s'est raidi, mais Tyrese l'a calmé d'un geste. L'homme et lui se sont salués chaleureusement et ont échangé une poignée de main. Puis chacun a poursuivi son chemin.

— Venez, m'a ordonné Tyrese.

L'esprit toujours engourdi, j'ai franchi la porte. La première chose qui m'a frappé, ç'a été la puanteur, les âcres relents d'urine et ceux, reconnaissables entre tous, de matières fécales. Quelque chose brûlait – je croyais savoir quoi –, et les murs semblaient exsuder l'odeur moite, jaunâtre de la sueur. Mais il y avait autre chose. L'odeur non pas de la mort, mais de ce qui précède, genre gangrène, quelque chose de moribond, qui se décompose avant d'avoir cessé de respirer.

La chaleur étouffante n'était pas sans rappeler la gueule d'un haut fourneau. Des humains – peut-être cinquante, peut-être cent – jonchaient le sol comme des talons de bordereaux perdants dans un PMU. Il faisait sombre à l'intérieur. Visiblement, il n'y avait pas d'électricité, pas d'eau courante, pas le moindre meuble. Les planches en bois bloquaient la lumière ; le seul éclairage provenait des fissures par lesquelles le soleil se frayait un passage telle la faux d'un moissonneur. On distinguait des ombres, des formes, et c'était à peu près tout.

J'avoue être assez naïf en matière de drogue. Les effets, j'en ai vu plein aux urgences. Mais personnellement, la drogue ne m'a jamais attiré. Mon poison favori, c'est l'alcool. Cependant, même moi j'en avais capté suffisamment pour me rendre compte que nous étions dans un temple du crack.

— Par ici, a dit Tyrese.

Nous nous sommes engagés sur le champ de bataille. Brutus ouvrait la marche. Les gisants s'écartaient devant lui comme s'il était Moïse. J'ai emboîté le pas à Tyrese. Les fourneaux des pipes s'allumaient, trouant l'obscurité. Ça m'a rappelé le cirque Barnum où j'allais quand j'étais môme et où on agitait de minuscules lumignons dans le noir. Voilà à quoi ça m'a fait penser. Le noir. Les ombres. Les petites lumières.

Il n'y avait pas de musique. Ça ne parlait pas beaucoup non plus. J'ai entendu un fredonnement. Le bruit mouillé des pipes qu'on suçote. De temps en temps, un cri aigu, pas tout à fait humain, déchirait le silence.

J'ai aussi entendu des gémissements. Certains copulaient dans les postures les plus obscènes, ouvertement, sans vergogne, sans chercher à se cacher le moins du monde.

Une scène en particulier dont je vous épargnerai les détails m'a fait dresser les cheveux sur la tête. Tyrese m'observait d'un air presque amusé.

— Quand on n'a plus d'argent, on vend ça – il a pointé le doigt – pour se payer une dose. Le commerce, Doc. C'est ce qui fait tourner le monde.

La moutarde m'est montée au nez. J'ai pivoté vers lui. Il a haussé les épaules.

Tyrese et Brutus continuaient à marcher. Je titubais à côté. De la plupart des cloisons il ne restait que des gravats. Les gens – jeunes, vieux, blancs, noirs, hommes, femmes – traînaient partout, avachis, informes comme les horloges de Dalí.

— Vous fumez du crack, Tyrese ? ai-je demandé.

— J'ai fumé. À seize ans, j'étais déjà accro.

— Comment vous avez fait pour arrêter ?

Tyrese a souri.

— Vous voyez Brutus, là ?

— Il est difficile de le rater.

— J'ai promis de lui verser mille dollars par semaine de décroche. Il est venu habiter chez moi.

J'ai hoché la tête. Ça m'avait l'air nettement plus efficace qu'une semaine chez Betty Ford.

Brutus a ouvert une porte. La pièce, sans être vraiment aménagée, était au moins pourvue de tables et de chaises, et même de lampes et d'un réfrigérateur. J'ai remarqué un générateur portatif dans un coin.

Tyrese et moi sommes entrés. Brutus, resté dans le couloir, a refermé la porte. Nous nous sommes retrouvés seuls.

— Bienvenue dans mon bureau.

— Brutus, il vous aide toujours à rester clean ?

Tyrese a secoué la tête.

— Nan, c'est TJ qui le fait maintenant. Vous voyez c' que j'veux dire ?

Je voyais.

— Et ça ne vous pose pas de problèmes, ce que vous faites ici ?

— J'ai des tas de problèmes, Doc.

Tyrese s'est assis et m'a invité à faire de même. Ses yeux ont brillé, et je n'ai pas aimé ce que j'ai lu dans son regard.

— J'suis pas un gentil, moi.

Ne sachant que répondre à cela, j'ai changé de sujet.

— Il faut que je sois à cinq heures à Washington Square Park.

Il s'est calé sur sa chaise.

— Expliquez-moi un peu.

— C'est une longue histoire.

Tyrese a sorti une lame émoussée et s'est mis à se curer les ongles.

— Mon gosse est malade, je vais voir un spécialiste, non ?

J'ai acquiescé de la tête.

— Vous avez des ennuis avec la justice, vous devez faire pareil.

— J'aime bien l'analogie.

— Vous êtes dans une drôle de galère, Doc.

Il a écarté les bras.

— Et la galère, ça me connaît. Vous trouverez pas de meilleur guide touristique que moi.

Alors je lui ai tout raconté. Presque tout. Il a écouté en hochant la tête ; à mon avis, il ne m'a pas cru quand j'ai dit que je n'avais rien à voir avec les meurtres. Je pense surtout qu'il s'en fichait.

— OK, a-t-il fait quand j'ai eu terminé. On va vous préparer. Ensuite, y a autre chose dont je voudrais vous causer.

— Quoi ?

Sans répondre, Tyrese s'est approché d'une sorte de casier métallique dans un coin, l'a ouvert avec une clé, a regardé à l'intérieur et en a sorti un pistolet.

— Glock, chéri, Glock, a-t-il plaisanté en me le tendant.

Je me suis raidi. Une vision fugitive de noir et de sang m'a traversé l'esprit ; je n'ai pas cherché à la retenir. C'était il y a longtemps. J'ai pris l'arme avec deux doigts, comme si elle pouvait me brûler.

— Le flingue des champions, a-t-il ajouté.

J'allais refuser, mais ç'aurait été une sottise. J'étais déjà sous le coup de la loi pour deux meurtres, agression d'un agent de police, délit de fuite et un truc du genre entrave à la bonne marche de la justice. Ça, plus le port d'armes illicite… je n'en étais pas à une condamnation près.

— Il est chargé, a prévenu Tyrese.

— Y a-t-il une sécurité quelque part ?

— Plus maintenant.

— Ah bon.

Lentement, j'ai tourné et retourné le pistolet dans ma main, repensant à la dernière fois que ça m'était arrivé. C'était une sensation agréable, en raison du poids, sans doute. J'aimais bien la texture, le froid de l'acier, l'aisance avec laquelle il s'adaptait aux contours de ma paume. Et le fait d'aimer ça me contrariait beaucoup.

— Prenez aussi ce truc-là.

Il m'a donné un objet ressemblant à un téléphone mobile.

— C'est quoi ?

Tyrese a froncé les sourcils.

— À votre avis ? C'est un portable. Mais avec un numéro volé. Comme ça, on ne pourra pas vous repérer.

J'ai hoché la tête, me sentant très en dehors de mon élément.

— Y a une salle de bains derrière cette porte, a indiqué Tyrese en me la désignant d'un geste. Pas de douche, mais une baignoire. Allez vous décrotter le cul. Je vais vous chercher des habits propres. Puis Brutus et moi, on vous conduira à Washington Square.

— Vous aviez dit que vous vouliez me parler d'autre chose.

— Quand vous vous serez changé.

27

Eric Wu regardait fixement l'arbre aux branches étendues. Le menton légèrement levé, le visage serein.

— Eric ?

C'était la voix de Larry Gandle.

Wu ne s'est pas retourné.

— Tu sais comment il s'appelle, cet arbre ? a-t-il lancé.

— Non.

— L'orme du Bourreau.

— Charmant.

Wu a souri.

— D'après certains historiens, ce parc a servi au XVIIIe siècle pour les exécutions publiques.

— Super, Eric.

— Ouais.

Deux hommes, torse nu, sont passés à toute vitesse en rollers. Un haut-parleur était en train de diffuser la musique du Jefferson Airplane. Washington Square Park – ainsi nommé, naturellement, en l'honneur de George Washington – faisait partie de ces lieux qui continuaient à se raccrocher contre vents et marée aux années soixante. Il y avait toujours des protestataires de quelque espèce, mais ils ressemblaient davantage aux acteurs d'une évocation nostalgique qu'à de véritables révolutionnaires. Les saltimbanques occupaient la scène avec un peu trop de finesse. Le folklore des SDF paraissait tant soit peu surfait.

— Tu es sûr que la zone est bouclée ? a demandé Gandle.

Toujours face à l'arbre, Wu a hoché la tête.

— Six hommes. Plus deux dans la camionnette.

Gandle a regardé derrière lui. La camionnette était blanche, avec l'enseigne aimantée *Peintures B&T*, un numéro de téléphone et un joli logo avec un bonhomme style personnage de Monopoly tenant une échelle et un pinceau. Si on leur demandait de décrire la camionnette, les témoins se souviendraient, dans le meilleur des cas, du nom de l'entreprise et peut-être du numéro de téléphone.

L'un et l'autre étaient fictifs.

La camionnette était garée en double file. À Manhattan, un véhicule professionnel bien garé était plus apte à éveiller des soupçons. Ce qui n'empêchait pas ses occupants d'ouvrir l'œil. Si jamais un agent de police s'approchait, ils repartiraient et iraient sur le parking de Lafayette Street. Là, ils changeraient les plaques d'immatriculation et les enseignes aimantées. Puis ils reviendraient.

— Tu devrais retourner à la camionnette, a conseillé Wu.

— Beck a une chance d'y arriver, à ton avis ?

— J'en doute.

— Je pensais que son arrestation allait la faire sortir, a dit Gandle. Je n'avais pas prévu qu'ils se fixeraient un rancard.

Un de leurs indics – l'homme aux cheveux bouclés qui s'était trouvé chez Kinko en jogging la veille au soir – avait vu le message s'afficher sur l'écran de l'ordinateur. Mais le temps de le leur faire parvenir, Wu avait déjà planqué les pièces à conviction au domicile de Beck.

Tant pis. Ils se débrouilleraient.

— Il faut qu'on les chope tous les deux, mais la priorité, c'est elle, a repris Gandle. Au pire, on les tue. Le mieux serait de les avoir vivants. Pour tirer les choses au clair.

Wu n'a pas répondu. Il continuait à fixer l'arbre.

— Eric ?

— Ma mère, on l'a pendue à un arbre comme celui-ci, a lâché Wu.

Ne sachant trop comment réagir, Gandle a opté pour :

— Je suis désolé.

— Ils la prenaient pour une espionne. Six hommes l'ont déshabillée. Ils avaient un fouet et l'ont battue pendant des heures. Partout. Même son visage a été complètement arraché. Elle est restée tout le temps consciente. Elle n'arrêtait pas de hurler. Elle a mis très longtemps à mourir.

— Nom de Dieu, a soufflé Gandle.

— Une fois qu'ils ont eu fini, ils l'ont pendue à un énorme arbre.

Il a désigné l'orme du Bourreau.

— Le même que celui-ci. C'était censé être un exemple, bien sûr. Pour que plus personne ne soit tenté d'espionner. Mais les oiseaux et les bêtes ont réussi à l'atteindre. Au bout de deux jours, il ne restait plus que les os sur l'arbre.

Wu a remis ses écouteurs sur ses oreilles et s'est détourné.

— Tu devrais vraiment aller te planquer, a-t-il dit à Gandle.

Larry avait du mal à détacher les yeux du grand orme ; cependant il a acquiescé et s'est éloigné.

28

J'ai mis un jean noir dont la taille avoisinait la circonférence d'un pneu de camion. J'ai replié ce qui dépassait et resserré la ceinture. Le polo noir de l'équipe des White Sox me faisait comme un boubou. La casquette de base-ball noire – avec un logo que je n'ai pas reconnu – avait déjà la visière cassée. Tyrese m'a également remis une paire de lunettes noires spéciales frime qu'affectionnait Brutus.

Il a failli éclater de rire quand je suis sorti de la salle de bains.

— Vous avez un look d'enfer, Doc.

Puis il est redevenu sérieux. Il a fait glisser une pile de feuilles agrafées vers moi. Je les ai prises. Ça s'intitulait « Testament et dernières volontés ». Je l'ai interrogé du regard.

— C'est de ça que je voulais vous parler.

— De votre testament ?

— Il me reste encore deux ans, d'après mon plan.

— Quel plan ?

— Je fais ça encore deux ans et j'ai assez de thunes pour sortir TJ d'ici. À mon avis, j'ai six chances contre quatre d'y arriver.

— D'arriver à quoi ?

Tyrese a planté ses yeux dans les miens.

— Vous savez bien.

Je le savais, oui. Il parlait de survie.

— Et où irez-vous ?

Il m'a tendu une carte postale avec soleil, palmiers et eau bleue. À force d'être manipulée, elle était toute froissée.

— On descendra en Floride, a-t-il déclaré, une note de douceur dans la voix. Je connais, par là. C'est un coin tranquille. Y a une piscine, de bonnes écoles. Personne va se demander où que je l'ai pris, mon fric, vous voyez c'que j'veux dire ?

Je lui ai rendu la photo.

— Je ne comprends pas ce que je viens faire là-dedans.

— Ça – il a brandi la photo –, c'est le plan six sur dix. Et ça – il a désigné le testament –, c'est au cas où le quatre sortirait.

Je ne comprenais toujours pas.

— Y a six mois, je suis allé en ville, vous voyez c'que j'veux dire. J'ai rencontré un avocat, le top du top, à mille dollars l'heure. Son nom est Joel Marcus. Si je meurs, faudra que vous alliez le voir. Vous êtes mon exécuteur testamentaire. J'ai des papiers dans un coffre. Dedans, c'est écrit où est l'argent.

— Mais pourquoi moi ?

— Vous aimez bien le petit.

— Et Latisha ?

Il s'est esclaffé.

— C'est une femme, Doc. Sitôt qu'on m'aura buté, elle se cherchera un autre jules, vous voyez c'que j'veux dire ? Peut-être qu'elle se retrouvera à nouveau en cloque. Peut-être qu'elle se remettra à la came.

Se redressant, il a croisé les bras.

— On peut pas faire confiance aux femmes, Doc. Vous devriez savoir ça.

— C'est la mère de TJ.

— Exact.

— Elle l'aime.

— Ouais, c'est vrai. Mais c'est qu'une femme, vous voyez c'que j'veux dire ? Donnez-lui ce pognon en liquide, elle le claquera en une journée. C'est pour ça que j'ai créé ce fonds en fidéicommis et tout le bazar. C'est vous, l'exécuteur. Si elle veut de l'argent pour TJ, il lui faudra votre accord. Le vôtre et celui de Joel Marcus.

J'aurais voulu protester que c'était macho et qu'il était un néandertalien, mais le moment était mal choisi. J'ai remué sur ma chaise puis je l'ai regardé. Il devait avoir vingt-cinq ans, Tyrese. J'en avais vu des tas comme lui. Pour moi, ils formaient un tout, une vague et difforme masse de noirceur.

— Tyrese ?

Ses yeux se sont levés sur moi.

— Partez maintenant.

Il a froncé les sourcils.

— Prenez l'argent que vous avez. Trouvez-vous un job en Floride. S'il le faut, je peux vous en prêter plus. Mais partez maintenant et emmenez votre famille.

Il a secoué la tête.

— Tyrese ?

Tyrese s'est remis debout.

— Venez, Doc. Faut qu'on y aille.

— On le cherche toujours.

Lance Fein fulminait ; son visage cireux dégoulinait presque. Dimonte mastiquait. Krinsky prenait des notes. Stone remontait son pantalon.

Carlson, angoissé, était penché sur un fax qui venait de tomber dans la voiture.

— Et les coups de feu ? a grincé Lance Fein.

L'agent en uniforme – Carlson n'avait pas pris la peine de demander son nom – a haussé les épaules.

— Personne n'est au courant. À mon avis, ça n'a pas de rapport.

— Pas de rapport ? a glapi Fein. Mais quel genre de crétin incompétent êtes-vous, Benny ? Ils couraient partout en criant à propos d'un Blanc.

— Eh bien, personne ne sait plus rien.

— Mettez-leur la pression. Un max de pression. Bon sang, comment un type comme lui a-t-il fait pour s'échapper, hein ?

— On le retrouvera.

Stone a tapoté l'épaule de Carlson.

— Qu'est-ce qu'il y a, Nick ?

Carlson observait le papier en fronçant les sourcils. Il n'a pas répondu. C'était un homme soigné, ordonné jusqu'à l'obsession. Il se lavait les mains trop souvent, ouvrait et refermait la porte à clé une dizaine de fois avant de partir de la maison. Il continuait à fixer la feuille, car à l'évidence quelque chose ne collait pas.

— Nick ?

Carlson s'est tourné vers lui.

— Le trente-huit qu'on a trouvé dans le coffre-fort de Sarah Goodhart.

— Le coffre qui correspond à la clé planquée sur le cadavre ?

— C'est ça.

— Et alors ? a demandé Stone.

Carlson fronçait toujours les sourcils :

— Il y a beaucoup de trous là-dedans.

— De trous ?

— Tout d'abord, on part du principe que le coffre au nom de Sarah Goodhart était celui d'Elizabeth Beck, oui ?

— Oui.

— Mais quelqu'un a réglé les frais de location du coffre tous les ans pendant les huit dernières années, a fait observer Carlson. Elizabeth Beck est morte. Les morts ne paient pas les factures.

— C'est peut-être son père. J'ai l'impression qu'il en sait plus qu'il ne veut bien l'avouer.

Carlson n'aimait pas ça.

— Et ces mouchards découverts dans la maison de Beck ? C'est quoi, l'histoire ?

— Je n'en sais rien, a fait Stone avec un haussement d'épaules. Peut-être quelqu'un d'autre dans le service le soupçonnait-il également.

— On en aurait déjà entendu parler. Et ce rapport sur le trente-huit qu'on a trouvé dans le coffre ?

Il l'a indiqué d'un geste.

— Tu as vu ce que l'ATF nous a sorti ?

— Non.

— Pare-Balles n'avait aucun tuyau à nous fournir, ce qui n'est pas surprenant, vu que sa banque de données a moins de huit ans.

Pare-Balles, module d'analyse balistique employé par le Bureau des alcools, tabacs et armes à feu, servait à relier les informations relatives aux crimes du passé aux armes à feu découvertes plus récemment.

— Mais le CNI en avait un – CNI : Centre national d'identification.

— Devine qui était le dernier propriétaire officiel.

Il a tendu la feuille à Stone. Qui l'a parcourue des yeux.

— Stephen Beck ?

— Le père de David Beck.

— Il est mort, non ?

— Exact.

Stone lui a rendu le papier.

— Son fils a donc dû hériter de l'arme, a-t-il dit. C'était le pistolet de Beck.

— Pourquoi alors sa femme l'aurait-elle mis dans un coffre-fort avec ces photos ?

Stone a réfléchi une minute.

— Elle craignait peut-être qu'il s'en serve contre elle.

Carlson a froncé les sourcils de plus belle.

— Quelque chose nous échappe.

— Écoute, Nick, ne compliquons pas la situation, elle l'est déjà assez. Beck, on le tient pour le meurtre de Rebecca Schayes. On joue sur du velours, là. Alors on n'a qu'à oublier Elizabeth Beck, d'accord ?

Carlson l'a regardé.

— Oublier Elizabeth Beck ?

Stone s'est raclé la gorge et a écarté les mains.

— Soyons réalistes. Épingler Beck dans l'affaire Schayes, c'est du tout cuit. Mais sa femme… les faits remontent à huit ans, bon sang. On a bien quelques bribes, mais pas de quoi le boucler. C'est trop tard. Peut-être…

Il a haussé les épaules d'un geste un peu trop théâtral.

— … peut-être vaut-il mieux ne pas réveiller le chat qui dort.

— De quoi diable parles-tu ?

Se rapprochant, Stone a fait signe à Carlson de se pencher vers lui.

— Il y a des gens chez nous qui préfèrent qu'on ne creuse pas trop.

— *Qui* ne veut pas qu'on creuse *quoi* ?

— Peu importe, Nick. On est tous du même bord, hein ? Si on découvre que KillRoy n'a pas tué Elizabeth Beck, ça va juste mettre le bordel. Son avocat exigera la révision du procès…

— Il n'a jamais été jugé pour le meurtre d'Elizabeth Beck.

— Mais nous l'avons classée parmi les victimes de KillRoy. Ça ne ferait que semer le doute, c'est tout. C'est plus simple comme ça.

— La simplicité, je m'en fous ! s'est écrié Carlson. Je veux la vérité.

— C'est ce que nous voulons tous, Nick. Mais par-dessus tout, nous voulons la justice. Beck aura la perpétuité pour le meurtre de Rebecca Schayes. KillRoy restera en taule. C'est ça qu'il faut.

— Il y a des trous, Tom.

— Tu n'arrêtes pas de dire ça, mais je ne vois pas lesquels. Toi le premier, tu as soupçonné Beck d'avoir tué sa femme.

— Sa femme, oui. Mais pas Rebecca Schayes.

— Je ne comprends pas.

— Il y a un truc qui cloche dans l'affaire Schayes.

— Tu rigoles ? Au contraire, c'est on ne peut plus clair. Schayes savait quelque chose. L'étau commençait à se resserrer. Beck devait la faire taire.

À nouveau, Carlson a froncé les sourcils.

— Quoi ? a poursuivi Stone. D'après toi, le fait que Beck soit venu la voir hier dans son studio – juste après qu'on l'a cuisiné – serait une pure coïncidence ?

— Non.

— Alors, Nick ? Tout s'explique parfaitement.

— Un peu trop parfaitement.

— Ah, arrête avec ces conneries.

— Laisse-moi te poser une question, Tom. Dans quelle mesure Beck a-t-il bien préparé et exécuté son projet d'assassiner sa femme ?

— Oh, il a fait ça au poil.

— Absolument. Il a éliminé tous les témoins. Il s'est débarrassé des corps. Sans les pluies et l'ours, on n'aurait rien su. Et même avec ça, on n'a pas de quoi le mettre en accusation, et encore moins le faire condamner.

— Donc ?

— Donc, pourquoi Beck serait-il soudain devenu stupide ? Il sait qu'on est sur son dos. Il sait que l'assistant de Schayes pourra témoigner de sa visite chez elle le jour du meurtre. Pourquoi serait-il stupide au point de planquer l'arme dans son garage ? Ou de laisser les gants dans sa propre poubelle ?

— Facile, a rétorqué Stone. Cette fois, il était à la bourre. Alors qu'avec sa femme il a eu tout le temps pour monter son coup.

— Tu as vu ça ?

Carlson lui a tendu le rapport de surveillance.

— Ce matin, Beck est allé voir le médecin légiste. Pourquoi ?

— Aucune idée. Il voulait peut-être savoir s'il n'y avait rien de compromettant dans le dossier d'autopsie.

Carlson s'est remis à froncer les sourcils. Les mains lui démangeaient tant il avait envie de les laver.

— Quelque chose nous échappe, Tom.

— Je ne vois pas quoi, mais bon, d'une manière ou d'une autre, on va le coffrer. Alors on pourra éclaircir tout ça.

Stone est allé rejoindre Fein. Carlson est resté à ressasser ses doutes. Il a repensé à la visite de Beck à l'institut médico-légal. Sortant son téléphone, il l'a essuyé avec un mouchoir et a pressé les touches. Lorsque son correspondant a répondu, il a dit :

— Mettez-moi en communication avec le médecin légiste du comté de Sussex.

29

Autrefois – il y a dix ans de ça –, elle avait eu des amis qui habitaient à l'hôtel Chelsea dans la 23e Ouest. C'était moitié hôtel pour touristes, moitié résidence, et cent pour cent déjanté. Artistes, écrivains, étudiants, accros à la méthadone de tout poil et de toutes confessions. Ongles noirs, visages fardés de blanc façon gothique, lèvres rouge sang, cheveux raides comme des baguettes – bien avant que tout le monde s'y mette.

Ça n'avait pas beaucoup changé. Et c'était exactement ce qu'il fallait quand on voulait l'incognito.

Après avoir acheté un morceau de pizza en face, elle a pris une chambre et ne l'a plus quittée. New York. Une ville qu'elle avait jadis considérée comme sienne, mais où elle ne revenait que pour la seconde fois en huit ans.

New York lui manquait.

D'une main trop experte, elle a rabattu ses cheveux sous la perruque. Aujourd'hui, ce serait blond avec racines noires. Elle a mis une paire de lunettes cerclées de métal et a enfoncé les implants dans sa bouche. Ils modifiaient la forme de son visage.

Ses mains tremblaient.

Deux billets d'avion reposaient sur la table. Ce soir, ils prendraient le vol 174 de British Airways, destination Londres Heathrow, où son contact les attendrait avec de nouveaux papiers d'identité. Puis ils prendraient le train jusqu'à Gatwick et s'envoleraient dans l'après-midi pour Nairobi, la capitale du Kenya. Une Jeep les conduirait au pied du mont Meru en Tanzanie, et après il y aurait encore trois jours de marche.

Une fois là-bas – dans l'un des rares endroits de la planète sans radio, sans télévision, sans électricité –, ils seraient libres.

Les billets étaient au nom de Lisa Sherman. Et de David Beck.

Elle a ajusté une dernière fois la perruque, s'est contemplée dans la glace. Son regard s'est voilé ; l'espace d'un instant, elle était de retour au lac. L'espoir a flambé dans sa poitrine, et elle n'a rien fait pour l'éteindre. Elle a esquissé un sourire puis s'est détournée.

Elle a pris l'ascenseur pour descendre dans le hall avant de tourner à droite dans la 23e Rue.

Ça lui faisait une jolie trotte, jusqu'à Washington Square Park.

Tyrese et Brutus m'ont déposé à l'angle de la 4e Ouest et de Lafayette Street, trois ou quatre pâtés de maisons à l'est du parc. Je connaissais assez bien le quartier. Elizabeth et Rebecca avaient partagé un appartement à Washington Square, ravies de se sentir à la pointe dans leur meublé de West Village :

la photographe et l'avocate-travailleuse sociale rêvant de bohème parmi les jeunes citadins originaires comme elles de la banlieue et les fils à papa qui jouaient à la révolution. Honnêtement, je n'ai jamais été dupe, mais ça ne me dérangeait pas.

À l'époque, je faisais ma médecine à Columbia et j'habitais en principe tout là-haut, dans Haven Avenue, près de l'hôpital connu aujourd'hui sous le nom de New York Presbyterian. Mais, naturellement, je traînais souvent par ici.

C'était le bon temps.

Encore une demi-heure à tuer avant le rendez-vous.

En descendant la 4e Ouest, je me suis retrouvé dans la partie de la ville colonisée par l'université de New York, la NYU. Visiblement, la NYU tenait à ce que ça se sache. Elle avait marqué son territoire de drapeaux d'un violet criard. Il y en avait partout, de ces drapeaux immondes, se détachant sur la brique foncée de Greenwich Village. Ça faisait très expansionniste, pour une enclave aussi libérale. Mais bon, c'était comme ça.

Mon cœur cognait contre ma poitrine comme s'il voulait briser les barreaux de sa cage.

Serait-elle déjà arrivée ?

Je n'ai pas couru. Je suis resté calme en essayant de ne pas penser à ce que la prochaine heure pouvait me réserver. Les plaies résultant de ma fuite en étaient au stade intermédiaire entre la brûlure et la démangeaison. J'ai aperçu mon reflet dans une vitre, et force m'a été de constater que j'avais l'air totalement ridicule dans mon accoutrement d'emprunt, la parfaite panoplie du jeune Noir du ghetto.

Mon pantalon n'arrêtait pas de glisser. Je l'ai remonté d'une main en m'efforçant de ne pas ralentir l'allure.

Elizabeth était peut-être déjà dans le parc.

La place se profilait devant moi. L'angle sud-est n'était qu'à un bloc de distance. Il semblait y avoir du mouvement dans l'air, un orage qui couvait, à moins que ce ne soit un effet pervers de mon imagination. Je gardais la tête baissée. Avait-on déjà communiqué ma photo aux chaînes de télévision ? Les présentateurs avaient-ils interrompu leurs émissions pour diffuser un appel à témoins ? J'en doutais. Mais j'avais les yeux scotchés au bitume.

J'ai accéléré le pas. Washington Square m'apparaissait toujours un peu trop animé durant les mois d'été. Cette effervescence, ce spectacle permanent avaient quelque chose de forcé. Moi, j'appelais ça la fermentation artificielle. Ce que je préférais, c'était l'humanité grouillant autour des tables de jeu en béton. Parfois, je venais jouer aux échecs. Je n'étais pas trop mauvais, mais, dans ce parc, les échecs étaient un grand égalisateur. Riches, pauvres, Blancs, Noirs, clochards, parvenus, locataires, propriétaires – tous fraternisaient autour des figurines noires et blanches usées par les ans. Le meilleur joueur que j'y aie jamais rencontré était un Noir qui passait ses après-midi à harceler les automobilistes pour nettoyer leur pare-brise en échange de quelques pièces de monnaie.

Elizabeth n'était pas encore là.

Je me suis assis sur un banc.

Plus que quinze minutes.

Le poids sur ma poitrine a quadruplé. Je n'avais jamais été aussi angoissé de toute ma vie. J'ai repensé à la démonstration technologique de

Shauna. Un canular. Et si tout ça n'était qu'un canular ? Si Elizabeth était réellement morte ? Que ferais-je alors ?

Vaine spéculation, ai-je songé. Perte d'énergie.

Elle était forcément vivante. Il n'y avait pas d'autre solution.

Je me suis calé contre le dossier du banc et j'ai attendu.

— Il est là, a dit Eric Wu dans son téléphone portable.

Larry Gandle a jeté un coup d'œil par la vitre teintée de la camionnette. David Beck se trouvait effectivement là où il était censé être, habillé comme un punk des rues. Son visage était couvert d'égratignures et de bleus bien mûrs.

Gandle a secoué la tête.

— Nom de Dieu, mais comment a-t-il fait ?

— Ça, a répondu Eric de sa voix chantante, on peut toujours le lui demander.

— Sur ce coup-là, il faut que tout soit nickel, Eric.

— À qui le dis-tu !

— Tout le monde est en place ?

— Bien sûr.

Gandle a consulté sa montre.

— Elle devrait arriver d'une minute à l'autre.

Situé entre Sullivan et Thompson Street, l'édifice le plus spectaculaire de Washington Square était une haute tour en brique délavée du côté sud du parc. La plupart des gens croyaient que la tour faisait toujours partie de l'église – Judson

Memorial. Mais ce n'était pas le cas. Depuis une vingtaine d'années, elle abritait un foyer d'étudiants et les bureaux de la NYU. Son sommet était facilement accessible à quiconque arborait l'air de savoir où il allait.

De là-haut, elle avait vue sur tout le parc. Et lorsqu'elle a regardé, elle s'est mise à pleurer.

Beck était venu. Sous un drôle de déguisement, sans doute parce que l'e-mail l'avertissait qu'il risquait d'être suivi. Elle pouvait le voir assis sur son banc, seul, en train d'attendre. Sa jambe gauche tressautait de haut en bas. Ça lui arrivait chaque fois qu'il était nerveux.

— Ah, Beck…

La douleur, l'amère désespérance perçait dans sa voix. Elle ne le quittait pas des yeux.

Qu'avait-elle fait ?

L'imbécile.

Elle s'est forcée à se détourner. Ses jambes ont fléchi, et elle a glissé le long du mur jusqu'au sol. Beck était venu au rendez-vous.

Et eux aussi.

Elle en était certaine. Elle en avait repéré au moins trois. Sinon plus. Elle avait également repéré la camionnette des Peintures B&T. Elle avait composé le numéro de téléphone figurant sur l'enseigne, mais il n'était pas attribué. Elle avait appelé les renseignements : il n'existait aucune entreprise de ce nom-là.

Ils les avaient retrouvés. En dépit de toutes ses précautions, ils étaient là.

Elle a fermé les yeux. L'imbécile. Ah, l'imbécile ! S'être imaginé qu'elle pourrait mener son projet à bien. Comment avait-elle pu en arriver là ? L'envie lui avait faussé le jugement, elle en était consciente maintenant. D'une façon ou d'une autre, elle s'était persuadée à tort qu'elle pourrait transformer une terrible catastrophe – la découverte des deux cadavres au bord du lac – en une sorte de *deus ex machina*.

L'imbécile...

Se rasseyant, elle a risqué un autre regard en direction de Beck. Son cœur s'est serré, comme broyé par un étau. Il paraissait tellement seul, là, en bas, tellement petit, fragile et sans défense. S'était-il remis de sa mort ? Probablement, oui. Avait-il surmonté le choc et reconstruit sa vie ? Une fois de plus, c'était probable. Avait-il récupéré après les coups qu'il avait reçus uniquement pour s'en prendre d'autres par sa faute à elle ?

Indéniablement.

Les larmes sont revenues.

Elle a sorti les billets d'avion. La préparation. Ç'avait toujours été la clé de sa survie. Parer à toutes les éventualités. C'est pourquoi elle lui avait fixé rendez-vous ici, dans un parc public qu'elle connaissait si bien, où elle bénéficiait de cet avantage. Elle n'avait pas voulu admettre que son plan pouvait échouer, mais elle savait que cette possibilité – non, cette probabilité – n'était pas à exclure.

Voilà, c'était fini.

La petite ouverture, si tant est qu'elle ait jamais existé, s'était refermée en claquant.

Il était temps de partir. Seule. Pour de bon cette fois.

Comment réagirait-il en ne la voyant pas venir ? Continuerait-il à fouiller son ordinateur dans l'attente d'e-mails qui n'arriveraient plus ? Scruterait-il des visages inconnus en imaginant voir le sien ? Ou bien oublierait-il tout simplement pour suivre son bonhomme de chemin – et, si elle voulait être sincère avec elle-même, était-ce ce qu'elle souhaitait vraiment ?

Peu importait. La survie d'abord. Celle de Beck en tout cas. Elle n'avait pas le choix, il fallait partir.

Avec un immense effort, elle a détaché les yeux de lui et s'est hâtée vers l'escalier. Il y avait une porte, derrière, donnant sur la 3e Rue Ouest, si bien qu'elle n'avait même pas eu besoin de pénétrer dans le parc. Elle a poussé le lourd battant métallique et s'est retrouvée dehors. En descendant Sullivan Street, elle a hélé un taxi à l'angle de Bleecker.

Elle s'est enfoncée dans le siège, a fermé les yeux.

— Où va-t-on ? a demandé le chauffeur.

— À l'aéroport JFK.

30

Le temps a passé. Beaucoup trop de temps.

J'étais toujours sur mon banc, à attendre. À distance, on voyait le fameux arc de marbre du parc. C'était Stanford White, le célèbre architecte des années 1900 qui avait assassiné un homme par jalousie à cause d'une fille de quinze ans, qui l'avait soi-disant « conçu ». Là, je ne comprenais pas trop. Comment conçoit-on quelque chose qui est une réplique d'autre chose ? Le fait que l'arc de Washington Square avait été directement pompé sur l'Arc de Triomphe de Paris n'était un secret pour personne. Les New-Yorkais s'extasiaient devant une simple reproduction. Ne me demandez pas pourquoi, je n'en ai pas la moindre idée.

On ne pouvait plus toucher l'arc. Un grillage, pas très différent de celui que j'avais vu dans le South Bronx, l'encerclait de manière à décourager les tagueurs. Le parc était suréquipé en matière de grillages. Il y en avait presque autour de chaque pelouse – un double grillage, dans la plupart des cas.

Où était-elle ?

Les pigeons se pavanaient avec cet air avantageux qu'on attribue généralement aux hommes politiques. Bon nombre ont afflué dans ma direction. Ils ont picoré mes baskets avant de relever la tête, déçus de constater qu'elles n'étaient pas comestibles.

— D'habitude, c'est la place de Ty.

Un SDF avec une casquette surmontée d'une hélice et des oreilles de Spock s'est assis en face de moi.

— Ah, ai-je fait.

— Ty les nourrit. Ils aiment bien Ty.

— Ah, ai-je fait de nouveau.

— C'est pour ça qu'ils sont tous après vous. Pas parce qu'ils vous aiment bien ou quoi. Ils doivent vous prendre pour Ty. Ou pour un ami de Ty.

— Mmmm.

J'ai regardé ma montre. Ça faisait presque deux heures que j'étais assis là. Elle ne viendrait pas. Il avait dû y avoir un problème. Une fois de plus, je me suis demandé si ce n'était pas un canular, mais j'ai vite chassé cette idée. Autant continuer à croire que les messages étaient d'Elizabeth. Et si c'était un canular, ma foi, je le saurais bien assez tôt.

Quoi qu'il arrive, je t'aime...

C'était écrit dans le message. Quoi qu'il arrive. Comme s'il pouvait arriver quelque chose. Comme si je devais tout oublier et suivre mon bonhomme de chemin.

Et puis merde.

C'était une drôle d'impression. Oui, j'étais effondré. J'avais la police sur le dos. J'étais broyé, vanné, pas loin de péter les plombs. Et pourtant, je ne m'étais pas senti aussi fort depuis des années.

Pourquoi, aucune idée. Je savais juste que je n'abandonnerais pas. Seule Elizabeth était au courant de ces choses-là : l'heure du baiser, Bat Lady, Ados en chaleur. Donc c'était Elizabeth qui avait envoyé les e-mails. Ou quelqu'un l'avait obligée à le faire. Dans les deux cas de figure, elle était en vie. Je devais continuer à chercher. Il n'y avait pas d'autre solution.

Et maintenant ?

J'ai sorti mon nouveau téléphone portable. Pendant une minute, je me suis frotté le menton, puis j'ai eu une idée. J'ai pressé les touches. Un homme assis de l'autre côté de l'allée – en train de lire le journal depuis un bon moment déjà – a jeté un œil dans ma direction. Ça ne m'a pas plu. Autant rester prudent. Je me suis levé pour me placer hors de portée de voix.

Shauna a décroché.

— Allô ?

— Le téléphone du vieux Teddy, ai-je dit.

— Beck ? Mais enfin, bon sang… ?

— Trois minutes.

J'ai raccroché. J'étais sûr que le téléphone de Shauna et Linda était sur écoute. La police pouvait entendre chaque mot de notre conversation. Mais à l'étage du dessous vivait un vieux veuf nommé Theodore Malone. Shauna et Linda lui rendaient visite de temps à autre. Elles avaient la clé de son appartement. J'allais appeler là-bas. Les flics, le FBI et tutti quanti n'auraient pas accès à ce téléphone-là. Pas à temps, en tout cas.

J'ai tapé le numéro.

Shauna paraissait hors d'haleine.

— Allô ?

— J'ai besoin de ton aide.

— Tu es au courant de ce qui se passe ?

— Ils ont dû lancer une chasse à l'homme, je suppose.

Je me sentais toujours étrangement calme – extérieurement, du moins.

— Beck, tu dois te livrer.

— Je n'ai tué personne.

— Je sais bien, mais si tu continues à te planquer…

— Veux-tu m'aider, oui ou non ?

— Dis-moi.

— Ont-ils déjà déterminé l'heure du meurtre ?

— Aux environs de minuit. Leur créneau horaire est un peu serré, mais ils pensent que tu y es allé juste après mon départ.

— OK. J'ai un service à te demander.

— Je t'écoute.

— Tout d'abord, il faudrait que tu ailles chercher Chloe.

— Ta chienne ?

— Oui.

— Pour quoi faire ?

— D'abord, ai-je dit, elle a besoin de sortir.

Eric Wu a parlé dans son portable.

— Il est au téléphone, mais mon homme ne peut pas se rapprocher plus.

— Tu crois qu'il l'a repéré ?

— Possible.

— Peut-être qu'il appelle pour annuler le rendez-vous.

Wu n'a pas répondu. Il regardait le Dr Beck ranger le téléphone dans sa poche et s'enfoncer dans le parc.

— On a un problème, a fait remarquer Wu.

— Lequel ?

— J'ai l'impression qu'il s'en va.

Silence sur la ligne. Wu attendait.

— On l'a déjà perdu une fois, a dit Gandle.

Wu se taisait.

— On ne peut pas prendre ce risque, Eric. Chope-le. Chope-le maintenant, extorque-lui tout ce qu'il sait et qu'on en finisse.

Eric a hoché la tête en direction de la camionnette. Puis il a suivi Beck.

— Ça marche.

J'ai dépassé la statue de Garibaldi en train de dégainer son épée. Curieusement, j'avais une destination en tête. Tant pis pour l'entrevue avec KillRoy, ce n'était plus d'actualité. Mais le P.F. de l'agenda d'Elizabeth, *alias* Peter Flannery, l'avocat qui faisait son beurre des erreurs médicales, était une autre histoire. Je pouvais toujours passer à son cabinet pour causer avec lui. J'ignorais totalement ce que j'allais découvrir. Mais au moins je ne resterais pas inactif. Ce serait un début.

Une aire de jeux se nichait à ma droite ; les enfants n'y étaient pas nombreux, une petite dizaine. À ma gauche, un parcours pour chiens pompeusement baptisé « le parc canin de George » pullulait de cabots affublés de bandanas et accompagnés de leurs homologues humains. Sur l'estrade du parc, deux hommes étaient en train de jongler. J'ai croisé un groupe d'étudiants vêtus de ponchos et assis en demi-cercle. Un Asiatique teint en blond et gaulé comme Musclor s'est matérialisé sur ma droite. J'ai jeté un coup d'œil en arrière. L'homme au journal était parti.

Ça m'a interloqué.

Il avait été là pratiquement tout le temps qu'avait duré mon attente. Et au bout de plusieurs heures, il se décidait à partir exactement au même moment que moi. Coïncidence ? Sans doute.

Tu seras suivi...

C'est ce qui était mentionné dans l'e-mail. On n'y disait pas « peut-être ». À la réflexion, l'expéditeur semblait très sûr de son fait. Tout en marchant, j'ai continué à réfléchir. Impossible. Le meilleur filocheur du monde n'aurait pas pu me coller aux basques après ce que j'avais vécu aujourd'hui.

Le type avec le journal ne pouvait pas me filer. Du moins, j'avais du mal à le concevoir.

Auraient-ils intercepté l'e-mail ?

Je ne voyais pas comment. Je l'avais effacé. Il n'avait jamais transité par mon propre ordinateur.

J'ai traversé la partie ouest de Washington Square. Une fois sur le trottoir, j'ai senti une main sur mon épaule. Légère d'abord. Comme un vieux copain qui m'aurait rattrapé par-derrière. Je me suis retourné pour m'apercevoir que c'était l'Asiatique aux cheveux teints.

Puis il m'a pressé l'épaule.

31

Ses doigts se sont plantés dans la fente de l'articulation comme des épieux.

La douleur – une douleur paralysante – m'a transpercé tout le côté gauche. Mes jambes ont cédé. J'ai voulu crier, me débattre, mais j'étais incapable de bouger. Une camionnette blanche s'est arrêtée devant nous. La porte coulissante s'est ouverte. L'Asiatique a placé la main sur mon cou. Il a comprimé des points de pression de part et d'autre, et mes yeux se sont révulsés. De sa main libre, il a joué avec ma colonne vertébrale, et je me suis senti ployer.

Il m'a poussé vers la camionnette. Des mains se sont tendues et m'ont entraîné à l'intérieur. J'ai atterri sur le froid plancher en métal. Pas de sièges. La porte s'est refermée. Et la camionnette s'est engagée dans la circulation.

Tout l'épisode – depuis la main sur mon épaule jusqu'au redémarrage de la camionnette – n'a pas duré plus de cinq secondes.

Le Glock, ai-je pensé.

J'ai essayé de l'attraper, mais quelqu'un m'a sauté sur le dos. On m'a immobilisé les mains. J'ai entendu un déclic, et mon poignet droit s'est retrouvé menotté au plancher. Ils m'ont retourné, manquant me déboîter l'épaule. Ils étaient deux. Je les voyais maintenant. Deux hommes, blancs, âgés d'une trentaine d'années. Je les voyais clairement. Trop clairement. J'étais capable de les identifier, ils allaient s'en rendre compte.

Ça s'annonçait mal.

Ils ont menotté mon autre main, de sorte que je me suis retrouvé écartelé sur le plancher. Puis ils se sont assis sur mes jambes. J'étais enchaîné maintenant et totalement à leur merci.

— Qu'est-ce que vous voulez ? ai-je demandé.

Personne n'a répondu. La camionnette a freiné brusquement au sortir d'un tournant. L'Asiatique baraqué est monté, et nous sommes repartis. Il s'est penché sur moi, me regardant avec une vague curiosité.

— Pourquoi étiez-vous dans le parc ?

Sa voix m'a pris au dépourvu. Je m'attendais à un grognement, à quelque chose de menaçant, or il parlait doucement, d'un ton haut perché et enfantin à vous donner la chair de poule.

— Qui êtes-vous ? ai-je questionné.

Il m'a frappé à l'estomac. Avec une force telle que ses jointures, j'en étais sûr, avaient raclé le plancher de la camionnette. J'ai tenté de me plier ou de me rouler en boule, mais les entraves et les hommes assis sur mes jambes ne m'en laissaient pas la possibilité. De l'air. Il me fallait de l'air. J'ai cru que j'allais vomir.

Tu seras suivi...

Les multiples précautions – les e-mails anonymes, les noms de code, les mises en garde – m'apparaissaient justifiées à présent. Elizabeth avait peur. Je n'avais pas encore toutes les réponses – loin de là –, néanmoins je comprenais enfin que ses messages sibyllins avaient été dictés par la peur. Peur qu'on la retrouve.

Que ces types-là la retrouvent.

Je suffoquais. Chaque cellule de mon corps réclamait de l'oxygène. Finalement, l'Asiatique a hoché la tête à l'adresse des deux autres hommes. Ils se sont levés, libérant mes jambes. Aussitôt, j'ai ramené les genoux sur la poitrine. Gigotant comme un épileptique, je me suis efforcé d'insuffler un peu d'air dans mes poumons. Au bout d'un moment, j'ai fini par reprendre mon souffle. Lentement, l'Asiatique s'est agenouillé à côté de moi. Je l'ai fixé droit dans les yeux. Enfin, j'ai essayé. Car son regard n'avait rien à voir avec celui d'un humain, ni même d'un animal. C'était un regard inanimé. Si une armoire métallique avait des yeux, elle ferait ce genre d'effet.

Néanmoins, je n'ai pas cillé.

Il était jeune, mon ravisseur – vingt, vingt-cinq ans à tout casser. Il a posé sa main à l'intérieur de mon bras, juste au-dessus du coude.

— Pourquoi étiez-vous dans le parc ? a-t-il répété de sa voix chantante.

— J'aime bien ce parc, ai-je répondu.

Il a appuyé, fort. Avec deux doigts seulement. J'ai haleté. Les doigts ont traversé la chair jusqu'à un faisceau nerveux. Les yeux me sont sortis des orbites. Jamais je n'avais connu une douleur pareille. Tout le reste a cessé d'exister. Je me suis contorsionné tel un poisson agonisant au bout de l'hameçon. J'ai voulu donner des coups de pied, mais mes jambes sont retombées comme deux élastiques. Je n'arrivais plus à respirer.

Il ne lâchait pas prise.

J'attendais qu'il desserre les doigts, qu'il diminue un peu la pression. En vain. Je me suis mis à pousser de petits gémissements. Mais il continuait d'appuyer, avec une expression d'ennui.

La camionnette roulait toujours. J'ai tenté d'évacuer la douleur, de la fractionner au moins. Ça n'a pas marché. J'avais besoin de répit. Rien qu'une seconde. J'avais besoin qu'il me lâche, et lui restait de marbre, à me fixer de ses yeux vides. La pression montait dans ma tête. J'étais incapable de parler – même si j'avais voulu répondre à sa question, ma gorge était bloquée. Et il le savait.

Échapper à la douleur. C'était ma seule pensée. Comment faire pour échapper à la douleur ? Tout mon être semblait converger vers ce faisceau de nerfs dans mon bras. Mon corps était en feu, la pression dans mon crâne ne cessait d'augmenter.

Juste avant que ma tête explose, il a brusquement relâché son emprise. J'ai haleté à nouveau, de soulagement cette fois. Mais ça n'a pas duré. Sa main a glissé le long de mon abdomen avant de s'arrêter.

— Pourquoi étiez-vous dans le parc ?

J'ai essayé de réfléchir, de concocter un mensonge plausible. Il a pincé en profondeur, la douleur est revenue, encore plus forte, si tant est que ce soit possible. Son doigt m'a transpercé le foie à la façon d'une baïonnette. J'ai rué dans mes entraves. Ma bouche s'est ouverte dans un hurlement silencieux.

J'ai remué la tête d'avant en arrière. C'est là que j'ai aperçu la nuque du chauffeur. La camionnette s'était arrêtée, à un feu rouge probablement. Le conducteur regardait droit devant lui – la route, j'imagine. Ensuite, tout s'est passé très vite.

J'ai vu sa tête pivoter vers la vitre, comme s'il avait entendu un bruit. Trop tard. Il a reçu un coup sur un côté du crâne et s'est effondré tel un canard dans un stand de tir. Les portières avant se sont ouvertes.

— Les mains en l'air !

Des pistolets sont apparus. Deux. Visant le fond de la camionnette. L'Asiatique m'a lâché. Je suis retombé sur le dos, incapable de bouger.

Derrière les pistolets, deux visages familiers, qui ont failli m'arracher un cri de joie.

Tyrese et Brutus.

L'un des deux Blancs a esquissé un mouvement. Tyrese a tiré, sans autre préambule. La poitrine de l'homme a explosé. Il est tombé à la renverse, les yeux grands ouverts. Mort, aucun doute là-dessus. Devant, le chauffeur a gémi, revenant à lui. Brutus lui a mis un coup de coude en plein visage. On ne l'a plus entendu.

L'autre Blanc avait levé les mains. Mon tortionnaire, lui, n'avait pas bronché. Il assistait à la scène comme de loin, sans faire le moindre geste. Tyrese gardait son arme pointée droit sur lui.

— Détachez-le, a-t-il ordonné.

Le Blanc a regardé l'Asiatique. Ce dernier a acquiescé de la tête. L'autre m'a détaché. J'ai essayé de m'asseoir. C'était comme si quelque chose à l'intérieur de moi avait volé en mille morceaux et que les éclats s'enfonçaient dans les tissus.

— Ça va ? a demandé Tyrese.

J'ai réussi à hocher la tête.

— Je les refroidis, ces deux-là ?

Je me suis tourné vers le Blanc qui respirait encore.

— Qui vous a engagés ?

Ses yeux ont pivoté vers le jeune Asiatique. J'ai fait pareil.

— Qui vous a engagés ? ai-je répété.

L'Asiatique a fini par sourire, mais son regard n'a pas changé. Puis, une fois encore, tout s'est passé trop vite.

Je n'ai pas vu partir sa main, mais je l'ai sentie qui me saisissait par la peau du cou. Il m'a projeté sans effort sur Tyrese. Je me suis retrouvé dans les airs, gigotant comme si ça pouvait me ralentir. Tyrese m'a vu arriver, mais sans pouvoir s'écarter, et j'ai atterri sur lui. J'ai eu beau essayer de me dégager rapidement, le temps de nous relever, l'Asiatique avait sauté par la porte latérale de la camionnette.

Il avait disparu.

— Putain de Bruce Lee gonflé aux stéroïdes, a grogné Tyrese.

J'ai acquiescé.

Le chauffeur a bougé de nouveau. Brutus a levé le poing, mais Tyrese l'a arrêté.

— Ils savent que dalle, ces deux-là, m'a-t-il dit.

— Je sais.

— On peut les flinguer ou les laisser partir.

D'une façon ou d'une autre, ça n'avait pas l'air de l'émouvoir.

— Laissez-les partir.

Brutus a trouvé une rue tranquille, probablement quelque part dans le Bronx, mais je n'en suis pas sûr. Le Blanc qui respirait encore est descendu tout seul. Brutus a débarqué le chauffeur et le type mort comme deux sacs d'ordures. Nous nous sommes remis en route. Pendant quelques minutes, personne n'a parlé.

Tyrese a noué les mains derrière sa tête et s'est enfoncé dans le siège.

— On a bien fait de rester dans les parages, hein, Doc ?

J'ai répondu d'un hochement de tête : ça devait être pour le moins la litote du millénaire.

32

Les vieux dossiers d'autopsie étaient conservés dans un garde-meuble à Layton, New Jersey, pas loin de la frontière de la Pennsylvanie. L'agent fédéral Nick Carlson s'y est rendu tout seul. Il n'aimait pas beaucoup les entrepôts. Ça lui donnait la chair de poule. Ouverts vingt-quatre heures sur vingt-quatre, pas de gardien, une caméra de surveillance en toc à l'entrée... Dieu sait ce qui était stocké dans ces hangars en béton. Carlson était au courant : bon nombre d'entre eux étaient bourrés de drogue, d'argent et d'articles de contrebande. Ça ne le gênait pas plus que ça. Mais il se souvenait d'un industriel du pétrole qui avait été kidnappé et enfermé dans un de ces containers. L'homme était mort asphyxié. Carlson avait été là quand on l'avait découvert. Depuis, il imaginait des gens, vivants, ici même, des gens qui auraient disparu sans raison et qui, enchaînés dans le noir à quelques mètres de lui, luttaient pour se débarrasser de leur bâillon.

Ceux qui affirment que le monde est malade ne se doutent pas de l'ampleur des dégâts.

Timothy Harper, le médecin légiste du comté, est sorti d'un box avec une grande enveloppe en papier kraft entourée d'une ficelle. Il a remis à Carlson le dossier d'autopsie au nom d'Elizabeth Beck.

— Il me faut une signature, a réclamé Harper.

Carlson a signé.

— Beck ne vous a pas dit pourquoi il voulait le voir ? a-t-il interrogé.

— Il a invoqué son deuil et le fait que l'affaire était classée, mais à part ça…

Harper a haussé les épaules.

— Vous a-t-il posé d'autres questions sur ce dossier ?

— Rien qui m'ait particulièrement marqué.

— Et parmi ce qui ne vous a pas marqué ?

Harper a réfléchi un instant.

— Il m'a demandé si je me rappelais qui avait identifié le corps.

— Et alors, vous vous en êtes souvenu ?

— Au début, non.

— Qui l'a identifié ?

— Son père. Puis il m'a demandé combien de temps ça avait pris.

— Quoi ?

— L'identification.

— Je ne comprends pas.

— Moi non plus, je n'ai pas compris. Il voulait savoir si son père l'avait identifié immédiatement ou s'il avait mis quelques minutes.

— Pourquoi cette question ?

— Aucune idée.

Carlson s'est efforcé de trouver une logique là-dedans, sans grand résultat.

— Que lui avez-vous répondu ?

— La vérité, tout simplement. Que je ne savais plus. Qu'il avait dû faire ça en un temps normal, autrement je m'en serais souvenu.

— Autre chose ?

— Pas vraiment, non. Écoutez, si on a fini, j'ai deux gamins qui m'attendent : ils ont jeté leur Civic contre un poteau télégraphique.

Carlson a serré le dossier qu'il avait dans la main.

— Oui, a-t-il dit, on a fini. Et si jamais j'ai besoin de vous joindre ?

— Je serai à mon bureau.

PETER FLANNERY, AVOCAT À LA COUR figurait en lettres d'or passé sur la vitre granuleuse de la porte. Il y avait un trou dans le verre de la taille d'un poing. Quelqu'un l'avait bouché avec du gros scotch gris. Le scotch avait l'air vieux.

J'ai enfoncé la casquette sur mes yeux. J'étais perclus de douleur après ce que j'avais enduré entre les mains de l'Asiatique. Nous avions entendu mon nom sur 1010 WINS, la radio qui vous fait faire le tour du monde en vingt-deux minutes. J'étais officiellement recherché.

Il y a des choses pour lesquelles on a du mal à percuter. J'étais dans un énorme pétrin, et pourtant tout me paraissait lointain, comme si ça arrivait à quelqu'un que je connaissais vaguement. Je, moi, le type qui était là s'en battait l'œil. Mon seul et unique souci était de retrouver Elizabeth. Le reste, c'était secondaire.

Tyrese m'accompagnait. Cinq ou six personnes étaient éparpillées dans la salle d'attente. Deux portaient des minerves. Une troisième était venue avec un oiseau en cage. Allez savoir pourquoi. On ne nous a pas accordé la moindre attention ; visiblement, après avoir soupesé l'effort que cet acte exigeait et les éventuels bénéfices, les gens avaient décidé que cela n'en valait pas la peine.

La réceptionniste, affublée d'une perruque immonde, nous a regardés comme si on venait d'être éjectés par le vide-ordures.

J'ai demandé à voir Peter Flannery.

— Il est avec un client.

Elle n'a pas fait claquer son chewing-gum, mais presque.

Alors Tyrese est entré en scène. Tel un prestidigitateur doué d'un fameux tour de main, il a fait surgir une liasse de billets plus grosse que mon poignet.

— Dites-lui qu'on lui offre une provision.

Et, avec un grand sourire :

— Y en aura pour vous aussi, si on peut le voir tout de suite.

Deux minutes plus tard, nous étions introduits dans le saint des saints de Me Flannery. Son bureau sentait le cigare et le dépoussiérant. Des meubles en kit, teints dans une couleur foncée pour imiter le chêne massif et l'acajou, faisaient à peu près autant illusion qu'une moumoute made in Las Vegas. Il n'y avait pas de diplômes sur les murs, à part ces papelards bidon qu'on affiche pour impressionner les plus impressionnables. L'un d'eux était un certificat de membre de la « Confrérie internationale du tastevin ». Un autre attestait avec moult fioritures de la participation de Flannery au « Congrès juridique de Long Island » en 1996. Vous parlez d'un honneur. Sur des photos décolorées par le soleil, on le voyait, plus jeune, avec soit des célébrités, soit des hommes politiques, mais que je n'ai pas reconnus. L'incontournable photo de golf dans un cadre plaqué bois trônait en majesté derrière le bureau.

— Je vous en prie, a dit Flannery avec un grand geste. Prenez place, messieurs.

Je me suis assis. Tyrese, resté debout, a croisé les bras et s'est adossé au mur du fond.

— Alors, a commencé Flannery en étirant le mot comme une chique, que puis-je pour vous ?

Peter Flannery avait le physique d'un sportif qui se serait laissé aller. Ses boucles autrefois dorées s'étaient raréfiées. Ses traits étaient mous. Il portait un costume trois-pièces en rayonne – je n'en avais pas vu depuis un moment déjà – avec, sur le gilet, une montre de poche attachée à une chaîne plaquée or.

— J'ai des questions à vous poser sur une ancienne affaire, ai-je répondu.

Son regard, qu'il a maintenant dardé sur moi, avait gardé la transparence bleu acier de sa jeunesse. Sur le bureau, j'ai repéré une photo de Flannery avec une femme boulotte et une fille d'environ quatorze ans, manifestement en pleine crise d'adolescence. Tous trois souriaient, mais on sentait une tension, aussi, comme s'ils se préparaient à recevoir un coup.

— Une ancienne affaire ? a-t-il répété.

— Ma femme est venue vous voir il y a huit ans. J'ai besoin de savoir pourquoi.

Flannery a jeté un coup d'œil en direction de Tyrese. Les bras toujours croisés, ce dernier ne lui montrait que ses lunettes noires.

— Je ne comprends pas. S'agit-il d'un divorce ?

— Non.

— Dans ce cas…

Levant les mains, il a haussé les épaules, l'air de dire : j'aimerais vous aider, mais…

— Un avocat doit la discrétion à ses clients. Je ne vois pas ce que je peux faire pour vous.

— Je ne crois pas qu'elle était une cliente.

— Je ne vous suis pas, monsieur…

— Beck. Dr Beck.

Son double menton s'est affaissé à la mention de mon nom. Avait-il écouté la radio ? À mon avis, ce n'était pas ça.

— Ma femme s'appelle Elizabeth.

Flannery n'a rien dit.

— Vous vous souvenez d'elle, n'est-ce pas ?

À nouveau, il a coulé un regard en direction de Tyrese.

— Était-elle une cliente, monsieur Flannery ?

Il s'est raclé la gorge.

— Non. Non, ce n'était pas une cliente.

— Mais vous vous souvenez de l'avoir rencontrée ?

Il a remué sur son siège.

— Oui.

— De quoi avez-vous parlé ?

— C'était il y a bien longtemps, docteur Beck.

— Autrement dit, vous ne vous rappelez plus ?

Il n'a pas répondu directement.

— Votre femme, elle n'a pas été assassinée ? J'ai l'impression d'avoir vu ça aux informations.

J'ai essayé de le ramener au sujet qui nous préoccupait.

— Pourquoi est-elle venue ici, monsieur Flannery ?

— Je suis avocat, a-t-il répliqué, presque en bombant le torse.

— Oui, mais pas le sien.

— Cependant, a-t-il déclaré, désireux de reprendre le dessus, j'ai besoin d'être rétribué pour mon temps.

Il a toussoté dans son poing.

— Vous aviez parlé d'une provision…

J'ai regardé par-dessus mon épaule, mais Tyrese était déjà passé à l'action. La liasse était sortie, et il comptait les billets. Il a jeté trois Ben Franklin sur le bureau, a dévisagé fixement Flannery à travers ses lunettes avant de regagner son poste.

Flannery a contemplé l'argent, sans le toucher. Joignant les doigts, il a pressé ses paumes l'une contre l'autre.

— Et si je refuse de vous parler ?

— Je ne vois pas pourquoi. Vos entretiens avec elle ne relèvent pas du secret professionnel, n'est-ce pas ?

— Il ne s'agit pas de ça.

Flannery a planté son regard dans le mien. Il semblait hésiter.

— Vous aimiez votre femme, docteur Beck ?

— Oui, beaucoup.

— Vous êtes-vous remarié ?

— Non.

Puis :

— Qu'est-ce que ceci a à voir avec cela ?

Il s'est redressé.

— Partez. Prenez votre argent et partez.

— C'est important, monsieur Flannery.

— J'ai du mal à l'imaginer. Elle est décédée depuis huit ans. Son assassin est dans le couloir de la mort.

— Qu'avez-vous peur de me révéler ?

Flannery n'a pas répondu tout de suite. Tyrese s'est à nouveau détaché du mur. Il s'est avancé vers le bureau. Flannery l'a regardé et m'a surpris en poussant un soupir de lassitude.

— Faites-moi une faveur, a-t-il dit à Tyrese, arrêtez de prendre des poses, OK ? J'ai représenté des tarés à côté desquels vous avez l'air de Mary Poppins.

Tyrese était sur le point de réagir, mais ça n'aurait pas arrangé les choses. J'ai prononcé son nom. Il m'a regardé. J'ai secoué la tête. Il a reculé. Flannery était en train de triturer sa lèvre inférieure. Je ne l'ai pas brusqué. J'avais tout mon temps.

— Vous n'avez pas besoin de savoir, a-t-il repris au bout d'un moment.

— J'y tiens.

— Ça ne vous rendra pas votre femme.

— Peut-être que si.

Ces mots ont éveillé son attention. Il a froncé les sourcils ; en même temps, il semblait s'être radouci.

— S'il vous plaît, ai-je insisté.

Il a fait pivoter sa chaise vers la fenêtre et, renversant la tête, s'est mis à fixer les stores qui avaient dû jaunir et s'effriter à l'époque du procès du Watergate. Il a replié ses mains, les a posées sur sa bedaine. Je les ai regardées monter et descendre au rythme de sa respiration.

— En ce temps-là, je faisais de l'assistance judiciaire, a-t-il commencé. Vous savez ce que c'est ?

— Vous défendiez les indigents.

— C'est à peu près ça. Les droits du prévenu… on vous informe du droit de faire appel à un avocat, si vous en avez les moyens. Et si vous ne les avez pas, on fait appel à moi.

J'ai hoché la tête, son regard était toujours rivé aux stores.

— Bref, j'ai été commis d'office dans l'un des plus grands procès pour meurtre de l'État.

Quelque chose de froid s'est insinué au creux de mon estomac.

— Lequel ? ai-je demandé.

— Celui de Brandon Scope. Le fils du milliardaire. Vous vous souvenez ?

Je me suis figé, terrifié. J'osais à peine respirer. Pas étonnant que le nom de Flannery me soit familier. Brandon Scope. J'ai failli secouer la tête, non parce que je ne me souvenais pas du procès, mais parce que c'était le dernier nom que j'avais envie d'entendre dans sa bouche.

Par souci de clarté, laissez-moi vous faire un compte rendu de l'histoire telle qu'elle avait été publiée dans la presse. Brandon Scope, trente-trois ans, avait été détroussé et tué huit ans de cela. Huit ans, oui. Peut-être deux mois avant l'assassinat d'Elizabeth. Il avait été abattu de deux balles et abandonné à côté d'un chantier dans Harlem. Son argent avait disparu. Les médias avaient sorti les violons à ce propos. Ils ont monté en épingle le travail de bienfaisance de Brandon Scope. Comment il aidait les gamins des rues, comment il préférait travailler avec les pauvres plutôt que de diriger la multinationale de papa, ce genre de blabla. C'était un de ces meurtres qui plongent le pays en état de choc et suscitent force récriminations et actes de repentance. Une institution caritative a été créée au nom du jeune Scope. C'est Linda, ma sœur, qui en est la gérante. Vous n'imaginez pas tout le bien qu'elle fait dans le cadre de son boulot.

— Je m'en souviens, ai-je dit doucement.

— On a arrêté quelqu'un, vous vous rappelez ?

— Un gamin des rues. Un de ceux qu'il avait aidés, non ?

— C'est ça. Helio Gonzalez, âgé de vingt-deux ans au moment des faits. Il habitait Barker House, dans Harlem. Son casier, on aurait dit le *Livre des records*. Vols à main armée, incendies criminels, agressions, un véritable rayon de soleil, notre M. Gonzalez.

J'avais la bouche sèche.

— N'a-t-il pas été relâché, pour finir ?

— Si. Il n'y avait pas grand-chose contre lui. On a trouvé ses empreintes digitales sur le lieu du crime, mais parmi des tas d'autres. On a découvert des mèches de cheveux de Scope et même un peu de sang correspondant au sien là où habitait Gonzalez. Mais Scope était déjà venu dans l'immeuble. On aurait donc pu facilement justifier la présence de ces éléments. Néanmoins, il y en avait assez pour procéder à une arrestation, et les flics étaient sûrs de pouvoir en tirer quelque chose.

— Qu'est-ce qui s'est passé, alors ?

Flannery évitait toujours de me regarder. Je n'aimais pas ça. Ce type-là vivait dans un monde de chaussures vernies et de conversations les yeux dans les yeux. Je connaissais ce genre d'individus. Je ne les fréquentais pas, mais je les connaissais.

— La police disposait de l'heure exacte du décès, a-t-il continué. Le médecin légiste avait un bon relevé de la température du foie. Scope a été tué à onze heures du soir. À une demi-heure près, c'était ça.

— Je ne comprends pas. Que vient faire ma femme là-dedans ?

Il a de nouveau joint les bouts des doigts.

— Je crois bien que votre femme travaillait aussi avec les pauvres. Dans le même bureau que la victime, en l'occurrence.

J'ignorais où ça allait nous mener, mais à mon avis cela ne présageait rien de bon. L'espace d'un éclair, je me suis demandé si Flannery n'avait pas raison, si j'avais vraiment besoin d'entendre ce qu'il avait à dire, s'il ne valait pas mieux m'extirper de cette chaise et oublier toute l'histoire. Cependant, j'ai fait :

— Et alors ?

— Il s'agit d'une noble tâche, a-t-il commenté avec un petit signe de la tête, de travailler avec les plus démunis.

— Je suis content que vous le pensiez.

— C'est pour ça que j'ai fait du droit, à l'origine. Pour aider les pauvres.

J'ai ravalé ma bile, me suis redressé légèrement.

— Ça vous ennuie de m'expliquer ce que ma femme a à voir là-dedans ?

— Elle l'a fait libérer.

— Qui ?

— Mon client. Helio Gonzalez. Votre femme l'a fait libérer.

J'ai froncé les sourcils.

— Comment ?

— En lui fournissant un alibi.

Mon cœur s'est arrêté. Mes poumons aussi. J'en suis presque venu à me donner des coups sur la poitrine pour faire repartir la machine.

— Comment ? ai-je demandé.

— Comment lui a-t-elle fourni un alibi ?

J'ai hoché la tête, hagard, mais il ne regardait toujours pas. J'ai croassé un oui.

— C'est simple. Helio et elle étaient ensemble à l'heure en question.

Mon esprit se débattait, perdu au milieu de l'océan, sans le moindre gilet de sauvetage à portée de main.

— Je n'ai rien vu de tel dans les journaux.

— Tout s'est fait dans la discrétion.

— Pourquoi ?

— À la demande de votre femme, en premier lieu. Et puis, le bureau du procureur ne tenait pas à divulguer son erreur. Tout a donc été bouclé le plus discrètement possible. D'autant plus qu'il y a eu… euh… des problèmes avec le témoignage de votre femme.

— Quels problèmes ?

— Elle avait plus ou moins menti au début.

Je me débats. Je coule. Je remonte à la surface. Je me débats toujours.

— De quoi parlez-vous ?

— Votre femme a prétendu avoir reçu Gonzalez à son bureau pour discuter de son orientation professionnelle à l'heure du crime. Mais ça, personne ne l'a gobé.

— Pourquoi ?

Il a haussé un sourcil sceptique.

— Orientation professionnelle à onze heures du soir ?

J'ai hoché péniblement la tête.

— En tant qu'avocat de M. Gonzalez, j'ai rappelé à votre femme que la police allait examiner son alibi. Que, par exemple, les bureaux étant équipés d'un système de vidéosurveillance, toutes les allées et venues seraient enregistrées. C'est là qu'elle s'est mise à table.

Il s'est interrompu.

— Continuez.
— C'est évident, non ?
— Dites toujours.

Flannery a haussé les épaules.

— Elle voulait éviter les ennuis, pour elle-même… et pour vous aussi, sans doute. Raison pour laquelle elle a insisté sur le secret. Elle était chez Gonzalez, docteur Beck. Ils couchaient ensemble depuis deux mois.

Je n'ai pas réagi. Personne n'a parlé. Au loin, j'ai entendu le piaillement d'un oiseau. Sûrement celui qui était dans la salle d'attente. Je me suis levé. Tyrese a fait un pas en arrière.

— Merci pour votre temps, ai-je soufflé le plus calmement du monde.

Il a gratifié les stores d'un hochement de tête. J'ai dit :

— Ce n'est pas vrai.

Il n'a pas répondu. Pour être honnête, je n'attendais pas de réponse.

33

Carlson était assis dans la voiture, la cravate toujours méticuleusement nouée. Son veston était accroché sur un cintre en bois, à l'arrière. La climatisation fonctionnait à fond. Carlson a lu l'enveloppe : *Elizabeth Beck, dossier 94-87002.* Ses doigts ont commencé à défaire la ficelle. L'enveloppe s'est ouverte. Carlson a extrait le contenu, l'a étalé sur le siège du passager.

Que voulait donc voir le Dr Beck ?

Stone lui avait déjà donné l'explication évidente : Beck désirait savoir s'il y avait des éléments compromettants. Ça collait avec leur hypothèse initiale ; du reste, c'était lui, Carlson, qui avait le premier remis en cause la version officielle du meurtre d'Elizabeth Beck. Il avait été le premier à penser que ce meurtre n'était pas ce qu'il avait l'air d'être – qu'en fait c'était le mari, le Dr David Beck, qui avait projeté d'assassiner sa femme.

Alors pourquoi n'y croyait-il plus ?

Il avait soigneusement passé en revue les trous qui émaillaient leur hypothèse et que Stone s'était empressé de ravauder avec une égale conviction. Dans chaque enquête, il y avait des trous, Carlson le savait. Chaque enquête avait ses incohérences. Autrement, dix contre un que quelque chose vous échappait.

Pourquoi alors avait-il maintenant des doutes sur la culpabilité de Beck ?

Peut-être parce que tout s'emboîtait un peu trop commodément, les preuves se mettaient toutes en place pour corroborer leur théorie. Ou bien ses doutes étaient-ils fondés sur un facteur aussi peu fiable que l'« intuition », même si Carlson n'avait jamais été un fana de cet aspect-là du travail d'investigation. L'intuition était souvent une façon d'arrondir les angles, une technique astucieuse qui substituait aux faits bruts des arguments bien plus insaisissables et capricieux. Les pires enquêteurs que Carlson eût connus se fiaient à leur prétendue intuition.

Il a pris la feuille du dessus. *Informations générales. Elizabeth Parker Beck.* Adresse, date de naissance (elle avait vingt-cinq ans au moment de sa mort). Sexe féminin, blanche, taille 1,71 m, poids 49 kg. Maigre. L'examen externe avait révélé que la rigidité cadavérique s'était résorbée. On observait des cloques sur la peau et un écoulement de fluides par les orifices. Le décès, par conséquent, remontait à plus de trois jours. La cause du décès était un coup de couteau à la poitrine. Il avait sectionné l'aorte thoracique et provoqué une hémorragie massive. Il y avait également des coupures sur les mains et les doigts, théoriquement parce qu'elle avait essayé de se défendre contre l'attaque au couteau.

Carlson a sorti son calepin et un stylo Mont Blanc. Il a écrit « Blessures défensives ?!?! », l'a souligné plusieurs fois. Blessures défensives. Ça ne ressemblait guère à KillRoy. KillRoy torturait ses victimes. Il les ligotait avec une corde et, une fois qu'elles n'étaient plus en état de se soucier de quoi que ce soit, il les tuait.

Alors d'où lui venaient ces blessures aux mains ?

Carlson a poursuivi sa lecture. Il a appris la couleur des cheveux et des yeux et c'est là, au milieu de la deuxième page, qu'il est tombé sur une nouvelle bombe.

Elizabeth Beck avait été marquée *après* sa mort.

Carlson a relu la phrase. Il a ressorti son calepin et griffonné les mots « après la mort ». Ça ne collait pas : KillRoy avait toujours marqué ses victimes de leur vivant. Ç'avait fait beaucoup de bruit au procès, son goût pour l'odeur de chair brûlée et la jouissance qu'il tirait des cris des victimes.

D'abord, les blessures défensives. Ensuite, ça. Quelque chose clochait.

Carlson a retiré ses lunettes et fermé les yeux. Quelle pagaille… La pagaille l'indisposait. Les trous dans le raisonnement, c'était prévisible, mais là, c'étaient carrément des gouffres. D'un côté, le rapport d'autopsie confirmait sa thèse de départ, comme quoi le meurtre d'Elizabeth Beck avait été maquillé en une œuvre de KillRoy. Seulement, si c'était vrai, leur raisonnement prenait l'eau par l'autre bout.

Il s'est efforcé de procéder étape par étape. Tout d'abord, pourquoi Beck tenait-il tant à consulter ce dossier ? En surface, la réponse était maintenant évidente. Quiconque examinait ces résultats de près pouvait se rendre compte que KillRoy avait fort peu de chances d'être l'auteur de l'assassinat. Ce n'était pas une certitude, bien sûr. Les tueurs en série, contrairement à ce qu'on peut lire, ne sont pas rivés à une routine. KillRoy aurait pu changer de mode opératoire ou bien chercher à varier les plaisirs. Cependant, au vu de ce que Carlson venait de lire, il y avait de quoi se poser des questions.

Mais la grande question qui découlait de tout ça, c'était : Comment se fait-il que personne n'a relevé ces incohérences à l'époque ?

Carlson a dressé la liste des raisons possibles. KillRoy n'avait jamais été poursuivi pour le meurtre d'Elizabeth Beck. Il comprenait maintenant pourquoi. Peut-être les enquêteurs avaient-ils soupçonné la vérité. Peut-être avaient-ils pris conscience que leur première hypothèse ne cadrait pas, mais que le divulguer apporterait de l'eau au moulin des avocats de KillRoy. Le problème, quand on enquête sur un tueur en série, c'est que, à force de ratisser large, il y a toujours un détail qui vous glisse entre les doigts. La défense n'a plus qu'à se saisir d'une affaire, à en pointer les contradictions, et ça rejaillira sur tout le reste. En l'absence d'aveux, on juge donc rarement ce type d'individu pour tous les meurtres à la fois. On procède pas à pas. Conscients de cela, les enquêteurs avaient probablement décidé de faire l'impasse sur l'assassinat d'Elizabeth Beck.

Mais cette version-là avait aussi ses failles.

Le père et l'oncle d'Elizabeth Beck – tous deux dans les forces de l'ordre – avaient vu le corps. Ils avaient sans doute lu ce rapport d'autopsie. N'auraient-ils pas réagi face à toutes ces incohérences ? Auraient-ils laissé courir son assassin pour faire porter le chapeau à KillRoy ? Carlson en doutait.

Alors, où cela le menait-il ?

Il a continué à lire le dossier. Une autre surprise l'attendait. L'air conditionné commençait à le réfrigérer sérieusement ; il était transi jusqu'aux os. Baissant la vitre, il a retiré la clé du contact. En haut de la page, on lisait : *Rapport toxicologique.* À l'issue des tests, cocaïne et héroïne avaient été découvertes dans le sang d'Elizabeth Beck. Qui plus est, il y en avait des traces dans les cheveux et les tissus, témoignant d'une consommation régulière.

Est-ce que ça collait ?

Il était en train d'y réfléchir quand son portable a sonné. Il l'a sorti.

— Carlson.

— On a trouvé quelque chose, a dit Stone.

Carlson a reposé le dossier.

— Quoi ?

— Beck. Sa place est réservée sur un vol à destination de Londres, partant de JFK. L'avion décolle dans deux heures.

— J'arrive tout de suite.

En marchant, Tyrese a posé une main sur mon épaule.

— Toutes des salopes, a-t-il assené pour la énième fois. On peut pas leur faire confiance.

Je n'ai pas pris la peine de répondre.

J'ai été surpris au début de la rapidité avec laquelle il a localisé Helio Gonzalez, même si, au fond, le réseau de la rue devait fonctionner aussi bien que n'importe quel autre. Demandez à un trader de chez Morgan Stanley de vous trouver son homologue chez Goldman Sachs : ce sera fait en quelques minutes. Demandez-moi d'adresser un patient à pratiquement n'importe quel médecin de la région : un seul coup de fil suffit. Pourquoi serait-ce différent dans le milieu de la pègre ?

Helio sortait tout juste d'un séjour de quatre années à l'ombre pour vol à main armée. Cela se voyait. Lunettes noires, cheveux en brosse, T-shirt blanc sous une chemise en flanelle boutonnée seulement en haut qui ressemblait à une cape ou à des ailes de chauve-souris, aux manches retroussées sur de grossiers tatouages de prison, sous lesquels saillaient les muscles. Ça se reconnaît facilement, les muscles de prison, à leur aspect lisse comme du marbre, par rapport à la gonflette des salles de fitness.

On s'est assis sur un perron quelque part dans Queens. Je ne saurais dire où exactement. Un rythme latino me martelait la poitrine. Des femmes brunes en débardeurs ultramoulants sont passées nonchalamment devant nous. Tyrese a hoché la tête dans ma direction. Je me suis tourné vers Helio. Il me regardait en ricanant. J'ai vu le topo, et un mot, un seul, m'est venu à l'esprit : fumier. Un fumier imperméable, inaccessible aux sentiments. Il suffisait de le regarder pour mesurer les dégâts qu'il continuerait à laisser dans son sillage. La question était de savoir combien. Je me rendais bien compte que cette opinion n'était pas charitable. Au regard des apparences, on pouvait en dire autant de Tyrese. Ça n'avait pas d'importance. Elizabeth croyait peut-être à la rédemption des endurcis, des anesthésiés de la conscience. Moi, j'y travaillais encore.

— Il y a quelques années, vous avez été arrêté pour le meurtre de Brandon Scope, ai-je commencé. Je sais que vous avez été relaxé, je ne suis pas là pour vous chercher des ennuis. Mais j'ai besoin de connaître la vérité.

Helio a ôté ses lunettes. Il a jeté un coup d'œil sur Tyrese.

— Tu m'as amené un flic ?

— Je ne suis pas un flic, ai-je dit. Je suis le mari d'Elizabeth Beck.

J'attendais une réaction. Il n'y en a pas eu.

— C'est la femme qui vous a fourni votre alibi.

— Je sais qui c'est.

— Était-elle avec vous ce soir-là ?

Helio a pris son temps.

— Ouais, a-t-il fait lentement, révélant ses dents jaunes dans un sourire. Elle a passé toute la nuit avec moi.

— Vous mentez.

Helio s'est retourné vers Tyrese.

— C'est quoi, ça, mec ?

— J'ai besoin de connaître la vérité, ai-je répété.

— Vous croyez que je l'ai tué, ce Scope ?

— Non, ce n'est pas vous, je le sais.

Ça l'a pris de court.

— C'est quoi, ce cirque ?

— J'ai besoin d'une confirmation.

Helio attendait.

— Étiez-vous avec ma femme ce soir-là, oui ou non ?

— Vous voulez que je vous raconte quoi ?

— La vérité.

— Et si la vérité est qu'elle a passé la nuit avec moi ?

— Ce n'est pas la vérité.

— Comment pouvez-vous en être aussi sûr ?
Tyrese s'est interposé.
— Dis-lui ce qu'il veut savoir.
Une fois de plus, Helio a pris son temps.
— C'est comme elle a dit. Je me la suis fait, OK ? Désolé, mec, c'est ce qui est arrivé. On n'a pas arrêté de la nuit.
J'ai regardé Tyrese.
— Laissez-nous seuls une seconde, d'accord ?
Tyrese a hoché la tête, s'est levé et a regagné la voiture, garée plus bas dans la rue. Il s'est adossé à la portière, les bras croisés, Brutus à ses côtés. J'ai reporté mon regard sur Helio.
— Où avez-vous connu ma femme ?
— Au centre.
— Elle a essayé de vous aider ?
Il a haussé les épaules, sans me regarder.
— Vous connaissiez Brandon Scope ?
À en juger par l'expression fugitive de son visage, j'ai eu l'impression qu'il avait peur.
— Je me casse, mec.
— Il n'y a que vous et moi, Helio. Vous pouvez me fouiller, je n'ai pas de micro sur moi.
— Vous voulez que je fiche en l'air mon alibi ?
— Oui.
— Pourquoi je ferais ça ?
— Parce que quelqu'un s'est mis en tête de liquider tous ceux qui étaient liés à la disparition de Brandon Scope. Hier soir, une amie de ma femme a été assassinée dans son studio de photo. Moi, ils m'ont chopé aujourd'hui, mais Tyrese est intervenu. Ils cherchent aussi à tuer ma femme.
— Je croyais qu'elle était déjà morte ?
— C'est une longue histoire, Helio. Tout est en train de remonter à la surface. Si je ne découvre pas

ce qui s'est réellement passé, on finira tous à la morgue.

C'était peut-être vrai, peut-être exagéré, je m'en moquais.

— Où étiez-vous ce soir-là ?

— Avec elle.

— Je peux prouver que non.

— Quoi ?

— Ma femme était à Atlantic City. J'ai toutes ses anciennes factures. Je peux le prouver. Votre alibi, Helio, je le fais sauter quand je veux. Et je n'hésiterai pas. Je sais que vous n'avez pas tué Brandon Scope. Mais je vous donne ma parole que je vous enverrai sur la chaise électrique si vous ne me dites pas la vérité.

Je bluffais. Je bluffais à mort. Mais j'ai senti que ça fonctionnait.

— La vérité, et vous resterez libre.

— Je ne l'ai pas tué, ce type, je le jure.

— Je sais.

Il a réfléchi un instant.

— Je ne sais pas pourquoi elle a fait ça, OK ?

J'ai hoché la tête pour qu'il continue à parler.

— Ce soir-là, j'ai cambriolé une maison à Fort Lee. Je n'avais donc pas d'alibi. J'ai cru que j'étais cuit. Elle m'a sorti d'un sacré merdier.

— Vous ne lui avez pas demandé pourquoi ?

Il a eu un geste de dénégation.

— J'ai juste marché dans la combine, c'est tout. Mon avocat m'a répété ce qu'elle avait expliqué. J'ai confirmé. Du coup, je me suis retrouvé dehors.

— Avez-vous revu ma femme depuis ?

— Non.

Il a levé les yeux sur moi.

— Pourquoi vous êtes si sûr que votre femme ne couchait pas avec moi ?

— Je connais ma femme.

Il a souri.

— Vous croyez qu'elle ne vous aurait jamais raconté de salades ?

Je n'ai pas répondu.

Helio s'est relevé.

— Dites à Tyrese qu'il m'en doit une.

Et, avec un petit rire, il a tourné les talons.

34

Pas de bagages. Un billet acheté sur Internet, comme ça elle pouvait effectuer l'enregistrement par l'intermédiaire d'une machine plutôt qu'au comptoir. Elle attendait au terminal d'à côté, l'œil rivé sur le tableau des départs, guettant l'instant où le mot « Embarquement » s'afficherait face au numéro de son vol.

Assise dans un fauteuil en plastique moulé, elle a jeté un regard sur le tarmac. Un écran de télévision diffusait à plein volume les nouvelles sur CNN.

« Et maintenant, les gros titres de l'actualité sportive. »

Elle a fait le vide dans sa tête. Cinq ans plus tôt, elle avait séjourné dans un petit village près de Goa, en Inde. Ce trou perdu jouissait d'une certaine renommée à cause d'un yogi centenaire qui y résidait. Elle avait passé du temps avec le yogi. Il avait tenté de lui enseigner des techniques de méditation, la respiration pranayama, la purification du mental. Rien de tout ça n'avait réellement duré. Il y avait des moments où elle arrivait à sombrer dans une sorte de néant. Mais le plus souvent, où qu'elle sombre, Beck y était aussi.

Elle s'interrogeait sur son étape suivante. À vrai dire, elle n'avait guère le choix. C'était une question de survie. Et qui disait survie disait fuite. Elle avait semé la pagaille, alors maintenant elle fuyait de nouveau, laissant aux autres le soin de tout remettre en ordre. Mais quelle autre option y avait-il ? Ils étaient après elle. Malgré ses précautions en béton, ils avaient continué à veiller. Pendant huit ans.

Un bambin s'est dandiné vers la vitre et a tapé dessus à pleines paumes. Son père harassé mais souriant a couru à sa poursuite, le cueillant dans ses bras. En les contemplant, elle a inévitablement pensé à ce qui aurait pu être. Un vieux couple à sa droite bavardait gentiment de tout et de rien. Quand ils étaient ados, Beck et elle regardaient M. et Mme Steinberg déambuler le long de Downing Place bras dessus, bras dessous, tous les soirs sans faute, longtemps après que leurs enfants avaient grandi et déserté le nid. Ils vivraient ainsi, lui avait promis Beck. Mme Steinberg était morte à quatre-vingt-deux ans. M. Steinberg, en dépit d'une constitution étonnamment robuste, l'avait suivie quatre mois après. On dit que ça arrive souvent aux personnes âgées, que – pour paraphraser Springsteen – deux cœurs n'en font plus qu'un. Quand l'un meurt, l'autre suit. Était-ce ainsi entre David et elle ? Ils n'avaient pas vécu ensemble soixante et un ans comme les Steinberg, mais comparativement, en partant du principe que les premiers souvenirs remontent rarement avant l'âge de cinq ans, si l'on calculait qu'elle et Beck avaient été inséparables depuis qu'ils avaient eu sept ans, qu'il leur était difficile d'exhumer un souvenir où l'autre ne figurait pas, ils avaient plus investi l'un dans l'autre que les Steinberg.

Elle s'est tournée vers le tableau. Face au vol 174 de British Airways le mot « Embarquement » clignotait.

Son vol venait d'être annoncé.

Carlson et Stone, flanqués de leurs petits camarades de la police Dimonte et Krinsky, s'entretenaient avec la responsable des réservations de British Airways.

— Il ne s'est pas présenté, a déclaré la femme en uniforme blanc et bleu avec un foulard autour du cou, un joli accent et un badge sur lequel on lisait : Emily.

Dimonte a lâché un juron. Krinsky a haussé les épaules. Ce n'était pas une surprise. Toute la journée, Beck avait joué avec succès la fille de l'air. Pourquoi aurait-il été bête au point d'embarquer dans un avion sous son vrai nom ?

— On est dans une impasse, a grommelé Dimonte.

Carlson, qui serrait toujours le rapport d'autopsie contre sa hanche, a demandé à Emily :

— Qui, parmi vos employés, s'y connaît le mieux en informatique ?

— Moi, je suppose, a-t-elle répondu avec un sourire compétent.

— S'il vous plaît, trouvez-nous la réservation.

Emily s'est exécutée.

— Pouvez-vous me dire quand il a réservé son billet ?

— Il y a trois jours.

Dimonte a sauté sur l'occasion.

— Beck avait prévu de filer. Le fils de pute !

Carlson a secoué la tête.

— Non.

— Comment ça ?

— Nous sommes partis de l'hypothèse qu'il a tué Rebecca Schayes pour la faire taire. Or, quand on a l'intention de quitter le pays, pourquoi se donner tant de peine ? Et pourquoi prendre le risque d'attendre trois jours alors qu'on est recherché pour un nouveau meurtre ?

Stone a secoué la tête.

— Là, tu es en train de chercher la petite bête, Nick.

— Un truc nous échappe, a insisté Carlson. Pourquoi tout à coup aurait-il décidé de s'enfuir ?

— Parce qu'on était sur son dos.

— Pas il y a trois jours.

— Il savait peut-être que c'était une question de temps.

Carlson a froncé les sourcils.

Dimonte s'est tourné vers Krinsky.

— On perd notre temps ici. Allez, on se tire.

Il a regardé Carlson.

— On va laisser un ou deux agents dans les parages, juste au cas où.

Carlson a acquiescé, n'écoutant qu'à moitié. Après leur départ, il a demandé à Emily :

— Il devait voyager seul ou avec quelqu'un ?

Emily a pianoté sur le clavier.

— C'était une réservation en solo.

— Et il a réservé comment ? En personne ? Par téléphone ? Est-il passé par une agence ?

Les touches ont cliqueté de nouveau.

— Une agence, non. Ça, je peux vous le confirmer, parce qu'on aurait eu mention de la commission à payer.

Aucune aide de ce côté-là.

— Comment a-t-il réglé ?

— Carte de crédit.

— Puis-je avoir le numéro, s'il vous plaît ?

Elle lui a donné le numéro. Il l'a remis à Stone. Stone a secoué la tête.

— Cette carte-là n'est pas à lui. En tout cas, pas à notre connaissance.

— Vérifie, a dit Carlson.

Stone avait déjà son portable à la main. Il a hoché la tête et appuyé sur une touche.

Carlson s'est frotté le menton.

— Donc, il a réservé son billet il y a trois jours ?

— C'est exact.

— Savez-vous à quelle heure ?

— Ma foi, oui, l'ordinateur le marque. À dix-huit heures quatorze.

Carlson a hoché la tête.

— OK, super. Pouvez-vous me dire si quelqu'un d'autre a fait sa réservation à peu près en même temps ?

Emily a réfléchi.

— Je n'ai jamais essayé. Attendez une minute, je vais voir quelque chose.

Elle a tapé. Attendu. Tapé à nouveau. Attendu.

— L'ordinateur ne veut pas faire le tri par date de réservation.

— Mais l'information est dedans ?

— Oui. Attendez, ne bougez pas.

Ses doigts se sont remis à courir sur le clavier.

— Je peux afficher les informations sous forme de tableau. Ça nous fera cinquante réservations par écran. Ce sera plus rapide.

Dans le premier groupe de cinquante, il y avait un couple marié qui avait réservé le même jour, mais beaucoup plus tôt. Ce n'était pas ça. Dans le deuxième groupe, rien. Dans le troisième cependant, ils ont décroché le jackpot.

— Lisa Sherman, a annoncé Emily. Son billet a été réservé le même jour, à huit minutes près.

En soi ça ne signifiait rien, bien sûr, mais Carlson a ressenti un picotement dans la nuque.

— Tiens, voilà qui est intéressant, a ajouté Emily.

— Quoi donc ?

— Le numéro de son siège.

— Eh bien ?

— Elle devait être placée à côté de David Beck. Seizième rang, sièges E et F.

Carlson a tressailli.

— Elle s'est présentée à l'enregistrement ?

Emily a pianoté de nouveau. L'écran s'est évanoui. Un autre est apparu à sa place.

— Oui, absolument. Elle doit être en train d'embarquer, au moment où je vous parle.

Elle a rajusté la bandoulière de son sac à main et s'est levée. Le pas alerte, la tête haute. Elle portait toujours lunettes, perruque et implants. Comme sur la photo de Lisa Sherman, dans son passeport.

À quatre portes de la sienne, elle a capté une bribe d'un bulletin d'informations sur CNN. Elle s'est arrêtée net. Un homme qui tirait une valise surdimensionnée est entré en collision avec elle. Il a eu un geste grossier, comme si elle lui avait fait une queue de poisson sur l'autoroute. Elle l'a ignoré, les yeux fixés sur l'écran de télévision.

La présentatrice était en train de parler. Dans le coin droit de l'écran se trouvait une photo de sa vieille amie Rebecca Schayes côte à côte avec un portrait de… de Beck.

À la hâte, elle s'est rapprochée de l'écran. Sous les images, en caractères rouge sang, on lisait : MORT DANS UNE CHAMBRE NOIRE.

« … David Beck, soupçonné d'être l'auteur de l'assassinat. Mais est-ce le seul crime qu'on lui attribue ? Reportage de Jack Turner. »

La présentatrice a disparu. À sa place, deux policiers ont sorti une civière avec un corps enveloppé dans une housse. Elle a reconnu le bâtiment et ravalé une exclamation. Huit ans. Huit ans avaient passé, et Rebecca avait gardé le même studio.

Une voix masculine, celle de Jack Turner sans doute, a commenté les images :

« C'est une histoire alambiquée, ce meurtre d'une grande photographe de mode new-yorkaise. Rebecca Schayes a été trouvée morte dans sa chambre noire, abattue à bout portant de deux balles dans la tête. »

Photo de Rebecca, un sourire éclatant aux lèvres.

« Le suspect est un ami de longue date, le Dr David Beck, pédiatre. »

Cette fois-ci, une photo de Beck, sans sourire, a rempli l'écran. Elle a failli tomber par terre.

« Le Dr Beck a échappé de peu à l'arrestation en début de matinée après avoir agressé un agent de police. Il court toujours, et on estime qu'il est armé et dangereux. Si vous avez la moindre information à son sujet… »

Un numéro de téléphone s'est affiché en jaune. Jack Turner l'a lu tout haut avant de poursuivre :

« Là où l'histoire se complique, c'est quand on prête attention à certaines fuites en provenance du Bureau fédéral. Apparemment, le Dr Beck serait lié au meurtre de deux hommes dont les cadavres ont été récemment exhumés en Pennsylvanie, non loin de la maison de campagne familiale du Dr Beck. Mais le plus grave est que le Dr David Beck est également soupçonné du meurtre de sa femme, Elizabeth, commis il y a huit ans. »

Là-dessus a surgi la photo d'une femme qu'elle a eu du mal à reconnaître. Elle s'est soudain sentie nue, le dos au mur. Son image a disparu, supplantée par les paroles de la présentatrice :

« Jack, ne considère-t-on pas qu'Elizabeth Beck fait partie des victimes du tueur en série Elroy "KillRoy" Kellerton ?

» — Tout à fait, Terese. Pour le moment, les autorités ne laissent pas filtrer grand-chose, et leurs représentants nient ces allégations. Mais nous tenons nos renseignements de sources extrêmement sûres.

» — La police a-t-elle un mobile, Jack ?

» — On ne le sait pas encore. Il y a eu des spéculations sur un éventuel triangle amoureux. Mlle Schayes était mariée avec Gary Lamont, qui reste cloîtré chez lui. Mais à ce stade-là, ce ne sont guère que des conjectures. »

Le regard toujours rivé sur l'écran, elle a senti les larmes lui monter aux yeux.

« Et le Dr Beck est encore en liberté ?

» — Oui, Terese. La police demande la coopération du public, mais recommande formellement de s'abstenir de toute initiative personnelle. »

Des bavardages ont suivi. Des bavardages sans signification.

Elle s'est détournée. Rebecca. Bon Dieu, pas Rebecca ! Et elle s'était mariée. Elle avait dû choisir des robes, les motifs du service en porcelaine et faire toutes ces choses dont elles avaient coutume de se moquer. Comment ? Comment Rebecca s'était-elle retrouvée mêlée à tout ça ? Elle qui n'était au courant de rien.

Pourquoi l'avaient-ils tuée ?

Subitement, la même pensée l'a frappée avec une force redoublée. *Qu'est-ce que j'ai fait ?*

Elle était revenue. Ils s'étaient mis à la chercher. Comment s'y étaient-ils pris ? Facile. En surveillant ses proches. L'imbécile ! Son retour avait mis en danger les êtres qui lui étaient le plus chers. Elle avait tout gâché. Maintenant, sa meilleure amie était morte.

« Vol 174 British Airways à destination de Londres. Embarquement immédiat. »

Elle n'avait plus le temps de battre sa coulpe. Il fallait réfléchir. Et vite. Que faire ? Les gens qu'elle aimait étaient en danger. Beck – elle s'est soudain souvenue de son absurde déguisement – était en cavale. Il avait contre lui un système puissant. S'ils cherchaient à le faire passer pour un assassin – or, visiblement, c'était bien parti pour –, il n'avait aucune chance de s'en tirer.

Elle ne pouvait pas partir. Pas encore. Pas avant de savoir Beck en sécurité.

Elle a fait demi-tour et s'est dirigée vers la sortie.

Quand, finalement, Peter Flannery a vu le reportage sur David Beck recherché par la police, il a décroché son téléphone et appelé un ami au bureau du procureur.

— Qui est en charge du dossier Beck ? a-t-il demandé.

— Fein.

Un âne bâté, s'est dit Flannery.

— J'ai rencontré votre homme aujourd'hui.

— David Beck ?

— Oui. Il est venu me voir.

— Pourquoi ?

Flannery a donné un coup de pied dans son fauteuil relax.

— Passe-moi Fein.

35

À la tombée de la nuit, Tyrese m'a trouvé une chambre chez une cousine de Latisha. Il était difficilement concevable que la police découvre mon lien avec lui, mais à quoi bon prendre des risques ?

Tyrese avait un ordinateur portable. Nous l'avons branché. J'ai consulté mon e-mail dans l'espoir de tomber sur un message de mon mystérieux correspondant. Rien sur mon compte professionnel. Ni sur le compte personnel. J'ai essayé le nouveau, chez bigfoot.com. Là non plus, il n'y avait rien.

Depuis qu'on était sortis du cabinet de Flannery, Tyrese me regardait d'un drôle d'air.

— Je peux vous demander un truc, Doc ?

— Allez-y.

— Quand l'autre baveux a parlé du type qu'a été buté…

— Brandon Scope.

— Ouais, c'est ça. À vous voir, on aurait dit que vous vous étiez pris un coup de massue sur la tête.

C'était exactement ce que j'avais ressenti.

— Et vous vous demandez pourquoi ?

Tyrese a haussé les épaules.

— Je connaissais Brandon Scope. Lui et ma femme partageaient le même bureau dans une institution caritative en ville. Mon père a grandi avec le sien, plus tard il a travaillé pour lui. En fait, c'est mon père qui était chargé de former Brandon à la gestion de ses intérêts dans l'entreprise familiale.

— Ah bon, a fait Tyrese. Et quoi d'autre ?

— Ça ne suffit pas ?

Il semblait attendre. Je me suis tourné vers lui. Il me regardait sans ciller et, l'espace d'un instant, j'ai eu l'impression qu'il pouvait lire jusque dans les recoins les plus obscurs de mon âme. Dieu merci, ça n'a pas duré. Tyrese a dit :

— Maintenant, vous voulez faire quoi ?

— Donner quelques coups de fil. Vous êtes bien sûr qu'on ne pourra pas me repérer ?

— Je vois pas comment. Mais bon, on va faire un truc. La conversation à trois, en passant par un autre téléphone mobile. Là, ce sera plus dur.

Tyrese a tout organisé. Il fallait que je compose un numéro et que je dise à quelqu'un que je ne connaissais pas quel numéro appeler. Tyrese s'est dirigé vers la porte.

— Je vais jeter un œil sur TJ. Je reviens dans une heure.

— Tyrese ?

Il s'est retourné. Je voulais le remercier, mais cela aurait sonné faux. Il a compris.

— J'ai besoin que vous restiez en vie, Doc. Pour mon môme.

J'ai hoché la tête. Il est parti. J'ai consulté ma montre avant de composer le numéro du portable de Shauna. Elle a répondu dès la première sonnerie.

— Allô ?

— Comment va Chloe ? ai-je demandé.

— Très bien.

— Vous avez fait combien de kilomètres ?

— Au moins trois. Je dirais plutôt même quatre ou cinq.

J'ai été submergé de soulagement.

— Alors, a-t-elle continué, quel est notre prochain…

J'ai souri et coupé la communication. Ensuite, j'ai appelé mon pote standardiste et lui ai donné un autre numéro. Il a marmonné qu'il n'était pas un putain de central téléphonique, mais il s'est exécuté quand même.

Hester Crimstein a répondu comme si elle allait mordre le récepteur.

— Oui ?

— C'est Beck, ai-je dit rapidement, est-ce qu'on nous écoute, ou bien sommes-nous protégés par le secret professionnel ?

J'ai senti une curieuse hésitation de sa part.

— Vous n'avez rien à craindre.

— J'avais une raison pour prendre la tangente, ai-je commencé.

— La culpabilité, par exemple ?

— Quoi ?

Nouvelle hésitation.

— Désolée, Beck. J'ai merdé. Après votre fuite, je me suis dégonflée. J'ai raconté des bêtises à Shauna et j'ai laissé tomber l'affaire.

— Je n'en savais rien. J'ai besoin de vous, Hester.

— Je ne vous aiderai pas à vous cacher.

— Je ne veux plus me cacher. Je veux me rendre. Mais à mes conditions.

— Vous n'êtes pas en position de dicter vos exigences, Beck. Ce coup-ci, on va vous enfermer pour de bon. Vous pouvez dire adieu à la caution.

— Et si j'apportais la preuve que je n'ai pas tué Rebecca Schayes ?

Elle a encore hésité.

— Vous pouvez faire ça ?

— Oui.

— Quel genre de preuve ?

— Un alibi en béton.

— Fourni par qui ?

— Eh bien, ai-je répliqué, c'est là que ça devient intéressant.

L'agent fédéral Carlson a allumé son téléphone mobile.

— Oui ?

— J'ai trouvé autre chose, a dit son collègue Stone.

— Quoi ?

— Beck est venu voir un avocaillon du nom de Flannery il y a quelques heures à peine. Il était en compagnie d'un jeune Black.

Carlson a froncé les sourcils.

— Je croyais que son avocat, c'était Hester Crimstein ?

— Il ne cherchait pas à se faire représenter. Il voulait des renseignements sur une affaire passée.

— Quelle affaire ?

— Il y a huit ans, une espèce de petite frappe nommée Gonzalez a été arrêtée pour le meurtre de Brandon Scope. Elizabeth Beck lui a fourni un alibi d'enfer. Beck voulait tout savoir là-dessus.

Carlson a senti la tête lui tourner. Comment diable… ?

— Autre chose ?

— C'est tout, a fait Stone. Ohé, tu es toujours là ?

— Je te parlerai plus tard, Tom.

Carlson a coupé la communication et composé un autre numéro.

— Centre national d'identification.

— Tu fais des heures sup, Donna ?

— Oui, et j'ai hâte de partir. Qu'est-ce que tu veux, Nick ?

— Un énorme service.

— Non, a-t-elle dit.

Puis, avec un grand soupir :

— Quoi ?

— Vous avez toujours le trente-huit qu'on a trouvé dans le coffre-fort de Sarah Goodhart ?

— Et alors ?

Il lui a expliqué ce qu'il voulait. Quand il a eu fini, elle a répliqué :

— J'espère que tu plaisantes.

— Tu me connais, Donna, je n'ai aucun sens de l'humour.

— Ça, c'est bien vrai.

Elle a soupiré.

— Je vais faire la demande, mais on n'aura pas la réponse aujourd'hui.

— Merci, Donna. Tu es un chef.

En entrant dans le hall de l'immeuble, Shauna a entendu quelqu'un l'interpeller :

— Excusez-moi. Mademoiselle Shauna ?

Elle a regardé l'homme en costume élégant, avec les cheveux enduits de gel.

— Vous êtes ?

— Agent fédéral Nick Carlson.

— Bonne nuit, monsieur l'agent.

— Nous savons qu'il vous a appelée.

Elle s'est tapoté la bouche en feignant de bâiller.

— Vous devez être fier.

— Avez-vous déjà entendu parler de complicité et recel de malfaiteur ?

— Arrêtez de me faire peur, a-t-elle répliqué d'une voix exagérément monocorde, ou je risque de pisser directement sur cette moquette à trois sous.

— Je bluffe, à votre avis ?

Shauna a tendu les mains, les poignets joints.

— Embarquez-moi, chéri.

Elle a jeté un coup d'œil derrière lui.

— Normalement, vous ne voyagez pas par deux, vous autres ?

— Je suis venu seul.

— C'est ce que je vois. Je peux monter maintenant ?

Carlson a soigneusement rajusté ses lunettes.

— Je ne crois pas que le Dr Beck ait tué qui que ce soit.

Ça l'a clouée sur place.

— Comprenez-moi bien. Il y a des tas de preuves contre lui. Mes collègues sont tous convaincus de sa culpabilité. Il est toujours recherché par les forces de police.

— Ah oui ? a fait Shauna sur un ton plus que suspicieux. Et vous, vous avez réussi à y voir clair ?

— Je pense simplement qu'il y a autre chose en jeu.

— Quoi donc ?

— J'espérais que vous seriez en mesure de m'éclairer.

— Et si je me dis que c'est un piège ?

Carlson a haussé les épaules.

— Je n'y peux pas grand-chose…

Elle a ruminé cette réponse.

— Peu importe, a-t-elle lâché, je ne sais rien.

— Vous savez où il se cache.

— Pas du tout.

— Et si vous le saviez ?

— Je ne vous le dirais pas. Mais là, je ne vous apprends rien.

— En effet, a reconnu Carlson. Alors je suppose que vous n'allez pas m'expliquer ce que signifie toute cette histoire de promenade du chien.

Elle a secoué la tête.

— Vous le saurez bientôt.

— Ça risque de mal tourner pour lui. Votre ami a agressé un flic. Il fait l'objet d'une chasse à l'homme.

Shauna n'a pas bronché.

— Je n'y peux rien.

— C'est clair.

— Je peux vous poser une question ?

— Allez-y, a opiné Carlson.

— Pourquoi vous ne croyez pas à sa culpabilité ?

— Je ne sais pas exactement. À cause de petites choses.

Carlson a incliné la tête.

— Saviez-vous que Beck avait une place réservée dans un avion pour Londres ?

Shauna a parcouru le hall des yeux, histoire de gagner une seconde ou deux. Un homme est entré, l'a gratifiée d'un sourire appréciateur. Elle l'a ignoré.

— N'importe quoi, a-t-elle dit finalement.

— Je reviens de l'aéroport. Son billet a été réservé il y a trois jours. Évidemment, il ne s'est pas présenté. Mais le plus bizarre, c'est que la carte de crédit qui a servi à payer le billet était au nom de Laura Mills. Ce nom signifie-t-il quelque chose pour vous ?

— Pourquoi, il devrait ?

— Probablement pas. Nous y travaillons encore, mais selon toute vraisemblance il s'agit d'un pseudonyme.

— Pour qui ?

Carlson a haussé les épaules.

— Connaissez-vous Lisa Sherman ?

— Non. Qu'est-ce qu'elle vient faire ici ?

— Elle avait réservé sa place dans le même avion. En fait, elle devait être assise à côté de notre homme.

— Elle non plus ne s'est pas présentée ?

— En fait, elle est passée à l'enregistrement. Mais quand le vol a été annoncé, elle n'est pas venue à l'embarquement. Curieux, ne pensez-vous pas ?

— Je ne sais pas quoi penser, a répondu Shauna.

— Malheureusement, personne n'a pu nous donner un signalement de Lisa Sherman. Elle n'avait pas de bagages et a utilisé un appareil automatique pour retirer son billet. On a donc lancé une recherche. Et devinez ce qu'on a trouvé.

Shauna a secoué la tête.

— Rien, a dit Carlson. Visiblement, c'est encore un pseudonyme. Brandon Scope, vous connaissez ?

Shauna s'est raidie.

— C'est quoi, cette histoire ?

— Le Dr Beck, accompagné d'un Noir, s'est rendu aujourd'hui chez un avocat nommé Peter Flannery. Ce Flannery a défendu un suspect dans l'affaire du meurtre de Brandon Scope. Le Dr Beck l'a interrogé à ce sujet, et notamment sur le rôle joué par Elizabeth dans la relaxe du prévenu. Sauriez-vous pourquoi ?

Shauna a entrepris de fourrager dans son sac.

— Vous cherchez quelque chose ?

— Une cigarette. Vous n'en auriez pas une ?

— Désolé, non.

— Zut.

Elle s'est arrêtée, l'a fixé dans les yeux.

— Pourquoi me racontez-vous tout ça ?

— J'ai quatre cadavres sur les bras : j'aimerais comprendre ce qui se passe.

— Quatre ?

— Rebecca Schayes, Melvin Bartola, Robert Wolf – ce sont les deux hommes découverts au bord du lac. Et Elizabeth Beck.

— C'est KillRoy qui a tué Elizabeth.

Carlson a secoué la tête.

— Comment pouvez-vous en être sûr ?

Il a levé l'enveloppe en papier kraft.

— Pour commencer, il y a ceci.

— Qu'est-ce que c'est ?

— Son rapport d'autopsie.

Shauna a dégluti. Elle était tellement angoissée qu'elle en avait des fourmis dans les doigts. La voilà, l'épreuve de vérité. Elle s'est efforcée de raffermir sa voix.

— Puis-je jeter un coup d'œil ?

— Pour quoi faire ?

Elle n'a pas répondu.

— Et, qui plus est, pourquoi Beck tenait-il tant à le consulter ?

— Je ne sais pas de quoi vous parlez.

Mais les mots sonnaient faux à ses propres oreilles, tout comme, indéniablement, à celles de son interlocuteur.

— Est-ce qu'Elizabeth Beck se droguait ? a demandé Carlson.

La question l'a prise complètement au dépourvu.

— Elizabeth ? Jamais de la vie !

— Vous en êtes sûre ?

— Sûre et certaine. Elle travaillait avec des drogués. Ça faisait partie de sa formation.

— Je connais plein de flics de la brigade des mœurs qui aiment bien passer quelques heures avec une prostituée.

— Elle n'était pas comme ça. Elizabeth n'avait rien d'une sainte nitouche, mais la drogue ? C'est totalement exclu.

Il a de nouveau levé l'enveloppe kraft.

— Le rapport toxicologique témoigne de la présence d'héroïne et de cocaïne dans son organisme.

— Dans ce cas, c'est Kellerton qui l'a forcée à en prendre.

— Non, a rétorqué Carlson.

— Pourquoi ?

— Il existe d'autres tests, Shauna. Qui portent sur les tissus, les cheveux. D'après les résultats, la consommation des drogues remontait à plusieurs mois au minimum.

Sentant ses jambes se dérober, Shauna s'est appuyée au mur.

— Cessez votre petit jeu, Carlson, voulez-vous ? Montrez-moi ce rapport.

Carlson a paru réfléchir.

— Que diriez-vous de ceci ? a-t-il proposé. Je vous montre une seule feuille. N'importe laquelle. Hein, qu'en pensez-vous ?

— À quoi jouez-vous, Carlson ?

— Bonne nuit, Shauna.

— Eh ! Minute, papillon !

Elle a humecté ses lèvres. Elle pensait aux étranges e-mails. À Beck qui avait pris le large. Au meurtre de Rebecca Schayes et au rapport toxicologique qui ne rimait à rien. Tout à coup, sa démonstration convaincante sur l'imagerie numérique ne lui semblait plus si convaincante.

— Une photo, a-t-elle dit. Montrez-moi une photo de la victime.

Carlson a souri.

— Alors là, c'est très intéressant.

— Pourquoi ?

— Il n'y en a pas.

— Mais je croyais…

— Moi non plus, je ne comprends pas, a-t-il interrompu. J'ai appelé le Dr Harper, c'est le médecin légiste qui a pratiqué l'autopsie. Je vais voir s'il trouve quelqu'un d'autre qui aurait réclamé ce dossier. Justement, il est en train de se renseigner au moment où nous parlons.

— Vous insinuez que quelqu'un aurait volé ces photos ?

Carlson a haussé les épaules.

— Allons, Shauna. Dites-moi ce qui se passe.

Elle a failli le faire. Elle a failli lui parler des e-mails et des images renvoyées par la webcam. Mais Beck avait été formel. Et ce type-là, malgré ses beaux discours, était peut-être un ennemi.

— Puis-je voir le reste du dossier ?

Il le lui a tendu lentement. Tant pis pour l'amour-propre. Elle a fait un pas en avant et le lui a arraché des mains. D'un geste brusque, elle a ouvert l'enveloppe et sorti la première page. Pendant que son regard balayait la feuille, un bloc de glace s'est formé dans son estomac. En voyant la taille et le poids, elle a étouffé un cri.

— Quoi ? a dit Carlson.

Elle n'a pas répondu.

Un portable s'est mis à sonner. Carlson l'a extrait de la poche de son pantalon.

— Carlson.

— C'est Tim Harper.

— Vous avez trouvé les anciens registres ?

— Oui.

— Quelqu'un d'autre a-t-il demandé à sortir le rapport d'autopsie d'Elizabeth Beck ?

— Il y a trois ans, a annoncé Harper. Juste après qu'il a été stocké en entrepôt. Une personne est venue le réclamer.

— Qui ?

— Le père de la défunte. Il est aussi dans la police. Son nom est Hoyt Parker.

36

Larry Gandle était assis en face de Griffin Scope. Ils étaient dehors, sous la pergola, derrière le manoir des Scope. La nuit avait pris possession du jardin, masquant ses parterres manucurés. Les criquets fredonnaient une mélodie presque jolie, comme si eux aussi étaient au service des nantis. Le son argentin du piano s'échappait par les baies vitrées. Les lumières de la maison éclairaient vaguement l'extérieur de reflets jaunes et rouge feu.

Les deux hommes étaient vêtus de pantalons de treillis. Larry portait un polo bleu ; Griffin, une chemise en soie de chez son tailleur de Hong Kong. Larry attendait ; le contact de sa bière lui rafraîchissait la main. Il regardait le vieil homme, sa silhouette de médaille tournée vers le jardin, nez légèrement retroussé, jambes croisées. Sa main droite pendait par-dessus le bras du fauteuil, l'alcool ambré miroitait dans le petit verre.

— Tu n'as pas idée de l'endroit où il peut être ? a demandé Griffin.

— Pas la moindre.

— Et les deux Noirs qui sont venus à sa rescousse ?

— Je ne sais absolument pas quel est leur rôle là-dedans. Mais Wu s'en occupe.

Griffin a bu une gorgée d'alcool. Le temps s'étirait, moite et collant.

— Tu crois vraiment qu'elle est toujours en vie ?

Larry allait se lancer dans un long exposé, développant le pour et le contre, répertoriant options et possibilités. Mais lorsqu'il a ouvert la bouche, il a simplement répondu :

— Oui.

Griffin a fermé les yeux.

— Tu te rappelles le jour de la naissance de ton premier enfant ?

— Oui.

— Tu as assisté à l'accouchement ?

— Oui.

— À mon époque, ça ne se faisait guère. Nous, les pères, on faisait les cent pas dans la salle d'attente, avec des vieilles revues. Je me souviens, l'infirmière est venue me chercher. Elle m'a conduit dans un couloir, et je me revois encore tournant au coin et tombant sur Allison avec Brandon dans les bras. Ç'a été une sensation très étrange, Larry. Quelque chose a débordé en moi, j'ai cru que j'allais exploser. C'était presque trop intense, trop violent. Au-delà de toute raison, de toute compréhension. J'imagine que tous les pères doivent ressentir cela.

Il s'est interrompu. Larry a levé les yeux. Des larmes coulaient sur les joues du vieil homme, scintillant faiblement dans l'éclairage diffus. Larry est demeuré immobile.

— Peut-être que les émotions les plus flagrantes ce jour-là sont la joie et l'appréhension... l'appréhension en ce sens qu'on est désormais responsable de ce petit être. Mais il y avait autre chose. Je n'ai pas réussi à mettre le doigt dessus. Pas sur le moment. Pas avant le premier jour d'école de Brandon.

La voix du vieil homme s'est enrouée. Il a toussé un peu, et Larry a aperçu de nouvelles larmes. Le piano semblait jouer plus doucement. Les criquets s'étaient tus, comme pour mieux écouter.

— On attendait ensemble le bus de ramassage scolaire. Je le tenais par la main. Brandon avait cinq ans. Il m'a regardé comme les enfants vous regardent à cet âge-là. Son pantalon marron avait déjà une tache d'herbe au genou. Je me rappelle ce bus jaune qui arrive, le bruit de la porte qui s'ouvre. Brandon a lâché ma main et s'est mis à grimper les marches. J'avais envie de l'attraper, de le tirer en arrière pour le ramener à la maison, mais j'étais là, figé. Il est monté dans le bus, j'ai entendu le même bruit, la porte s'est refermée. Brandon s'est assis près de la fenêtre. Je pouvais voir son visage. Il m'a adressé un signe de la main. J'ai fait pareil et, au moment où le bus démarrait, je me suis dit : « C'est toute ma vie qui s'en va. » Ce bus en ferraille jaune, avec un chauffeur que je ne connaissais ni d'Ève ni d'Adam, emportait l'être qui m'était le plus cher au monde. En cet instant, j'ai compris ce que j'avais ressenti le jour de sa naissance. De la terreur. Pas seulement de l'appréhension. Mais de la terreur pure et simple. On peut redouter la maladie, la vieillesse ou la mort. Mais rien n'est comparable à la boule de terreur que j'avais au fond de mon estomac en regardant partir ce bus. Tu comprends ce que je te dis là ?

Larry a hoché la tête.

— Je crois, oui.

— J'ai su à ce moment-là que, malgré tous mes efforts, il pouvait lui arriver quelque chose. Je ne serais pas toujours là pour parer les coups. J'y pensais constamment. Comme tout le monde, je suppose. Mais quand c'est arrivé, quand…

Il s'est arrêté et s'est finalement tourné face à Larry Gandle.

— Encore maintenant, je cherche à le ramener. J'essaie de négocier avec Dieu, de lui offrir tout et n'importe quoi s'il s'arrange pour faire revenir Brandon parmi nous. Ce n'est pas possible, bien sûr. J'en ai conscience. Mais toi, tu viens me dire que pendant que mon fils, ma raison d'être, pourrit six pieds sous terre… elle est toujours en vie.

Il s'est mis à secouer la tête.

— Je ne peux pas tolérer ça, Larry. Tu comprends ?

— Je comprends.

— Une fois déjà, je n'ai pas été là pour le protéger. Je n'échouerai pas une seconde fois.

Griffin Scope s'est retourné vers son jardin, a bu une autre gorgée. Larry Gandle a compris. Il s'est levé et s'est éloigné dans la nuit.

À dix heures du soir, Carlson s'est approché de la porte d'entrée du 28 Goodhart Road. L'heure tardive ne le gênait pas. Il avait vu de la lumière au rez-de-chaussée et les reflets bleutés de la télévision. Mais même sans ça, il avait d'autres soucis en tête que de déranger quelqu'un dans son premier sommeil.

Il allait appuyer sur la sonnette quand la porte s'est ouverte. Hoyt Parker se tenait devant lui. L'espace d'un instant, ils se sont dévisagés, deux boxeurs au milieu du ring, se mesurant du regard tandis que l'arbitre égrenait les instructions absurdes sur les coups bas et l'interdiction de cogner au moment du dégagement.

Carlson n'a pas attendu le signal.

— Est-ce que votre fille se droguait ?

Hoyt Parker a à peine cillé.

— Pourquoi me demandez-vous ça ?

— Puis-je entrer ?

— Ma femme dort.

Hoyt s'est glissé dehors et a refermé la porte derrière lui.

— Ça ne vous ennuie pas qu'on discute ici ?

— Comme vous voudrez.

Croisant les bras, Hoyt s'est balancé sur ses talons. C'était un type baraqué vêtu d'un jean et d'un T-shirt qui avait dû être moins moulant cinq kilos auparavant. Carlson savait que Hoyt Parker était un vieux routier de la police. Avec lui, ruses et subtilités ne mèneraient à rien.

— Allez-vous répondre à ma question ? a-t-il demandé.

— Allez-vous m'expliquer en quoi ça vous intéresse ? a rétorqué Hoyt.

Carlson a décidé de changer de tactique.

— Pourquoi avez-vous pris les photos de l'autopsie dans le dossier de votre fille ?

— Qu'est-ce qui vous fait croire que je les ai prises ?

Il n'a pas joué la carte de l'indignation, n'a pas protesté bruyamment.

— Aujourd'hui, j'ai consulté le rapport d'autopsie, a dit Carlson.

— Pour quoi faire ?

— Je vous demande pardon ?

— Ma fille est morte il y a huit ans. Son assassin est en prison. Or c'est aujourd'hui que vous décidez de consulter son rapport d'autopsie. J'aimerais savoir pourquoi.

Ils étaient en train de tourner en rond, et de plus en plus vite. Carlson a résolu de lâcher du lest, de baisser sa garde, d'entrouvrir la porte à Hoyt afin de voir ce que ça donnerait.

— Votre gendre a vu le médecin légiste hier. Il voulait le dossier de l'autopsie. J'espérais découvrir la raison de sa démarche.

— Il l'a vu, le dossier ?

— Non, a dit Carlson. Savez-vous pourquoi il tenait tant à le voir ?

— Aucune idée.

— Mais vous semblez préoccupé.

— Comme vous, je trouve ce comportement suspect.

— Plus que ça, a confirmé Carlson. Vous vouliez savoir s'il avait eu le dossier entre les mains. Pourquoi ?

Hoyt a haussé les épaules.

— Qu'avez-vous fait des photos de l'autopsie ?

— Je ne sais pas de quoi vous parlez, a répondu Hoyt d'une voix atone.

— Vous êtes la seule personne à avoir demandé ce dossier.

— Et ça prouve quoi ?

— Les photos y étaient-elles quand vous l'avez consulté ?

Hoyt n'a hésité que l'espace d'un battement de cils.

— Oui, a-t-il acquiescé. Oui, elles y étaient.

Carlson n'a pu s'empêcher de sourire.

— Bonne réponse.

Ç'avait été un piège, et Hoyt l'avait évité.

— Car si vous aviez répondu non, je me serais demandé pourquoi vous ne l'aviez pas signalé. Ne croyez-vous pas ?

— Vous êtes d'un naturel suspicieux, agent Carlson.

— Hmmm. À votre avis, elles sont où, ces photos ?

— Elles ont dû être mal classées.

— Oui, bien sûr. Ça n'a pas l'air de vous perturber beaucoup.

— Ma fille est morte. Son dossier est clos. Pourquoi faudrait-il que ça me perturbe ?

C'était une perte de temps. Ou peut-être pas. Carlson n'arrivait pas à tirer grand-chose de Hoyt, mais son attitude en disait suffisamment long.

— Vous persistez donc à penser que KillRoy a tué votre fille ?

— Sans l'ombre d'un doute.

Carlson a brandi le rapport d'autopsie.

— Même après avoir lu ça ?

— Oui.

— Le fait que bon nombre de coups ont été portés après la mort ne vous dérange pas ?

— Ça me réconforte, ça signifie que ma fille a moins souffert.

— Ce n'est pas à cela que je pense. Je parle en termes de preuves contre Kellerton.

— Je ne vois rien dans ce dossier qui aille à l'encontre de cette conclusion.

— Cela ne colle pas avec les autres meurtres.

— Je ne suis pas d'accord, a rétorqué Hoyt. Ce qui ne colle pas, c'est la force de ma fille.

— Je ne vous suis pas très bien.

— KillRoy aimait torturer ses victimes. Je sais qu'en général il les marquait de leur vivant. Mais nous sommes partis du principe qu'Elizabeth avait tenté de s'échapper ou, dans le pire des cas, s'était débattue. Voici notre vision des choses : elle lui a forcé la main, il a été obligé de la neutraliser et, ce faisant, il a fini par la tuer. Ce qui explique les traces de couteau sur ses mains. Et le fait qu'elle a été marquée après sa mort.

— Je vois.

Un crochet-surprise du gauche. Carlson s'est efforcé de ne pas vaciller. C'était une bonne réponse – une sacrée bonne réponse. Rien à redire. Même les plus petites victimes pouvaient se révéler extrêmement remuantes. Son explication rendait toutes les incohérences apparentes merveilleusement cohérentes. Mais il restait encore quelques problèmes.

— Et comment expliquez-vous le rapport toxicologique ?

— Hors sujet, a dit Hoyt. C'est comme interroger une victime de viol sur sa vie sexuelle. Que ma fille ait été abstinente ou accro au crack n'a aucune espèce d'importance.

— Et qu'est-ce qu'elle était, au juste ?

— C'est hors sujet, a-t-il répété.

— Rien n'est hors sujet dans une enquête criminelle, vous êtes bien placé pour le savoir.

Hoyt s'est rapproché d'un pas.

— Faites attention, a-t-il dit.

— Seriez-vous en train de me menacer ?

— Pas du tout. Je vous mets simplement en garde : ne vous empressez pas trop de vous acharner sur ma fille une seconde fois.

Ils se tenaient l'un en face de l'autre. Le coup de gong final venait de retentir. Ils attendaient maintenant une décision qui serait décevante, de quelque côté que penche la balance.

— Si vous avez fini…, a repris Hoyt.

Carlson a acquiescé et reculé d'un pas. Parker a tendu la main vers la poignée de la porte.

— Hoyt ?

Il a fait volte-face.

— Pour éviter tout malentendu, a déclaré Carlson. Je ne crois pas un seul mot de ce que vous venez de dire. Les choses sont bien claires ?

— Comme de l'eau de roche.

37

Arrivée à l'appartement, Shauna s'est écroulée à sa place favorite sur le canapé. Linda s'est assise à côté d'elle et a tapoté ses genoux. Shauna a posé la tête dessus. Elle a fermé les yeux tandis que Linda lui caressait les cheveux.

— Mark, ça va ? a demandé Shauna.

— Oui. Ça ne t'ennuie pas de me dire où tu étais ?

— C'est une longue histoire.

— Je ne suis assise ici que pour avoir des nouvelles de mon frère.

— Il m'a appelée, a dit Shauna.

— Quoi ?

— Il est en sécurité.

— Dieu soit loué !

— Et il n'a pas tué Rebecca.

— Ça, je le sais.

Shauna a tourné la tête pour la regarder. Linda était en train de cligner des yeux.

— Il s'en sortira, a affirmé Shauna.

Linda a hoché la tête avant de se détourner.

— Qu'y a-t-il ?

— C'est moi qui ai pris ces photos, a lâché Linda.

Shauna s'est redressée.

— Elizabeth est venue me voir à mon bureau. Elle était dans un sale état. Je voulais qu'elle aille à l'hôpital, elle a refusé. Elle tenait juste à ce qu'il y ait une trace.

— Ce n'était pas un accident de voiture ?

Linda a secoué la tête.

— Qui lui a fait ça ?

— Elle m'a fait promettre de ne pas le révéler.

— Ça date d'il y a huit ans, a rétorqué Shauna. Dis-moi.

— Ce n'est pas aussi simple.

— Tu parles.

Shauna a hésité.

— Pourquoi serait-elle venue te voir, toi ? Et comment peux-tu songer à protéger…

Sa voix a vacillé. Elle a regardé fixement Linda. Cette dernière n'a pas bronché, mais Shauna pensait à ce que Carlson lui avait dit en bas, dans le hall.

— … Brandon Scope ? a-t-elle achevé doucement.

Linda n'a pas répondu.

— C'est lui qui l'a tabassée. Nom de Dieu, pas étonnant qu'elle se soit adressée à toi ! Elle voulait que ça reste un secret. Moi ou Rebecca, on l'aurait obligée à aller chez les flics. Mais pas toi.

— Elle m'a fait promettre, a soufflé Linda.

— Et tu n'as pas moufté ?

— Que devais-je faire ?

— La traîner par la peau du cul au poste de police.

— Tout le monde n'a pas ta force et ton courage, Shauna.

— Arrête tes conneries.

— Elle ne voulait pas y aller. Elle a dit qu'elle avait besoin de temps. Qu'il lui manquait encore des preuves.

— Des preuves de quoi ?

— Qu'il l'avait agressée, je suppose. Je ne sais pas. Elle n'a pas voulu m'écouter, je ne pouvais quand même pas la forcer.

— Oui, bon… c'était à prévoir.

— Qu'entends-tu par là ?

— Tu t'occupais d'œuvres financées par sa famille et dont il était la figure de proue, a dit Shauna. Que serait-il arrivé si on avait appris qu'il avait battu une femme ?

— Elizabeth m'a fait promettre.

— Et tu ne demandais pas mieux que de la boucler, hein ? Tu voulais protéger ta putain d'institution.

— Ce n'est pas juste…

— Tu l'as fait passer avant son bien-être.

— Sais-tu tout le bien que nous faisons ? a crié Linda. Sais-tu combien de gens nous aidons ?

— Au prix du sang d'Elizabeth Beck, a répliqué Shauna.

Linda l'a giflée. La gifle a laissé une empreinte cuisante sur sa joue. Elles se sont dévisagées, pantelantes.

— Je voulais en parler, a repris Linda. Elle m'en a empêchée. Peut-être que j'ai été faible, je ne sais pas. Mais je t'interdis de dire des choses pareilles.

— Et quand Elizabeth a été kidnappée au lac… tu as pensé quoi, nom d'un chien ?

— Qu'il y avait probablement un lien. Je suis allée voir son père. Je lui ai raconté tout ce que je savais.

— Et comment a-t-il réagi ?

— Il m'a remerciée et m'a dit qu'il était au courant. Il m'a aussi demandé de garder le silence, vu que la situation était délicate. Puis, quand il a été clair que KillRoy était l'assassin…

— Tu as décidé de continuer à te taire.

— Brandon Scope était mort. À quoi ça aurait servi de traîner son nom dans la boue ?

Le téléphone a sonné. Linda a décroché puis, après une pause, a tendu le téléphone à Shauna.

— Pour toi.

Shauna a pris le combiné sans la regarder.

— Allô ?

— Viens me retrouver à mon cabinet, lui a demandé Hester Crimstein.

— Pour quoi faire ?

— Les excuses, ce n'est pas trop mon truc, Shauna. Alors disons que je suis une grosse conne et tournons la page. Saute dans un taxi et rapplique, vite. On a un innocent à sauver.

Le substitut du procureur Lance Fein a fait irruption dans la salle de réunion de Crimstein ; on aurait cru une fouine en manque de sommeil qui se serait dopée aux amphétamines. Les deux inspecteurs de la Crim Dimonte et Krinsky le suivaient à la trace. Tous les trois étaient tendus à l'extrême.

Hester et Shauna se tenaient de l'autre côté de la table.

— Messieurs, a dit Hester avec un geste de la main, je vous en prie, prenez place.

Fein l'a toisée avant de couler à Shauna un regard chargé de dégoût.

— Je ne suis pas là pour participer à vos tripotages.

— Bien sûr que non, vous devez très bien faire ça tout seul dans l'intimité de votre foyer, a répliqué Hester. Asseyez-vous.

— Si vous savez où il est…

— Asseyez-vous, Lance, vous me donnez le tournis.

Tout le monde s'est assis. Dimonte a posé ses bottes en peau de serpent sur la table. Hester les a balayées avec les deux mains, sans se départir un seul instant de son sourire.

— Nous sommes ici, messieurs, dans un but bien précis : sauver vos carrières. Alors allons-y, OK ?

— Je veux savoir…

— Chut, Lance. C'est moi qui cause. Votre boulot à vous, c'est d'écouter, de hocher éventuellement la tête et de dire : « Oui, m'dame » et « Merci, m'dame ». Sans ça, eh bien, vous êtes cuit.

Lance Fein l'a considérée d'un œil torve.

— C'est vous, Hester, qui aidez un fuyard à se soustraire à la justice.

— Ce que vous êtes sexy quand vous jouez les gros durs, Lance ! Je plaisante, évidemment. Écoutez-moi bien, car je n'ai pas envie de me répéter. Je vais vous accorder une faveur, Lance. Je vous éviterai de passer pour un crétin fini sur ce coup-là. Un crétin, ça oui, on n'y peut rien, mais peut-être, si vous écoutez attentivement, pas un crétin fini. Vous me suivez ? Bien. Tout d'abord, j'ai cru comprendre que vous aviez établi l'heure définitive de la mort de Rebecca Schayes. Minuit, à une demi-heure près. On est bien d'accord ?

— Et alors ?

Hester a regardé Shauna.

— Tu veux lui dire ?

— Non, c'est bon.

— Mais c'est toi qui t'es tapé tout le sale boulot.

— Assez déconné, Crimstein, a coupé Fein.

La porte derrière eux s'est ouverte. La secrétaire de Hester a apporté une pile de feuilles à sa patronne, ainsi qu'une petite cassette audio.

— Merci, Cheryl.

— Pas de problème.

— Vous pouvez rentrer chez vous. Venez tard demain.

— Merci.

Cheryl est partie. Hester a sorti les demi-lunes dont elle se servait pour lire, les a chaussées et s'est plongée dans sa lecture.

— Je commence à en avoir marre, Hester.

— Vous aimez les chiens, Lance ?

— Quoi ?

— Les chiens. Personnellement, je n'en raffole pas. Mais cette chienne-là... Shauna, tu as la photo ?

— Absolument.

Shauna a brandi une grande photo de Chloe pour que tout le monde la voie.

— C'est un bearded collie.

— Elle est mignonne, hein, Lance ?

Lance Fein s'est levé. Krinsky aussi. Dimonte n'a pas bougé.

— J'en ai assez.

— Partez maintenant, a menacé Hester, et cette chienne pissera sur votre carrière comme un extincteur arrête un incendie.

— De quoi parlez-vous ?

Elle lui a tendu deux feuilles.

— Cette chienne prouve que Beck n'est pas coupable. Hier soir, il était chez Kinko. Il est arrivé avec la chienne. Ça a fait tout un tintouin, je crois. Voici quatre dépositions de témoins indépendants qui ont formellement identifié Beck. Il a loué un ordinateur – entre minuit quatre et minuit vingt-trois pour être précise, selon leur registre de facturation.

Elle a eu un large sourire.

— Tenez, les gars, une copie chacun.

— Et vous imaginez que je vais prendre ça pour argent comptant ?

— Pas tout. Allez-y, ne vous gênez pas.

Hester a jeté une copie à Krinsky et une autre à Dimonte. Krinsky a pris son exemplaire et demandé s'il pouvait utiliser le téléphone.

— Bien sûr, a dit Crimstein. Mais s'il ne s'agit pas d'un appel gratuit, soyez gentil de mettre ça sur le compte de la police.

Elle l'a gratifié d'un sourire, suave jusqu'à l'écœurement.

— Merci infiniment.

Fein a lu la feuille, et son teint a viré au gris cendre.

— Vous envisagez d'élargir l'intervalle de la mort ? s'est enquise Hester. Faites donc, mais vous savez quoi ? Il y avait des travaux sur le pont ce soir-là. Il est couvert.

Fein en tremblait littéralement. Il a marmonné dans sa barbe quelque chose qui ressemblait à « salope ».

— Allons, allons, Lance.

Hester a fait entendre un clappement de langue réprobateur.

— Vous devriez plutôt me remercier.

— Quoi ?

— Réfléchissez un peu à la manière dont j'aurais pu vous écrabouiller. Imaginez-vous toutes ces caméras, cette délicieuse couverture médiatique, et vous sur le point d'annoncer l'arrestation d'une brute sanguinaire. Vous mettez votre plus belle cravate, vous faites un grand discours sur la sécurité dans la ville et le travail d'équipe qu'a représenté la capture de cet animal, bien qu'au fond tout le mérite en revienne à votre personne. Les flashes commencent à crépiter. Vous souriez, vous appelez les reporters par leur prénom, tout en visualisant déjà votre bureau en chêne massif dans la résidence du gouverneur. Quand soudain… paf ! je fais tomber le couperet. Je donne aux médias cet alibi en béton. Imaginez un peu, Lance. Ah, dites donc, vous me devez une fière chandelle, non ?

Les yeux de Fein lançaient des éclairs.

— Il a quand même agressé un agent de police.

— Non, Lance. Réfléchissez deux secondes, mon ami. Vous, substitut du procureur Lance Fein, vous êtes trompé d'homme. Vous avez lancé vos troupes d'assaut sur un innocent… plus qu'un innocent, un médecin qui a choisi de soigner les pauvres pour un salaire de misère plutôt que d'exercer dans le secteur privé, plus lucratif.

Elle s'est calée dans son siège, tout sourires.

— Oh, c'est bon, ça. Voyons : pendant que des dizaines de flics, arme au poing, pourchassent cet homme innocent aux frais de Dieu sait qui, l'un des agents, jeune, costaud, fonceur, le coince dans une impasse et se met à le frapper. Comme il n'y a personne dans les parages, ce jeune flic s'en donne à cœur joie. Le pauvre et persécuté Dr Beck, veuf par-dessus le marché, n'a rien fait d'autre que se défendre.

— Ça ne marchera jamais.

— Bien sûr que si, Lance. Je ne voudrais pas paraître immodeste, mais côté baratin il n'y a pas plus doué que votre servante. Et attendez, vous ne m'avez pas entendue philosopher sur les points communs entre cette affaire et l'affaire Richard Jewell [1], ou l'excès de zèle du bureau du procureur, ou comment ils voulaient à tout prix faire porter le chapeau au Dr David Beck, l'idole des miséreux, au point d'aller planquer des pièces à conviction à son domicile.

— Planquer ?

Fein frisait l'apoplexie.

— Vous êtes folle ou quoi ?

— Allons, Lance, nous savons bien que le Dr David Beck n'aurait pas pu faire ça. Nous disposons d'un alibi à toute épreuve grâce à quatre – et nous en trouverons d'autres, soyez tranquille – témoins objectifs et indépendants qui sont là pour attester de son innocence. Alors comment toutes ces pièces à conviction se sont-elles retrouvées là ? C'était vous, monsieur Fein, vous et vos troupes

1. Agent de sécurité mis en cause dans l'attentat des J.O. d'Atlanta. *(N.d.T.)*

d'assaut. KillRoy aura l'air du mahatma Gandhi quand j'en aurai terminé avec vous.

Fein a serré les poings. Il a inspiré convulsivement, à plusieurs reprises, et s'est laissé aller contre le dossier de sa chaise.

— OK, a-t-il commencé lentement. En admettant que cet alibi soit confirmé…

— Ne vous inquiétez pas, il le sera.

— En *admettant* qu'il le soit, qu'attendez-vous de moi ?

— Très bonne question, ça. Vous êtes coincé, Lance. Vous l'arrêtez, vous passez pour un crétin. Vous annulez la procédure, vous passez pour un crétin. Je ne vois pas trop comment vous sortir de cette impasse.

Hester Crimstein s'est levée et s'est mise à arpenter la pièce comme à la recherche d'une conclusion.

— J'ai jeté un œil là-dessus, et après réflexion je crois avoir trouvé le moyen de limiter les dégâts. Vous voulez savoir lequel ?

Fein lui a décoché un regard noir.

— Je vous écoute.

— Vous avez eu raison sur un point dans toute cette histoire. Un seul point, mais peut-être que ça suffira. Vous avez tenu les médias à distance. Sans doute parce qu'il serait un brin embarrassant d'essayer d'expliquer comment ce médecin a échappé à votre coup de filet. Et c'est aussi bien. Tout ce qui a été diffusé peut être attribué à des fuites anonymes. Voici donc ce que vous allez faire, Lance. Vous allez organiser une conférence de presse. Leur dire que les fuites sont fausses, que le Dr Beck est recherché en tant que témoin direct, rien d'autre. Il n'est pas soupçonné de ce crime – en fait, vous êtes certain qu'il ne l'a pas commis –, mais vous avez appris qu'il était parmi les derniers à avoir vu la victime vivante, et vous aimeriez lui parler.

— Ça ne marchera pas.

— Si. Peut-être pas bien droit, mais ça tiendra debout. La clé, ce sera moi, Lance. Je vous dois ça parce que notre homme a pris le large. Moi, l'adversaire du bureau du procureur, je vous soutiendrai. Je raconterai aux médias comment vous avez collaboré avec nous, comment vous avez veillé à ce que les droits de mon client soient respectés ; je dirai que le Dr Beck et moi-même appuyons pleinement votre enquête et avons hâte de travailler avec vous.

Fein restait coi.

— C'est comme je vous l'ai dit, Lance : je peux baratiner pour vous ou contre vous.

— Et en retour ?

— Vous laissez tomber ces stupides charges d'agression et de résistance.

— Pas question.

Hester lui a indiqué la porte.

— Rendez-vous dans les pages BD.

Les épaules de Fein se sont affaissées de manière quasi imperceptible. Sa voix, lorsqu'il a parlé, était douce.

— Si nous acceptons, votre homme voudra-t-il coopérer ? Répondra-t-il à toutes mes questions ?

— S'il vous plaît, Lance, ne faites pas semblant d'être en mesure de négocier. Je vous ai proposé un marché. Ou c'est d'accord... ou vous vous débrouillez avec la presse. À vous de choisir. L'heure tourne.

Elle a remué son index d'avant en arrière en imitant le tic-tac d'une horloge.

Fein a regardé Dimonte. Dimonte a mâchouillé son cure-dent. Krinsky, qui avait fini de téléphoner, a hoché la tête à l'adresse de Fein. Qui à son tour a hoché la tête à l'adresse de Hester.

— Alors, comment on s'organise ?

38

À mon réveil, j'ai levé la tête et failli hurler. Mes muscles étaient plus que raides et douloureux ; j'avais mal dans des parties du corps dont je ne soupçonnais pas l'existence. J'ai voulu faire basculer mes jambes hors du lit. Mauvaise idée. Très mauvaise idée. « Doucement » semblait le mot d'ordre de la matinée.

C'étaient mes jambes qui me faisaient le plus mal, me rappelant que malgré mon quasi-marathon de la veille, j'étais dans une forme physique lamentable. J'ai essayé de rouler sur le côté. Aux endroits vulnérables malmenés par l'Asiatique, j'avais l'impression de m'être arraché des points de suture. Mon corps réclamait des analgésiques genre Percodan, mais je savais qu'ils allaient me faire vasouiller, or ce n'était guère le moment.

J'ai regardé ma montre. Six heures du matin. Il était temps que je rappelle Hester. Elle a décroché dès la première sonnerie.

— Ça a marché, a-t-elle dit. Vous êtes libre.

Je n'ai éprouvé qu'un soulagement modéré.

— Qu'allez-vous faire ? a-t-elle demandé.
Vaste question.
— Je n'en sais rien.
— Une seconde, je vous prie.
J'ai entendu une autre voix à l'arrière-plan.
— Shauna voudrait vous parler.
Il y a eu un bruit étouffé tandis que le téléphone changeait de mains, puis Shauna a dit :
— Il faut qu'on se voie.
Les urbanités et autres finesses n'avaient jamais été son fort, mais là elle paraissait tendue, et même – difficile à imaginer – effrayée. Mon cœur s'est mis à battre la chamade.
— Que se passe-t-il ?
— Pas au téléphone.
— Je peux être chez toi dans une heure.
— Je n'ai jamais parlé à Linda de… euh… ce que tu sais.
— C'est peut-être le moment, ai-je fait.
— Oui, OK.
Et elle a ajouté avec une tendresse inattendue :
— Je t'aime, Beck.
— Moi aussi, je t'aime.
À moitié accroupi, à moitié à quatre pattes, j'ai gagné la douche. Je me suis tenu aux meubles, qui m'ont aidé à progresser péniblement sans m'écrouler. Je suis resté sous le jet jusqu'à ce qu'il n'y ait plus d'eau chaude. Ça m'a soulagé, mais pas énormément.
Tyrese m'a déniché un jogging en velours violet de la collection Eighties d'Al Sharpton. Il ne manquait plus qu'un gros médaillon en or.
— Vous allez où ? m'a-t-il demandé.
— Là, tout de suite ? Chez ma sœur.
— Et après ?

— Au travail, je pense.

Tyrese a secoué la tête.

— Quoi ?

— Vous avez affaire à des sales types, Doc.

— Oui, j'ai cru m'en apercevoir.

— Bruce Lee, il va pas vous lâcher comme ça.

J'ai réfléchi, il avait raison. Même si je le voulais, je ne pouvais pas rentrer chez moi et attendre tranquillement qu'Elizabeth me recontacte. D'abord, l'inaction, c'était terminé ; le repos paisible n'était plus d'actualité. Ensuite, les hommes à la camionnette n'étaient pas près de m'oublier et de me laisser poursuivre gaiement ma route.

— Je couvre vos arrières, Doc. Avec Brutus. Jusqu'à ce que tout soit fini.

J'allais répondre courageusement : « Je ne peux pas vous demander ça » ou bien : « Vous avez votre propre vie », mais à la réflexion, c'était ça ou le trafic de drogue. Tyrese voulait se rendre utile – peut-être même qu'il avait besoin de se rendre utile – et, soyons réaliste, j'avais besoin de lui. Je pouvais le mettre en garde, l'avertir du danger, mais il connaissait ces écueils-là beaucoup mieux que moi. À la fin, j'ai donc accepté d'un simple hochement de tête.

Carlson a reçu le coup de fil du Centre national d'identification bien plus tôt qu'il ne s'y attendait.

— Ça y est, c'est fait, a annoncé Donna.

— Comment ?

— IBIS, ça te dit quelque chose ?

— Plus ou moins, oui.

Il savait qu'IBIS était le Système d'identification balistique intégrée et que c'était un nouveau programme informatique utilisé par le Bureau des alcools, tabacs et armes à feu pour enregistrer balles et cartouches. Il faisait partie de leur nouveau programme Cessez-le-feu.

— On n'a même plus besoin de la balle d'origine, a-t-elle continué. Il suffit qu'on nous envoie les images scannées. On les numérise et on les compare directement sur l'écran.

— Alors ?

— Tu avais raison, Nick, ça correspond.

Après avoir coupé la communication, Carlson a appelé un autre numéro. Quand l'homme à l'autre bout a répondu, il a demandé :

— Où est le Dr Beck ?

39

Brutus nous a rattrapés sur le trottoir.

— Bonjour, ai-je dit.

Lui n'a rien dit. Je n'avais toujours pas entendu le son de sa voix. Je suis monté à l'arrière. Tyrese s'est assis à côté de moi et m'a souri. La veille au soir, il avait tué un homme. Certes, il avait fait ça pour me sauver, mais, à en juger par sa désinvolture, je n'étais même pas sûr qu'il se souvienne d'avoir appuyé sur la détente. J'aurais dû mieux que quiconque comprendre ce qu'il était en train de vivre, mais ce n'était guère le cas. Les certitudes morales ne sont pas mon truc. Je vois les nuances de gris. Je transige. Elizabeth, elle, avait une vision plus tranchée de la morale. Elle aurait été horrifiée d'apprendre qu'un homme avait perdu la vie. Peu lui aurait importé que cet homme ait cherché à m'enlever, à me torturer et probablement à me tuer. Ou peut-être pas. Je ne savais plus très bien. La vérité brute, c'est que je ne savais pas tout d'elle. Et le contraire était très certainement vrai.

Ma formation médicale me défend de porter un quelconque jugement de valeur. C'est un simple principe de tri : le plus grièvement blessé reçoit les soins en premier. Indépendamment de ce qu'il est ou de ce qu'il a fait. On soigne les plus atteints. C'est une belle théorie, et je comprends le bien-fondé d'un pareil raisonnement. Mais si, disons, mon neveu Mark m'était amené en urgence, blessé d'un coup de couteau, et que le pédophile qui l'aurait poignardé arrivait en même temps avec une balle dans le cerveau mettant sa vie en danger, allons, un peu de sérieux. On choisit et, dans ce genre de cas, on s'aperçoit que le choix est facile.

Vous pourriez m'objecter que je me place sur une pente terriblement glissante. Je serais d'accord avec vous, quoique je pourrais rétorquer : c'est là que nous passons la majeure partie de notre existence. Seul problème, il y a des répercussions quand on vit dans les nuances de gris – pas seulement d'ordre théorique et affectant votre âme, mais réelles et solides, dégâts imprévisibles que ces choix laissent derrière eux. Je me suis demandé ce qui serait arrivé si j'avais dit la vérité d'entrée de jeu. Et ça m'a flanqué une trouille bleue.

— Vous êtes pas très causant, Doc.

— C'est vrai.

Brutus m'a déposé devant l'immeuble de Shauna et Linda dans Riverside Drive.

— On sera au coin, a dit Tyrese. Si vous avez besoin, vous connaissez mon numéro.

— OK.

— Vous avez le Glock ?

— Oui.

Tyrese a posé une main sur mon épaule.

— C'est eux ou vous, Doc. Suffit de tirer.

Aucune nuance de gris de ce côté-là.

Je suis descendu de voiture. Mères et nounous défilaient devant moi avec des poussettes compliquées qui se pliaient, changeaient de forme, se balançaient, jouaient de la musique, s'inclinaient en avant, s'inclinaient en arrière et contenaient plus d'un gamin, ainsi qu'un assortiment de couches, de lingettes, de barres chocolatées, de briques de jus de fruits (pour les plus grands) et même une trousse de premiers soins. Je savais tout cela par expérience (le fait de bénéficier de Medicaid n'a jamais empêché quiconque de se payer une poussette Peg Perego), et ça m'a mis du baume au cœur de voir ces images paisibles dans le décor même où j'avais récemment affronté pareille épreuve.

Je me suis retourné vers l'immeuble. Linda et Shauna accouraient déjà vers moi. Linda est arrivée la première. Elle s'est jetée à mon cou. Je l'ai serrée dans mes bras. C'était une sensation fort agréable.

— Ça va ? m'a-t-elle demandé.

— Très bien.

Malgré mon assurance, elle a réitéré sa question plusieurs fois, sous différentes formes. Shauna se tenait un peu à l'écart. J'ai croisé son regard par-dessus l'épaule de ma sœur. Elle a essuyé ses larmes. Je lui ai souri.

Les embrassades ont duré pendant tout le trajet en ascenseur. Moins expansive qu'à l'ordinaire, Shauna restait en dehors de la mêlée. Vu de l'extérieur, on aurait pu faire remarquer que c'était normal, qu'elle s'effaçait pour ne pas gêner les tendres retrouvailles entre frère et sœur. Mais un observateur extérieur n'aurait su faire la différence entre Shauna et Cher. Shauna était quelqu'un d'extraordinairement intègre. Elle était ombrageuse, exigeante, drôle, généreuse et loyale au-delà de tout entendement. Elle ne savait pas feindre, jouer la comédie. Si, dans un dictionnaire d'antonymes, vous aviez recherché l'expression « petite chose fragile », vous seriez tombé indéniablement sur sa mine épanouie. Shauna vivait sa vie au grand jour. Elle n'était pas du genre à reculer, même si elle se prenait un coup de marteau sur la tête.

J'ai ressenti comme un début de picotement intérieur.

Une fois à l'appartement, Linda et Shauna ont échangé un coup d'œil. Linda a lâché mon bras.

— Shauna aimerait te parler seul à seul. Je serai dans la cuisine. Tu veux un sandwich ?

— Merci.

Elle m'a embrassé, m'a serré l'épaule une dernière fois, comme pour s'assurer que j'étais bien là, en chair et en os. Puis elle est sortie à la hâte. J'ai regardé Shauna. Elle gardait toujours ses distances. J'ai écarté les mains pour dire : « Alors ? »

— Pourquoi as-tu filé ? m'a-t-elle demandé.

— J'ai eu un autre e-mail.

— Sur ton compte chez Bigfoot ?

— Oui.

— Pourquoi si tard ?

— Elle a utilisé un code. J'ai simplement mis du temps à le déchiffrer.

— Quel genre de code ?

Je lui ai expliqué le coup de Bat Lady et d'Ados en chaleur. Quand j'ai eu terminé, elle a fait :

— C'est pour ça que tu es passé chez Kinko ? Tu as trouvé tout ça pendant que tu promenais Chloe ?

— Oui.

— Et il disait quoi, l'e-mail, exactement ?

Je ne voyais pas bien où elle voulait en venir avec toutes ces questions. Outre tout ce que j'ai déjà mentionné, Shauna était le contraire d'un esprit tatillon. Les détails ne l'intéressaient pas ; ils étaient source d'embrouilles et de confusion.

— Elle me donnait rendez-vous à Washington Square Park, hier à cinq heures de l'après-midi. Elle m'a également prévenu que je serais suivi. Et elle m'a dit que, quoi qu'il arrive, elle m'aimait.

— Tu t'es sauvé pour cette raison ? Pour être là au rendez-vous ?

J'ai fait oui de la tête.

— Hester m'a expliqué que je n'obtiendrais pas ma mise en liberté avant minuit, dans le meilleur des cas.

— Tu es arrivé à l'heure au parc ?

— Oui.

Shauna a fait un pas vers moi.

— Et... ?

— Elle n'est pas venue.

— Pourtant, tu restes convaincu que c'est Elizabeth qui t'a envoyé cet e-mail ?

— Il n'y a pas d'autre explication.

Elle a souri en entendant ça.

— Quoi ?

— Tu te rappelles mon amie Wendy Petino ?

— Le mannequin ? Aussi secouée qu'une bouteille d'Orangina ?

Cette description l'a fait sourire.

— Un jour, elle m'a invitée à déjeuner avec son...

Elle a esquissé des guillemets avec ses doigts.

— ... gourou spirituel. D'après elle, il était capable de lire dans les pensées, prédire l'avenir et tout ça. Il l'aidait à communiquer avec sa mère décédée. La mère de Wendy s'est suicidée quand elle avait six ans.

Je la laissais parler sans l'interrompre d'un : « Pourquoi me racontes-tu tout ça ? » Shauna semblait prendre son temps, mais je savais qu'elle finirait par arriver au but.

— On termine donc de déjeuner. Le serveur apporte le café. Le gourou de Wendy – il s'appelait Omay, je crois – me fixe de son regard brillant, pénétrant, tu vois le genre, et me sort qu'il capte – c'est le mot qu'il a employé – un certain scepticisme de ma part. Et il m'incite à lui révéler mes pensées. Tu me connais. Je lui dis que tout ça, c'est des conneries, et que j'en ai marre que mon amie se fasse plumer. Omay ne bronche pas, évidemment, ce qui m'énerve encore plus. Il me tend une petite carte et me demande d'écrire quelque chose, un truc important à mes yeux : une date, les initiales d'un amant, peu importe. J'examine la carte. Elle a l'air d'un bristol ordinaire, mais quand même je demande si je peux utiliser une carte à moi. Il me dit : « Pas de problème. » Je sors une carte professionnelle et la retourne. Il me tend un stylo, et là encore je décide d'utiliser le mien, au cas où son stylo serait trafiqué, tu comprends. Ça ne le dérange pas non plus. Alors j'écris ton nom. Juste « Beck », c'est tout. Il prend la carte. Je surveille sa main, on ne sait jamais, des fois qu'il y ait substitution, mais il ne fait que passer la carte à Wendy. À qui il demande de la tenir. Il m'attrape la main, il ferme les yeux et se met à trembler comme s'il avait une attaque ou un truc comme ça, et je te jure que je ressens une sorte de frisson à l'intérieur. Soudain, Omay ouvre les yeux et lâche : « Qui est Beck ? »

Elle s'est assise sur le canapé. Je l'ai imitée.

— Je sais, il y a des gens doués pour la prestidigitation et tout, mais là, j'y étais. Je l'ai observé de près. Et j'ai failli marcher. Omay avait des facultés hors du commun. Comme tu dis, il n'y avait pas d'autre explication. Wendy, elle, souriait jusqu'aux oreilles. Et moi, j'étais larguée.

— Il s'est renseigné sur toi, ai-je proposé. Il était au courant de notre amitié.

— Sans vouloir te vexer, comment aurait-il deviné que je n'avais pas marqué le nom de mon fils ? Ou celui de Linda ? Comment aurait-il su que je te choisirais, toi ?

Là-dessus, elle n'avait pas tort.

— Il t'a convertie, alors ?

— Presque. J'ai dit que j'avais failli marcher. Ce brave Omay avait raison, je suis quelqu'un de sceptique. Il aurait très bien pu être médium, seulement, je savais qu'il ne l'était pas. Car les médiums, ça n'existe pas… pas plus que les fantômes.

Elle s'est interrompue. Pas vraiment subtile, cette chère Shauna.

— J'ai donc fait des recherches, a-t-elle repris. L'avantage d'être connue, c'est qu'on peut appeler n'importe qui sans craindre qu'on vous raccroche au nez. Du coup, j'ai téléphoné à un illusionniste que j'avais vu à Broadway deux ou trois ans plus tôt. Mon histoire l'a bien fait rire. Il m'a demandé si ça s'était passé après le déjeuner. J'ai été surprise. Quel rapport avec la choucroute ? Mais j'ai répondu : « Oui, comment le savez-vous ? » Il m'a demandé si on avait commandé du café. J'ai encore dit oui. Café noir pour lui ? Oui.

Shauna souriait à présent.

— Tu sais comment il a fait ça, Beck ?

J'ai secoué la tête.

— Aucune idée.

— En donnant la carte à Wendy, il l'a fait passer au-dessus de sa tasse de café. Du café noir, Beck. Ça réfléchit comme un miroir. C'est comme ça qu'il a vu ce que j'avais écrit. Ce n'était qu'un vulgaire tour de passe-passe. Simple, hein ? Et moi, j'ai failli le croire. Tu comprends ce que je suis en train de te dire, là ?

— Bien sûr. Tu me trouves aussi crédule que cette toquée de Wendy.

— Oui et non. Vois-tu, la combine d'Omay repose en partie sur l'envie. Si Wendy s'est fait avoir, c'est parce qu'elle avait envie de croire à tout ce blabla.

— Et moi, j'ai envie de croire qu'Elizabeth est vivante ?

— Plus qu'un homme mourant dans le désert n'a envie de trouver une oasis. Mais il ne s'agit pas de ça.

— De quoi, alors ?

— J'ai appris que ce n'est pas parce qu'on ne voit pas d'autre explication qu'il n'en existe pas. Ça signifie simplement qu'on ne les voit pas.

M'enfonçant dans le canapé, j'ai croisé les jambes et regardé Shauna. Elle a détourné son regard, chose qui ne lui arrive jamais.

— Que se passe-t-il, Shauna ?

Elle évitait toujours de me faire face.

— Tu dérailles, là.

— Pourtant, je pense avoir été on ne peut plus claire…

— Tu sais très bien ce que je veux dire. Ça ne te ressemble pas. Au téléphone, tu m'as dit que tu voulais me voir. Seule. Tout ça pour quoi ? Pour m'annoncer que ma défunte femme est morte pour de bon ?

J'ai secoué la tête.

— Je ne marche pas.

Shauna n'a pas réagi.

— Explique-moi.

Elle s'est retournée.

— J'ai peur, a-t-elle laissé tomber sur un ton qui m'a fait dresser les cheveux sur la tête.

— De quoi ?

La réponse n'est pas venue tout de suite. J'entendais Linda qui s'affairait dans la cuisine, le tintement d'assiettes et de verres, le bruit de ventouse quand elle a ouvert la porte du frigo.

— Le long avertissement que je viens de te donner, a dit Shauna finalement. C'était aussi bien pour toi que pour moi.

— Je ne comprends pas.

— J'ai vu quelque chose.

Sa voix s'est brisée. Elle a inspiré profondément et recommencé.

— J'ai vu quelque chose que je suis incapable de m'expliquer d'un point de vue strictement rationnel. C'est comme dans mon histoire avec Omay. Je sais qu'il doit y avoir une autre explication, mais je ne la trouve pas.

Ses mains ne tenaient pas en place ; elle triturait ses boutons, ôtait des fils imaginaires de son tailleur. Puis elle l'a dit :

— Je commence à te croire, Beck. Je pense qu'Elizabeth est peut-être en vie.

Mon cœur a bondi dans ma gorge.

Elle s'est levée précipitamment.

— Je vais me préparer un mimosa, champagne orange. Tu te joins à moi ?

J'ai secoué la tête.

Elle a eu l'air surprise.

— Tu es sûr que tu ne veux pas…

— Tu as vu quoi, Shauna ?

— Son rapport d'autopsie.

J'ai failli tomber du canapé. Il m'a fallu un certain temps pour recouvrer ma voix.

— Comment ?

— Tu connais Nick Carlson, du FBI ?

— Il m'a interrogé.

— Il pense que tu es innocent.

— Il ne m'a pas donné cette impression.

— Mais maintenant, oui. Maintenant que tout semble te désigner, il trouve que c'est un peu trop commode.

— Il te l'a dit ?

— Oui.

— Et tu l'as cru ?

— Cela peut paraître naïf, mais je l'ai cru, oui.

J'avais confiance dans le jugement de Shauna. Si elle affirmait que Carlson était réglo, soit c'était un menteur hors pair, soit il avait flairé le coup monté.

— Je ne comprends toujours pas, ai-je dit. Quel rapport avec l'autopsie ?

— Carlson est venu me voir. Il voulait savoir ce que tu manigançais. Je ne lui ai rien raconté. Mais il surveillait tes faits et gestes, et savait que tu avais réclamé le dossier d'autopsie d'Elizabeth. Il se demandait pourquoi. Il a donc appelé l'institut médico-légal pour récupérer le dossier. Il me l'a apporté. Au cas où je pourrais l'aider.

— Il te l'a montré ?

Elle a hoché la tête.

J'avais la gorge sèche.

— Tu as vu les photos de l'autopsie ?

— Il n'y en avait pas, Beck.
— Quoi ?
— Carlson croit qu'elles ont été volées.
— Par qui ?
Elle a haussé les épaules.
— La seule autre personne à avoir demandé le dossier est le père d'Elizabeth.
Hoyt. Tout convergeait vers lui. J'ai regardé Shauna.
— Et le rapport, tu l'as vu ?
Cette fois, son hochement de tête était empreint d'hésitation.
— Alors ?
— Il est écrit là-dedans qu'Elizabeth avait un problème de drogue. Non seulement il y avait de la drogue dans son organisme mais, d'après les analyses, elle en prenait depuis longtemps.
— Impossible.
— Peut-être, peut-être pas. En soi, ça n'aurait pas suffi à me convaincre. On peut se droguer en cachette. C'est peu probable, mais le fait qu'elle soit en vie ne l'est pas davantage. Les résultats des analyses ont pu être erronés ou incomplets. Il y a des explications, non ? Ça peut s'expliquer d'une façon ou d'une autre.
Je me suis humecté les lèvres.
— Et qu'est-ce qui ne s'explique pas ?
— Son poids et sa taille. Dans le dossier, Elizabeth mesurait un mètre soixante et onze et pesait moins de cinquante kilos.
Un autre coup de massue. Ma femme mesurait un mètre soixante-deux et pesait dans les cinquante-sept kilos.
— Ça ne colle pas, ai-je dit.

— Pas du tout.

— Elle est vivante, Shauna.

— Peut-être, a-t-elle concédé, coulant un regard en direction de la cuisine. Mais ce n'est pas tout.

Se retournant, Shauna a appelé Linda. Ma sœur est sortie et s'est arrêtée sur le pas de la porte. Elle m'a paru soudain toute petite dans son tablier. Elle s'est tordu les mains et les a essuyées sur le tablier. Je la regardais, interloqué.

— Qu'y a-t-il ?

Linda s'est mise à parler. Elle m'a tout raconté : les photos, Elizabeth venue la trouver, et elle, trop heureuse de garder son secret concernant Brandon Scope. Elle n'a pas enjolivé, n'a pas cherché à se justifier. Elle a juste vidé son sac et attendu le coup inévitable. J'écoutais, tête baissée. Je ne pouvais pas la regarder en face, mais j'ai pardonné facilement. On a tous nos faiblesses. Tous, sans exception.

J'avais envie de la serrer dans mes bras, de lui assurer que je comprenais, mais je n'ai pas vraiment réussi à m'y résoudre. Quand elle a eu fini, j'ai simplement hoché la tête et dit :

— Merci de m'en avoir parlé.

C'était aussi une façon de la congédier. Linda a compris. Shauna et moi sommes restés assis en silence pendant une bonne minute.

— Beck ?

— Le père d'Elizabeth m'a menti.

Elle a hoché la tête.

— Il faut que j'aille le voir.

— Il ne t'a rien dit jusque-là.

En effet.

— Crois-tu que ça va être différent, cette fois ?

Distraitement, j'ai tâté le Glock dans ma ceinture.

— Peut-être bien.

Carlson m'a accueilli dans le couloir.

— Docteur Beck ?

Pendant ce temps, à l'autre bout de la ville, le bureau du procureur tenait une conférence de presse. Les journalistes, naturellement, ont réagi avec scepticisme aux explications alambiquées de Fein (celles concernant ma personne) ; il y a eu beaucoup de rétropédalage, de mises à l'index et autres contorsions. Tout cela a contribué à créer la confusion. Et la confusion a du bon, dans la mesure où elle oblige à de longues reconstruction, clarification, exposition et autres « -tions ». La presse et son public privilégient la simplicité dans la narration.

M. Fein aurait sûrement passé un bien plus mauvais quart d'heure si, par le fait du hasard, le bureau du procureur n'avait pas profité de cette même conférence de presse pour annoncer la mise en examen de plusieurs personnalités de l'entourage du maire de la ville, en laissant entendre que les « tentacules de la corruption » – une expression maison – pourraient s'étendre jusqu'au patron lui-même. Les médias, dotés de la capacité de concentration d'un enfant de deux ans, se sont immédiatement emparés de ce jouet flambant neuf, repoussant du pied l'ancien sous le lit.

Carlson s'est avancé vers moi.

— J'aimerais vous poser quelques questions, a-t-il commencé.

— Pas maintenant.

— Votre père possédait une arme.

Ses paroles m'ont cloué sur place.

— Quoi ?

— Stephen Beck, votre père, avait acheté un Smith & Wesson de calibre trente-huit. D'après le fichier, il en a fait l'acquisition quelques mois avant sa mort.

— Qu'est-ce que ça vient faire ici ?

— Je suppose que vous avez hérité de cette arme. Je me trompe ?

— Je n'ai rien à vous dire.

J'ai appuyé sur le bouton de l'ascenseur.

— Elle est en notre possession, a-t-il lâché.

Je me suis retourné, frappé de stupeur.

— Elle était dans le coffre de Sarah Goodhart. Avec les photos.

Je n'en croyais pas mes oreilles.

— Pourquoi ne pas me l'avoir appris plus tôt ?

Il a eu un sourire en coin.

— Ah oui, ai-je fait, j'étais le méchant à ce moment-là.

Lui tournant ostensiblement le dos, j'ai ajouté :

— Je ne vois pas le rapport.

— Je suis sûr que si.

J'ai réappuyé sur le bouton de l'ascenseur.

— Vous êtes allé voir Peter Flannery, poursuivait Carlson. Vous l'avez interrogé sur le meurtre de Brandon Scope. J'aimerais savoir pourquoi.

J'ai de nouveau appuyé sur le bouton en gardant le doigt dessus.

— Vous avez trafiqué les ascenseurs ?

— Oui. Pourquoi êtes-vous allé chez Peter Flannery ?

Je me suis livré mentalement à une rapide série de déductions. Une idée – dangereuse dans le meilleur des cas – a germé dans mon esprit. Shauna faisait confiance à cet homme. Alors pourquoi pas moi ? Enfin, un tout petit peu. Suffisamment.

— Parce que vous et moi, on a les mêmes soupçons, ai-je répliqué.

— Comment ça ?

— On se demande tous les deux si KillRoy a bien assassiné ma femme.

Carlson a croisé les bras.

— Et pourquoi Peter Flannery ?

— Vous étiez en train de retracer mes mouvements, n'est-ce pas ?

— Oui.

— Eh bien, j'ai décidé de faire pareil avec Elizabeth. En remontant huit ans en arrière. Les initiales de Flannery et son téléphone étaient dans son agenda.

— Je vois, a fait Carlson. Et qu'avez-vous appris en discutant avec M. Flannery ?

— Rien, ai-je menti. C'était une fausse piste.

— Ça m'étonnerait.

— Pourquoi dites-vous ça ?

— Vous vous y connaissez un peu en examens balistiques ?

— J'ai vu ça à la télé.

— Pour simplifier, chaque arme laisse une empreinte unique sur le projectile qu'elle tire. Rayures, encoches – tout ça est particulier à une arme donnée. Un peu comme les empreintes digitales.

— Ça, je suis au courant.

— Après votre visite au cabinet de Flannery, j'ai demandé une analyse balistique du trente-huit trouvé dans le coffre-fort de Sarah Goodhart. Et vous savez ce que j'ai découvert ?

J'ai fait non de la tête, mais je le savais déjà.

Carlson a pris son temps avant de déclarer :

— L'arme de votre père, celle dont vous avez hérité, est celle qui a tué Brandon Scope.

Une porte s'est ouverte ; une mère et son fils sont sortis dans le couloir. L'adolescent était en train de geindre, l'épaule affaissée en un geste de défi. La mère, tête haute et lèvres pincées, semblait vouloir dire : Je ne veux pas en entendre parler. Ils se sont dirigés vers l'ascenseur. Carlson a murmuré quelque chose dans un talkie-walkie. Nous nous sommes écartés tous les deux, nous affrontant silencieusement du regard.

— Agent Carlson, me prenez-vous pour un assassin ?

— Vous voulez la vérité ? Je ne sais plus trop.

Sa réponse m'a paru curieuse.

— Vous n'ignorez pas, bien sûr, que rien ne m'oblige à vous parler. Je pourrais très bien appeler Hester Crimstein et réduire tous vos efforts à néant.

Il s'est hérissé, mais n'a pas nié.

— Où voulez-vous en venir ?

— Donnez-moi deux heures.

— Pour quoi faire ?

— Deux heures, ai-je répété.

Il a réfléchi.

— À une seule condition.

— Laquelle ?

— Dites-moi qui est Lisa Sherman.

Sa demande m'a laissé franchement perplexe.

— Jamais entendu ce nom-là.

— Elle et vous étiez censés prendre l'avion hier soir.

Elizabeth.

— Je ne sais pas de quoi vous parlez.

L'ascenseur s'est arrêté avec un tintement. Les portes se sont ouvertes. La maman aux lèvres pincées est montée avec son adolescent boudeur. Elle nous a regardés. Je lui ai fait signe de tenir la porte.

— Deux heures, ai-je dit.

Carlson a acquiescé à contrecœur. Alors j'ai sauté dans la cabine.

40

— Vous êtes en retard ! a crié le photographe, un tout petit homme avec un faux accent français. Et vous avez l'air – *comment dit-on ?*[1] – toute dépenaillée.

— Allez vous faire foutre, Frédéric, a riposté Shauna sans se soucier de savoir si tel était son nom. D'où êtes-vous au fait ? De Brooklyn ?

Il a levé les mains.

— Je ne peux pas travailler comme ça !

Aretha Feldman, l'agent de Shauna, s'est précipitée vers eux.

— Ne vous inquiétez pas, François. Notre maquilleur fait des miracles. Elle a toujours cette tête-là quand elle arrive. On en a pour deux minutes.

Elle a empoigné Shauna par le coude, sans cesser de sourire, et lui a glissé en aparté :

— Bon sang, mais qu'est-ce qui te prend ?

— Je n'ai pas besoin de ces conneries.

1. En français dans le texte.

— Ne joue pas les divas avec moi.
— J'ai eu une rude nuit, d'accord ?
— Pas d'accord. Va t'asseoir là-bas.
En voyant Shauna, le maquilleur a étouffé une exclamation horrifiée.
— C'est quoi, ces valises sous les yeux ? On fait une pub pour Samsonite ou quoi ?
— Ha-ha.
Shauna s'est dirigée vers la chaise.
— Oh, a dit Aretha. On a déposé ça pour toi.
Elle tenait une enveloppe.
Shauna a plissé les yeux.
— Qu'est-ce que c'est ?
— Aucune idée. Un coursier l'a apportée il y a dix minutes. Il a dit que c'était urgent.
Elle a tendu l'enveloppe à Shauna. Qui l'a prise d'une main et l'a retournée. À la vue du gribouillis familier – juste le mot « Shauna » –, elle a senti son estomac se nouer.
Les yeux rivés sur cette écriture, elle a articulé :
— Donnez-moi une seconde.
— Ce n'est pas le moment de…
— Une seconde.
Le maquilleur et l'agent se sont écartés. Shauna a décacheté l'enveloppe. Une carte blanche avec la même écriture familière en est tombée. Shauna l'a ramassée. Le message était bref : « Va aux toilettes. »
S'efforçant de respirer calmement, elle s'est levée.
— Qu'est-ce qu'il y a ? a questionné Aretha.
— Il faut que j'aille faire pipi.
Son ton posé l'a étonnée elle-même.
— C'est par où ?
— Au fond du couloir, à gauche.

— Je reviens tout de suite.

Deux minutes plus tard, Shauna poussait la porte des toilettes. Fermée. Elle a frappé.

— C'est moi.

Et elle a attendu.

Au bout de quelques secondes, elle a entendu le bruit du verrou. Il y a eu un silence. Prenant une grande inspiration, Shauna a poussé de nouveau. La porte s'est ouverte à la volée. Elle a fait un pas sur le carrelage et s'est figée. Devant elle, à côté de la cabine la plus proche, se tenait un fantôme.

Shauna a ravalé un cri.

La perruque châtaine, la silhouette amaigrie, les lunettes cerclées de métal – rien de tout ça ne pouvait masquer l'évidence.

— Elizabeth…

— Tire le verrou, Shauna.

Shauna a obéi machinalement. En se retournant, elle a esquissé un pas vers sa vieille amie. Elizabeth a eu un mouvement de recul.

— S'il te plaît, on n'a pas beaucoup de temps.

Pour la première fois de sa vie sans doute, Shauna ne savait pas quoi dire.

— Tu dois convaincre Beck que je suis morte.

— C'est un peu tard pour ça, Elizabeth.

Cette dernière a balayé la pièce des yeux, comme à la recherche d'une issue.

— J'ai commis une erreur en revenant ici. Une grossière erreur. Je ne peux pas rester. Il faut que tu lui dises…

— On a vu le rapport d'autopsie, a coupé Shauna. Le génie est sorti, on ne peut plus le remettre dans la bouteille.

Elizabeth a fermé les yeux.

— Que s'est-il passé, nom de Dieu ?

— Je n'aurais pas dû revenir.

— Ouais, tu l'as déjà dit.

Elizabeth s'est mise à mordiller sa lèvre inférieure. Puis :

— Il faut que j'y aille.

— Tu ne peux pas, a rétorqué Shauna.

— Quoi ?

— Tu ne peux pas disparaître de nouveau.

— Si je reste, il mourra.

— Il est déjà mort.

— Tu ne comprends pas.

— Pas la peine. Si tu le quittes encore, il n'y survivra pas. J'attends depuis huit ans qu'il se remette de toute cette histoire. En principe, c'est comme ça que ça se passe. Les blessures se referment. La vie continue. Mais pas dans le cas de Beck.

Elle a fait un pas vers Elizabeth.

— Je ne te laisserai pas repartir.

Il y avait des larmes dans leurs yeux.

— Peu m'importe pourquoi tu es partie, a repris Shauna, se rapprochant imperceptiblement. Ce qui compte, c'est ton retour.

— Je ne peux pas rester, a gémi Elizabeth faiblement.

— Il le faut.

— Même si je signe son arrêt de mort ?

— Oui, a répondu Shauna sans hésitation. Même si. J'ai raison et tu le sais. C'est pour ça que tu es ici. Tu sais que tu ne peux pas repartir. Et tu sais que je m'y opposerai.

Elle a avancé d'un autre pas.

— Je suis tellement fatiguée de fuir, a murmuré Elizabeth.

— Je comprends.

— Je ne sais plus quoi faire.

— Moi non plus. Mais la fuite n'est pas une solution. Explique-le-lui, Elizabeth. Pour qu'il puisse comprendre.

Elizabeth a levé la tête.

— Tu sais à quel point je l'aime ?

— Oui, a dit Shauna. Oui, je le sais.

— Je ne veux pas qu'il souffre.

— Trop tard.

Elles se tenaient maintenant à trente centimètres l'une de l'autre. Shauna aurait voulu la prendre dans ses bras, cependant elle n'a pas bougé.

— Tu as un numéro où le joindre ? a demandé Elizabeth.

— Oui, il a un porta…

— Dis-lui : Le Dauphin. Je l'y attendrai ce soir.

— Qu'est-ce que…

Elizabeth s'est faufilée rapidement devant elle, a risqué un œil par la porte des toilettes, s'est glissée dans le couloir.

— Il comprendra, a-t-elle affirmé.

Et elle est partie.

41

Comme d'habitude, Tyrese et moi sommes montés à l'arrière. Le ciel matinal était couleur de cendres, couleur de pierre tombale. Une fois de l'autre côté du pont George-Washington, j'ai indiqué le chemin à Brutus. Derrière ses lunettes noires, Tyrese étudiait mon visage. Finalement, il a demandé :

— On va où ?

— Chez mes beaux-parents.

Il attendait que j'en dise plus.

— Lui est flic, ai-je ajouté.

— Quel est son nom ?

— Hoyt Parker.

Brutus a souri. Tyrese aussi.

— Vous le connaissez ?

— Jamais travaillé avec lui, mais le nom m'est connu, oui.

— Comment ça, « travaillé avec lui » ?

Tyrese a balayé mes questions d'un geste de la main. On était sortis de la ville. J'en avais vécu des expériences surréalistes ces trois derniers jours :

sillonner mon ancien quartier avec deux dealers dans une voiture aux vitres teintées en était une autre. J'ai donné de nouvelles indications à Brutus jusqu'à ce qu'on arrive devant la maison pleine de souvenirs de Goodhart Road.

Je suis descendu. Brutus et Tyrese sont repartis sur les chapeaux de roues. Je me suis approché de la porte et j'ai écouté le long carillon. Les nuages s'étaient assombris. Un éclair a zébré le ciel. J'ai à nouveau appuyé sur le carillon. La douleur a irradié le long de mon bras. J'avais toujours horriblement mal, après l'effort physique combiné à la torture de la veille. Un instant, je me suis demandé ce que je serais devenu sans l'intervention de Tyrese et Brutus. Mais je me suis empressé de chasser cette pensée.

Finalement, j'ai entendu la voix de Hoyt :

— Qui est-ce ?

— Beck.

— C'est ouvert.

J'ai tendu la main vers le bouton de la porte. Juste avant de toucher le cuivre, j'ai marqué une pause. Bizarre. Le nombre de fois où j'étais venu ici, et jamais dans mon souvenir Hoyt n'avait demandé qui c'était. Il était de ces hommes qui préfèrent la confrontation directe. Pas du genre à se cacher dans les buissons. Il n'avait peur de rien et, bon sang, chacun de ses pas le clamait. Quand on sonnait à sa porte, il l'ouvrait et se plantait droit devant vous.

J'ai jeté un regard en arrière. Tyrese et Brutus étaient partis – pas assez fous pour traîner dans une banlieue blanche devant la maison d'un flic.

— Beck ?

Trop tard pour faire machine arrière. J'ai pensé au Glock. La main gauche sur le bouton, j'ai gardé la droite près de ma hanche. Juste au cas où. J'ai poussé le battant, puis passé la tête par l'entrebâillement.

— Je suis dans la cuisine ! a crié Hoyt.

J'ai fermé la porte derrière moi. Le séjour sentait le désodorisant au citron, un de ces diffuseurs qu'on branche. J'ai trouvé l'odeur écœurante.

— Tu veux manger quelque chose ? a demandé Hoyt.

Il était toujours invisible.

— Non, merci.

J'ai marché sur la moquette en direction de la cuisine. Les vieilles photos étaient toujours sur le manteau de la cheminée, mais cette fois-ci leur vue ne m'a pas perturbé. Quand mes pieds ont foulé le linoléum, j'ai regardé autour de moi. Personne. J'allais rebrousser chemin lorsque j'ai senti le contact du métal froid sur ma tempe. Une main m'a encerclé le cou et m'a tiré brutalement en arrière.

— Tu es armé, Beck ?

Je n'ai ni bougé ni parlé.

Sans baisser le revolver, Hoyt a laissé retomber son bras et m'a palpé. Il a trouvé le Glock, l'a sorti, l'a jeté au loin, sur le lino.

— Qui t'a déposé ?

— Deux amis, ai-je réussi à articuler.

— Quel genre d'amis ?

— C'est quoi, ce cirque, Hoyt ?

Il s'est reculé. J'ai fait volte-face. Le revolver était braqué sur ma poitrine. Le canon m'a paru énorme, pareil à une gueule béante prête à m'engloutir tout entier. J'avais du mal à détacher les yeux de ce froid et noir tunnel.

— Tu es venu ici pour me tuer ? a demandé Hoyt.

— Quoi ? Non.

Je me suis forcé à le regarder en face. Mal rasé, les yeux rouges, il vacillait sur ses pieds. Il avait picolé. Sacrément, même.

— Où est Mme Parker ?

— En sécurité.

Drôle de réponse.

— Je l'ai éloignée.

— Pourquoi ?

— Tu sais très bien pourquoi.

Possible. Du moins, je m'en doutais.

— Pourquoi aurais-je voulu vous faire du mal, Hoyt ?

Il continuait à me viser à la poitrine.

— Tu caches toujours une arme sur toi, Beck ? Je pourrais te faire boucler pour ça.

— Vous avez fait pire, ai-je rétorqué.

Son visage s'est allongé. Un sourd gémissement s'est échappé de ses lèvres.

— Qui avons-nous incinéré, Hoyt ?

— Tu ne sais rien, nom d'un chien.

— Je sais qu'Elizabeth est vivante.

Ses épaules se sont affaissées sans que le revolver ne bouge d'un iota. J'ai vu sa main se raidir et j'ai cru un instant qu'il allait tirer. J'ai bien pensé à m'écarter d'un bond, mais de toute façon, s'il ne m'avait pas du premier coup, au second mon compte serait bon.

— Assieds-toi, a-t-il dit doucement.

— Shauna a vu le rapport d'autopsie. Nous savons que ce n'était pas Elizabeth, à la morgue.

— Assieds-toi, a-t-il répété, levant légèrement le revolver.

Là, je pense qu'il aurait tiré si je n'avais pas obéi. Il m'a reconduit au salon. Je me suis assis sur l'immonde canapé qui avait été témoin de tant de moments mémorables, mais j'avais le pressentiment qu'il s'était agi de simples bluettes comparées au feu de joie qui ne tarderait pas à embraser cette pièce.

Hoyt a pris place en face de moi. Son arme était toujours en l'air, dirigée sur moi. Pas une seconde il n'avait laissé reposer sa main. Ça devait faire partie de son entraînement. Il paraissait à bout. On aurait dit un ballon percé en train de se dégonfler quasi imperceptiblement.

— Que s'est-il passé ?

Il n'a pas répondu à ma question.

— Pourquoi crois-tu qu'elle est vivante ?

J'ai hésité. Aurais-je fait fausse route ? Se pouvait-il que Hoyt ne soit pas au courant ? Non, ai-je décidé rapidement. Il avait vu le corps à la morgue. C'est lui qui l'avait identifiée, il était forcément impliqué. Soudain je me suis rappelé l'e-mail.

Ne le dis à personne...

Aurais-je commis une erreur en venant ici ?

Encore une fois, non. Le message avait été envoyé avant tout cela – pratiquement dans une autre vie. Il fallait prendre une décision. Et persister, agir.

— Tu l'as vue ? m'a-t-il demandé.

— Non.

— Où est-elle ?

— Je ne sais pas.

Hoyt, brusquement, a incliné la tête. Un doigt sur les lèvres, il m'a intimé le silence. Se levant, il est allé à pas de loup vers la fenêtre. Les stores étaient tous baissés. Il a jeté un coup d'œil par le côté.

Je me suis levé.

— Assieds-toi.
— Tuez-moi, Hoyt.
Il m'a dévisagé.
— Elle a des ennuis, ai-je dit.
— Et tu crois que tu peux l'aider ?
Il s'est esclaffé avec mépris.
— Je vous ai sauvé la vie à tous les deux, ce fameux soir. Et toi, qu'as-tu fait ?
Quelque chose s'est contracté dans ma poitrine.
— J'ai été assommé.
— C'est vrai, oui.
— Vous…
J'avais peine à articuler.
— Vous nous avez sauvés ?
— Assieds-toi.
— Si vous savez où elle est…
— On ne serait pas là à discuter, a-t-il achevé.
J'ai fait un pas vers lui. Puis un autre. Il a pointé son arme sur moi. Je ne me suis pas arrêté. J'ai continué jusqu'à ce que le canon bute sur mon sternum.
— Vous allez me le dire, ai-je déclaré. Ou vous allez me tuer.
— Tu es prêt à prendre ce risque ?
Je l'ai fixé droit dans les yeux et j'ai soutenu son regard sans ciller pour la première fois probablement depuis qu'on se connaissait. Quelque chose est passé entre nous, quelque chose d'indéfinissable. Peut-être de la résignation de sa part, je n'en sais rien. En tout cas, je n'ai pas bronché.
— Pouvez-vous seulement imaginer à quel point votre fille me manque ?
— Assieds-toi, David.
— Pas avant que…

— Je vais te le dire, a-t-il répondu tout bas. Assieds-toi.

J'ai reculé jusqu'au canapé sans le quitter des yeux. Fléchissant douloureusement les jambes, je me suis affaissé sur les coussins. Il a posé le revolver sur un guéridon.

— Tu veux boire quelque chose ?

— Non.

— À ta place, je prendrais un petit verre.

— Pas maintenant.

Il a haussé les épaules et s'est approché du bar à panneau rabattable, de ceux qui sont tendus de chintz à l'intérieur. Le bar était vieux et branlant. Les verres, en désordre, se cognaient les uns aux autres ; j'étais archicertain que ce n'était pas sa première incursion dans l'armoire à alcools. Il s'est versé à boire en prenant tout son temps. J'avais envie de le presser, mais je l'avais déjà suffisamment harcelé comme ça. Il avait besoin de boire, ai-je réalisé alors. Pour rassembler ses idées, faire le tri, examiner les points de vue. C'était bien normal.

Berçant le verre entre ses mains, il s'est laissé tomber dans le fauteuil.

— Je ne t'ai jamais beaucoup aimé, a-t-il commencé. Pas toi personnellement. Tu viens d'une bonne famille. Ton père était quelqu'un de bien, et ta mère, ma foi, elle a fait de son mieux, hein ?

Son verre dans une main, il a passé l'autre dans ses cheveux.

— Mais je trouvais que ta relation avec ma fille était…

Il a levé les yeux, scrutant le plafond à la recherche du mot juste.

— … un handicap pour son avenir. Aujourd'hui… eh bien, aujourd'hui je me rends compte de l'incroyable chance que vous avez eue tous les deux.

La température dans la pièce a chuté de plusieurs degrés. J'essayais de ne pas bouger, de retenir ma respiration afin de ne pas le troubler.

— Je commencerai par cette soirée au lac, a-t-il poursuivi. Quand ils se sont emparés d'elle.

— Qui s'est emparé d'elle ?

Il a contemplé le contenu de son verre.

— Ne m'interromps pas. Contente-toi d'écouter.

J'ai hoché la tête, mais il ne l'a pas vu. Il continuait à fixer son breuvage, comme s'il cherchait littéralement la réponse au fond de son verre.

— Tu sais ça. Ou tu devrais le savoir maintenant. Les deux hommes qu'on a retrouvés enterrés là-bas.

Son regard a subitement fait le tour de la pièce. Il a attrapé son arme et, se levant, est retourné jeter un œil par la fenêtre. J'aurais voulu lui demander ce qu'il s'attendait à voir dehors, mais j'avais peur qu'il perde le fil de son récit.

— Mon frère et moi sommes arrivés tard au lac. Presque trop tard. On s'est planqués pour les intercepter sur le chemin de terre. Tu sais, là où il y a les deux rochers.

Il s'est détourné de la fenêtre pour me regarder. Je connaissais ces deux rochers. Ils se trouvaient à environ huit cents mètres du lac Charmaine. Énormes, arrondis, presque de la même taille, ils montaient la garde de part et d'autre de la piste. On racontait toutes sortes de légendes sur leur provenance et la manière dont ils s'étaient retrouvés là.

— On s'est cachés derrière, Ken et moi. Quand on les a vus approcher, on a tiré dans un pneu. Ils sont descendus pour voir ce qui se passait. Et je les ai abattus tous les deux d'une balle dans la tête.

Après un dernier coup d'œil par la fenêtre, Hoyt a regagné son fauteuil. Il a reposé l'arme et de nouveau contemplé son verre. Silencieux, j'attendais.

— C'est Griffin Scope qui avait engagé ces deux hommes. Ils étaient censés interroger Elizabeth, puis la tuer. Ken et moi avons eu vent du projet, et nous sommes allés au lac pour les court-circuiter.

Il a levé la main comme pour couper court aux questions, bien que je n'aie même pas osé ouvrir la bouche.

— Le pourquoi du comment importe peu. Griffin Scope voulait la mort d'Elizabeth. Tu n'as pas besoin d'en savoir plus. Et il n'allait pas s'arrêter en route juste parce que deux de ses gars s'étaient fait descendre. Il en avait plein d'autres en réserve. C'est comme cette bête mythique : tu lui coupes la tête et il lui en pousse deux autres.

Il m'a regardé.

— On ne peut pas lutter contre ce pouvoir-là, Beck.

Il a bu une longue gorgée. Je restais coi.

— Je veux que tu te reportes huit ans en arrière et que tu te mettes à notre place.

Il s'est rapproché comme pour mieux me prendre à témoin.

— Tu as deux individus morts sur ce chemin de terre. Dépêchés par l'un des hommes les plus puissants du monde pour te tuer. Il n'aura pas le moindre scrupule à sacrifier des innocents pour arriver jusqu'à toi. Que veux-tu faire ? Imagine qu'on décide d'aller à la police. Pour leur dire quoi ? Quelqu'un de la trempe de Scope ne laisse pas de preuves derrière lui – et même si ç'avait été le cas, il a plus de flics et de juges dans sa poche que je n'ai de cheveux sur la tête. On serait tous morts. Alors voilà, je te le demande, Beck. Tu es là. Avec deux cadavres par terre. Tu sais que ça va continuer. Tu fais quoi ?

J'ai choisi de considérer sa question comme rhétorique.

— J'ai donc exposé tous ces faits à Elizabeth, comme je suis en train de te les exposer maintenant. Je lui ai dit que Scope allait nous réduire en bouillie pour la retrouver. Si elle s'enfuyait – pour se cacher, par exemple –, il nous torturerait jusqu'à ce qu'on la dénonce. Ou bien il s'en prendrait à ma femme. Ou à ta sœur. Il ferait n'importe quoi pour remettre la main sur elle.

Il s'est penché plus près.

— Tu comprends maintenant ? Tu la vois, l'unique solution ?

J'ai hoché la tête : tout devenait soudain limpide.

— Il fallait leur faire croire qu'elle était morte.

Il a souri, et j'en ai eu de nouveau la chair de poule.

— J'avais un peu d'argent de côté. Mon frère Ken en avait plus. On avait aussi des contacts. Elizabeth est entrée dans la clandestinité. On l'a fait sortir du pays. Elle s'est coupé les cheveux, a appris à se déguiser, mais tout ça n'était pas vraiment utile. Personne ne la recherchait. Ces huit dernières années, elle s'est baladée à travers les pays du tiers-monde, travaillant pour la Croix-Rouge, l'UNICEF, n'importe quelle organisation qui voulait bien d'elle.

J'attendais. Il y avait encore tant de choses qu'il ne m'avait pas révélées, cependant je ne bougeais pas. Je m'efforçais de digérer toutes ces informations qui me laissaient sur le carreau. Elizabeth. Elle était en vie. Elle avait été en vie ces huit dernières années. Elle avait respiré, vécu, travaillé… Tout ça était beaucoup trop complexe à intégrer, comme un de ces incompréhensibles problèmes de maths qui vous plantent l'ordinateur.

— Tu dois te poser des questions sur le cadavre à la morgue.

Prudemment, j'ai hoché la tête.

— En fait, ç'a été très simple. Des filles inconnues, on en a tout le temps. On les stocke à l'institut médico-légal jusqu'à ce que quelqu'un décide de les dégager. Alors on les colle au cimetière des pauvres dans Roosevelt Island. J'ai donc attendu l'arrivante qui correspondrait à peu près au signalement. Ç'a été plus long que prévu. La fille devait être une fuyarde poignardée par son mac, ça, on ne le saura jamais. On ne pouvait par ailleurs laisser le meurtre d'Elizabeth inexpliqué. Il nous fallait un coupable. On a choisi KillRoy. Tout le monde savait qu'il marquait ses victimes au visage de la lettre K. On a fait pareil. Restait le problème d'identification. On a bien eu l'idée de la brûler pour la rendre méconnaissable, mais cela voulait dire empreintes dentaires et tout le bataclan. On a alors tenté notre chance. La couleur de cheveux correspondait. La carnation et l'âge étaient à peu près bons. On a abandonné le corps dans un patelin avec un petit service médico-légal. C'est nous qui avons passé le coup de fil anonyme à la police. On s'est arrangés pour arriver à la morgue en même temps que le corps. Il ne me restait plus qu'à l'identifier en versant des chaudes larmes. C'est comme ça qu'on procède avec une large majorité de victimes de meurtres. Elles sont identifiées par des membres de leur famille. Je l'ai fait, et Ken a confirmé. Qui aurait mis notre parole en doute ? Pourquoi un père et un oncle auraient-ils menti ?

— Vous avez pris un sacré risque, ai-je commenté.

— Avait-on réellement le choix ?

— Il devait y avoir d'autres solutions.

Il s'est penché vers moi. J'ai senti son haleine. Les plis qu'il avait sous les yeux se sont affaissés.

— Une fois de plus, Beck, tu es sur ce chemin de terre avec deux cadavres… bon sang, maintenant tu es assis là avec du recul. Alors dis-moi : que fallait-il faire ?

Je n'avais pas de réponse à lui donner.

— Il y avait d'autres problèmes aussi, a ajouté Hoyt en se redressant légèrement. Nous n'étions pas entièrement sûrs que les hommes de Scope allaient gober notre scénario. Heureusement pour nous, les deux truands étaient censés quitter le pays après le meurtre. On a trouvé sur eux des billets d'avion pour Buenos Aires. Tous deux étaient des vagabonds, des types instables. Ç'a aidé. Les hommes de Scope ont marché tout en nous gardant à l'œil – pas tant parce qu'ils la croyaient toujours en vie, mais parce qu'ils craignaient qu'elle ait pu nous laisser des documents compromettants.

— Quel genre de documents ?

Il a ignoré ma question.

— Ta maison, ton téléphone, ton bureau sans doute. Ils étaient truffés de mouchards depuis huit ans. Les miens aussi.

Voilà qui expliquait les e-mails circonspects. J'ai laissé errer mon regard autour de la pièce.

— J'ai tout passé au peigne fin hier, a-t-il dit. La maison est sûre.

Comme il se taisait, j'ai hasardé :

— Pourquoi Elizabeth a-t-elle choisi de revenir aujourd'hui ?

— Parce qu'elle est stupide.

Pour la première fois, j'ai entendu de la colère dans sa voix. Je lui ai laissé du temps. Il s'est calmé ; les taches rouges sur son visage se sont estompées.

— Les deux corps qu'on a enterrés, a-t-il fait tout bas.

— Eh bien ?

— Elizabeth suivait l'actualité sur Internet. Quand elle a lu qu'ils avaient été découverts, elle a pensé, comme moi, que les Scope pourraient soupçonner la vérité.

— Qu'elle était toujours en vie ?

— Oui.

— Mais si elle était à l'étranger, il aurait fallu se lever tôt pour la retrouver.

— C'est ce que je lui ai expliqué. Elle, elle estimait que ça n'allait pas les arrêter. Qu'ils s'en prendraient à moi. Ou à sa mère. Ou à toi. De toute façon…

De nouveau, il s'est interrompu, la tête basse.

— Je ne sais pas si c'était si important que ça.

— Que voulez-vous dire ?

— Parfois, j'ai l'impression qu'elle avait envie que ça arrive.

Il a joué avec son verre, faisant tinter les glaçons.

— Elle voulait être avec toi, David. À mon avis, ces cadavres n'étaient qu'un prétexte.

J'ai attendu une fois de plus. Il a encore bu. Encore regardé par la fenêtre.

— À ton tour, m'a-t-il dit soudain.

— Quoi ?

— Moi aussi, je veux des réponses. Comment elle t'a contacté. Comment tu as échappé à la police. Où elle peut être, d'après toi.

J'ai hésité, mais pas bien longtemps. D'ailleurs, me laissait-il un quelconque choix ?

— Elizabeth m'a contacté par des e-mails anonymes. Elle s'est servie d'un code que j'étais le seul à comprendre.

— Quel genre de code ?

— Ça faisait référence à notre passé.

Hoyt a hoché la tête.

— Elle savait qu'ils te surveillaient.

— Oui.

J'ai changé de position sur le canapé.

— Que savez-vous exactement au sujet du personnel de Griffin Scope ?

Il a eu l'air déconcerté.

— Le personnel ?

— Est-ce qu'un Asiatique musclé travaille pour lui ?

Si le visage de Hoyt avait gardé quelque couleur, celle-ci s'est évanouie brutalement, à la manière du sang qui s'écoule par une plaie ouverte. Il m'a considéré d'un air effaré, presque comme s'il allait se signer.

— Eric Wu ! a-t-il soufflé.

— J'ai croisé M. Wu hier.

— Impossible.

— Pourquoi ?
— Tu serais déjà mort.
— J'ai eu de la chance.
Je lui ai narré tout l'épisode. Il paraissait au bord des larmes.
— Si Wu l'a retrouvée, si jamais elle est tombée entre ses mains avant toi…
Il a fermé les yeux pour chasser cette image.
— Non, ai-je dit.
— Comment peux-tu en être aussi sûr ?
— Il voulait savoir ce que je faisais dans le parc. S'il avait déjà mis la main sur Elizabeth, pourquoi se serait-il donné tout ce mal ?
Lentement, Hoyt a hoché la tête. Il a fini son verre, s'en est servi un autre.
— Ils savent maintenant qu'elle est vivante, a-t-il déclaré. Donc, on va les avoir sur le dos.
— On ripostera, ai-je répondu avec plus de vaillance que ce dont je me sentais capable.
— Tu ne m'as pas entendu tout à l'heure. La bête mythique, il lui pousse des têtes en permanence.
— Mais à l'arrivée, le héros finit par la vaincre.
Il s'est esclaffé. À juste titre, dois-je ajouter. Je ne le quittais pas des yeux. Le carillon de l'horloge a égrené ses coups. Je continuais à cogiter.
— Il faut que vous me racontiez le reste.
— C'est sans importance.
— Mais c'est lié au meurtre de Brandon Scope, n'est-ce pas ?
Il a secoué la tête sans grande conviction.
— Je sais qu'Elizabeth a fourni un alibi à Helio Gonzalez.
— Ce n'est pas important, Beck. Crois-moi.
— Je suis venu, j'ai vu, je suis foutu, ai-je dit.

Il a bu une nouvelle gorgée.

— Elizabeth avait loué un coffre-fort au nom de Sarah Goodhart, ai-je poursuivi. C'est là-dedans qu'ils ont trouvé les photos.

— Je sais. On était à la bourre, ce soir-là. J'ignorais qu'elle leur avait déjà remis la clé. On a vidé leurs poches, mais je n'ai pas pensé à regarder dans les chaussures. Normalement, ç'aurait dû être sans conséquence. Ils n'auraient jamais dû être retrouvés.

— Elle n'a pas laissé que les photos dans le coffre.

Avec précaution, Hoyt a reposé son verre.

— Il y avait aussi l'ancien revolver de mon père. Un trente-huit. Vous vous en souvenez ?

Hoyt a détourné les yeux, et sa voix s'est soudain radoucie.

— Un Smith & Wesson. C'est moi qui l'ai aidé à le choisir.

J'ai été pris d'un tremblement.

— Savez-vous que c'est l'arme qui a tué Brandon Scope ?

Il a fermé les yeux, gardant les paupières serrées comme un enfant qui voudrait fuir un mauvais rêve.

— Dites-moi ce qui s'est passé, Hoyt.

— Tu le sais déjà.

Impossible de réprimer mes tremblements.

— Dites-le-moi quand même.

Chaque mot m'a fait l'effet d'un coup de poing.

— Elizabeth a tué Brandon Scope.

J'ai secoué la tête. Ce n'était pas vrai.

— Elle travaillait à ses côtés, dans leur espèce d'association caritative. C'était juste une question de temps avant qu'elle ne découvre le pot aux roses : Brandon dirigeait un racket à quatre sous en jouant les caïds. Drogue, prostitution, que sais-je encore.

— Elle ne m'en a jamais parlé.

— Elle n'en a parlé à personne, Beck. Mais Brandon l'a su. Il l'a battue comme plâtre en guise d'avertissement. À l'époque, je n'étais pas au courant, bien sûr. Elle m'a servi la même histoire d'accrochage en voiture.

— Elle ne l'a pas tué.

— C'était de la légitime défense. Comme elle poursuivait son enquête, Brandon a pénétré par effraction chez vous, cette fois armé d'un couteau. Il l'a agressée… et elle lui a tiré dessus. Cent pour cent légitime défense.

Je continuais à secouer la tête.

— Elle m'a appelé en larmes. Je suis venu chez vous. Quand je suis arrivé…

À bout de souffle, Hoyt a fait une pause.

— … il était déjà mort. Elizabeth avait le revolver. Elle voulait que j'appelle la police. Je l'en ai dissuadée. Légitime défense ou pas, Griffin Scope allait la liquider, et pire. Je lui ai demandé de me donner quelques heures. Elle était secouée, mais elle a finalement accepté.

— Vous avez déplacé le corps.

Il a hoché la tête.

— Je connaissais l'existence de Gonzalez. Ce petit voyou était en passe de devenir un professionnel du crime. J'en ai vu suffisamment, d'oiseaux de son espèce, pour le savoir. Il s'en était déjà tiré une fois, sur un point de procédure, alors qu'il était jugé pour meurtre. Franchement, c'était le coupable idéal.

Tout s'éclaircissait.

— Mais Elizabeth n'a pas voulu.

— Ça, je n'avais pas prévu. Elle a appris son arrestation aux infos, et c'est là qu'elle a inventé ce fameux alibi. Pour sauver Gonzalez…

Sa voix s'est chargée d'une lourde ironie.

— … d'une « grave injustice ».

Il a secoué la tête.

— Quel gâchis ! Si seulement elle avait accepté de faire porter le chapeau à ce petit fumier, tout aurait été terminé.

— Les gens de Scope ont découvert qu'elle avait fabriqué l'alibi, ai-je dit.

— Oui, il y a eu des fuites. À force de fouiner, ils ont su qu'elle était en train de mener une enquête. Le reste tombait sous le sens.

— Alors ce soir-là, au lac… il s'agissait d'une histoire de vengeance.

Il a paru réfléchir.

— En partie, oui. Mais par ailleurs, il fallait cacher la vérité concernant Brandon Scope. Il était mort, et son père tenait absolument à préserver son image de héros.

Pas uniquement son père, ai-je pensé. Ma sœur aussi.

— Je ne vois toujours pas pourquoi elle a mis toutes ces choses-là dans un coffre-fort.

— Ce sont des preuves, a-t-il répondu.

— Des preuves de quoi ?

— Qu'elle a tué Brandon Scope. Et qu'elle a agi en état de légitime défense. Quoi qu'il ait pu arriver par la suite, Elizabeth ne voulait pas que quelqu'un d'autre soit accusé à sa place. Plutôt naïf de sa part, tu ne trouves pas ?

Non, je ne trouvais pas. J'ai essayé d'appréhender la vérité telle qu'elle m'apparaissait à présent. Mais ça ne marchait pas. Pas encore. Car ce n'était pas *toute* la vérité. Et je le savais mieux que personne. J'ai regardé mon beau-père, ses bajoues, ses cheveux qui commençaient à tomber, le ventre qui se relâchait, la carrure toujours imposante mais qui peu à peu s'affaissait. Hoyt croyait savoir ce qui était réellement arrivé à sa fille. Il ne se doutait pas à quel point il pouvait se tromper.

J'ai entendu un coup de tonnerre. La pluie a tambouriné sur les vitres comme des centaines de poings minuscules.

— Vous auriez pu m'en parler, ai-je lâché.

Il a secoué la tête, avec plus d'énergie cette fois.

— Et qu'aurais-tu fait, Beck ? Tu l'aurais suivie ? Pour fuir avec elle ? Ils l'auraient su et nous auraient tous liquidés. Ils t'avaient à l'œil. Ils t'ont toujours à l'œil. On ne l'a dit à personne. Pas même à la mère d'Elizabeth. Et si tu as besoin de preuves, regarde autour de toi. Ça fait huit ans déjà. Elle t'a juste envoyé quelques e-mails anonymes, et regarde ce que ça a déclenché ?

Une portière de voiture a claqué. Hoyt a bondi vers la fenêtre tel un gros chat. Il a jeté un coup d'œil dehors.

— C'est la voiture qui t'a déposé. Avec deux Noirs à l'intérieur.

— Ils viennent me chercher.

— Tu es sûr qu'ils ne travaillent pas pour Scope ?

— Sûr et certain.

Juste à ce moment-là, mon nouveau portable s'est mis à sonner.

— Tout va bien ? a demandé Tyrese.

— Oui.

— Sortez de là.

— Pourquoi ?

— Vous lui faites confiance, à ce flic ?

— Je n'en sais rien.

— Sortez.

J'ai prévenu Hoyt que je devais m'en aller. Il semblait trop épuisé pour réagir. Je me suis hâté vers la porte. Tyrese et Brutus m'attendaient. La pluie avait diminué d'intensité, mais aucun de nous n'y prêtait attention.

— J'ai un appel pour vous. Mettez-vous là.

— Pourquoi ?

— C'est personnel, a répondu Tyrese. Je veux pas l'entendre.

— J'ai confiance en vous.

— Allez, faites ce que je vous demande.

Je me suis écarté hors de portée de voix. Derrière moi, j'ai vu un store se relever. Hoyt a lorgné dehors. Je me suis retourné vers Tyrese. Il m'a fait signe d'approcher le téléphone de mon oreille. J'ai obéi. Il y a eu un silence, puis Tyrese a dit :

— La ligne est libre, allez-y.

Tout de suite après, j'ai entendu la voix de Shauna.

— Je l'ai vue.

Je demeurais parfaitement immobile.

— Elle a dit qu'elle t'attendrait ce soir au Dauphin.

J'ai compris. La communication a été coupée. Je suis revenu vers Tyrese et Brutus.

— Il faut que j'aille quelque part tout seul. Un endroit où on ne peut pas me suivre.

Tyrese a regardé Brutus.

— Montez.

42

Brutus conduisait comme un fou. Il a pris des sens interdits. Fait demi-tour à la dernière seconde. Coupé la circulation pour tourner à gauche alors que le feu était rouge. On maintenait une excellente moyenne.

Au MetroPark d'Iselin, il y avait un train en direction de Port Jervis qui partait vingt minutes plus tard. Là-bas, je pourrais louer une voiture. Quand ils m'ont déposé, Brutus est resté au volant. Tyrese m'a accompagné jusqu'au guichet.

— Vous m'avez demandé de partir et de ne pas revenir, a-t-il déclaré.

— Exact.

— Peut-être que vous devriez faire pareil.

Je lui ai tendu la main. Tyrese l'a ignorée et m'a serré avec force dans ses bras.

— Merci, ai-je dit doucement.

Il a relâché son étreinte, rajusté son blouson pour qu'il tombe mieux, redressé ses lunettes noires.

— Ouais, pas de quoi.

Et, sans attendre, il est retourné vers la voiture.

Le train est arrivé et reparti à l'heure. J'ai trouvé une place et m'y suis écroulé, essayant de faire le vide dans ma tête. Sans grand résultat. J'ai regardé autour de moi. La voiture était pratiquement vide. Deux étudiantes avec de volumineux sacs à dos jacassaient en ponctuant leur discours de « voilà » et de « tu comprends ». J'ai repéré un journal – plus précisément un tabloïd – que quelqu'un avait abandonné sur un siège.

La première page tant convoitée était consacrée à une jeune starlette arrêtée pour vol à l'étalage. Je l'ai feuilleté dans l'espoir de tomber sur une bande dessinée ou la rubrique Sports – n'importe quelle inanité aurait fait l'affaire. Mais mon regard s'est arrêté sur une photo... de moi. L'ennemi public n° 1. Incroyable, la mine sinistre que j'avais sur le cliché noirci, on aurait dit un terroriste du Moyen-Orient.

C'est alors que mon univers, déjà sens dessus dessous, a subi une nouvelle secousse.

Je n'étais pas vraiment en train de lire l'article. Mon regard glissait simplement sur la page. Mais j'ai vu les noms. Pour la première fois. Les noms des hommes dont les cadavres avaient été découverts au bord du lac. L'un d'eux m'était familier.

Melvin Bartola.

Ce n'était pas possible.

J'ai lâché le journal et couru en ouvrant les portes coulissantes jusqu'à ce que, deux voitures plus loin, je trouve un contrôleur.

— Quel est le prochain arrêt ? lui ai-je demandé.

— Ridgemont, New Jersey.

— Y a-t-il une bibliothèque à proximité de la gare ?

— Je ne saurais le dire.

Je suis descendu là-bas de toute façon.

Eric Wu a fléchi les doigts. D'un petit coup sec, il a forcé la porte.

Il n'avait pas mis longtemps à identifier les deux Noirs qui avaient aidé le Dr Beck à s'échapper. Larry Gandle avait des amis dans la police. Wu leur avait fourni le signalement des deux hommes, avant de se plonger lui-même dans le trombinoscope. Quelques heures plus tard, il repérait la photo d'un gangster nommé Brutus Cornwall. En donnant quelques coups de fil, ils ont appris que Brutus travaillait pour un dealer du nom de Tyrese Barton.

Facile.

La chaîne du verrou a sauté. La porte s'est ouverte à la volée, le bouton cognant contre le mur. Latisha a levé les yeux, surprise. Elle allait se mettre à hurler, mais Wu a été plus rapide. Il a plaqué une main sur sa bouche et approché les lèvres de son oreille. Un autre homme, une recrue de Gandle, est entré derrière lui.

— Chut, a fait Wu, presque avec douceur.

TJ était en train de jouer par terre. En entendant du bruit, il a penché la tête et dit :

— Maman ?

Eric Wu lui a souri. Lâchant Latisha, il s'est agenouillé sur le sol. Latisha a voulu s'interposer, mais l'autre homme l'en a empêchée. Wu a posé son énorme main sur la tête du petit garçon. Et, tout en caressant les cheveux de TJ, il s'est tourné vers sa mère.

— Savez-vous, lui a-t-il demandé, où je peux trouver Tyrese ?

Une fois descendu du train, j'ai pris un taxi jusqu'à une agence de location de voitures. L'employé en veste verte m'a indiqué comment me rendre à la bibliothèque. Il m'a fallu environ trois minutes pour y arriver. La bibliothèque de Ridgemont occupait un édifice moderne en brique de style néocolonial, fenêtres panoramiques, étagères en bois de hêtre, balcons, tourelles, cafétéria. À l'accueil du deuxième étage, j'ai trouvé une bibliothécaire à l'air pincé, vêtue de vichy, et je lui ai demandé la permission d'utiliser Internet.

— Vous avez une carte d'identité ?

Je la lui ai montrée.

— Il faut résider dans le comté.

— S'il vous plaît, ai-je insisté, c'est très important.

Je m'attendais à une fin de non-recevoir, mais elle s'est radoucie.

— Vous pensez en avoir pour combien de temps ?

— Quelques minutes, pas plus.

— L'ordinateur, là-bas…

Elle a désigné un terminal derrière moi.

— … c'est notre terminal rapide. Tout le monde a le droit de l'utiliser pendant dix minutes.

Je l'ai remerciée et me suis précipité sur l'ordinateur. Yahoo! m'a trouvé le site du *New Jersey Journal*. Je connaissais exactement la date qu'il me fallait. Douze ans plus tôt, le 12 janvier. Je suis allé dans la partie Archives et j'ai tapé ma demande.

Le site web ne couvrait que les six dernières années.

Zut.

Je suis retourné à la hâte voir la bibliothécaire.

— Je cherche un article vieux de douze ans du *New Jersey Journal.*

— Il n'était pas dans les archives du Web ?

J'ai secoué la tête.

— Microfilm, a-t-elle décrété, donnant une grande claque sur les bras de son fauteuil pour se lever. Quel mois ?

— Janvier.

C'était une femme corpulente qui se déplaçait laborieusement. Elle a trouvé le rouleau dans un tiroir du fichier et m'a aidé à introduire la bobine dans l'appareil. Je me suis assis.

— Bonne chance, m'a-t-elle dit.

J'ai tripoté le bouton comme s'il s'agissait de l'accélérateur d'une nouvelle moto. Le microfilm s'est déroulé avec un grincement. Je m'arrêtais toutes les dix secondes pour voir où j'en étais. Il m'a fallu moins de deux minutes pour retrouver la bonne date. L'article était en page 3.

Dès que j'ai vu le titre, j'ai senti ma gorge se nouer.

Parfois, je le jure, j'entends réellement le crissement de pneus, même si ça s'est passé loin de la maison où j'étais en train de dormir dans mon lit. Ça fait toujours aussi mal – moins peut-être que le soir où j'ai perdu Elizabeth –, mais c'était la première fois qu'un drame faisait irruption dans ma vie, et ça, on ne s'en remet jamais complètement. Douze ans plus tard, je revois encore chaque détail de cette nuit-là, comme dans un tourbillon d'images qui se brouillent : le coup de sonnette au petit matin, les mines graves des policiers à la porte, Hoyt qui les accompagne, leurs paroles douces, circonspectes, nos dénégations, la lente prise de conscience, le visage crispé de Linda, mes larmes qui coulent à flots, ma mère qui n'accepte toujours pas, qui m'enjoint de me taire, d'arrêter de pleurer, sa raison déjà vacillante qui bascule, elle me dit de cesser de me comporter comme un bébé, assure que tout va bien, puis soudain, se rapprochant de moi, elle s'émerveille de la grosseur de mes larmes ; d'aussi grosses larmes ne sont pas des larmes d'adulte, ce sont des larmes d'enfant, elle en cueille une, la frotte entre le pouce et l'index – cesse de pleurer, David ! –, elle se met en colère, hurle, me hurle d'arrêter, jusqu'à ce que Linda et Hoyt interviennent pour la calmer, et quelqu'un lui donne un sédatif, pas pour la première ni pour la dernière fois. Tout cela m'est revenu brutalement, d'un seul jet. Mais quand j'ai lu l'article, son impact m'a bouleversé d'un tout autre point de vue.

UNE VOITURE TOMBE DANS UN RAVIN
Un mort, cause inconnue

> La nuit dernière, vers trois heures du matin, une Ford Taunus conduite par Stephen Beck, domicilié à Green River, New Jersey, a quitté un pont à Mahwah, non loin de la frontière de l'État de New York. La chaussée était glissante à la suite d'une tempête de neige, mais les autorités n'ont pas encore déterminé les causes exactes de l'accident. Le seul témoin de l'accident, Melvin Bartola, un routier du Wyoming…

J'ai interrompu ma lecture. Suicide ou accident ? Les gens s'étaient posé la question. Maintenant, je savais que ce n'était ni l'un ni l'autre.

Brutus a dit :

— Qu'est-ce qu'il y a ?

— J'en sais rien, mec.

Puis, après réflexion :

— J'ai pas envie de rentrer.

Brutus n'a pas répondu. Tyrese a regardé à la dérobée son vieil ami. Ils étaient ensemble depuis l'école primaire. Déjà, à l'époque, Brutus n'était pas très bavard. Trop occupé sans doute à recevoir des raclées deux fois par jour – à l'école et à la maison – jusqu'à ce qu'il ait décidé, pour survivre, de devenir la terreur du quartier. À onze ans, il venait en classe avec un pistolet. Et à quatorze, il commettait son premier meurtre.

— T'en as pas marre, Brutus ?

Brutus a haussé les épaules.

— On connaît pas autre chose.

La vérité était là, monolithique, incontournable.

Le portable de Tyrese s'est mis à sonner. Il l'a sorti et a répondu :

— Ouais.

— Salut, Tyrese.

Il n'a pas reconnu la voix.

— Qui c'est ?

— On s'est rencontrés hier. Dans une camionnette blanche.

Son sang s'est glacé dans ses veines. Bruce Lee ! Oh, merde…

— Qu'est-ce que tu veux ?

— Il y a quelqu'un ici qui veut te dire bonjour.

Une brève pause, puis TJ a dit :

— Papa ?

Tyrese a arraché ses lunettes. Son corps s'est raidi.

— TJ ? Ça va ?

Mais Eric Wu avait déjà repris le téléphone.

— Je cherche le Dr Beck, Tyrese. TJ et moi espérions que tu m'aiderais à le retrouver.

— Je ne sais pas où il est.

— Quel dommage !

— Je le jure devant Dieu, je ne sais pas.

— Je vois, a soufflé Wu.

Puis :

— Un instant, Tyrese, ne quitte pas. J'aimerais te faire entendre quelque chose.

43

Le vent soufflait, les arbres dansaient, le violet orangé du soleil couchant était en train de virer à l'étain poli. C'était presque angoissant : j'avais la sensation de me retrouver huit ans en arrière, la dernière fois que j'avais mis les pieds sur cette terre bénie.

Les hommes de Griffin Scope auraient-ils eu l'idée de surveiller le lac Charmaine ? Ça n'avait pas beaucoup d'importance. Elizabeth était trop maligne. Comme je l'ai déjà expliqué, il y avait une colonie de vacances avant que mon grand-père ait racheté le terrain. L'indice d'Elizabeth – le Dauphin – était le nom d'un bungalow, celui des grands ; c'était le plus reculé, et nous osions rarement nous y aventurer.

La voiture de location a gravi ce qui avait jadis été l'entrée de service de la colonie et dont il ne restait plus grand-chose. Masquée par les hautes herbes, elle ne se voyait guère de la route principale. On avait juste gardé une chaîne en travers, au cas où, avec le panneau DÉFENSE D'ENTRER. La chaîne et le panneau étaient toujours en place, mais toutes ces années d'abandon commençaient à se faire sentir. J'ai arrêté la voiture, décroché la chaîne, puis je l'ai enroulée autour d'un arbre.

J'ai regagné mon siège et pris la direction de l'ancien réfectoire de la colonie. Il n'en subsistait presque rien. On pouvait encore distinguer les carcasses rouillées des fours, et quelques poêles et casseroles jonchaient le sol, mais le temps avait enseveli tout le reste. Je suis descendu et j'ai respiré la fraîche odeur de la verdure. Je m'efforçais de ne pas penser à mon père, mais dans la clairière d'où on apercevait le lac, dont la surface lisse scintillait sous le croissant de lune, j'ai de nouveau entendu le fantôme et me suis demandé cette fois s'il ne criait pas vengeance.

J'ai suivi le sentier, qui lui aussi avait pratiquement disparu. Bizarre qu'Elizabeth m'ait donné rendez-vous ici. Elle n'avait jamais aimé jouer dans les ruines de l'ancienne colonie. Linda et moi, au contraire, nous réjouissions quand nous tombions sur un sac de couchage ou des boîtes de conserve récemment ouvertes ; nous nous demandions quel genre de vagabond avait pu les laisser là et si le vagabond en question n'était pas encore dans les parages. Elizabeth, bien plus intelligente que nous, ne s'intéressait pas à ce jeu-là. Les lieux inconnus et l'incertitude lui faisaient peur.

J'ai mis dix minutes à arriver là-bas. Le bungalow était étonnamment bien conservé. Les murs et le toit étaient toujours debout, même si des marches menant à la porte il ne restait plus que des éclats de bois. Le panneau avec le dauphin était là aussi, pendant verticalement sur un clou. Nullement gênés par l'obstacle, mousses, plantes grimpantes et végétaux divers avaient pris possession du bungalow jusqu'à l'intégrer définitivement au paysage : l'encerclant, se frayant un passage à l'intérieur, s'insinuant par les trous et les fenêtres.

— Te voilà de retour.

Le son de cette voix – une voix d'homme – m'a pris au dépourvu.

Instinctivement, je me suis écarté d'un bond, puis je suis tombé, j'ai roulé sur le côté, attrapé le Glock et visé. L'homme s'est contenté de lever les mains, très surpris de voir quelqu'un. Je l'ai regardé, l'arme pointée sur lui. Sa barbe drue ressemblait à un nid de rouge-gorge après une attaque de corneilles. Ses cheveux étaient longs et emmêlés. Il était vêtu d'un treillis en lambeaux. Un instant, j'ai eu l'impression d'être revenu en ville, face à un SDF en train de faire la manche. Sauf que l'attitude n'était pas la même. Solidement campé sur ses jambes, l'homme me fixait droit dans les yeux.

— Vous êtes qui ? ai-je demandé.

— Ça fait un bail, David.

— Je ne vous connais pas.

— C'est vrai. Mais moi, je te connais.

Il a désigné d'un mouvement de la tête la couchette derrière moi.

— Toi et ta sœur. Je vous observais quand vous veniez jouer ici.

— Je ne comprends pas.

Il a souri. Ses dents, au grand complet, étaient d'une blancheur éclatante au milieu de sa barbe.

— Je suis le croque-mitaine.

À distance, j'ai perçu les criaillements d'une famille d'oies tandis qu'elles se posaient sur le lac.

— Que voulez-vous ?

— Rien du tout, a-t-il répondu, toujours souriant. Je peux baisser les bras ?

J'ai hoché la tête. Il a laissé retomber ses mains. J'ai abaissé mon arme tout en restant sur le qui-vive. Réfléchissant à ses paroles, j'ai demandé :

— Ça fait combien de temps que vous vous cachez ici ?

— L'un dans l'autre…

Il s'est livré à une sorte de calcul sur ses doigts.

— … ça doit faire trente ans.

Ma mine ahurie lui a arraché un grand sourire.

— Eh oui, je vous observe depuis que vous êtes comme ça.

Il a placé sa main à la hauteur de son genou.

— Je vous ai vus grandir et…

Une pause.

— Ça fait un moment que tu n'es pas venu ici, David.

— Qui êtes-vous ?

— Je m'appelle Jeremiah Renway.

Ce nom ne m'évoquait rien.

— Je me cache pour échapper à la justice.

— Alors pourquoi vous manifestez-vous maintenant ?

Il a haussé les épaules.

— Sans doute que je suis content de te voir.

— Comment savez-vous que je n'irai pas vous dénoncer à la police ?

— Tu as une dette envers moi.

— Comment ça ?

— Je t'ai sauvé la vie.

J'ai senti le sol tanguer sous mes pieds.

— Quoi ?

— À ton avis, qui t'a tiré de l'eau ?

J'étais sans voix.

— Qui t'a traîné dans la maison ? Qui a appelé l'ambulance ?

J'ai ouvert la bouche, mais aucun son n'en est sorti.

— Et…

Son sourire s'est élargi.

— … qui a déterré ces cadavres pour qu'on puisse les trouver ?

J'ai mis un moment à recouvrer l'usage de ma voix.

— Pourquoi ? ai-je articulé.

— Je n'en sais trop rien. Vois-tu, il y a longtemps, j'ai fait quelque chose de mal. Alors ç'a été une façon de me racheter, en quelque sorte.

— Donc, vous avez vu… ?

— Tout, a achevé Renway à ma place. Je les ai vus saisir ta dame. Je les ai vus te frapper avec la batte. Je les ai vus lui promettre de te tirer de là si elle leur disait où était je ne sais pas quoi. Ta dame leur a donné une clé. Ils ont ri et l'ont poussée dans la voiture pendant que tu restais sous l'eau.

J'ai dégluti.

— Vous les avez vus se faire descendre ?

Renway a souri de nouveau.

— Assez bavardé, fiston. Elle t'attend.

— Je ne comprends pas.

— Elle t'attend, a-t-il répété en tournant les talons. Près de l'arbre.

Et, sans crier gare, il a détalé dans les bois, bondissant à travers les buissons à la manière d'un daim. Je l'ai regardé disparaître dans les fourrés.

L'arbre.

Alors j'ai foncé. Les branches me cinglaient le visage. Je m'en moquais. Mes jambes me suppliaient de ralentir. Je ne les écoutais pas. Mes poumons protestaient. Je les ai suppliés de tenir bon. Quand, finalement, j'ai tourné à droite au rocher à l'apparence semi-phallique, j'ai vu, au détour du sentier, que l'arbre était toujours là. Je me suis approché et mes yeux ont débordé.

Nos initiales gravées – E.P. + D.B. – avaient noirci avec les années. Tout comme les treize encoches qu'on avait découpées. J'ai contemplé l'écorce, puis, timidement, j'ai effleuré les sillons. Pas ceux des initiales. Ni des treize lignes. Mes doigts ont caressé les huit lignes toutes fraîches, encore blanches et gluantes de sève.

— Je sais que tu trouves ça débile.

Mon cœur a explosé. J'ai pivoté sur moi-même : elle était là, devant moi.

Incapable de bouger, incapable de parler, j'ai simplement fixé son visage. Son beau visage. Et ses yeux. J'ai eu l'impression de tomber, tomber en chute libre dans un puits sans fond. Son visage était plus mince, ses pommettes yankees plus marquées, et j'ai songé que de toute ma vie je n'avais jamais rien vu d'aussi parfait.

Je me suis rappelé mes rêves insaisissables, ces instants d'évasion nocturne où je la tenais dans mes bras et lui caressais le visage tout en sentant qu'on me tirait en arrière, sachant dans ma béatitude même que ce n'était pas réel, que bientôt je serais catapulté dans le monde du réveil. La peur de revivre la même chose m'a alors submergé, j'en ai eu le souffle coupé.

Elizabeth semblait lire dans mes pensées car elle a hoché la tête comme pour dire : « Mais oui, c'est bien réel. » Elle a esquissé un pas vers moi. J'arrivais tout juste à respirer ; cependant, j'ai réussi à secouer la tête et à articuler en désignant les encoches :

— Je trouve ça romantique.

Étouffant un sanglot dans sa main, elle s'est précipitée vers moi. J'ai ouvert les bras, et elle s'y est blottie. Je l'ai serrée contre moi. De toutes mes forces. J'ai fermé les yeux. Ses cheveux sentaient la cannelle et le lilas. Elle a enfoui en pleurant son visage dans ma poitrine. On s'est étreints encore et encore. Elle était toujours... faite pour moi. Les creux et les courbes de nos deux corps n'avaient pas besoin de réadaptation. J'ai posé ma main sur sa nuque. Ses cheveux étaient plus courts, mais la texture n'avait pas changé. Je l'ai sentie trembler et je suis sûr qu'elle a perçu la même chose chez moi.

Notre premier baiser a été tendre, familier et terriblement désespéré... deux êtres qui avaient fini par remonter à la surface après avoir mal calculé la profondeur de l'eau. Les années s'effaçaient, l'hiver cédait le pas au printemps. Tant d'émotions se bousculaient en moi. Je n'ai pas cherché à les identifier ni à les trier. Je les ai simplement laissées venir.

Levant la tête, elle m'a regardé au fond des yeux, et je me suis figé.

— Pardonne-moi, a-t-elle murmuré.

Et j'ai cru que mon cœur allait de nouveau voler en éclats.

Je la tenais dans mes bras. Je la tenais en me demandant si j'allais un jour prendre le risque de la lâcher.

— Ne me quitte plus jamais, ai-je dit.

— Plus jamais.

— Promis ?

— Promis.

On restait là, enlacés. Je sentais le merveilleux contact de sa peau. J'ai touché les muscles de son dos, embrassé son cou gracile. J'ai même regardé les cieux en l'étreignant. Comment ? m'étonnais-je. Comment se pouvait-il que ce ne soit pas une autre plaisanterie cruelle ? Comment pouvait-elle être toujours vivante et près de moi ?

Peu m'importait, au fond. Je voulais seulement que ce soit réel. Que ça dure.

Mais alors même qu'elle était dans mes bras, la sonnerie du téléphone portable m'a, comme dans mes rêves fugaces, tiré en arrière. J'ai d'abord pensé ne pas répondre, mais avec les événements de ces derniers jours, c'était difficilement concevable. On avait des proches embarqués sur notre bateau. Nous ne pouvions pas leur faire faux bond. On le savait l'un et l'autre. Un bras autour d'Elizabeth – il était hors de question que je la lâche –, j'ai collé le téléphone contre mon oreille.

Un appel de Tyrese. Et, à mesure qu'il parlait, j'ai compris que c'était loin d'être terminé.

44

Nous nous sommes garés sur le parking abandonné derrière l'école élémentaire de Riker Hill et avons pris un raccourci en nous tenant par la main. Même dans le noir, j'ai constaté qu'il y avait eu peu de changements depuis qu'Elizabeth et moi avions gambadé par ici. Le pédiatre en moi n'a pas pu s'empêcher de noter les nouvelles mesures de sécurité. Les balançoires avaient été équipées de chaînes plus solides et de sièges à harnais. Une épaisse couche de paillis tapissait le sol sous les cages à poules pour amortir d'éventuelles chutes. Mais le terrain de basket, le terrain de foot, le bitume, avec sa marelle peinte et les cours carrées, étaient les mêmes qu'autrefois.

Nous sommes passés devant la fenêtre de la classe de Mlle Sobel, mais c'était il y a si longtemps que l'un comme l'autre avons dû éprouver juste une petite pointe de nostalgie. Toujours main dans la main, on s'est enfoncés dans les bois. Bien qu'on n'ait pas emprunté ce sentier depuis des années, on connaissait toujours le chemin. Dix minutes plus tard, nous étions dans l'arrière-cour d'Elizabeth, à Goodhart Road. Je me suis tourné vers elle. Les yeux humides, elle contemplait la maison de son enfance.

— Ta mère n'a jamais su ? ai-je demandé.

Elle a secoué la tête. S'est tournée vers moi. Lentement, j'ai lâché sa main.

— Tu es sûr ? a-t-elle dit.

— On n'a pas le choix.

Sans lui laisser le temps de protester, je me suis dirigé vers la maison. Arrivé à la baie vitrée, j'ai mis mes mains en visière pour scruter l'intérieur. Aucun signe de Hoyt. J'ai essayé la porte de derrière. Elle n'était pas fermée. Je suis entré. Personne là non plus. J'allais ressortir quand j'ai vu une lumière s'allumer dans le garage. J'ai traversé la cuisine, pénétré dans la buanderie, puis poussé doucement la porte du garage.

Hoyt Parker était assis sur le siège avant de sa Buick Skylark. Le moteur était éteint. Il avait un verre dans la main. Quand j'ai ouvert la porte, il a levé son arme. En me voyant, il l'a rangée. Après avoir descendu les deux marches, j'ai tendu la main vers la poignée de la portière du passager. La voiture était ouverte. Je me suis glissé à côté de Hoyt.

— Qu'est-ce que tu veux, Beck ?

Sa voix était légèrement pâteuse.

Ostensiblement, je me suis enfoncé dans le siège.

— Dites à Griffin Scope de relâcher le petit garçon.

— J'ignore de quoi tu parles, a-t-il répliqué sans une once de conviction.

— Corruption, pots-de-vin, dessous-de-table. Appelez ça comme vous voulez, Hoyt, je connais la vérité.

— Tu connais que dalle, oui.

— L'autre soir, au lac, ai-je dit. Quand vous avez convaincu Elizabeth de ne pas aller à la police.

— On en a déjà parlé.

— Oui, mais maintenant je me demande, Hoyt. De quoi aviez-vous peur au juste… qu'ils la tuent ou qu'on vous arrête dans la foulée ?

Son regard s'est posé paresseusement sur moi.

— Elle serait déjà morte si je ne l'avais pas poussée à fuir.

— Je n'en doute pas. Mais tout de même, vous avez eu de la chance, Hoyt, de faire d'une pierre deux coups. Vous avez réussi à lui sauver la vie – et à éviter la prison.

— Et pourquoi serais-je allé en prison, hein ?

— Niez-vous avoir travaillé pour Scope ?

Il a haussé les épaules.

— Tu crois que j'étais le seul à toucher de l'argent de lui ?

— Non.

— Alors pourquoi serais-je plus inquiété que n'importe quel autre flic ?

— À cause de ce que vous avez fait.

Il a fini son verre, cherché la bouteille des yeux pour se resservir.

— Je ne sais absolument pas de quoi tu parles.

— Savez-vous sur quoi Elizabeth était en train d'enquêter ?

— Les activités illicites de Brandon Scope. Prostitution. Trafic de mineures. Drogue. Ce gars-là voulait jouer les gros durs.

— Quoi d'autre ?

Je m'efforçais de contenir mon tremblement.

— De quoi tu parles ?

— À force de creuser, elle aurait pu tomber sur un crime plus grave.

J'ai pris une profonde inspiration.

— Je me trompe, Hoyt ?

Son visage s'est affaissé. Il s'est tourné et s'est mis à fixer le pare-brise.

— Un meurtre, ai-je ajouté.

J'ai essayé de suivre son regard, mais tout ce que j'ai vu, ç'a été les outils de bricolage soigneusement accrochés à un panneau alvéolé. Les tournevis avec leurs manches noir et jaune s'alignaient par ordre d'importance : les plats à gauche et les cruciformes à droite. Ils étaient séparés par trois clefs et un marteau.

J'ai repris :

— Elizabeth n'était pas la première à vouloir provoquer la chute de Brandon Scope.

Je me suis arrêté et j'ai attendu. Attendu qu'il me regarde. Cela a pris du temps, mais il a fini par pivoter vers moi. Et je l'ai vu dans ses yeux. Il n'a pas cillé ni cherché à dissimuler. Je l'ai vu. Et il a su que je l'avais vu.

— Avez-vous tué mon père, Hoyt ?

Il a englouti une grande gorgée d'alcool, s'est rincé la bouche avec et l'a avalée avec effort. Un peu de whisky lui a coulé sur le menton. Il ne s'est pas donné la peine de l'essuyer.

— Pire, a-t-il répondu en fermant les yeux, je l'ai trahi.

Malgré la rage qui bouillonnait dans ma poitrine, ma voix est restée étonnamment calme.

— Pourquoi ?

— Voyons, David. Tu dois l'avoir compris, depuis le temps.

Un nouvel accès de fureur s'est emparé de moi.

— Mon père travaillait avec Brandon Scope, ai-je commencé.

— Plus que ça, m'a-t-il interrompu. Griffin Scope voulait que ton papa soit son mentor. Ils travaillaient la main dans la main.

— Comme avec Elizabeth.

— Oui.

— Et c'est en travaillant avec lui que mon père a découvert quel monstre était Brandon en réalité. N'est-ce pas ?

Hoyt s'est contenté de boire.

— Il ne savait pas quoi faire, ai-je poursuivi. Il avait peur de parler mais ne pouvait pas rester sans réagir. Il était rongé par la culpabilité. Voilà pourquoi il a été aussi taciturne les derniers mois avant sa mort.

Je me suis tu en pensant à mon père, seul, désemparé, sans personne à qui se confier. Pourquoi n'avais-je pas senti sa détresse ? Pourquoi n'avais-je pas vu plus loin que le bout de mon nez ? Pourquoi ne m'étais-je pas rapproché de lui ? Et pourquoi n'avais-je rien fait pour l'aider ?

J'ai regardé Hoyt. J'avais une arme dans ma poche. Ç'aurait été tellement simple. Il suffisait de la sortir et de presser la détente. Pan ! Fini. Seulement, je savais par expérience que ça ne résoudrait rien. Ce serait même tout le contraire.

— Continue, a dit Hoyt.

— À un moment, papa s'est décidé à en parler à un ami. Mais pas n'importe quel ami. Un flic, un flic qui travaillait dans la ville où tous ces crimes étaient commis.

Mon sang s'est mis à bouillir, frôlant une nouvelle explosion.

— Vous, Hoyt.

Quelque chose a changé dans son visage.

— Jusque-là, j'ai vu juste, n'est-ce pas ?

— Globalement, oui.

— Et vous avez prévenu les Scope ?

Il a hoché la tête.

— Je pensais qu'ils allaient le muter. L'éloigner de Brandon. Je n'aurais jamais cru…

Il a grimacé, visiblement écœuré de s'entendre se justifier de la sorte.

— Comment as-tu su ?

— Le nom de Melvin Bartola, pour commencer. Il a été témoin du prétendu accident qui a coûté la vie à mon père, mais évidemment, il travaillait aussi pour Scope.

Le sourire de mon père a surgi devant moi. J'ai serré les poings.

— Et puis le fait que vous ayez menti en prétendant m'avoir sauvé la vie. Vous êtes effectivement retourné au lac après avoir abattu Bartola et Wolf. Mais pas pour me sauver. Vous avez regardé, vous n'avez vu aucun mouvement et en avez déduit que j'étais mort.

— Déduit que tu étais mort, a-t-il répété. Je n'ai pas souhaité ta mort.

— Question de sémantique.

— Je n'ai jamais voulu qu'il t'arrive quoi que ce soit.

— Mais ça ne vous a pas perturbé outre mesure. Vous êtes revenu à la voiture et vous avez raconté à Elizabeth que je m'étais noyé.

— Pour mieux la convaincre de disparaître… Et ç'a marché.

— Vous avez dû être surpris en apprenant que j'étais toujours en vie.

— Plutôt choqué, oui. D'ailleurs, comment as-tu fait pour en réchapper ?

— Aucune importance.

Hoyt s'est laissé aller en arrière comme s'il était épuisé.

— Peut-être bien.

Son expression a changé une fois de plus, et j'ai été étonné de l'entendre dire :

— Alors, que veux-tu savoir d'autre ?

— Vous ne niez rien de tout ça ?

— Non.

— Et vous connaissiez Melvin Bartola, n'est-ce pas ?

— Exact.

— Bartola vous a informé du coup qui se préparait contre Elizabeth. Là, je ne vois pas très bien pourquoi. Peut-être avait-il une conscience. Peut-être ne voulait-il pas qu'elle meure.

— Bartola, une conscience ? s'est esclaffé Hoyt. Je t'en prie. C'était un bandit et un assassin. Il est venu me voir parce qu'il a cru pouvoir jouer double jeu. Toucher l'argent des Scope et le mien. Je lui ai promis de doubler la somme et de l'aider à quitter le pays s'il m'aidait à simuler sa mort.

J'ai hoché la tête, je comprenais mieux maintenant.

— Bartola et Wolf ont donc dit aux gens de Scope qu'ils allaient se planquer après l'assassinat. Je me suis demandé pourquoi leur disparition n'avait pas suscité plus de curiosité, mais grâce à vous ils étaient censés partir loin.

— Oui.

— Que s'est-il passé alors ? Vous les avez doublés ?

— Des hommes comme Wolf et Bartola… leur parole n'a aucune valeur. J'aurais eu beau les payer, ils seraient revenus à la charge. Ils en auraient eu assez de vivre en dehors du pays ou peut-être qu'ils se seraient soûlés et s'en seraient vantés dans un bar. Toute ma vie j'ai eu affaire à ce genre de racaille. Je ne pouvais pas prendre un tel risque.

— Vous les avez donc tués ?

— Ouais, a-t-il répondu sans l'ombre d'un regret.

Je savais tout à présent. J'ignorais simplement comment ça allait se terminer.

— Ils détiennent un petit garçon, lui ai-je dit. J'ai promis de me rendre à condition qu'ils le relâchent. Vous allez les appeler. Vous allez m'aider à négocier.

— Ils n'ont plus confiance en moi.

— Vous avez travaillé suffisamment longtemps pour Scope, vous trouverez bien quelque chose.

Hoyt a réfléchi. Il a contemplé de nouveau les outils sur le mur, et je me suis demandé ce qu'il voyait là. Puis, lentement, il a levé son revolver, l'a pointé sur mon visage.

— Je crois que j'ai une idée, a-t-il fait.

Je n'ai pas cillé.

— Ouvrez la porte du garage, Hoyt.

Il n'a pas bougé.

Me penchant, j'ai appuyé sur la télécommande du garage. La porte s'est mise en mouvement dans un bourdonnement. Hoyt l'a regardée se relever. Elizabeth se tenait là, immobile. Une fois la porte entièrement ouverte, elle a planté son regard dans celui de son père.

Il a eu un geste de recul.

— Hoyt ? ai-je répété.

Il s'est brusquement tourné vers moi. D'une main, il m'a empoigné par les cheveux. De l'autre, il m'a collé le revolver dans l'œil.

— Dis-lui de se pousser.

Je n'ai pas bronché.

— Fais-le, ou tu es mort.

— Vous ne ferez pas ça. Pas devant elle.

Il s'est rapproché de moi.

— Allez, vas-y, nom de Dieu !

Son ton ressemblait plus à une supplication qu'à un ordre hostile. Je l'ai regardé, et un sentiment bizarre s'est emparé de moi. Hoyt a allumé le moteur. J'ai fait signe à Elizabeth de s'écarter. Elle a hésité, mais a finalement fait un pas de côté. Hoyt a attendu qu'elle ne soit plus sur son chemin. Il a appuyé sur l'accélérateur, et on a bondi en avant dans un soubresaut. Je me suis retourné et, par la lunette arrière, j'ai regardé Elizabeth se fondre peu à peu dans l'obscurité jusqu'à disparaître complètement.

Une fois de plus.

Me rasseyant, je me suis demandé si j'allais la revoir. J'avais feint la confiance, mais je connaissais les risques. Elle s'était opposée à mon projet. Je lui avais expliqué que je devais le faire. À moi pour une fois, de jouer les protecteurs. Elizabeth n'était pas d'accord, mais elle avait compris.

En l'espace de ces quelques jours, j'avais appris qu'elle était vivante. Étais-je prêt à donner ma vie pour prix de la sienne ? Avec joie. Je comprenais ce genre de réaction. Un sentiment étrange, de sérénité, m'a envahi tandis que je roulais aux côtés de l'homme qui avait trahi mon père. J'étais enfin délivré du fardeau de la culpabilité qui avait si longtemps pesé sur moi. Je savais ce que j'avais à faire – ce que j'avais à sacrifier – et je me suis demandé si j'avais jamais vraiment eu le choix, si la fin n'avait pas été écrite d'avance.

Je me suis tourné vers Hoyt.

— Elizabeth n'a pas tué Brandon Scope.

— Je sais, m'a-t-il interrompu.

Puis il a ajouté quelque chose qui m'a laissé pantois :

— C'est moi qui l'ai tué.

Je me suis figé.

— Brandon avait battu Elizabeth, a-t-il enchaîné rapidement. Il allait la tuer. J'ai donc tiré sur lui quand il a pénétré dans la maison. Et j'ai mis ça sur le dos de Gonzalez, comme je te l'ai déjà dit. Elizabeth le savait. Elle ne voulait pas qu'un innocent paie. Du coup, elle a inventé cet alibi. Les gens de Scope en ont eu vent et se sont posé des questions. Ils ont commencé à soupçonner Elizabeth…

Les yeux rivés sur la chaussée, il a semblé faire un immense effort sur lui-même.

— … et, Dieu me pardonne, je les ai laissés faire.

Je lui ai tendu le portable.

— Appelez-les.

Il l'a fait. Il a appelé un dénommé Larry Gandle. J'avais rencontré Gandle à plusieurs reprises. Son père avait été au lycée avec le mien.

— Beck est avec moi, lui a dit Hoyt. On vous retrouve aux écuries, mais il faut que vous relâchiez le môme.

Larry Gandle a répondu quelque chose d'inaudible.

— Dès que le môme sera en sécurité, nous serons là, a déclaré Hoyt. Et prévenez Griffin que j'ai ce qu'il désire. On peut régler ça sans nuire à ma famille ni à moi.

Gandle a parlé de nouveau, puis j'ai entendu un déclic. Hoyt m'a rendu le téléphone.

— Est-ce que je fais partie de votre famille, Hoyt ?

Il a pointé le revolver sur ma tête.

— Sors ton Glock, Beck. Doucement. Avec deux doigts.

J'ai obéi. Il a pressé le bouton d'ouverture électrique des vitres.

— Jette-le par la fenêtre.

J'ai hésité. Il m'a fourré de nouveau le canon dans l'œil. J'ai jeté l'arme hors de la voiture. Je ne l'ai même pas entendue atterrir.

On a continué à rouler en silence, dans l'attente du coup de fil. Quand le téléphone a sonné, c'est moi qui ai répondu. Tyrese a dit d'une voix douce :

— Il va bien.

J'ai raccroché, soulagé.

— Où m'emmenez-vous, Hoyt ?

— Tu le sais très bien, où je t'emmène.

— Griffin Scope nous tuera tous les deux.

— Non, a-t-il rétorqué, le revolver toujours braqué sur moi. Pas tous les deux.

45

Après avoir quitté l'autoroute, on s'est enfoncés dans la campagne. Pour tout éclairage, on n'a bientôt eu que les phares de la voiture. Hoyt s'est penché vers le siège arrière, où il a attrapé une enveloppe kraft.

— Tout est là, Beck. Tout.

— Tout quoi ?

— Ce que ton père avait sur Brandon, ce qu'Elizabeth avait sur Brandon.

Ça m'a interloqué. Il l'avait donc sur lui depuis le début. Puis je me suis interrogé : la voiture. Pourquoi Hoyt avait-il pris place dans la voiture ?

— Où sont les copies ? ai-je demandé.

Il a souri, apparemment ravi que j'aie posé la question.

— Il n'y en a pas. Tout est ici.

— Je ne comprends toujours pas.

— Patience, David. Désolé, mais c'est toi mon pigeon, maintenant. Il n'y a pas d'autre solution.

— Scope ne marchera pas.

— Mais si. Comme tu l'as dit, j'ai longtemps travaillé pour lui ; je sais ce qu'il a envie d'entendre. Ce soir, tout sera terminé.

— Avec ma mort ?

Pas de réponse.

— Comment vous allez expliquer ça à Elizabeth ?

— Elle finira sans doute par me haïr, a-t-il déclaré. Mais au moins elle sera en vie.

Devant nous, j'ai vu le portail de service d'une propriété. Fin de la partie, ai-je pensé. Un garde en uniforme nous a fait signe de passer. Hoyt gardait son arme braquée sur moi. On était en train de remonter l'allée quand, sans prévenir, il a écrasé la pédale du frein.

Il a pivoté vers moi.

— Tu as un micro planqué sur toi, Beck ?

— Comment ? Non.

— Foutaises, fais voir.

Il a tendu la main vers ma poitrine. Je me suis écarté. Il a levé le revolver et, se rapprochant, m'a tâté de haut en bas. Satisfait, il s'est rassis.

— Tu as de la chance, a-t-il ricané.

On s'est remis en route. Même dans l'obscurité, on sentait la luxuriance de la végétation. Les arbres se profilaient au clair de lune, oscillant malgré l'absence de vent. Au loin, j'ai aperçu une constellation de lumières. Hoyt s'est dirigé dans leur direction. Un vieux panneau gris annonçait que nous étions arrivés aux haras des Chemins de la Liberté. On s'est garés à la première place sur la gauche. J'ai jeté un coup d'œil par la vitre. Je ne m'y connais pas beaucoup en élevage de chevaux mais l'endroit était impressionnant. Il y avait une bâtisse en forme de hangar assez vaste pour contenir une douzaine de courts de tennis. Les écuries mêmes, disposées en V, semblaient s'étendre à perte de vue. Une fontaine jaillissait au milieu. On devinait des manèges, des pistes et des parcours d'obstacles.

Il y avait aussi un groupe d'hommes qui nous attendaient.

L'arme toujours pointée sur moi, Hoyt a ordonné :

— Descends.

J'ai obtempéré. Quand j'ai fermé la portière, le bruit a résonné dans le silence. Hoyt a fait le tour de la voiture et m'a planté le revolver au creux des reins. Les odeurs ont fait surgir en moi la vision fugace d'une kermesse rurale. Mais dès que j'ai vu les quatre hommes devant moi, dont deux ne m'étaient pas inconnus, l'image s'est évanouie.

Les deux que je voyais pour la première fois étaient armés de fusils semi-automatiques. Ils les ont pointés sur nous. J'ai eu tout juste un frisson ; à croire que je commençais à m'y faire. L'un des hommes se tenait à droite, près de l'entrée des écuries. L'autre était adossé à une voiture, sur la gauche.

Les hommes que je connaissais se tenaient l'un à côté de l'autre sous un spot d'éclairage. L'un d'eux était Larry Gandle. L'autre, Griffin Scope. Hoyt m'a poussé en avant avec le revolver. Tandis qu'on se dirigeait vers eux, j'ai vu s'ouvrir la porte de la grande bâtisse.

Eric Wu en est sorti.

Mon cœur s'est mis à cogner. J'entendais ma propre respiration. J'avais des fourmis dans les jambes. J'étais peut-être immunisé contre la menace des armes, mais mon corps gardait un souvenir cuisant des doigts de Wu. Involontairement, j'ai ralenti le pas. Wu m'a à peine regardé. Il est allé tout droit à Scope et lui a remis quelque chose.

Alors qu'il nous restait encore une dizaine de mètres à parcourir, Hoyt m'a forcé à m'arrêter.

— J'ai une bonne nouvelle, a-t-il lancé.

Tous les regards se sont tournés vers Griffin Scope. Je connaissais le bonhomme, bien sûr. N'étais-je pas, après tout, le fils d'un vieil ami et le frère d'une fidèle collaboratrice ? Comme presque tout le monde, j'avais été impressionné par ce grand costaud à l'œil pétillant. C'était le genre de personnage dont on cherche à se faire remarquer… le type chaleureux, convivial qui possède le talent rare de savoir marcher sur la corde raide entre les fonctions d'ami et d'employeur. Un mélange détonant, normalement. Soit le patron perd son prestige en devenant un ami, soit l'ami est envié lorsqu'il doit endosser le rôle du patron. Mais pour une locomotive comme Griffin Scope, ce n'était pas un problème. Cet homme-là était né pour commander.

Scope a eu l'air perplexe.

— Une bonne nouvelle, Hoyt ?

Hoyt s'est efforcé de sourire.

— Une très bonne nouvelle, à mon avis.

— Formidable.

Scope a jeté un œil en direction de Wu. Ce dernier a hoché la tête sans bouger.

— Alors, cette bonne nouvelle ? a demandé Scope. Je suis tout ouïe.

Hoyt s'est raclé la gorge.

— Tout d'abord, je voudrais que vous compreniez. Je n'ai jamais cherché à vous nuire. En fait, je me suis donné un mal de chien pour veiller à ce que rien de compromettant ne sorte au grand jour. Mais il fallait aussi que je sauve ma fille. Vous pouvez le comprendre, ça ?

Une ombre a traversé le visage de Scope.

— Si je comprends le désir de protéger un enfant ? a-t-il rétorqué, la voix grave et rocailleuse. Je pense que oui.

Un cheval a henni au loin. Partout ailleurs, le silence. Hoyt a humecté ses lèvres et brandi l'enveloppe kraft.

— Qu'est-ce que c'est, Hoyt ?

— Tout, a-t-il répondu. Photos, dépositions, cassettes. Tout ce que ma fille et Stephen Beck avaient recueilli sur votre fils.

— Y a-t-il des copies ?

— Une seule.

— Où ?

— En lieu sûr. Chez un avocat. Si je ne l'appelle pas dans une heure en lui donnant le code, ces documents seront divulgués. Ne le prenez pas comme une menace, monsieur Scope. Jamais je n'aurais révélé ce que je sais : j'ai autant à y perdre que n'importe qui.

— En effet, a dit Scope. Pour ça, vous avez parfaitement raison.

— Mais maintenant, vous pouvez nous laisser tranquilles. Vous avez tout. Je vous enverrai le reste. Il n'est pas utile de nous faire du mal, à ma famille ou à moi.

Griffin Scope a regardé Larry Gandle, puis Eric Wu. Les deux hommes armés, sur les côtés, ont eu l'air de se raidir.

— Et que faites-vous de mon fils, Hoyt ? Quelqu'un l'a abattu comme un chien. Croyez-vous que je vais faire une croix dessus ?

— Justement, a répliqué Hoyt. Ce n'était pas Elizabeth.

Les yeux de Scope se sont plissés et son visage a reflété un profond intérêt, mais j'ai cru lire autre chose dans son regard, quelque chose qui ressemblait presque à de la confusion.

— Qui est-ce, alors ? Dites-le-moi, je vous prie.

J'ai entendu Hoyt déglutir avec difficulté. Il s'est tourné vers moi :

— David Beck.

Je n'étais pas surpris. Pas même en colère.

— Il a tué votre fils, s'est-il empressé d'ajouter. Il a découvert ce qui s'était passé et il s'est vengé.

Scope a fait mine d'étouffer une exclamation en portant une main à sa poitrine. Ensuite seulement il m'a regardé. Wu et Gandle l'ont imité. Croisant mon regard, Scope a demandé :

— Qu'avez-vous à répondre pour votre défense, docteur Beck ?

J'ai réfléchi un instant.

— Cela servirait-il à quelque chose de dire qu'il ment ?

Scope ne m'a pas répondu directement. Se tournant vers Wu, il a ordonné :

— Apportez-moi cette enveloppe, s'il vous plaît.

Wu avait une démarche de panthère. Il s'est avancé vers nous en me souriant, et j'ai senti quelques-uns de mes muscles se contracter instinctivement. Il s'est arrêté devant Hoyt et a tendu la main. Hoyt lui a donné l'enveloppe. Wu l'a prise d'une main. De l'autre – je n'ai jamais vu quelqu'un se mouvoir aussi rapidement –, il lui a arraché le revolver comme s'il avait affaire à un enfant, et l'a jeté derrière lui.

Hoyt a bégayé :

— Mais qu'est-ce qui… ?

Wu l'a frappé en plein plexus solaire. Hoyt est tombé sur les genoux. Puis, sous nos yeux, il s'est écroulé à quatre pattes en hoquetant. Wu l'a contourné sans hâte, et son coup de pied a atteint Hoyt au thorax. J'ai entendu un craquement. Hoyt a roulé sur le dos, clignant des yeux, bras et jambes écartés.

Griffin Scope s'est approché en souriant de mon beau-père. Il a brandi quelque chose. J'ai plissé les yeux. C'était petit et noir.

Hoyt s'est assis en crachant du sang.

— Je ne comprends pas, a-t-il réussi à articuler.

Je voyais maintenant l'objet dans la main de Scope. Un lecteur de microcassettes. Il a pressé le bouton. J'ai entendu d'abord ma propre voix, puis celle de Hoyt :

— *Elizabeth n'a pas tué Brandon Scope.*

— *Je sais. C'est moi qui l'ai tué.*

Scope a coupé le magnétophone. Personne ne parlait. Il a foudroyé mon beau-père du regard. Et moi, j'ai compris un certain nombre de choses. Puisque Hoyt Parker savait que sa maison était truffée de micros, il devait bien se douter que sa voiture aussi. C'était pour ça qu'il était sorti quand il nous avait repérés dans l'arrière-cour. C'était pour ça qu'il m'avait attendu dans la voiture. C'était pour ça qu'il m'avait coupé la parole quand j'avais dit qu'Elizabeth n'avait pas tué Brandon Scope. C'était pour ça qu'il avait avoué ce meurtre à un endroit où il savait qu'ils seraient en train d'écouter. J'ai compris que, lorsqu'il m'avait palpé, il avait bel et bien senti le micro que Carlson avait placé sur ma poitrine : il voulait que le FBI entende également, qu'ils entendent tout, et que Scope ne se donne pas la peine de me fouiller. J'ai compris que Hoyt Parker était prêt à payer de sa personne, que malgré ses actes et bien qu'il ait trahi mon père, tout cela avait été une ruse, une dernière tentative d'expiation : au bout du compte ce serait lui, et non pas moi, qui se sacrifierait pour nous sauver tous. J'ai compris aussi que, afin que son plan fonctionne, il lui restait encore une chose à faire. Je me suis donc écarté. Au moment où j'ai entendu les hélicoptères du FBI amorcer leur descente, au moment où j'ai entendu Carlson crier à tout le monde dans un mégaphone de ne pas bouger, j'ai vu Hoyt Parker plonger la main dans l'étui qu'il portait à la cheville, saisir un pistolet et tirer à trois reprises sur Griffin Scope. Puis il a retourné l'arme contre lui-même.

J'ai crié :

— Non !

Mais ma voix s'est perdue dans la déflagration finale.

46

Nous avons enterré Hoyt Parker quatre jours plus tard. Des milliers de flics en uniforme sont venus lui rendre un ultime hommage. Les détails du dernier acte dans la propriété de Scope n'avaient pas encore été divulgués, et je doutais qu'ils le soient un jour. Même la mère d'Elizabeth n'avait pas posé trop de questions, mais à mon avis, c'était surtout parce qu'elle était folle de joie de voir sa fille ressuscitée. Cela a dû la dissuader de se montrer trop curieuse ou de vouloir chercher la petite bête. Chose bien compréhensible.

Pour l'heure, Hoyt Parker était mort en héros. C'était peut-être vrai, après tout. Ce n'est pas à moi de juger.

Il avait rédigé une longue confession, reprenant en gros ce qu'il m'avait dit dans la voiture. Carlson me l'a montrée.

— Ça s'arrête là ? ai-je demandé.

— Il nous reste encore à traduire en justice Gandle, Wu et quelques autres. Mais, depuis la mort de Griffin Scope, tout le monde est pressé de se mettre à table.

La bête de la mythologie, ai-je pensé. On ne lui coupe pas la tête. On la poignarde en plein cœur.

— Vous avez eu raison de vous adresser à moi quand ils ont kidnappé ce petit garçon, m'a dit Carlson.

— Avais-je une autre solution ?

— Bien vu.

Il m'a serré la main.

— Prenez soin de vous, docteur Beck.

— Vous aussi.

Vous avez sans doute envie de savoir si Tyrese va finalement partir en Floride et ce qu'il va advenir de TJ et de Latisha. Vous vous demandez peut-être si Shauna et Linda vont rester ensemble, et quelles conséquences cela aura pour Mark. Mais je ne peux pas vous répondre car je n'en sais rien.

Cette histoire s'arrête là, quatre jours après la mort de Hoyt Parker et celle de Griffin Scope. Il est tard. Très tard. Je suis couché à côté d'Elizabeth et je regarde sa poitrine se soulever et s'abaisser dans son sommeil. Je la regarde tout le temps. Je ne ferme pas souvent les yeux. Mes rêves, paradoxalement, se sont inversés. C'est dans mes rêves que je la perds maintenant – elle est de nouveau morte, et je suis tout seul. Du coup, je me raccroche à elle. Je suis insatiable, un vrai crampon. Elle, pareil. Mais ça finira par s'arranger.

Comme si elle avait senti mon regard sur elle, Elizabeth roule sur le côté. Je lui souris. Elle me sourit aussi, et mon cœur éclate. Je repense à cette journée au lac. Je me revois en train de dériver sur le radeau. Et je me souviens de ma décision de lui révéler la vérité.

— Il faut qu'on parle.
— Je ne crois pas, répond-elle.
— On est incapables d'avoir des secrets l'un pour l'autre, Elizabeth. C'est ce qui a causé tout ce gâchis en premier lieu. Si seulement on s'était tout dit…
Je ne termine pas.
Elle hoche la tête. Et je comprends qu'elle sait. Elle a toujours su. Je reprends :
— Ton père. Il a toujours cru que tu avais tué Brandon Scope.
— C'est ce que je lui ai raconté.
— Mais à la fin…
Je m'arrête, puis recommence.
— Quand j'ai dit dans la voiture que tu ne l'avais pas tué, tu penses qu'il a compris ?
— Je ne sais pas, j'aimerais croire que oui.
— Il s'est donc sacrifié pour nous.
— Ou il a voulu t'empêcher de le faire, réplique-t-elle. Ou peut-être est-il mort persuadé que c'est moi qui ai tué Brandon Scope. On ne le saura jamais. Et ça n'a plus d'importance.
Nous nous regardons.
— Tu le savais, dis-je, la gorge nouée. Depuis le début. Tu…
Elle me fait taire en posant un doigt sur mes lèvres.
— C'est bon.
— Tu as mis toutes ces choses au coffre-fort pour moi.
— J'ai voulu te protéger.
— C'était de la légitime défense.
Je sens de nouveau l'arme dans ma main, le violent recul après que j'ai appuyé sur la détente.

— Je sais, dit-elle, m'enlaçant par le cou et m'attirant contre elle. Je sais.

Car c'est moi qui étais à la maison quand Brandon Scope a fait irruption chez nous, il y a huit ans. J'étais couché seul dans notre lit quand il s'est glissé dans la chambre avec un couteau. Nous avons lutté. J'ai cherché à tâtons le revolver de mon père. Il m'a frappé. J'ai tiré et l'ai tué. Puis, paniqué, j'ai pris la fuite. J'ai essayé de rassembler mes idées, de décider de la conduite à tenir. Lorsque j'ai eu repris mes esprits, le temps de rentrer à la maison, le corps avait disparu. Le revolver aussi. Je voulais le dire à Elizabeth. J'allais le faire au lac. Et, pour finir, je n'en ai jamais parlé. Jusqu'à aujourd'hui.

Comme je l'ai déjà fait remarquer, si seulement j'avais avoué la vérité d'entrée de jeu…

Elle me serre contre elle.

— Je suis là, chuchote Elizabeth.

Ici. Avec moi. Il me faudra un bon moment pour m'y faire. Mais j'y arriverai. Nous nous endormons, enlacés. Demain matin, nous nous réveillerons ensemble. Et le surlendemain aussi. Son visage sera le premier que je verrai jour après jour. Sa voix, la première que j'entendrai.

Et ça me suffira toujours.

Remerciements

Voilà. J'aimerais vous présenter toute la bande :

— Beth de Guzman, éditrice hors pair, ainsi que Susan Corcoran, Sharon Lulek, Nita Taublib, Irwyn Applebaum et le reste de l'équipe-vedette de chez Bantam Dell ;

— Lisa Erbach Vance et Aaron Priest, mes agents ;

— Anne Armstrong-Coben, docteur en médecine, Gene Riehl, Jeffrey Bedford, Gwendolen Gross, Jon Wood, Linda Fairstein, Maggie Griffin et Nils Lofgren pour leur éclairage et leur soutien ;

— et Joel Gotler, qui m'a poussé, secoué et inspiré.

Seul contre tous

(Pocket n° 12484)

Deux coups de feu, puis le trou noir… Lorsque le chirurgien Marc Seidman sort du coma après avoir été victime d'une agression, c'est pour plonger dans une réalité cauchemardesque : sa femme est morte assassinée, et leur fille de six mois, Tara, a été enlevée. Manipulé par les ravisseurs, soupçonné par la police et traqué par un couple de tueurs à gages, Marc bascule dans l'horreur absolue : pour sauver sa fille, il devra d'abord sauver sa peau.

Réapparition troublante

(Pocket n° 12051)

De retour à New York, Will Klein découvre avec stupeur que son frère, qu'il croyait mort depuis onze ans, était en réalité en cavale et était resté en contact avec leur mère. Will n'est pas au bout de ses surprises lorsque Sheila, sa compagne, disparaît à son tour : le FBI lui apprend qu'elle est soupçonnée d'assassinat et qu'ils pensent avoir retrouvé son corps au Nouveau-Mexique. Will enquête alors sur ce frère et cette femme qu'il croyait connaître…

Avantage Bolitar

(Pocket n° 12555)

Qui a tué Valérie Simpson ? La jeune joueuse de tennis s'apprêtait à revenir sur les courts après une longue période de dépression lorsqu'elle a été froidement abattue à bout portant pendant la finale hommes de l'US Open. Myron Bolitar est intrigué, d'autant que la championne avait cherché à le joindre la veille de son assassinat... Qui en voulait à Valérie ? Et quelle était la nature de ses liens avec le protégé de Myron, Duane Richwood, la star montante du tennis américain ?

Impression réalisée sur Presse Offset par

46805 – La Flèche (Sarthe), le 03-04-2008
Dépôt légal : janvier 2003
Suite du premier tirage : avril 2008

POCKET – 12, avenue d'Italie - 75627 Paris cedex 13

Imprimé en France